# FICHES Tout-en-un

1re et 2e années

# NDRC

Négociation et digitalisation de la relation client

# Objectif BTS




**MATIÈRES PROFESSIONNELLES**

Christelle BÉCOT
Guillaume GNEMMI
Maamar KHALED
Laurence MANOIR
Céline THÉRIOT

**CEJM**

Bruno BONNEFOUS
Marc GÉRONIMI
David LECCIA

Sous la direction d'Hervé KÉRADEC
Inspecteur d'académie-Inspecteur pédagogique régional d'économie et gestion


hachette ÉDUCATION

# Pour réviser efficacement les matières fondamentales !

## Des fiches synthétiques et complètes

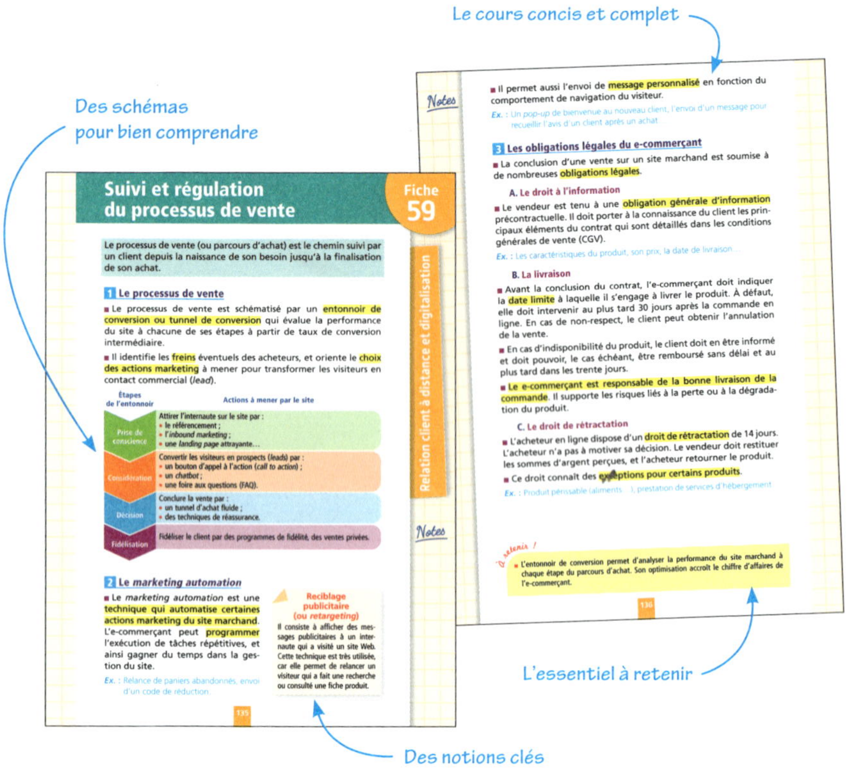


Suivi et régulation du processus de vente — Fiche 59

Le processus de vente (ou parcours d'achat) est le chemin suivi par un client depuis la naissance de son besoin jusqu'à la finalisation de son achat.

1 Le processus de vente

- Le processus de vente est schématisé par un entonnoir de conversion ou tunnel de conversion qui évalue la performance du site à chacune de ses étapes à partir de taux de conversion intermédiaire.
- Il identifie les freins éventuels des acheteurs, et oriente le choix des actions marketing à mener pour transformer les visiteurs en contact commercial (*lead*).

| Étapes de l'entonnoir | Actions à mener par le site |
|---|---|
| Prise de conscience | Attirer l'internaute sur le site par : le référencement ; l'*inbound marketing* ; une *landing page* attrayante… |
| Considération | Convertir les visiteurs en prospects (*leads*) par : un bouton d'appel à l'action (*call to action*) ; un *chatbot* ; une foire aux questions (FAQ). |
| Décision | Conclure la vente par : un tunnel d'achat fluide ; des techniques de réassurance. |
| Fidélisation | Fidéliser le client par des programmes de fidélité, des ventes privées. |

2 Le *marketing automation*

- Le *marketing automation* est une technique qui automatise certaines actions marketing du site marchand. L'e-commerçant peut programmer l'exécution de tâches répétitives, et ainsi gagner du temps dans la gestion du site.

Ex. : Relance de paniers abandonnés, envoi d'un code de réduction.

Reciblage publicitaire (ou *retargeting*) — Il consiste à afficher des messages publicitaires à un internaute qui a visité un site Web. Cette technique est très utilisée, car elle permet de relancer un visiteur qui a fait une recherche ou consulté une fiche produit.

135

Relation client à distance et digitalisation

Notes

- Il permet aussi l'envoi de message personnalisé en fonction du comportement de navigation du visiteur.

Ex. : Un pop-up de bienvenue au nouveau client, l'envoi d'un message pour recueillir l'avis d'un client après un achat…

3 Les obligations légales du e-commerçant

- La conclusion d'une vente sur un site marchand est soumise à de nombreuses obligations légales.

A. Le droit à l'information

- Le vendeur est tenu à une obligation générale d'information précontractuelle. Il doit porter à la connaissance du client les principaux éléments du contrat qui sont détaillés dans les conditions générales de vente (CGV).

Ex. : Les caractéristiques du produit, son prix, la date de livraison…

B. La livraison

- Avant la conclusion du contrat, l'e-commerçant doit indiquer la date limite à laquelle il s'engage à livrer le produit. À défaut, elle doit intervenir au plus tard 30 jours après la commande en ligne. En cas de non-respect, le client peut obtenir l'annulation de la vente.
- En cas d'indisponibilité du produit, le client doit en être informé et doit pouvoir, le cas échéant, être remboursé sans délai et au plus tard dans les trente jours.
- Le e-commerçant est responsable de la bonne livraison de la commande. Il supporte les risques liés à la perte ou à la dégradation du produit.

C. Le droit de rétractation

- L'acheteur en ligne dispose d'un droit de rétractation de 14 jours. L'acheteur n'a pas à motiver sa décision. Le vendeur doit restituer les sommes d'argent perçues, et l'acheteur retourner le produit.
- Ce droit connaît des exceptions pour certains produits.

Ex. : Produit périssable (aliments…), prestation de services d'hébergement…

Notes

À retenir !

- L'entonnoir de conversion permet d'analyser la performance du site marchand à chaque étape du parcours d'achat. Son optimisation accroît le chiffre d'affaires de l'e-commerçant.

136


**Conception graphique**
Couverture : Stéphanie Benoit
Intérieur : Mélissa Chalot

**Réalisation**
Couverture : Stéphanie Benoit
Mise en pages : Cécile Rabataud
Responsable de projet : Élisabeth Sanchez

Achevé d'imprimer en décembre 2021 en Pologne par Dimograf
Dépôt légal : Janvier 2022 - Édition 01
13/3554/6

**www.parascolaire.hachette-education.com**
ISBN : 978-2-01-718200-9

# Sommaire général

## RELATION CLIENT ET NÉGOCIATION-VENTE

Sommaire ... 7
Présentation de l'épreuve ... 9
Fiches 1 à 32 ... 13 à 76

## RELATION CLIENT À DISTANCE ET DIGITALISATION

Sommaire ... 78
Présentation de l'épreuve ... 80
Fiches 33 à 61 ... 83 à 140

## RELATION CLIENT ET ANIMATION DE RÉSEAUX

Sommaire ... 143
Présentation de l'épreuve ... 145
Fiches 62 à 82 ... 149 à 190

## CULTURE ÉCONOMIQUE, JURIDIQUE ET MANAGÉRIALE

Sommaire ... 192
Présentation de l'épreuve ... 195
Fiches 83 à 151 ... 197 à 334

# Relation client et négociation-vente

# Sommaire

Présentation de l'épreuve ... 9

FICHES — Pages

## Cibler et prospecter la clientèle

1 L'analyse du marché ... 13
2 La politique commerciale de l'entreprise ... 15
3 L'analyse du portefeuille clients : les indicateurs commerciaux ... 17
4 L'évaluation de la valeur client ... 19
5 La segmentation et le ciblage de clientèle ... 21
6 La démarche de prospection ... 23
7 Le choix d'une démarche de prospection ... 25
8 La mise en œuvre de la prospection ... 27
9 L'organisation commerciale ... 29
10 La rentabilité d'une démarche de prospection ... 31
11 Le suivi de l'activité commerciale ... 33
12 Le développement des réseaux professionnels ... 35

## Négocier et accompagner la relation client

13 La communication interpersonnelle ... 37
14 Les stratégies de communication commerciale ... 39
15 La communication téléphonique ... 41
16 La communication à l'écrit ... 43
17 La communication en face-à-face ... 45
18 Le comportement d'achat des clients ... 47
19 La connaissance du client ... 49
20 Le diagnostic client ... 51
21 L'argumentaire de vente ... 53
22 La conclusion de la vente ... 55
23 Le risque client ... 57
24 La marge, la TVA et le coefficient multiplicateur ... 59
25 Le maintien d'une relation client durable ... 61

Notes

## Organiser et animer un événement commercial

26 Le choix et l'organisation d'un événement commercial ........ 63
27 L'animation d'un événement commercial ........ 65
28 L'évaluation et le suivi d'un événement commercial ........ 67

## Exploiter et mutualiser l'information commerciale

29 La veille commerciale ........ 69
30 Le système d'information commerciale ........ 71
31 Les outils de la gestion de l'information commerciale ........ 73
32 L'analyse et le partage de l'information commerciale ........ 75

# Présentation de l'épreuve E4 « Relation client et négociation-vente »

**Épreuve en CCF ou orale**
**Coefficient** : 5

■ Il s'agit d'une épreuve orale au cours de laquelle vous exposerez un bilan réflexif sur :
– le ciblage et la prospection de clientèle ;
– la mutualisation et l'exploitation de l'information commerciale ;
et vous mènerez une simulation avec un membre de la commission d'interrogation.

■ L'objectif de l'épreuve est de mettre en avant les compétences acquises du bloc 1 à partir de l'exploitation de situations professionnelles.

## 1 Réalisation du dossier professionnel

■ En immersion en entreprise, vous sélectionnerez les activités professionnelles les plus significatives, vécues de préférence ou observées. Puis vous les décrirez à l'aide d'une fiche modèle en utilisant un logiciel de traitement de texte. Deux fiches descriptives d'activités professionnelles sont exigées :

| **Dossier-support de l'épreuve : 2 fiches descriptives normalisées** | |
|---|---|
| **Négociation-vente et accompagnement de la relation client** | **Organisation et animation d'un événement commercial** |
| • Entretien de vente en face-à-face.<br>• Entretien téléphonique (vente ou relation client).<br>• Réclamation, SAV, etc. | • Organisation d'une journée portes ouvertes, d'une inauguration ou d'un séminaire.<br>• Participation à un salon ou une foire.<br>• Exposition dans une galerie commerciale ou dans un autre lieu, etc. |
| **+ attestations de stage ou certificats de travail** | |

■ Le dossier support de l'épreuve n'est pas évalué.

■ À partir de ce dossier professionnel, la commission d'interrogation choisit une des deux fiches et modifie un certain nombre d'éléments pour créer une nouvelle situation professionnelle. Cette nouvelle situation est décrite à l'aide de la fiche-sujet (document officiel), remise au candidat au moment de l'évaluation.



Notes

## 2 Déroulement de l'épreuve

■ Suivant votre statut, l'épreuve sera soit un contrôle en cours de formation (CCF) comprenant deux situations d'évaluation à des moments différents, soit une épreuve ponctuelle décomposée en 3 temps et précédée d'un temps de préparation en loge de 40 minutes.

| Le contrôle en cours de formation (CCF) | L'épreuve ponctuelle Durée : 1 h |
|---|---|
| **Situation A : ciblage et prospection de clientèle**<br>• **Exploitation et mutualisation de l'information commerciale**<br>• L'évaluation porte sur les deux activités professionnelles référencées.<br>• Une évaluation qui se construit **tout au long de la formation** (rendez-vous ponctuels pendant la formation). | **1. Ciblage et prospection de clientèle (20 min)**<br>• Exposé de l'activité originale choisie par la commission d'interrogation (10 min).<br>• Entretien pour approfondir certains points (10 min). |
| **Situation B : Simulation (20 min)**<br>• Une fiche-sujet, remise au candidat environ 48 h avant l'épreuve.<br>• Une simulation (15 min) prenant en compte les éléments modifiés par rapport à la situation initiale.<br>• Des échanges entre la commission et le candidat sur cette simulation (5 min). | **2. Simulation (20 min)**<br>• Une fiche-sujet, remise au candidat à l'entrée en loge.<br>• Une simulation (15 min) prenant en compte les éléments modifiés par rapport à la situation initiale.<br>• Des échanges entre la commission et le candidat sur cette simulation (5 min). |
| | **3. Exploitation et mutualisation de l'information commerciale (20 min)**<br>• Présentation des démarches, travaux, outils et résultats des deux fiches d'activité du dossier-support (10 min).<br>• Entretien pour préciser et justifier sa démarche et ses choix, approfondir ses analyses (10 min). |

## 3 Contenu des différentes parties de l'épreuve

### A. Ciblage et prospection de clientèle

■ Vous explicitez les démarches entreprises et vous réalisez un bilan réflexif :

| Ce que vous devez réaliser et présenter | Ce sur quoi vous serez évalué |
|---|---|
| Analyser un portefeuille clients. | Pertinence d'analyse du portefeuille client et qualification pertinente des prospects. |
| Identifier des cibles de clientèle. | Cohérence entre le ciblage et la démarche de prospection. |
| Mettre en œuvre et évaluer une démarche de prospection. | Efficacité des choix opérés. |
| Développer des réseaux professionnels. | Activation pertinente des réseaux professionnels. |

## B. Exploitation et mutualisation de l'information commerciale

| Ce que vous devez réaliser et présenter | Ce sur quoi vous serez évalué |
|---|---|
| Remonter, valoriser et partager l'information commerciale (recherche d'informations sur son environnement, processus de recherche de l'information, protection des données, analyse du système d'information et de stockage de l'information (CRM), exploitation des DATA client, partage de l'information). | Pertinence et qualité des informations collectées, sélection et hiérarchisation de l'information diffusée. |
| Collaborer à l'interne en vue de développer l'expertise commerciale (participer à la remontée d'informations, élaboration de tableaux de bord, présentations PowerPoint des informations commerciales que vous avez partagées, etc.). | Qualité des analyses commerciales et des propositions. |

■ Pour ces deux parties, Ciblage et prospection de clientèle et Exploitation et mutualisation de l'information commerciale : aidez-vous d'un PowerPoint ou tout autre moyen, présentez de nombreux documents authentiques ou créés pour valoriser vos démarches et montrer votre implication dans l'activité décrite. Il ne s'agit pas de lire les fiches du dossier mais d'exposer les activités réalisées en montrant à la commission d'interrogation pourquoi et comment ces actions ont été effectuées.

## C. La simulation

■ Le candidat traite la fiche-sujet sous forme d'une simulation avec un des deux membres de la commission d'interrogation (entretien de vente, négociation avec son supérieur sur le choix d'un évènement commercial, réunion de présentation des résultats d'un évènement commercial, etc.) :

☑ lors de la simulation d'un entretien de vente, le candidat montre sa maîtrise des techniques de négociation et son efficacité quant à la personnalisation de la relation client ;

☑ lors d'une simulation sur le choix d'un événement commercial, le candidat met en avant la pertinence du choix de l'évènement, l'efficacité de l'organisation, la qualité de l'animation et l'exploitation de l'évènement (bilan quantitatif et qualitatif).

## D. Les entretiens

■ L'entretien, après chacune des trois parties, permet au candidat d'approfondir certains points, de justifier ses choix et de procéder à une analyse réflexive (prise de recul). Cette partie permet à la commission d'interrogation de valider les compétences acquises.



Notes

## 4 Exemple de fiche sujet E4

■ Cette fiche est rédigée par le jury à partir de la fiche descriptive d'activité professionnelle du candidat.

### Négociation vente et accompagnement de la relation client

| Modification des paramètres à prendre en compte par le candidat pour la simulation | | |
|---|---|---|
| **Objet de l'activité** | Négociation : vente de véhicules de marque Renault | |
| **Date(s) et durée** | Ce jour, 15 min | |
| **Lieu** | Chez le client dans son bureau, à la mairie du Havre | |
| **Délimitation de séquence(s)** | De la prise de contact à la proposition commerciale argumentée | |
| **Acteur(s) concernés (statut/rôle)** | **Vous :**<br>– commercial depuis 5 ans chez Renault ;<br>– vous visez le poste de chef des ventes. | **Le client :**<br>– Dominique Delpierre, 45 ans, responsable des achats à la mairie du Havre ;<br>– client de la concession depuis 10 ans ;<br>– il est directif et exigeant ;<br>– soucieux d'utiliser au mieux l'argent des contribuables ;<br>– besoin de renouveler 6 véhicules. |
| **Historique de la relation** | Suite à une campagne de prospection par courriel auprès de tous les clients professionnels, vous avez reçu une demande de rendez-vous de Dominique Delpierre.<br>Votre dernière rencontre avec Dominique Delpierre date de 2 ans. Il a commandé deux véhicules de type Clio pour le service urbanisme de la ville.<br>Aujourd'hui, c'est votre premier rendez-vous pour répondre au nouveau besoin du client. | |
| **Objectifs de la simulation** | Découvrir les besoins de Dominique Delpierre pour lui faire une proposition adaptée. | |
| **Informations à exploiter** | **Informations issues du CRM : la fiche client**<br>Dominique Delpierre a rencontré, la semaine dernière, le commercial de Peugeot qui lui a fait une proposition ferme.<br>Pour tous les acteurs du marché, les ventes de véhicules neufs auprès des particuliers se sont effondrées en raison de la baisse du pouvoir d'achat mais aussi de la sensibilisation des consommateurs à la qualité de l'environnement. Les ventes se sont reportées sur les véhicules d'occasion et l'offre devient plus rare.<br>Pour pallier ce manque à gagner, la concession accentue ses efforts pour séduire la clientèle des professionnels et des collectivités. | |
| **Contrainte(s)** | Vous ne disposez que de 15 min.<br>Vous n'êtes pas à la concession, donc il est plus difficile pour vous de présenter les véhicules.<br>Vous ne pourrez pas vendre en un seul rendez-vous car le devis doit être validé par une commission *ad hoc*. | |

# L'analyse du marché

Fiche 1



Le marché est un lieu – physique (marché local) ou virtuel (*market-place*) – sur lequel sont échangés des produits (biens ou services) proposés par les offreurs aux demandeurs en échange de monnaie.

## 1 Le marché de l'entreprise

### A. Le marché

- Plusieurs types de marchés (marché du travail ou de l'emploi, financier, des biens et services…).
- Sur le marché des biens et services, les consommateurs (les demandeurs) achètent des biens et des services aux producteurs (les offreurs) en contrepartie du paiement d'un prix.
- Le marché actuel de l'entreprise regroupe ses clients. Le marché potentiel est l'ensemble des individus (prospects) que l'entreprise va attirer pour les amener à devenir des clients. Il s'agit des clients des concurrents directs ou indirects et les non-consommateurs relatifs (ceux n'ayant jamais consommé le produit).

### B. La part de marché

- La part de marché de l'entreprise se mesure en valeur ou en volume.

$$\textbf{Part de marché en volume} = \frac{\text{nombre d'unités vendues par l'entreprise}}{\text{nombre total d'unités vendues sur ce marché}} \times 100$$

$$\textbf{Part de marché en valeur} = \frac{\text{chiffre d'affaires (CA) de l'entreprise}}{\text{CA total du marché}} \times 100$$

### C. Secteur et branche d'activité

- Colin Clark a identifié trois secteurs d'activités :

1. primaire (extraction des matières premières) ;
2. secondaire (fabrication) ;
3. tertiaire (services).

- Selon l'INSEE, une entreprise peut exercer simultanément plusieurs activités économiques. Son activité principale détermine son secteur d'activité, chacune de ses activités correspond à une branche d'activité.

*Ex.* : PSA fait partie du secteur automobile français et son activité se divise en trois branches : l'automobile, le petit outillage, les cycles et motocycles.

Notes

Notes

## 2 Les demandeurs et les offreurs

■ Les demandeurs peuvent être des clients ou des prospects. En fonction des produits vendus sur ce marché, les demandeurs peuvent être des :

| Professionnels | Administrations | Particuliers |
| --- | --- | --- |
| B2B *Business to business* | B2G *Business to government* | B2C *Business to consumer* |

■ Les offreurs, quant à eux, sont tous des professionnels (fabricants, revendeurs, prestataires de services, des administrations, etc.). Ils peuvent être en situation de concurrence :

– ceux qui produisent et commercialisent un produit similaire sont en concurrence directe ;

*Ex.* : Bosch et Makita sur le marché de l'outillage.

– ceux qui proposent un produit différent mais répondant aux mêmes besoins du consommateur sont en situation de concurrence indirecte.

*Ex.* : Besoin de se déplacer : les vendeurs de vélo et de trottinettes électriques.

## 3 L'environnement

■ L'entreprise doit être à l'écoute des acteurs de son environnement proche (micro-environnement) mais aussi sensible à l'influence des facteurs macro-environnementaux selon le modèle PESTEL (politique, économique, social, technologique, environnemental, légal).

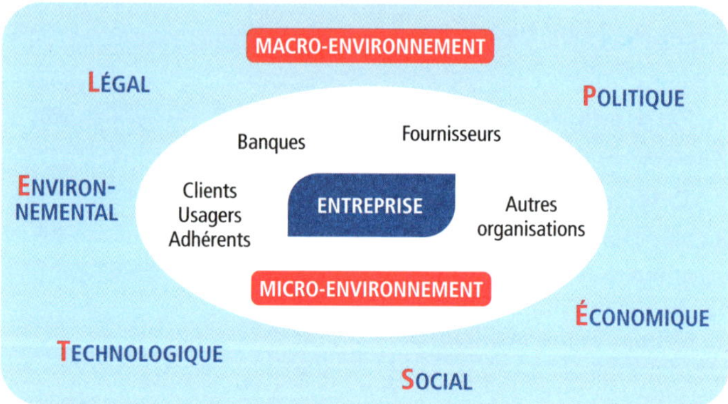


À retenir !

■ L'analyse fine du marché et la prise en compte du macro-environnement sont essentielles à la prise de décisions stratégiques.

# La politique commerciale de l'entreprise

Fiche 2



La politique commerciale décline la stratégie globale et de long terme de l'entreprise. Cette stratégie opérationnelle met en place un ensemble de moyens d'action marketing : diagnostic, plan de marchéage, segmentation, ciblage et positionnement.

## 1 Le diagnostic stratégique

■ L'entreprise doit faire un état des lieux sur :
– ses points forts et ses points faibles par rapport à son environnement proche (au sein de sa structure, vis-à-vis de ses concurrents, fournisseurs, clients et partenaires) : diagnostic interne ;
– ses opportunités et ses menaces vis-à-vis de son environnement politique, économique, sociologique, technologique, environnemental et légal : diagnostic externe.

*Ex.* : Une jardinerie réalise son diagnostic stratégique.

**Matrice SWOT (FFOM)**

| | | |
|---|---|---|
| Diagnostic interne | Forces (*Strenghts*) | Faiblesses (*Weaknesses*) |
| | Quelles sont **ses forces** par rapport à la concurrence ?<br>*Ex.* : Variété de choix de plantes d'extérieur. | Quelles sont **ses faiblesses** par rapport à la concurrence ?<br>*Ex.* : Absence de carte de fidélité dans le magasin. |
| Diagnostic externe | Opportunités (*Opportunities*) | Menaces (*Threats*) |
| | Quels sont les éléments de son environnement qui pourraient être source d'opportunités ?<br>*Ex.* : Augmentation du budget loisirs des ménages. | Quels sont les éléments de son environnement qui pourraient constituer un handicap ?<br>*Ex.* : Une grève des chauffeurs routiers retardant la livraison des produits. |

■ L'entreprise prend appui sur le diagnostic pour définir ses objectifs stratégiques, c'est-à-dire les résultats qu'elle veut atteindre à long terme.

*Ex.* : Développer le portefeuille client, élargir la zone de chalandise, augmenter la notoriété, renforcer les liens avec les partenaires, etc.

Notes

Notes

## 2 Le plan de marchéage

■ Il regroupe l'ensemble des décisions et actions marketing prises pour favoriser la vente d'un service ou d'un produit. Le plan de marchéage (*marketing mix*) englobe 5 domaines : les 5 P.

**LA POLITIQUE DU PRIX DU PRODUIT**

**Quel prix pour ce produit ?**

Cela dépend des objectifs de vente (quantité), de la cible et/ou de son positionnement. D'autres éléments sont à considérer : prix du marché (des concurrents), les réductions commerciales, prix psychologique, etc.

***Ex.*** **:** Le prix affiché sur la bouteille de jus de pommes est 3,90 € au lieu de 4 €.

**LA POLITIQUE DU PRODUIT**

**Quel type de produit vendre ?**

Les caractéristiques, les fonctionnalités, le packaging, les couleurs, les garanties, le service après-vente, etc.

***Ex.*** **:** Le producteur de jus de pommes réfléchit au contenant (bouteille en verre ou en plastique), l'étiquette (couleur, taille…).

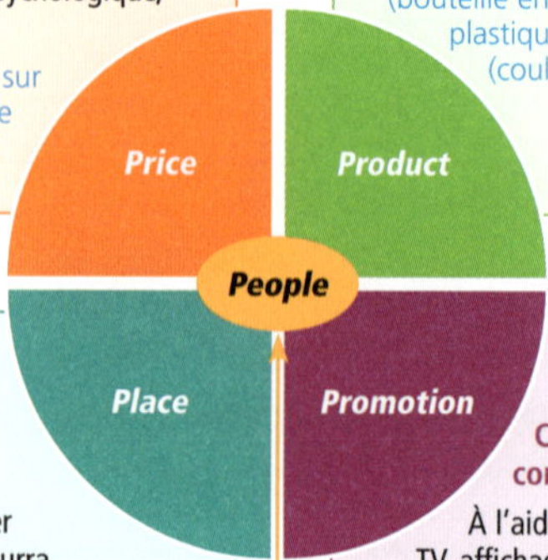


**LA POLITIQUE DE DISTRIBUTION**

**Où vendre ce produit ?**

Il s'agit de déterminer le lieu où le client pourra acheter le produit : en magasins physiques et/ou e-commerce, à domicile (vente en réunion), etc.

***Ex.*** **:** Le producteur privilégie la vente directe de son jus de pommes sur son exploitation.

**LA POLITIQUE PROMOTIONNELLE**

**Comment faire connaître ce produit ?**

À l'aide des médias (presse, TV, affichage, radio, cinéma) et hors médias (campagnes d'e-mailing et de sms, newsletters, salons, animations commerciales, soirée VIP, etc.).

***Ex.*** **:** Le producteur a choisi de créer un blog et d'envoyer à ses abonnés une newsletter tous les mois.

***PEOPLE***

Les ressources humaines (la formation, le recrutement, etc.) : mesure l'expérience du personnel face au client.

***Ex.*** **:** Le vendeur, expert dans son domaine, est capable de répondre aux interrogations de son client.

*À retenir !*

■ Le diagnostic stratégique et le plan de marchéage sont des étapes essentielles pour la définition et la mise en œuvre de la politique commerciale de l'entreprise.

# L'analyse du portefeuille clients : les indicateurs commerciaux

Fiche 3

Relation client et négociation-vente

Le développement du portefeuille clients nécessite l'analyse d'indicateurs commerciaux : chiffre d'affaires et prévisions des ventes.

## 1 Le chiffre d'affaires

■ Le chiffre d'affaires (CA) d'une entreprise est la somme des ventes de biens ou de services facturées sur un exercice comptable.

**CA TTC** = quantité × prix unitaire TTC

■ Pour calculer le chiffre d'affaires HT :

$$\textbf{CA HT} = \text{quantité} \times \text{prix unitaire HT ou } \textbf{CA HT} = \frac{\text{CA TTC}}{1 + (\text{taux de TVA} / 100)}$$

■ L'évolution des ventes s'exprime soit en volume (nombre d'unités vendues), soit en valeur (unité monétaire = montant du CA en €).

**Remarque**
L'évolution entre deux taux se commente en points.

■ Le taux de variation mesure l'évolution d'une variable sur une période donnée.

$$\textbf{Taux de variation} = \frac{\text{valeur année N} - \text{valeur année N} - 1}{\text{valeur année N} - 1} \times 100$$

*Ex.* : Chez une fleuriste

| Années | Nombre de bouquets vendus | Taux de variation |
|---|---|---|
| N−4 | 4 500 | – |
| N−3 | 7 000 | 36 % |
| N−2 | 8 600 | 19 % |
| N−1 | 9 450 | 9 % |
| N | 10 000 | 5,5 % |

Notes

## 2 La moyenne arithmétique

■ La moyenne arithmétique est le rapport entre la somme des valeurs de la variable étudiée et l'effectif total. Elle permet de calculer un nombre de ventes moyen par exemple. Elle se calcule ainsi :

$$\textbf{Moyenne } \bar{x} = \frac{\Sigma xini}{\Sigma ni}$$

Notes

*Ex.* : **Chez une fleuriste (suite)**

| Années (*ni*) | Nb de bouquets vendus (*xi*) | *xini* |
|---|---|---|
| N−4 > 1 | 4 500 | 4 500 |
| N−3 > 1 | 7 000 | 7 000 |
| N−2 > 1 | 8 600 | 8 600 |
| N−1 > 1 | 9 450 | 9 450 |
| N > 1 | 10 000 | 10 000 |
| | Σ*xini* = | **39 550** |

Moyenne $\bar{x} = \frac{39\,550}{5} = \mathbf{7\,910}$.

La fleuriste a vendu en moyenne 7 910 bouquets par an.

## 3 La prévision des ventes

■ Il existe plusieurs méthodes de calcul pour prévoir les ventes : les points extrêmes, la double moyenne (Mayer) ou les moindres carrés.

■ La méthode de Mayer prend en compte toute la série en la divisant en deux groupes, puis en calculant le point moyen de chaque groupe. Ensuite, une droite de tendance est établie à partir de ces points moyens ($y = ax + b$). On résout ensuite l'équation à deux inconnues pour obtenir *a* puis *b*, et on remplace *x* par l'année recherchée. On obtient ainsi *y*, qui est le CA prévisionnel.

*Ex.* : **Prévision des ventes en N+1 de vente de bouquets selon la méthode de Mayer**

| Années (*x*) | | Nb de bouquets (*y*) |
|---|---|---|
| N−4 | 1 | 4 500 |
| N−3 | 2 | 7 000 |
| N−2 | 3 | 8 600 |
| N−1 | 4 | 9 450 |
| N | 5 | 10 000 |
| N+1 | 6 | ? |

❶ Calculer les moyennes des *x* et *y* :

• Groupe 1 :

$$x = \frac{1 + 2 + 3}{3} = \mathbf{2}$$

$$y = \frac{4\,500 + 7\,000 + 8\,600}{3} = \mathbf{6\,700}$$

• Groupe 2 :

$$x = \frac{4 + 5}{2} = \mathbf{4{,}5}$$

$$y = \frac{9\,450 + 10\,000}{2} = \mathbf{9\,725}$$

❷ Calculer la valeur de *a* en soustrayant 2 équations des 2 groupes :

Groupe 2 : $9\,725 = 4{,}5a + b$

– Groupe 1 : $6\,700 = 2a + b$

$9\,725 - 6\,700 = (4{,}5 - 2)a + (b - b)$

$3\,025 = 2{,}5a$

$\mathbf{a = 1\,210}$

❸ En remplaçant la valeur de *a* dans une des 2 équations, on détermine la valeur de *b*.

$6\,700 = 2a + b$

$6\,700 = (2 \times 1\,210) + b$

$\mathbf{b = 4\,280}$

D'où $\mathbf{y = ax + b}$

$y = 1\,210\,x + 4\,280$

❹ Déduire le nombre de bouquets prévisionnel (*y*) en N+1 ; ($x = 6$)

$y = (1\,210 \times 6) + 4\,280$

$\mathbf{y = 11\,540}$

En N+1, la fleuriste pourrait vendre 11 540 bouquets.

À retenir !

■ Le calcul d'indicateurs commerciaux permet l'analyse du portefeuille clients.

# L'évaluation de la valeur client

Fiche 4

Relation client et négociation-vente

L'évaluation de la valeur client permet de repérer les clients les plus rentables dans le temps. L'entreprise peut ainsi valoriser des clients de son portefeuille et mettre en place des actions de fidélisation pour entretenir une relation durable.

## 1 La marge commerciale

**Marge commerciale ou marge brute =**
prix de vente HT (PVHT) – coût d'achat HT des marchandises vendues (CAMV)

### A. Le coût d'achat des marchandises

- Le coût d'achat des marchandises vendues (CAMV) est le prix des marchandises payé à son fournisseur par l'entreprise. Il est majoré des frais d'approvisionnement (droits de douane, transport, frais de stockage) et minoré des rabais, remises et ristournes obtenus (RRR).

- La marge nette est le résultat net de la vente.

**Marge nette =**
marge commerciale – dépenses liées aux actions commerciales de l'entreprise

*Ex. de frais liés aux actions commerciales :*

Coût de la réalisation, de l'impression et de la distribution de flyers pour booster les ventes du produit.

### B. Le taux de marque et le taux de marge

- Le taux de marque correspond à la marge exprimée en pourcentage du prix de vente HT.

$$\textbf{Taux de marque} = \frac{\text{marge commerciale}}{\text{prix de vente HT}} \times 100$$

- Le taux de marge correspond à la marge commerciale exprimée en pourcentage du coût d'achat.

$$\textbf{Taux de marge} = \frac{\text{marge commerciale}}{\text{coût d'achat HT}} \times 100$$

Notes

Notes

### C. Le coefficient multiplicateur

■ Le coefficient multiplicateur permet de calculer le prix de vente TTC à partir du coût d'achat HT.

$$\textbf{Coefficient multiplicateur} = \frac{\text{PV TTC}}{\text{PA HT}}$$

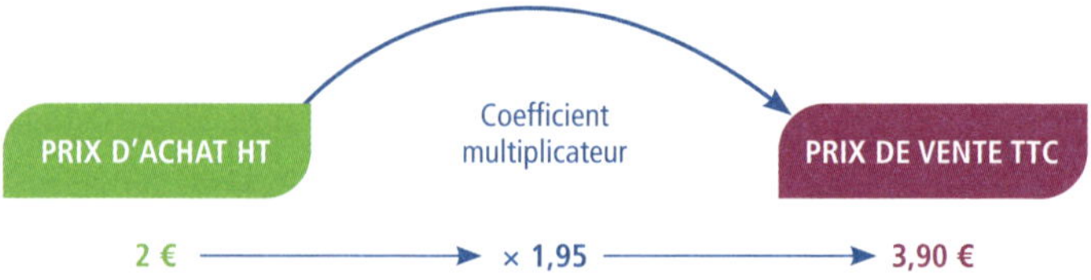


## 2 Le calcul de la valeur client

■ La valeur d'un client représente la marge nette totale générée par un client tout au long de la relation commerciale.

**Valeur client =**
marge brute totale – Σ des coûts d'acquisition, de fidélisation et de développement

■ On retranche de la marge brute totale l'ensemble des coûts :

☑ Le coût d'acquisition (dépenses liées à la prospection).

*Ex.* : Organisation d'un jeu concours.

☑ Le coût de fidélisation (dépenses liées aux actions de maintien de la relation client). Les actions de fidélisation se justifient pour éviter la perte de clientèle : l'attrition.

**Remarque**
Plus ce taux est bas, plus la fidélité est forte, et plus la valeur du client sera importante.

$$\textbf{Taux d'attrition} = \frac{\text{nombre de clients perdus}}{\text{nombre de clients total}} \times 100$$

☑ Le coût de développement (dépenses liées au développement des ventes).

*Ex.* : Animation commerciale.

À retenir !

■ La marge commerciale doit couvrir l'ensemble des frais fixes.

# La segmentation et le ciblage de clientèle

Fiche 5

Relation client et négociation-vente

**La segmentation** consiste à découper la population en groupes homogènes en fonction de leurs caractéristiques ou comportements communs. L'objectif de la segmentation est de mieux cibler la clientèle.

## 1 Les principaux critères de segmentation

| Critères | *Exemples* |
|---|---|
| Sociodémographiques | Le sexe, l'âge, les revenus, les PCS, l'habitat, la taille de la famille, etc. |
| Géographiques | Ville, région, campagne… |
| Psychosociologiques | La personnalité, le mode de vie, la motivation… |
| Comportementaux | L'importance des achats, les modes d'utilisation, les lieux d'achat, les marques et les types de produits achetés… |
| Avantages recherchés | Confort, sécurité, prestige… |

## 2 Le ciblage de la clientèle

■ Pour l'entreprise, les clients n'ont pas tous la même valeur. L'analyse de la clientèle permet de mettre en évidence les différentes catégories de clients pour mener auprès d'elles les actions commerciales appropriées.

### A. La méthode de V. Pareto dite 20/80

■ Cette méthode consiste à classer les clients en deux catégories en fonction de l'importance de leur chiffre d'affaires :
– les gros clients, qui représentent 20 % du portefeuille clients et avec lesquels on réalise 80 % du CA ;
– les petits clients, qui représentent 80 % du portefeuille clients et avec lesquels on réalise 20 % du CA.

*Ex.*

| Clients | CA K€ | Nombre clients | CA % | % Clients | CA cumulé | Cum client % |
|---|---|---|---|---|---|---|
| Coni | 361 | 1 | 43,8 % | 10 % | 43,8 % | 10,0 % |
| Baticop | 280 | 1 | 33,9 % | 10 % | 77,7 % | 20,0 % |
| Praxitec | 57 | 1 | 7 % | 10 % | 84,6 % | 30,0 % |
| Dumoco | 43 | 1 | 5,2 % | 10 % | 89,8 % | 40,0 % |
| Sertex | 33 | 1 | 4,0 % | 10 % | 93,8 % | 50,0 % |
| Prival | 19 | 1 | 2,3 % | 10 % | 96,1 % | 60,0 % |
| Digimac | 14 | 1 | 1,7 % | 10 % | 97,8 % | 70,0 % |
| Pillas | 11 | 1 | 1,3 % | 10 % | 99,1 % | 80,0 % |

Notes

Notes

| | | | | | | |
|---|---|---|---|---|---|---|
| Bovax | 5 | 1 | 0,6 % | 10 % | 99,7 % | 90,0 % |
| Medor | 2 | 1 | 0,2 % | 10 % | **100,0 %** | **100,0 %** |
| | **825** | **10** | **100,0 %** | **100 %** | | |

On classe les clients par ordre décroissant du CA, puis on calcule le pourcentage de CA de chacun et le pourcentage de la clientèle qu'il représente, enfin on calcule les pourcentages cumulés des CA et des clients.

Ici, les entreprises Coni et Baticop représentent 20 % du portefeuille client et rapportent 77,7 % du CA, ce qui correspond à la loi de Pareto dite 20/80.

### B. Le *scoring*

■ Le *scoring* consiste à attribuer des notes aux clients en fonction de certains critères déterminés. Plusieurs modèles de *scoring* existent et le choix du modèle dépend des objectifs recherchés par l'entreprise pour mener ses actions commerciales de reconquête ou de fidélisation de la clientèle.

■ La méthode de *scoring* RFM est parmi les plus utilisées surtout par les entreprises d'e-commerce pour segmenter la clientèle d'après les informations stockées dans leurs bases de données. Elle consiste à analyser la valeur et la fidélité des clients selon leur comportement d'achats en calculant ces indices :
– **récence** : la date du dernier achat ;
– **fréquence** : le nombre d'achats réalisé sur une période donnée ;
– **montant** : la somme des achats cumulés sur une période donnée.

*Ex.*

| Clients | R | F | M | Score |
|---|---|---|---|---|
| A | 7 | 2 | 5 600 | 40* |
| B | 8 | 2 | 4 800 | 15 |
| C | 3 | 4 | 12500 | 50 |
| D | 5 | 3 | 8 500 | 15 |
| E | 9 | 1 | 3 500 | 0 |
| F | 10 | 4 | 2 000 | 15 |
| G | 10 | 1 | 5 000 | 10 |

* Client A = 15 + 15 + 10 = 40

| Récence | Score |
|---|---|
| Inférieur ou égal à 3 mois | 20 |
| Entre 3 mois et 7 mois | 15 |
| Supérieur à 7 mois | 0 |
| **Fréquence** | |
| 3 achats et plus | 20 |
| Entre 2 et 4 achats | 15 |
| Moins de 2 achats | 0 |
| **Montant** | |
| Égal ou supérieur à 5 000 | 10 |
| Inférieur à 5 000 | 0 |

■ Il s'agit de classer les clients en fonction de leur score et de mener des actions de fidélisation, par exemple auprès des clients les mieux classés.

*À retenir !*

■ La segmentation est une étape importante pour cibler efficacement la clientèle et optimiser ses actions commerciales. Pour cela, on utilise plusieurs méthodes telles que le 20/80 ou le *scoring* RFM.

# La démarche de prospection



La prospection commerciale est essentielle au développement du portefeuille clients et du chiffre d'affaires de l'entreprise (→ Fiche 3). La démarche commerciale consiste à mettre en place un plan d'actions pour conquérir des prospects et les convaincre de devenir des clients.

## 1 L'entonnoir de prospection

■ L'entonnoir de prospection représenté dans une pyramide inversée montre la différence entre le nombre d'individus de la cible au début et à la fin de l'action de prospection et les étapes de transformation : suspects, puis prospects et clients.

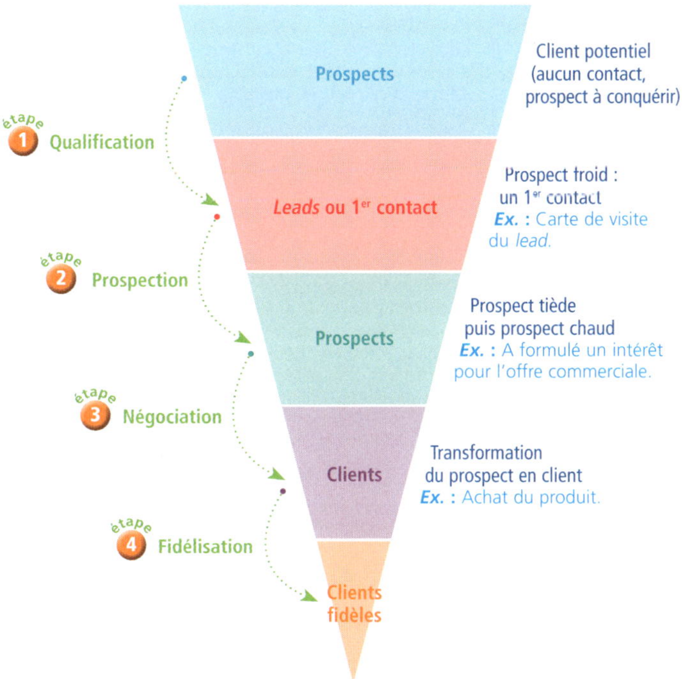


Notes

Notes

## 2 Le plan de prospection

■ Un bon plan de prospection permet un taux de transformation important. Il faut donc se poser les bonnes questions pour le construire.

| | |
|---|---|
| **Pourquoi prospecter ?** | • Augmenter le nombre de clients.<br>• Développer la notoriété.<br>• Diversifier la clientèle.<br>• Stimuler les ventes.<br>• Étendre le champ d'action à un secteur géographique non exploité.<br>• Il faut des **objectifs clairs, réalistes et atteignables**. |
| **Quelle(s) cible(s) ?** | Le **ciblage** dépend des objectifs fixés, de l'offre commerciale, de la segmentation retenue, mais aussi des contraintes humaines et techniques liées au choix de la méthode de prospection. |
| **Où trouver les prospects ?** | • En achetant ou en louant de fichiers qualifiés de courriels de prospects.<br>• En consultant des annuaires.<br>• En collectant les contacts lors des salons et portes ouvertes (***ex :*** jeu concours), de conférences, de visites d'entreprise *via* les réseaux professionnels (→ **Fiche 12**), ou issus de l'*inbound marketing* et du social *selling* (→ **Fiches 44 et 48**). |
| **Comment organiser les informations collectées ?** | • Avec un logiciel de type base de données/tableur ou un logiciel de **gestion de la relation client** (CRM – *Customer Relationship Management*). Ce fichier doit comporter autant de rubriques que de données à recueillir : dénomination, activité, nom du contact, téléphone fixe et portable, adresse électronique.<br>• Le fichier sera enrichi au fur et à mesure de la relation client (historique de la relation client, montant, récence et fréquence des achats, réclamations, SAV, etc.).<br>• Le fichier doit être de qualité (enrichi et mis à jour) pour pouvoir être exploité dans le cadre d'une démarche de prospection mais aussi tout au long de la relation client. |
| **Quelles approches choisir ?** | La conquête des prospects peut se réaliser de plusieurs manières : **prospection traditionnelle ou digitale** (→ **Fiche 7**). |

À retenir !

■ **Un bon entonnoir de prospection et un plan de prospection efficace accroissent le chiffre d'affaires de l'entreprise.**

# Le choix d'une démarche de prospection

Fiche 7

Relation client et négociation-vente

Quelles méthodes de prospection commerciale choisir ? Aux méthodes de prospection traditionnelle s'ajoute aujourd'hui la prospection digitale.

## 1 La prospection traditionnelle

### A. La prospection terrain

■ Il s'agit pour le commercial d'aller à la rencontre du prospect en se déplaçant directement à son domicile pour le particulier ou sur le lieu de l'activité pour un professionnel. Le commercial frappe aux portes en fonction d'un plan de prospection défini à l'avance (objectifs, plan de tournée, outils d'aide à la vente).

### B. La prospection téléphonique (téléprospection)

■ Cette méthode des appels à froid (*cold calling*) repose sur l'exploitation d'une base de données. Le fichier (loué ou acheté) contient des informations sur l'identification du prospect (nom et prénom du contact, numéro de téléphone, adresse postale).

**Remarque**
Pour assurer l'efficacité du *phoning*, il est nécessaire de préparer, au préalable, l'entretien téléphonique (→ Fiche 15).

■ L'entreprise peut externaliser sa campagne de prospection téléphonique auprès des centres d'appels (*call center*) (→ Fiche 34).

### C. Les campagnes de mailing

■ Il s'agit de réaliser un publipostage : envoi de courrier papier personnalisé à un ensemble de prospects par voie postale.

**Campagne de mailing**
Envoi d'un courrier papier (publipostage) par boîte postale.

### D. Les salons/foires et réseaux professionnels

■ Être présent lors salons/foires, conférences et visites d'entreprises favorise les échanges relationnels en face-à-face avec les prospects/*leads* mais aussi avec les acteurs de la vie économique.

■ Cela permet de :
– gagner en notoriété auprès de sa cible ;
– établir et d'entretenir des liens dans le but d'échanger des connaissances, du soutien, des recommandations, des informations et des présentations à d'autres. Il s'agit du réseautage (ou *networking*) (→ Fiche 12).

Notes

Notes

*Ex.* : Lors d'un salon Art & Déco, un fleuriste a l'occasion d'échanger des références avec des professionnels d'un autre corps de métier (un restaurateur de meubles par exemple).

## 2 La prospection digitale

### A. Les campagnes d'e-mailing

■ On peut utiliser deux méthodes pour réaliser une campagne d'e-mailing :
– envoi en masse (des milliers) d'un courrier par voie électronique (courriel) à des prospects à partir de fichiers loués ou achetés ;
– envoi d'un courriel personnalisé à un prospect ayant visité un site Internet ou une fiche produit sans avoir finalisé de transaction. Cette pratique s'appelle le *retargeting* (ciblage affiné).

**Campagne d'e-mailing**
Envoi d'un courrier électronique par courriel.

■ Les nouvelles réglementations de la protection des données et de la vie privée des particuliers ont imposé des limites à l'e-mailing (→ site de la CNIL et Fiche 37).

**Remarque**
Il existe aussi des campagnes de SMS/MMS.

### B. L'*inbound marketing* (marketing entrant)

■ Il s'agit de créer du contenu sur le site ou blog de l'entreprise pour attirer les visiteurs : c'est le prospect qui vient vers l'entreprise et non l'inverse.

■ Le message doit être suffisamment attractif pour susciter l'intérêt du visiteur à laisser ses coordonnées et accepter par ce biais à être recontacté. Le visiteur peut remplir un formulaire de contact, s'abonner aux newsletters, demander à recevoir un *e-book* (livre blanc), poser des questions en ligne, etc.

### C. Le social *selling*

■ Il s'agit pour l'entreprise de partager des informations en temps réel sur les réseaux sociaux pour attirer de nouveaux clients. L'entreprise nourrit le contact (*lead nurturing* – élevage de prospects) d'informations sur les produits, sur des évènements, sous la forme de contenus textuels et/ou visuels sur les réseaux sociaux (Facebook, Instagram, YouTube, LinkedIn, etc.) (→ Fiche 48)

*Ex.* : Alicia, community manager d'un magasin de produits alimentaires bio, propose une recette par jour sur sa page Facebook ou une photo de l'arrivage de produits frais sur Instagram.

**À retenir !**

■ L'entreprise peut opter pour une seule méthode de prospection ou en combiner plusieurs. Ce choix résulte de sa stratégie commerciale et de ses contraintes financières, humaines et organisationnelles.

# La mise en œuvre de la prospection

Fiche 8

Relation client et négociation-vente

La mise en œuvre de la démarche de prospection exige de mesurer l'effort de prospection et de préparer les outils de prospection (script téléphonique, fiche de contacts, courriel, etc.).

## 1 L'effort de prospection

### A. La durée globale de l'action de prospection

■ Il s'agit d'anticiper les besoins matériels, humains et financiers permettant de mener dans de bonnes conditions l'action de prospection. L'effort de prospection est proportionnel à la durée globale de l'action (exprimée en jour ou semaine).

*Ex.* : Un garagiste souhaite mener un phoning auprès de 100 professionnels. Il évalue la durée de l'appel à 10 minutes par professionnel.

**Calcul :** 10 minutes/contact : 100 × 10 minutes = 1 000 min,

donc $\frac{1\,000}{60}$ = 16,66 soit 16 h 36 min.

Résultat : la durée globale du phoning est de 16 h 36 min.

■ Cette durée aura un impact sur les décisions à prendre en termes d'organisation des ressources humaines.

### B. Les coûts de prospection

■ Les actions de prospection imposent de prévoir l'acquisition de ressources matérielles (catalogue, véhicule, site Internet, fichier prospect, etc.). Dans le cadre d'une prospection traditionnelle (mailing, e-mailing, téléphonique, ou physique), l'exploitation d'un fichier acheté ou loué s'avère rentable. Le coût d'un fichier varie en fonction de la source, du canal (e-mail, SMS, téléphone, adresse), du nombre de critères de qualification ainsi que du nombre de contacts.

$$\text{Coût au contact} = \frac{\text{coût total de la prospection}}{\text{nombre de prospects ou clients touchés}}$$

$$\text{Coût d'acquisition du client} = \frac{\text{coût total de la prospection}}{\text{nombre de clients acquis}}$$

*Ex.* : Le garagiste a acheté son fichier de 100 prospects pour 15 €. Il prévoit de conclure 5 ventes.

Coût au contact : $\frac{15}{100}$ = 0,15 €.

Coût d'acquisition du client : $\frac{15}{5}$ = 3 €.

Notes

Notes

■ Le coût d'acquisition du client doit être comparé à la marge moyenne dégagée par nouveau client pour évaluer l'intérêt de l'action commerciale (→ Fiches 3 et 4). De plus, l'entreprise devra s'assurer d'un retour sur investissement (ROI) sur cette opération.

## 2 Concevoir un courriel de prospection

| | |
|---|---|
| **Quelle cible ?** | À : Destinataire(s) principal(aux)<br>CC : Destinataire(s) secondaire(s)<br>CCI : Les adresses des destinataires n'apparaissent pas dans le courriel reçu par les autres destinataires. |
| **Quel objet ?** | • Message court (pas plus de 50 caractères), précis et compréhensible.<br>• Utiliser la **méthode AIDA** (Attention, Intérêt, Désir, Action) : l'objet doit attirer l'attention et susciter l'intérêt pour que le destinataire clique et ouvre le courriel (→ **Fiche 11** : taux de clics – taux d'ouverture).<br>• Il faut éviter certains mots (facture, cadeau, Paypal, gratuit, jeux d'argent…) qui envoient le courriel directement dans le dossier des spams (courriers non désirés ou pourriels). |
| **Quel contenu ?** | • Titre de civilité (à personnaliser)<br>• Corps du texte : privilégier la méthode AIDA.<br>***Ex.* :** Pour Action : prévoir un lien hypertexte cliquable pointant vers le site de l'émetteur, et indiquer « Cliquer ici ».<br>• Prise de congé.<br>• Signature (coordonnées et fonction de l'émetteur, site Web de l'entreprise).<br>• Taille des images < à 1 000 Ko pour ne pas saturer la boîte. |
| **Information complémentaire ?** | Pièces jointes : document PDF, images GIF – JPEG – PNG… Poids à contrôler. |
| **Quand envoyer le courriel ?** | Envoi immédiat ou différé (utile pour programmer l'envoi à une heure/jour optimisant le taux d'ouverture). |

■ Une campagne d'e-mailing est soumise au règlement général sur la protection des données (RGPD). L'émetteur d'un courriel doit notamment avoir obtenu l'accord explicite du destinataire pour l'envoi de courriels (règle de l'*opt-in*).

*À retenir !*

■ L'anticipation de l'effort de prospection et la création d'outils conditionnent l'efficacité de la démarche de prospection.

# L'organisation commerciale





La mise en place d'une organisation commerciale assure efficacité et gain de temps à l'entreprise pour mener à bien une action de prospection. Des outils de planification et de gestion de la relation client sont à sa disposition.

## 1 Le diagramme de Gantt

■ Le diagramme de Gantt est un outil de planification et d'ordonnancement des diverses tâches à réaliser dans un délai imparti. Le planning peut être réalisé sur un tableur ou à l'aide d'un logiciel spécifique (GANTproject, Trello, etc.).

étape 1 Déterminer une date de début et fin de projet (prévoir un délai supplémentaire pour faire face aux imprévus).

étape 2 Lister les différentes tâches pour mettre en œuvre l'action, les répartir si besoin entre les différents acteurs.

étape 3 Évaluer la durée de chaque tâche (heure, jour, semaine).

étape 4 Repérer les antériorités (certaines tâches peuvent se réaliser en parallèle, d'autres ne pourront débuter que lorsque la précédente sera terminée).

*Ex.* : Julien, producteur de jus de pommes, souhaite mettre en place un évènement commercial (organisation d'une porte ouverte le 1er samedi du mois d'avril) pour capter de nouveaux clients.

| Opération Portes ouvertes | | MARS | | | | | | | | | | | | | | | | | | | | AVRIL | | | | |
|---|---|---|---|---|---|---|---|---|---|---|---|---|---|---|---|---|---|---|---|---|---|---|---|---|---|---|
| | | S1 | | | | | S2 | | | | | S3 | | | | | S4 | | | | | S1 | | | | |
| Étapes | Tâches | M | M | J | V | S | M | M | J | V | S | M | M | J | V | S | M | M | J | V | S | M | M | J | V | S |
| 1 | Prévoir les modalités de l'événement (durée, lieu…) | X | | | | | | | | | | | | | | | | | | | | | | | | |
| 2 | Réaliser un budget prévisionnel | | X | | | | | | | | | | | | | | | | | | | | | | | |
| … | (Autres tâches) | | | | | | | | | | | | | | | | | | | | | | | | | |
| 6 | Rédiger le post | | | | X | | | | | | | | | | | | | | | | | | | | | |
| 7 | Publier le message sur page FB | | | | | | X | | | | X | | | | | X | | | | | X | | | X | | |
| 8 | Événement Portes ouvertes | | | | | | | | | | | | | | | | | | | | | | | | | X |

Notes

Notes

## 2 L'optimisation des tournées

■ **Le plan de tournée** prépare et rationalise les déplacements des commerciaux dans un secteur géographique donné en tenant compte des disponibilités des prospects/clients à visiter.

■ Il est généré à l'aide de la **géolocalisation** intégrée au CRM ou avec l'utilisation d'applications accessibles sur le Web telles que Google Maps, Géoconcept, Exanergy, Synchroteam, Portatour, etc.

| Tournée en marguerite | Tournée en escargot | Tournée en zigzag |
|---|---|---|
| La zone de prospection est divisée en secteurs (pétales) autour de l'entreprise. En fonction du volume d'affaires ou du nombre de prospects/clients à visiter, chaque secteur peut être scindé en sous-secteurs. | La zone de départ de la prospection est le siège social de l'entreprise. Le commercial planifie ses visites en suivant le tracé d'une spirale. | Cette tournée est adaptée à une zone géographique étendue. Elle consiste à organiser les tournées autour d'un axe central. Le commercial débute sa $1^{re}$ visite par le prospect/client le plus éloigné. |
| 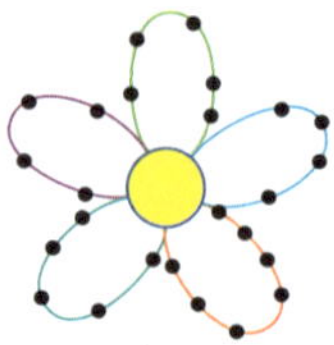  | 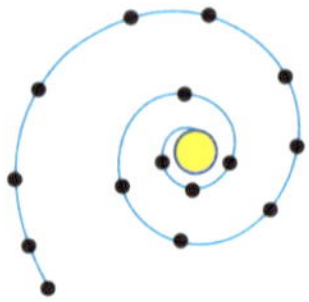  | 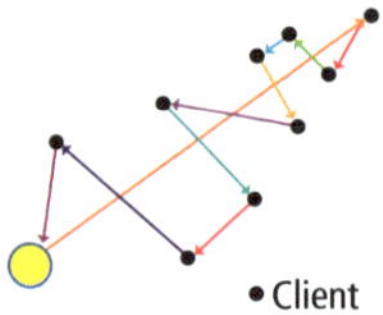  |

■ Quelle que soit la méthode retenue, l'optimisation des tournées permet :

– de diminuer la fatigue du commercial ;

*Ex.* : Déplacements optimisés, donc moins de déplacements en voiture.

– de réduire la pollution (moins de trajets en véhicule) ;

– d'améliorer la relation client ;

*Ex.* : Plus de temps accordé à la visite à un client ou un prospect.

– d'améliorer l'efficience de l'action de prospection.

*Ex.* : Moins de frais liés à l'hébergement.

*À retenir !*

■ La planification et la réalisation de plans de tournées sont autant d'outils qui facilitent l'organisation commerciale.

# La rentabilité d'une démarche de prospection





L'entreprise met en place des actions de prospection pour élargir son portefeuille clients et donc augmenter son chiffre d'affaires tout en maîtrisant ses charges.

## 1 Les charges fixes et variables

■ Les charges fixes sont des dépenses incompressibles. Elles sont indépendantes de l'activité commerciale (les dépenses liées à l'assurance du véhicule de livraison et de la boutique, à l'hébergement d'un site vitrine, etc.).

*Ex.* : Chaque mois, un boulanger s'acquitte des frais de maintenance de son site vitrine même s'il n'a effectué aucune vente.

■ Les charges variables sont proportionnelles à l'activité (elles augmentent si les ventes augmentent et inversement). Dans le cadre d'une prospection de mailing par exemple, les charges varient en fonction du nombre d'envoi.

*Ex.* : Pour réaliser sa campagne de mailing, une coiffeuse a acheté un fichier de 1 000 prospects. Le prix varie en fonction du nombre de contacts achetés.

## 2 Le compte de résultat différentiel

### A. Présentation du compte de résultat différentiel

■ Le compte de résultat différentiel permet d'identifier les indicateurs nécessaires au calcul du seuil de rentabilité (SR).

| Éléments | Montant | % du CA |
|---|---|---|
| Chiffre d'affaires CA | ? (€) | 100 % |
| – Charges variables CV | – ? (€) | – ? % |
| = Marge sur coûts variables MSCV | = ? (€) | = ? % |
| – Charges fixes CF | – ? (€) | |
| = Résultat | = ? (€) | |

Chiffre d'affaires = quantité × prix vente hors taxes (PV HT)

Taux de marge sur coût variable (TMSC)

### B. Analyse des indicateurs

■ Le taux de marge sur coût variable est la part de la marge sur coûts variables par rapport au chiffre d'affaires.

$$TMSCV = \frac{MSCV}{CA} \times 100$$

Notes

Notes

■ **Le résultat** correspond au chiffre d'affaires duquel on déduit les charges fixes et variables.

**Résultat** = (MSCV) – CF ou (CA – CV) – CF

■ **Si le résultat est déficitaire** (négatif), cela signifie que le chiffre d'affaires n'est pas suffisant pour couvrir l'ensemble des charges. Il faut donc diminuer les charges fixes et/ou les charges variables et augmenter le chiffre d'affaires.

■ **Si le résultat est excédentaire** (positif), cela signifie que le chiffre d'affaires couvre l'ensemble des charges et permet à l'entreprise de dégager un bénéfice.

*Ex.* : Un fleuriste a vendu au mois de mars 1 000 de bouquets de fleurs à 20 € l'unité (PV HT). Les charges variables (coût d'achat des fleurs, coût de prospection, etc.) sont évaluées à 16 000 € et les charges fixes à 5 000 €.

| Éléments | Montant | % du CA |
|---|---|---|
| CA | 20 000 € | 100 % |
| – CV | 16 000 € | 80 % |
| = MSCV | 4 000 € | 20 % |
| – CF | 5 000 € | |
| = Résultat | **– 1 000 €** | |

Perte de 1 000 € au mois de mars

## 3 Le seuil de rentabilité (SR) et le point mort

### A. Le seuil de rentabilité

■ **Le seuil de rentabilité** correspond au montant du chiffre d'affaires minimum qui permet à une entreprise de couvrir l'ensemble de ses charges et obtenir un résultat égal à 0.

**Remarque**

Le SR peut se calculer en valeur (montant du chiffre d'affaires) et/ou en volume (nombre d'unités à vendre).

■ SR en valeur : $\textbf{SR} = \frac{\text{CF}}{\text{TMSCV}}$ SR en volume : $\textbf{SR} = \frac{\text{SR en valeur}}{\text{PV HT}}$

■ Lorsque le seuil de rentabilité est égal à 0, on peut en déduire que MSCV = CF.

*Ex.* : L'artisan fleuriste devra réaliser un chiffre d'affaires de 25 000 € pour que son activité soit rentable, soit la vente 1 250 bouquets.
5 000 / 20 % = 25 000 € et 25 000 / 20 € = 1 250 bouquets.

### B. Le point mort

■ **Le point mort** est la date à laquelle le seuil de rentabilité est atteint. À partir de cette date, l'entreprise commence à dégager du bénéfice.

**Point mort** = SR × 360 jours / CA

*À retenir !*

■ Le seuil de rentabilité permet au dirigeant de connaître le chiffre d'affaires minimum à réaliser pour payer la totalité de ses charges, l'objectif étant de dépasser ce seuil pour générer un bénéfice.

# Le suivi de l'activité commerciale

Fiche 11

L'entreprise suit son activité commerciale à l'aide de tableaux de bord et d'indicateurs de performance afin d'assurer la satisfaction de sa clientèle.

## 1 Le tableau de bord

■ Le tableau de bord est un outil de pilotage et de suivi de l'activité commerciale (→ Fiche 68). Le *reporting* régulier des commerciaux permet de :
– visualiser les résultats de l'activité en temps réel ;
– dresser un bilan à la fin de l'action commerciale ;
– proposer des mesures correctrices en cas de renouvellement de l'opération.

## 2 Les indicateurs de performance

■ Les indicateurs de performance (KPI – *Key Performance Indicators*) évaluent l'efficacité et l'efficience d'une campagne.

**Efficacité**
Mesure la capacité d'atteindre un objectif ou résultat.

**Efficience**
Manière dont les ressources ont été utilisées pour atteindre l'objectif ou un résultat.

### A. La prospection terrain

| Quels résultats souhaite-t-on étudier ? | KPI | Formule de calcul |
|---|---|---|
| Combien de prospects ont ouvert leur porte (en %) ? | Taux d'ouverture de portes | (Nombre contacts réalisés (*leads*) / Nombre total de prospects visités) × 100 |
| Sur l'ensemble des contacts réalisés*, combien de visites argumentées ont eu lieu (en %) ?<br>* *Nombre de portes ouvertes* | Taux de visites argumentées | (Nombre de visites argumentées / Nombre de contacts réalisés) × 100 |
| Sur l'ensemble des visites réalisées, combien de prospects ont passé une commande (en %) ? | Taux de transformation ou conversion | (Nombre de commandes / Nombre de visites réalisées) × 100 |
| Quel est le montant du panier moyen ? | Panier moyen | Montant du CA total réalisé / Nombre de clients |

Relation client et négociation-vente

Notes

Notes

### B. La prospection téléphonique

| Quels résultats souhaite-t-on étudier ? | KPI | Formule de calcul |
|---|---|---|
| Sur l'ensemble des appels réalisés, combien d'appels n'ont pas abouti (en %) ? | Taux de validité du fichier | (Nombre d'appels non aboutis / Nombre d'appels réalisés) × 100 |
| Quelle est la durée moyenne de l'ensemble des appels réalisés par le téléacteur ? | Durée moyenne de l'appel | Durée totale des appels / Nombre d'appels réalisés |
| Sur l'ensemble des appels aboutis, quelle est la durée moyenne d'une communication ? | Durée moyenne de communication (DMC) | Durée totale des communications / nombre d'appels aboutis |
| Sur l'ensemble des appels aboutis, combien d'appels ont été argumentés (en %) ? | Taux d'appels argumentés | (Nombre d'appels argumentés / Nombre d'appels aboutis) × 100 |
| Sur l'ensemble des appels aboutis, combien de rendez-vous ont été décrochés (en %) ? | Taux de transformation | (Nombre de RDV obtenus / Nombre d'appels aboutis) × 100 |

### C. Les campagnes e-mailing

| Quels résultats souhaite-t-on étudier ? | KPI | Formule de calcul |
|---|---|---|
| Sur l'ensemble des courriels envoyés, combien n'ont pas été délivrés au destinataire (en %) ? | Taux de rebond | (Nombre de courriels non délivrés /Nombre de courriels envoyés) × 100 |
| Sur l'ensemble des courriels envoyés, combien de destinataires l'ont ouvert (en %) ? | Taux d'ouverture | (Nombre de courriels ouverts / Nombre de courriels envoyés) × 100 |
| Sur l'ensemble des courriels envoyés, combien de destinataires ont cliqué sur un lien (en %) ? | Taux de clics | (Nombre de clics / Nombre de courriels envoyés) × 100 |
| Parmi ceux qui ont ouvert le courriel, combien ont cliqué sur un lien (en %) ? | Taux de réactivité | (Nombre de clics / Nombre de courriels ouverts) × 100 |
| Sur l'ensemble des courriels envoyés, combien de destinataires ont réalisé une action (commandes, demande de RDV…) (en %) ? | Taux de conversion | (Nombre de destinataires ayant réalisé une action / Nombre de courriels envoyés) ×100 |

## 3 La prospection digitale

| Que veut-on savoir ? | Indicateur | Formule de calcul |
|---|---|---|
| Combien de visiteurs anonymes se transforment en *leads* (en %) ? | Taux de conversion | (Nombre de *leads* / Visiteurs) × 100 |

À retenir !

- Tout au long de la démarche de prospection, les indicateurs choisis pour le tableau de bord permettent de procéder à des réajustements afin de la rendre plus efficace.

# Le développement des réseaux professionnels

Fiche 12

Le **réseautage** (*networking*) consiste à créer des contacts professionnels *via* les réseaux sociaux et la participation de l'entreprise à des réseaux d'affaires.

## 1 Les réseaux sociaux professionnels

### A. Le réseau social

■ Un réseau social permet aux individus ou entreprises de se créer une page personnelle afin de partager et d'échanger des informations, des photos ou des vidéos avec leur communauté, leur réseau.

■ Chaque réseau a sa spécificité :

– une tranche d'âge ciblée ;

*Ex.* : Snapchat cible les adolescents.

– une passion commune ;

*Ex.* : La décoration sur Pinterest.

– un type de publication ;

*Ex.* : Photo pour Instagram ou vidéos pour YouTube.

– des objectifs professionnels.

*Ex.* : LinkedIn et Viadeo.

### B. Le réseau social professionnel de référence : LinkedIn

■ LinkedIn est né en 2003 aux États-Unis. En 2020, LinkedIn compte plus de 670 millions de professionnels à travers le monde et 20 millions de membres inscrits en France (soit près de 64 % de la population active). On estime qu'il y a plus de 2 nouveaux inscrits par seconde.

■ Cette plateforme a été conçue pour aider les professionnels et entrepreneurs à construire et à agréger leur réseau professionnel, à trouver de nouvelles opportunités ou à développer leur image de marque. Le professionnel crée un profil LinkedIn et l'entreprise crée une page entreprise.

■ LinkedIn offre la possibilité de distribuer du contenu (partage d'expérience, mise en avant de l'expertise, conseils professionnels…) et de générer un trafic sur le site de l'entreprise.

■ Le réseau facilite le recrutement : les profils LinkedIn peuvent s'apparenter à des CV interactifs. Les recruteurs disposent alors d'un vivier de candidats potentiels. Des outils de préparation aux entretiens d'embauche sont, également, partagés sur la plateforme.



Notes

Notes

■ LinkedIn évolue sans cesse pour suivre les tendances du marché. Dernière fonctionnalité proposée : la possibilité pour les professionnels d'utiliser la plateforme pour créer des sondages.

## 2 Les réseaux d'affaires

■ Le professionnel peut adhérer à une multitude de réseaux associatifs regroupant des professionnels. Ces clubs d'entrepreneurs se distinguent en fonction de plusieurs critères.

| Critère | *Exemples* |
|---|---|
| L'étendue géographique | • Réseau local : Club des entrepreneurs du Niortais (rayonnement d'environ 20 km autour de Niort).<br>• Régional : SPN, les professionnels du numérique et de l'image.<br>• National : DCF, Dirigeants commerciaux de France. |
| Les conditions d'accès des membres | • Réservé aux femmes : Entreprendre au féminin.<br>• Un seul représentant par profession : BNI Business Network International.<br>• Membres exerçant la même profession : viticulteurs propriétaires récoltants. |
| Les coûts d'adhésion | Entreprendre au féminin : à partir de 70 €/an. |
| Le nombre d'adhérents | Une vingtaine de personnes à des milliers. |
| Les valeurs et ambitions | • Financer et suivre les projets de création d'entreprise : Initiative France.<br>• Développer l'activité commerciale et le portefeuille prospects/contacts d'affaires : BNI.<br>• Renforcer les compétences : CJD Centre des jeunes dirigeants d'entreprise. |
| Les modalités d'organisation | Visites d'entreprises, conférences, réunions en plénière et en comité restreint (6 à 7 personnes), communication *via* courriels et réseaux sociaux, etc. |

## 3 L'intérêt des réseaux professionnels

■ Les réseaux digitaux et/ou l'adhésion à un club professionnel permettent de :
– constituer un carnet d'adresses (contacts virtuels ou physiques) ;
– développer son réseau de connaissances, entrer en contact avec d'autres membres, se faire recommander ;
– partager des connaissances et de profiter de l'expertise des autres membres ;
– augmenter la notoriété et la visibilité professionnelle ;
– recruter des collaborateurs ou des partenaires ;
– réaliser une veille informationnelle (surveiller les nouveautés, innovations, la législation, etc.).

À retenir !

■ La force des réseaux repose sur la volonté d'échanger entre professionnels, que ce soit sur les réseaux sociaux ou par le biais des réseaux d'affaires.

# La communication interpersonnelle

Fiche 13

La communication est au cœur de la relation client. Pour bien communiquer, l'entreprise doit être réactive et proactive.

## 1 La communication interpersonnelle

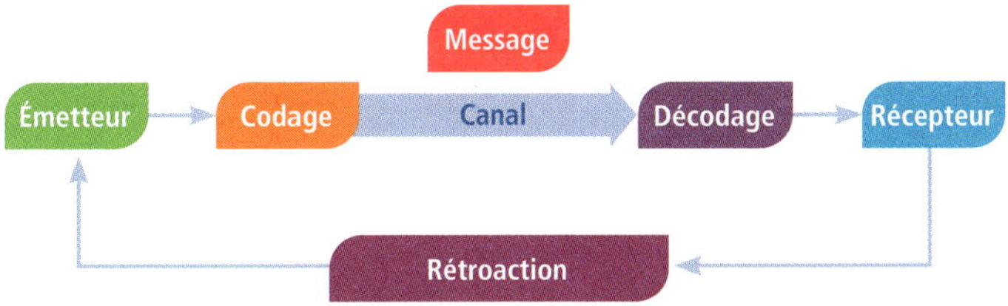


■ L'émetteur transmet un message à un récepteur, à travers un canal de communication (face-à-face, téléphone…). Il traduit l'information en langage compréhensible pour le récepteur (codage) qui décode le message pour le comprendre.

■ La rétroaction (*feedback*) permet de contrôler que le message est bien reçu et compris.

## 2 Les deux dimensions de la communication

■ Communication verbale : registre de langage, vocabulaire, voix (ton, débit, articulation, etc.).

■ Communication non verbale : il s'agit du langage corporel : regard, sourire, gestes, aspect physique et vestimentaire, etc.

## 3 Le rôle des acteurs de la communication

### A. Les variables psychologiques

■ La personnalité d'un individu (*ex :* l'extraversion, l'amabilité) et ses émotions (*ex :* joie, peur) se traduisent en une attitude (prédisposition à agir et à penser) qui détermine la communication.

### B. Les variables cognitives

■ Le fonctionnement intellectuel de chaque individu ainsi que sa représentation de la situation influencent l'interprétation de l'information.

Relation client et négociation-vente

Notes

Notes

### C. Les variables sociales

■ Le comportement de l'interlocuteur est influencé par différentes variables :

| | |
|---|---|
| Culture | Ensemble des normes, croyances et valeurs d'une société. |
| Statut social | Position dans un système social donné.<br>*Ex.* : Recruteur, étudiant… |
| Rôle social | Comportement attendu par rapport au statut. |
| Groupes d'appartenance et de référence | Ils déterminent les attitudes et les valeurs. |
| Stéréotypes et préjugés | Représentation simplifiée d'un individu ou d'un groupe social et opinion préconçue. |

## 4 Les obstacles à la communication

■ Les obstacles à la communication sont multiples :
– problème d'**expression** : décalage entre ce que l'émetteur veut exprimer et ce qu'il exprime vraiment ;
– **contextes spatial** (lieu et conditions de la communication) **et temporel** non propices ;
*Ex.* : Un endroit bruyant, avec un interlocuteur pressé.
– **choix du canal** : certaines informations passent mieux à l'oral qu'à l'écrit ;
– **déperdition** du message : entre ce qui doit être dit et ce qui est retenu ;
– problème de **signification** : lié au vocabulaire utilisé (*ex :* jargon technique), à l'expression, à des explications imprécises ou confuses.

## 5 Une communication efficace

■ Une **communication interpersonnelle réussie** passe par plusieurs étapes :

étape 1 bien se connaître pour maîtriser ses émotions et développer la confiance en soi ;

étape 2 préparer sa communication : quoi dire, par quel moyen, à qui, avec quels effets ?

étape 3 s'assurer que l'autre est disponible et à l'écoute ;

étape 4 faire des phrases courtes et directes, avec un vocabulaire précis et compréhensible ;

étape 5 vérifier la bonne compréhension de l'interlocuteur (questionner, reformuler) ;

étape 6 s'interroger et se remettre en question.

À retenir !

■ Tout communique ! Des obstacles peuvent nuire à une bonne communication.

# Les stratégies de communication commerciale

Fiche 14

Relation client et négociation-vente

Le digital multiplie les interactions, l'entreprise doit proposer une solution adaptée aux besoins de l'interlocuteur.

## 1 L'analyse transactionnelle (AT)

■ Trois « états du moi » cohabitent en chaque personne, aucun état n'est supérieur à un autre. Les trois états peuvent être activés alternativement en fonction de la situation.

| L'état **parent** : je contrôle | L'état **adulte** : je pense | L'état **enfant** : je ressens |
|---|---|---|
| • Le parent critique, applique des règles et juge.<br>• Le parent nourricier conseille, soutient voire étouffe. | L'adulte étudie l'information avec objectivité, raisonne et prend du recul. | • L'enfant adapté est soumis (accepte ce qu'on lui dit) ou rebelle.<br>• L'enfant créatif est intuitif pour trouver des solutions.<br>• L'enfant spontané laisse s'exprimer ses émotions. |

■ Repérer l'état du moi activé chez le client permet d'adapter son comportement sans générer de conflit et de mieux répondre à ses attentes.

## 2 La programmation neurolinguistique (PNL)

■ On distingue trois systèmes sensoriels dans la communication interpersonnelle :

1. visuel : je vois ;
2. auditif : j'entends ;
3. kinesthésique : je touche, je sens, je goûte et je ressens.

■ Le commercial veille à repérer le système sensoriel de l'interlocuteur et à s'y adapter en imitant l'autre (synchronisation) par :
– son comportement verbal : le vocabulaire utilisé ;
– son comportement non verbal : la voix (ton, rythme…), la posture et les gestes, les émotions…

*Ex.* : La personne visuelle aura besoin d'observer pour comprendre, l'auditive appréciera les témoignages d'utilisateurs, la kinesthésique sera sensible à la manipulation du produit.

## 3 Les compétences relationnelles

### A. L'empathie

■ L'empathie est la faculté de se mettre à la place d'autrui et de comprendre son point de vue. Elle permet de créer la confiance

Notes

Notes

et de proposer une solution adaptée. Elle se distingue de la sympathie et de l'antipathie.

### B. L'écoute active et la reformulation

■ **L'écoute active** est la capacité d'écouter l'autre attentivement (au niveau verbal et non verbal), sans juger ni interpréter, pour instaurer une relation de confiance.

■ Elle induit un **questionnement** pour approfondir et une **reformulation** pour vérifier la bonne compréhension.

### C. L'assertivité

■ **L'assertivité** est une attitude qui permet de s'affirmer soi-même tout en respectant l'autre, de communiquer sans passivité et sans agressivité.

■ Cela suppose de communiquer de façon directe, ferme et appropriée avec une bonne maîtrise de soi. Elle est préconisée dans les situations pouvant générer des tensions.

*Ex.* : La gestion des réclamations clients.

## 4 Les enjeux de la communication

■ **Un enjeu** est ce que l'on peut gagner ou perdre, ce que l'on recherche et ce que l'on risque.

| Enjeu de type opératoire (pour soi face à l'autre) | Enjeu de type identitaire (entre soi et les autres) |
|---|---|
| Atteindre un objectif concret et opérationnel.<br>*Ex.* : Qualifier le prospect, vendre sans remise. | Donner une image de soi valorisante.<br>Se positionner par rapport à l'autre, préserver son statut.<br>*Ex.* : Être reconnu dans son rôle de conseiller. |

## 5 Les stratégies de communication

■ Il existe différentes stratégies de communication.

■ **La stratégie intégrative** (gagnant-gagnant) : les interlocuteurs recherchent un consensus, des gains mutuels dans une relation pérenne de confiance.

■ **La stratégie de compromis** : situation de marchandage qui peut évoluer vers une stratégie intégrative.

■ **La stratégie distributive** (gagnant-perdant) : c'est une négociation conflictuelle, dans un climat de méfiance et de confrontation, qui peut générer une rupture de la communication.

À retenir !

■ Communiquer avec efficacité suppose d'observer et de s'adapter à l'autre en pratiquant l'empathie, l'écoute active et en privilégiant une stratégie intégrative.

# La communication téléphonique

Fiche 15

Le téléphone est un outil incontournable de la prospection clientèle et pour la prise de rendez-vous.
L'échange est réduit au vocal et au verbal, mais qui facilite la communication. Le téléphone permet des échanges en temps réel et l'obtention d'une réponse immédiate.

## 1 Les caractéristiques d'un entretien téléphonique

### A. L'impact de la voix

■ La voix et la manière dont on l'utilise ont un impact très important lors d'un échange téléphonique :
– l'intensité : éviter de forcer sa voix et parler avec sa voix naturelle car elle minimise la fatigue ;
– le timbre : développer l'harmonie de sa voix ;
– l'articulation : avoir une fluidité dans l'articulation pour une bonne compréhension ;
– le débit : parler à un rythme qui facilite la compréhension, assez lentement au début de l'entretien ;
– l'intonation : éviter d'avoir un discours monotone qui n'exprime pas les émotions et les sentiments ;
– le sourire avant de décrocher, avoir l'esprit positif.

### B. Adopter un style direct

■ Privilégier la clarté du message par des phrases courtes (sujet + verbe + complément) qui facilitent la compréhension et la mémorisation du message.

## 2 La préparation d'un entretien téléphonique

■ Le téléphone permet des contacts en appel sortant (*ex. :* émission d'appel pour la prospection ou prise de rendez-vous) ou en appel entrant (*ex. :* en réception pour la prise de commande).

■ La préparation est indispensable pour cibler sa campagne avec des informations qualifiées sur les prospects ou les clients :
– se préparer matériellement dans un espace calme ;
– créer une trame téléphonique (ou plan d'appel ou script) ou un guide d'entretien téléphonique (GET) allant à l'essentiel et permettant de poser les bonnes questions et de valider la compréhension du message ;
– avoir une liste ou fichier des entreprises ou interlocuteurs à appeler sur un logiciel CRM (*Customer Relationship Management*) ou un simple logiciel de phoning ;



Notes

– choisir les jours appropriés (éviter le lundi matin et vendredi après-midi) et un horaire adapté (en journée pour les professionnels, en soirée pour les particuliers) ;
– se préparer psychologiquement : faire preuve d'empathie et d'écoute active, être persévérant et assez tenace (en moyenne plus de 6 appels pour joindre la bonne personne).

## 3 La conduite d'un entretien téléphonique

### A. Les appels sortants

■ Pour les appels sortants, un guide d'entretien téléphonique (ou plan d'appel) avec la méthode CROC aide à organiser son entretien de manière cohérente et structurée.

| | Phase d'appel | Contenu | Objectif |
|---|---|---|---|
| C | Prise de contact | • Accueil (bonjour).<br>• Identification des intervenants (présentation des deux intervenants) et de l'entreprise. | • Formule de politesse.<br>• Présentation.<br>• Identification. |
| R | Raison | Explication des motifs de l'appel ET argumentation. | • Exposé clair du motif.<br>• Il faut « accrocher » l'interlocuteur. |
| O | Objectif | Dialogue avec l'interlocuteur et réponse aux objections. | • Obtenir ou donner des renseignements.<br>• Développer les idées et répondre aux objections pour atteindre un résultat. |
| C | Conclusion | • Conclure en reformulant.<br>• Saluer. | • Reformuler.<br>• Remercier pour l'écoute et la disponibilité.<br>• Saluer l'interlocuteur.<br>• Ne pas relancer. |

■ Poser sa voix, parler doucement et lentement. Suivre les règles d'une expression de qualité : clarté, précision et concision.

### B. Les appels entrants

■ Pour la réception d'appels entrants, on utilise la méthode CERC qui permet une bonne prise en charge des contacts entrants.

| Phase d'appel | Contenu |
|---|---|
| Contact | • Présentation de l'entreprise, de soi-même.<br>• Identification de l'interlocuteur.<br>• Demander l'objet de l'appel. |
| Écoute | • Questionner et reformuler la demande de l'interlocuteur.<br>• Être attentif. |
| Réponse | Traitement de l'objet de l'appel ou orientation vers le bon interlocuteur ou proposition de transmettre un message. |
| Conclusion | Remercier, personnaliser la prise de congé. |

À retenir !

■ Les appels sortants sont préparés à l'aide de la méthode CROC, les appels entrants sont traités avec la méthode CERC.

# La communication à l'écrit



La communication à l'écrit suppose de respecter un certain formalisme pour être efficace.

## 1 Les règles générales pour l'écrit

■ Pour écrire efficacement, il faut se poser les questions QQOQCP :

- ☑ Qui ?
- ☑ Quoi ?
- ☑ Où ?
- ☑ Quand ?
- ☑ Comment ?
- ☑ Pourquoi ?

■ Cette méthode permet d'adapter le type de communication à l'objectif et à la cible.

■ On rédige ensuite le message selon la règle des 4 C.

**4 C**

| Correct | Concis | Concret | Convaincant |
| --- | --- | --- | --- |
| • Soigner l'orthographe et l'expression.<br>• Parler au présent ou au futur (pas de conditionnel).<br>• Utiliser un vocabulaire et un ton appropriés. | • Utiliser des phrases courtes de 20 mots maximum.<br>• Proposer une idée par paragraphe.<br>• Mettre les idées principales en valeur.<br>• Lisibilité : aérer le texte. | • Privilégier des verbes d'action.<br>• Structurer : plan logique.<br>• Adopter un style direct.<br>• Énoncer des faits, des chiffres.<br>• Expliquer les sigles, les termes techniques. | • Soigner la présentation.<br>• Adapter les formules d'introduction et de politesse à la cible.<br>• Ne pas utiliser de mots parasites, rester positif.<br>• Utiliser le « vous » pour impliquer.<br>• S'engager (être sûr de soi, affirmatif). |

Notes

Notes

## 2 Les différents types d'écrits

| | |
|---|---|
| **Lettre** | Outil de communication externe qui comprend :<br>– un en-tête : coordonnées de l'émetteur et du récepteur, objet, date ;<br>– un corps : formule d'appel, texte structuré, formule de politesse et signature (avec le nom et la fonction).<br>***Ex.* :** Lettre de motivation, publipostage. |
| **Courriel** | • Communication interne ou externe professionnelle.<br>• Comprend un objet explicite, un message court et direct, une formule de politesse simplifiée et une signature. |
| **SMS** | Communication interne ou externe professionnelle, en 160 caractères maximum. |
| **Rapport** | • Communication interne d'aide à la prise de décision.<br>• Présente une description et une analyse de la situation voire les solutions envisageables.<br>***Ex.* :** Rapport d'activité (*reporting*). |
| **Note** | Communication interne afin de transmettre des consignes ou informer sur un sujet.<br>***Ex.* :** Note de service. |
| **Compte rendu** | Utilisé en interne, pour garder une trace objective d'un évènement.<br>***Ex.* :** Compte rendu de réunion. |

## 3 Les écrits commerciaux : la méthode AIDA

- Toute action marketing a pour objectif d'attirer et de convertir un prospect en client.
- La méthode AIDA permet d'optimiser la création des écrits commerciaux.

| | |
|---|---|
| **Attention** | **Attirer l'attention** avec une accroche adaptée, un visuel, des mots-clefs. |
| **Intérêt** | **Susciter l'intérêt** avec un message personnalisé et percutant. |
| **Désir** | **Provoquer le désir** en présentant les avantages pour le destinataire. |
| **Action** | **Pousser à l'action** avec une proposition (*ex.* : cadeau privilège...). |

*À retenir !*

- Les méthodes QQOQCP, AIDA et la règle des 4C contribuent à communiquer efficacement à l'écrit.

# La communication en face-à-face

Fiche 17

La communication en face-à-face correspond à différentes situations : entretien de recrutement, accueil sur un lieu de vente, rendez-vous chez le client, etc.

## 1 La préparation du contact physique

### A. La préparation méthodologique

- Préparer sa présentation avec une accroche et la mise en valeur de l'offre.
- Se fixer des objectifs.

### B. La préparation matérielle

- Prévoir tous les outils d'aide à la vente : documents commerciaux (carte de visite, catalogue produits, échantillons, bon de commande…) et outils d'organisation (agenda…).
- Préparer l'espace d'accueil.

### C. La préparation psychologique et physique

- Être assuré et confiant, sans excès.
- Faire preuve d'ouverture d'esprit.
- Être ponctuel.
- Soigner son image, sa tenue vestimentaire.

## 2 La première impression

- « Vous n'aurez jamais une deuxième chance de faire une bonne première impression ». Le premier contact avec son interlocuteur est décisif, respecter la règle des 4 × 20 favorise la réussite du contact.

| 20 premières secondes | 20 premiers pas et gestes | 20 premiers mots | 20 centimètres du visage |
|---|---|---|---|
| C'est la première impression de l'interlocuteur. | • Démarche et attitude assurée, mais non arrogante.<br>• Posture droite (corps redressé).<br>• Poignée de main ferme, sans excès.<br>• Gestes d'ouverture.<br>*Ex.* : Ne pas croiser les bras.<br>• Tenue professionnelle et adaptée à la situation. | • Phrase de salutation et de présentation concise et précise.<br>• Voix assurée avec une bonne articulation.<br>• Vocabulaire positif et compréhensible. | • Visage ouvert.<br>• Regard franc et direct.<br>• Sourire naturel. |

Relation client et négociation-vente

Notes

Notes

## 3 L'espace

### A. Le cadre de l'échange

■ Le lieu dans lequel se déroule la communication ainsi que l'aménagement de l'espace ne sont pas neutres. La qualité de l'accueil favorise la confiance et l'échange.

### B. La proxémie

■ La proxémie est l'étude des distances sociales entre les individus, étudiée par Edward T. Hall. On distingue quatre zones :

1. distance intime : de 0 à 45 cm. Entre proches ;
2. distance personnelle : de 45 cm à 1,2 m. Relations d'échange sur des sujets personnels ou professionnels ;
3. distance sociale : entre 1,2 m à 3 m. Relations courantes impersonnelles entre des personnes qui se connaissent peu ;
4. distance publique : plus de 3 m. Communication devant un auditoire (orateur).

■ Il convient de respecter la « bulle » de son interlocuteur et de trouver la bonne distance pour créer un climat de confiance. Cette distance varie selon les cultures et selon les étapes de l'entretien.

*Ex.* : La démonstration du produit favorise un rapprochement entre le commercial et le prospect.

## 4 Créer un lien

■ Pour créer un lien avec l'interlocuteur, la première règle est de respecter les codes liés aux relations interpersonnelles : règles de politesse, de savoir-être.

*Ex.* : Chez le client, attendre d'être invité(e) à s'asseoir. Éviter de poser ses affaires sur le bureau du client et de répondre au téléphone.

■ Il faut également être attentif à la communication verbale et non verbale.

■ Il s'agit ensuite de créer un climat de confiance :
– faire preuve d'empathie et d'écoute active ;
– observer et s'intéresser à l'autre : être ouvert, curieux tout en restant discret et non intrusif ;
– rassurer en apportant des preuves.

■ Enfin, il est important de soigner la prise de congé.

À retenir !

■ En situation de communication en face-à-face, la première et la dernière impression doivent être soignées car elles conditionnent la suite de la relation.

# Le comportement d'achat des clients

Fiche 18

Le comportement d'achat désigne la manière dont un individu agit ou réagit face à une situation d'achat. L'analyse de ce comportement permet à l'entreprise de comprendre comment les individus choisissent et achètent des biens afin de satisfaire leurs besoins.

## 1 Les types d'achat

■ On distingue **trois catégories** d'achat :

1. **l'achat impulsif** : le client achète alors qu'il ne l'avait pas prévu ;

*Ex.* : Produit peu impliquant financièrement ; produit mis en valeur (tête de gondole, promotion...).

2. **l'achat réfléchi** : il concerne souvent des produits nécessitant une réflexion avant achat. On parle aussi d'achat raisonné ;

*Ex.* : Produit onéreux : une voiture.

3. **l'achat routinier** : il concerne des biens de consommation courante pour lesquels le client doit renouveler périodiquement l'achat.

*Ex.* : La nourriture, la lessive...

## 2 Les facteurs d'influences

■ Le comportement d'achat d'un consommateur est sous l'influence de nombreux facteurs : culturels, sociaux, personnels et psychologiques. L'entreprise a tout intérêt à connaître les déterminants de l'achat afin de prendre des décisions raisonnées en termes de marchéage. Quel produit mettre sur le marché ? À quel prix ? Par quel réseau de distribution ? Avec quelle communication ?

| Les facteurs socioculturels | Les facteurs personnels | Les facteurs psychologiques |
|---|---|---|
| • La famille, l'école<br>• Les amis<br>• Le système de valeur<br>• Les groupes d'appartenance<br>• La classe sociale<br>• Le mode de vie<br>• Profession, revenu, patrimoine<br>• Zone d'habitation<br>• Niveau d'instruction | • L'âge, le sexe<br>• La position économique<br>• La personnalité<br>• La conception de soi<br>• Le revenu<br>• La situation familiale | • La motivation et les freins : ce qui pousse le client à agir ou qui entrave son acte d'achat.<br>• La perception : processus d'interprétation des informations externes.<br>• La croyance et l'attitude. |

Relation client et négociation-vente

Notes

Notes

## 3 Le processus d'achat en *B to C*

■ Le processus d'achat retrace l'ensemble des étapes qui conduisent un consommateur à choisir un bien ou un service.

■ En *B to C*, le prescripteur et l'acheteur sont souvent la même personne.

**Reconnaissance d'un besoin**
Prise de conscience d'un manque ou d'un inconfort que le consommateur va satisfaire par l'achat d'un bien ou service.

↓

**Recherche d'information**
Le consommateur fait appel à des informations pour trouver le produit ou le service le mieux adapté.

↓

**Évaluation des choix**
Le consommateur évalue les solutions envisageables et réalise une analyse comparative des différentes solutions.

↓

**Décision d'achat**
Le consommateur concrétise l'acte d'achat en choisissant le produit qui permettra de satisfaire au mieux ses besoins.

↓

**Évaluation post-achat**
Le consommateur évalue l'utilité de son achat par rapport à son besoin.
Si l'utilité est positive, le consommateur est fidélisé.
Si l'utilité est négative, il se détourne du produit ou du service.

*À retenir !*

■ L'analyse du comportement du consommateur permet de comprendre les déterminants et les motivations d'achat des clients et de proposer les produits et/ou services qui vont satisfaire au mieux leurs besoins.

# La connaissance du client

Fiche 19

Relation client et négociation-vente

Afin de répondre aux attentes du client il importe de connaître ses besoins ainsi que les motivations et les freins qui déterminent son acte d'achat.

## 1 Les besoins des clients

■ La classification d'A. Maslow hiérarchise les besoins, sous forme de pyramide en 5 niveaux :

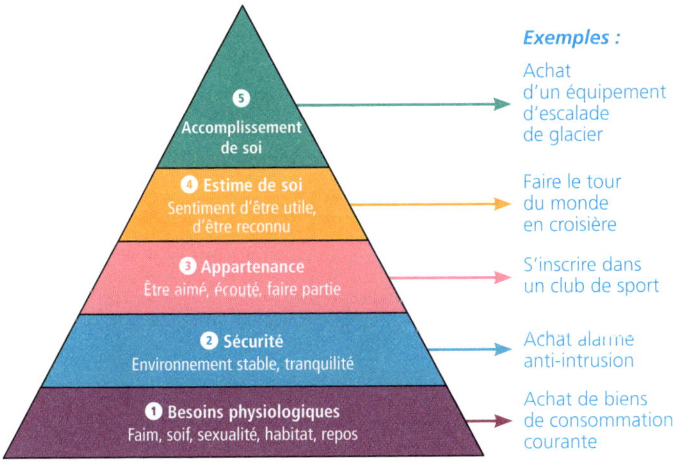


Notes

## 2 Les motivations et les freins

■ L'achat ou le non-achat est un arbitrage entre les motivations et les freins de l'individu.

| Les motivations | Les freins |
| --- | --- |
| Il s'agit des forces conscientes ou inconscientes, qui poussent le consommateur à agir dans le but de satisfaire un besoin. On trouve :<br>– **la motivation hédoniste** : se faire plaisir ;<br>– **la motivation oblative** : faire plaisir aux autres ;<br>– **la motivation d'auto-expression** : s'affirmer. | Il s'agit des forces qui empêchent ou retardent l'achat (c'est l'inverse des motivations). On distingue :<br>– **les inhibitions** : difficulté à agir en contradiction avec ses valeurs morales ;<br>– **les risques** : éventualité d'événements défavorables liés à l'achat : risque social (opinion des autres), risque physique (santé), risque financier (perte d'argent)… ;<br>– **les peurs** : réelles ou imaginaires, liées à la difficulté d'utilisation du produit ou à la réalisation du service. |

Notes

## 3 La qualification du fichier clients

■ Une connaissance client approfondie et fine permet d'adapter l'offre de l'entreprise aux besoins des clients.

■ Cela commence par la qualification du fichier clients qui alimente le système d'information commercial (SIC).

| Type d'information | Données à renseigner |
|---|---|
| **Identification** | Nom et prénom, adresse, code postal, ville, adresse électronique, numéro de téléphone… |
| **Qualification** | Date de naissance, situation matrimoniale, type d'habitation, situation professionnelle, revenu, centres d'intérêt… |
| **Historique de la relation** | Produits ou services commandés, montant des commandes, date du dernier achat, réclamation, incidents de paiement, SAV, page du site visité… |

■ Une bonne qualification du fichier clients permet de répondre aux questions qui aboutissent à un meilleur ciblage et donc à une valorisation du portefeuille clients par :
– la conquête de nouvelles clientèle (prospects, clients de la concurrence) ;
– la mise en place d'un programme de fidélisation ;
– l'adaptation des efforts des commerciaux au potentiel client.

## 4 La construction d'un *persona*

■ Un *persona* est une personne fictive représentant un groupe ou un segment cible dans le cadre du développement d'un nouveau produit ou service.

■ Elle est dotée d'attributs et de caractéristiques sociales et psychologiques qui enrichissent son profil pour mieux exprimer les caractéristiques du groupe cible.

■ Le *persona* est généralement doté d'un prénom.

*Ex.* : Pour la vente des piscines, votre *persona* serait : un couple, Christel et David propriétaire d'une maison à Aix-en-Provence. Ils ont 38 et 40 ans, Christel est professeur et David est entrepreneur. Ils gagnent environ 90 k€ par an. Ils ont 2 enfants, 5 et 8 ans. Ils décident souvent ensemble mais Christel est plus attentive que David aux grandes tendances de la mode. Il s'agit donc du client type ciblé.

À retenir !

■ **Seule une connaissance fine des besoins clients ainsi que de leurs motivations et freins d'achat permet d'anticiper la vente et de mieux répondre à leurs attentes.**

# Le diagnostic client

Fiche 20

Relation client et négociation-vente

L'objectif du diagnostic client est la découverte des besoins, des motivations et des freins des clients pour mieux leur répondre et les fidéliser. Pour cela, il est nécessaire de poser les bonnes questions et de pratiquer une écoute active.

## 1 Le plan de découverte

- Le plan de découverte, est une liste de points à aborder pour découvrir les besoins, attentes, enjeux et motivations d'achat du prospect/client, dans le but de préparer le terrain à l'argumentaire de vente.
- L'objectif est de valider les informations connues sur le client/prospect et en apprendre plus sur ces motivations d'achat.

| | |
|---|---|
| **Situation actuelle** | • Quel produit le client a-t-il maintenant ?<br>• Depuis combien de temps ?<br>• Habitudes d'utilisation du produit.<br>• Degrés de satisfaction.<br>• Motif(s) d'insatisfaction éventuelle. |
| **Situation future** | • Motivations d'achat.<br>• Utilisation future du produit.<br>• Quelles sont les caractéristiques recherchées ?<br>• Quel est son budget ?<br>• Prête-t-il plus d'importance à la qualité du produit ou service, ou à l'affaire qu'il peut faire ?<br>• Les éléments déterminants pour se décider. |

Notes

## 2 Les différents types de questions

- La mise en application du plan de découverte nécessite la préparation d'un questionnement pour mieux déceler les besoins et les motivations du client/prospect.

| Types de questions | Objectifs | *Exemples* |
|---|---|---|
| **Questions ouvertes** | Permettent d'ouvrir le dialogue avec le client, de le faire parler, de découvrir ses motivations. | • « Quel…, Que…, Pourquoi…, Que pensez-vous… ? »<br>• « Qu'est-ce qui vous décide dans l'achat d'une voiture ? » |
| **Questions fermées** | Amènent le client à répondre par « oui » ou par « non » pour avoir une information précise sur un point précis. | • « Est-ce que…, Souhaitez-vous…, Êtes-vous…, Pouvez-vous… ? »<br>• « Choisissez-vous votre voiture en fonction du prix ? » |

Notes

| | | |
|---|---|---|
| **Question alternative** | Contraint le client à prendre position. | • « … ou… ? »<br>• « Choisissez-vous un modèle de voiture en priorité à cause du prix ou du confort ? » |
| **Question miroir** | Consiste à renvoyer l'objection au client en la reformulant sur le ton interrogatif de celui qui veut en savoir davantage. En général, on reprend le dernier mot. | • « J'achète toujours des voitures d'occasion, c'est moins risqué. »<br>• « Moins risqué ? » |
| **Question relais** | Utile face à un client qui ne parle pas, qu'on est obligé de solliciter. | • « Que voulez-vous dire… »<br>• « Pouvez-vous me préciser… » |
| **Questions d'orientation** | Tendent à entraîner le client sur la voie que l'on a choisie. Il s'agit de lui suggérer une idée. | • « Ce que vous souhaiteriez, c'est une voiture qui soit… » |
| **Question de contrôle** | Objectifs :<br>– enregistrer un point d'accord avec le client ;<br>– contrôler qu'il n'y a pas incompréhension. | • « Si j'ai bien compris… Vous êtes donc d'accord pour que… »<br>• « En fait, vous considérez donc… » |

## 3 L'écoute active et la reformulation

### A. L'écoute active

■ L'écoute active regroupe un ensemble de techniques verbales et non-verbales. Elle permet de faire parler le client :
– pour recueillir les informations nécessaires à l'élaboration de l'offre et à l'argumentaire ;
– pour découvrir d'éventuelles opportunités complémentaires de vente.

■ Elle contribue donc à créer une relation de partenariat avec le client, qui se sent important, car écouté et compris.

■ L'écoute active est indispensable pendant toute la durée de l'étape de découverte de l'entretien de vente.

### B. La reformulation

■ La reformulation permet de s'assurer de la compréhension des informations fournies, d'encourager le client à en dire plus et éventuellement de relancer.

*À retenir !*

■ En pratiquant une écoute active et un questionnement approprié, le diagnostic client permet de mieux cerner les besoins, les motivations et les freins d'achat du client.

# L'argumentaire de vente

Fiche 21

Relation client et négociation-vente

L'argumentation est la suite logique du diagnostic client. Elle a pour but de convaincre le client que la solution proposée est la plus adaptée à ses besoins.

## 1 L'argumentaire de vente

■ L'objectif du commercial est de convaincre le client que la solution proposée est la plus adaptée à ses besoins. La méthode caractéristiques, avantages, preuves (CAP) peut être utilisée pour construire son argumentaire.

| Caractéristiques | Avantages | Preuves |
|---|---|---|
| Identifier les caractéristiques intrinsèques du produit ou du service que le commercial va lister au client, qu'elles soient techniques (composition, design…) ou commerciales (notoriété, garantie, SAV). | Développer l'intérêt pour le client de profiter de ces caractéristiques en fonction de son mobile d'achat et de ses motivations exprimées lors de la découverte de son profil SONCASE. | Présenter les preuves tangibles qui permettent de convaincre le client que l'avantage décrit est bien réel. |

## 2 Les motivations du client

■ L'argumentaire est conçu en fonction du profil du client, construit autour de 7 critères : sécurité, orgueil, nouveauté, confort, argent, sympathie, environnement (SONCASE).

| SONCASE | Motivations du client | Arguments à utiliser |
|---|---|---|
| **Sécurité** | La peur du risque, peur de faire une erreur. Il veut réfléchir, être rassuré. | Solidité, durabilité, garantie, preuve sociale, test gratuit, possibilité d'être contacté facilement. |
| **Orgueil** | La recherche du prestige, se démarquer, augmenter son statut social. | Écouter, suggérer l'amélioration de statut social sans le dire explicitement. |
| **Nouveauté** | Obtenir un nouveau bénéfice, la dernière nouveauté. | Nouveau, exclusif, unique, exceptionnel, jamais vu. |
| **Confort** | Bien-être, gagner du temps. La commodité, la simplicité. | Agréable, assistance, garantie. |
| **Argent** | Économiser de l'argent, rapport qualité-prix, comparaison prix… | Retour sur investissement, prix des solutions concurrentes. |
| **Sympathie** | Sensibilité aux liens affectifs (marque, produit, entreprise ou vendeur). Avoir confiance. | Parler d'affectif, de faire plaisir. |
| **Environnement** | Recherche d'une dimension écologique. | Matières utilisées, recyclage… |

Notes

Notes

## 3 La typologie des objections

- Les objections exprimées par le client/prospect donnent des indices sur les freins à l'achat. Les repérer permet d'y répondre afin de faire avancer la vente.
- Il existe 3 types d'objections :

| Types d'objection | Explications | Attitude à avoir |
|---|---|---|
| **Réelle et fondée** | Elle est la conséquence d'un défaut de connaissance du contexte du client par le vendeur. Elle est un frein réel à l'acte d'achat. | L'objection est sincère et il faut l'accepter et y apporter des éléments de réponses concrets. |
| **Réelle mais non fondée** | Le client n'a pas bien compris un élément de la proposition commerciale. | Expliquer, donner des preuves. |
| **Non sincère** | Mauvaise humeur, mauvaise foi, test du vendeur. | Reformuler les objections et les contourner. |

## 4 Les techniques de traitement des objections

- Le vendeur dispose de certaines techniques pour contrer les objections rencontrées.

| Techniques | Attitudes à adopter |
|---|---|
| **La compensation** | Rassurer le client et compenser l'objection par un autre avantage. |
| **L'affaiblissement** | Reprendre l'objection pour affaiblir sa portée. |
| **Le questionnement** | Demande au client de préciser son propos. |
| **Le silence** | On écoute attentivement le client, on évite son objection et on reporte la réponse. |
| **Le boomerang** | Transformer l'objection en argument. |
| **L'implication** | Se faire aider par le client pour répondre à l'objection. |
| **L'anticipation** | Devancer l'objection du client pour atténuer l'effet de l'objection. |
| **Le report** | Enregistrer l'objection du client et y répondre plus tard. |
| **Le témoignage** | Se servir d'un témoignage. |

*À retenir !*

- Pour convaincre le client que la solution proposée est la plus adaptée à ses besoins, il faut argumenter en tenant compte du profil SONCASE du client et bien répondre aux objections qu'il peut exprimer.

# La conclusion de la vente





La conclusion de la vente constitue l'aboutissement de la négociation après les étapes de l'argumentaire et du traitement des objections. Elle débute par la détection des signaux d'achat.

## 1 Les signaux d'achat

■ La conclusion de la vente est suspendue à l'acceptation par le client de la solution proposée. Il est donc opportun pour le commercial de détecter les signaux d'achats verbaux et non verbaux.

| Signes verbaux | Signes non verbaux |
|---|---|
| Le client :<br>– fait des commentaires positifs sur le produit ;<br>– demande des informations supplémentaires sur le produit ;<br>– demande des précisions sur le prix et les modalités de paiement ;<br>– demande si le produit est disponible immédiatement. | Le client :<br>– touche le produit ;<br>– hoche la tête ;<br>– sourit ;<br>– décroise les bras et les jambes ;<br>– a un regard approbateur et les yeux brillants. |

## 2 Les techniques de conclusion

■ Il existe plusieurs techniques de conclusion.

| Techniques de conclusion | Principes | *Exemples* |
|---|---|---|
| **Conclusion directe** | Proposer tout simplement de finaliser la vente. | « Je vous propose de remplir le bon de commande. » |
| **Conclusion implicite** | Agir comme si la vente était déjà conclue. | « Où faudra-t-il vous livrer ? » |
| **Conclusion alternative** | Proposer un autre choix possible. | « Vous préférez la couleur X ou Y ? » |

Notes

## 3 La vente additionnelle et/ou complémentaire

■ Après l'obtention de l'accord du client, le commercial doit profiter de l'occasion pour lui proposer de compléter et/ou continuer ses achats par des produits complémentaires et/ou des achats additionnels.

| Ventes additionnelles | Ventes complémentaires |
|---|---|
| Des produits ou services qui n'ont pas nécessairement de rapport avec l'achat. | Des produits ou services complémentaires à l'achat.<br>***Ex. :*** Une protection, une assurance, un contrat de maintenance, une livraison. |

Notes

## 4 La concrétisation de la vente

■ La vente se concrétise par la signature du bon de commande qui valide la transaction.

### A. Le bon de commande

■ Le bon de commande est un document commercial qui atteste de la naissance d'un contrat de vente entre un client et un fournisseur.

■ Le bon de commande signé correspond à une promesse synallagmatique de vente :
– l'entreprise s'engage à livrer la commande ;
– le client s'engage, quant à lui, à la réceptionner et à la payer.

■ Les bons de commande établis par l'entreprise doivent indiquer plusieurs mentions obligatoires :

1. Des informations permettant d'identifier l'entreprise et le client.

2. Des informations spécifiques à la commande, dont l'étendue dépend de la qualité du client (particulier ou professionnel) :
   - numéro de la commande et date d'édition ;
   - description de la commande passée : identification des produits, quantité, prix unitaire hors taxes (HT), taux de TVA ;
   - montant de la commande : total hors taxes (HT) pour chaque ligne de produits et TTC ;
   - conditions de livraison ;
   - conditions de règlement : mode de paiement, délais, acomptes…

### B. Les conditions générales de vente (CGV)

■ Les CGV renvoient à toutes les informations contractuelles liant un vendeur de produits ou de services à son acheteur.

■ Lorsque l'entreprise applique des CGV, il est recommandé de les insérer sur les bons de commande et les devis, et déconseillé de le faire sur les factures de vente. Il faut s'assurer que le client en prend connaissance et les accepte avant signature.

à retenir !

■ La détection des signaux d'achat du client est un préalable à la conclusion de la vente. Elle permet sa concrétisation et la proposition de ventes complémentaires et/ou additionnelles.

# Le risque client





L'analyse du risque client a pour objectif de déterminer, à partir du bilan, la santé financière des entreprises clients et de savoir si on peut travailler avec elles sans prendre trop de risques.

## 1 L'analyse du bilan comptable

■ C'est une « photographie » à une date donnée du patrimoine de l'entreprise. Il est composé :
– du passif : ressources externes de l'entreprise qui proviennent des associés (capital), des banques (dettes financières) et des fournisseurs (dettes d'exploitation) ;
– de l'actif : biens dont l'entreprise est propriétaire. Les principaux sont les locaux et les matériels (actif immobilisé), les stocks, les créances et la trésorerie active.

*Ex.* : **Bilan de l'entreprise Coni au 31/12/N**

| Actif | | Passif | |
|---|---|---|---|
| **Actif Immobilisé** | 577 000 | **Capitaux propres** | 465 000 |
| **Actif circulant** | | | |
| Stock | 81 900 | **Dettes financières** | 200 000 |
| Créances clients | 35 100 | | |
| **Trésorerie active** | 46 000 | **Dettes d'exploitations** | 75 000 |
| **Total** | **740 000** | **Total** | **740 000** |

L'analyse du bilan de cette PME donne une indication sur la santé financière de l'entreprise qui peut être approfondie par celle du bilan fonctionnel.

Notes

## 2 L'analyse du bilan fonctionnel

■ Le bilan fonctionnel est élaboré à partir du bilan comptable. Il permet de mieux visualiser l'équilibre financier d'une entreprise et son indépendance financière.

| Actif | | Passif | |
|---|---|---|---|
| **Emplois stables**<br>= actif immobilisé brut | 577 000 | **Ressources stables**<br>= les capitaux propres<br>+ dettes financières (plus d'un an) | 665 000 |
| **Actif circulant**<br>= stocks + créances | 117 000 | **Dettes circulantes**<br>= dettes d'exploitation<br>+ autres dettes < 1 an | 75 000 |
| **Trésorerie active**<br>= disponibilités | 46 000 | **Trésorerie passive**<br>= découverts ou encours bancaires | 0 |
| **Total** | **740 000** | **Total** | **740 000** |

■ L'analyse du bilan fonctionnel permet de calculer trois indicateurs qui permettent d'apprécier la situation financière de l'entreprise cliente.

Notes

### A. Le fonds de roulement net global (FRNG)

■ Le FRNG est constitué des ressources stables excédentaires qui financent les besoins du cycle d'exploitation. Il doit être positif.

**FRNG** = ressources stables – emplois stables

*Ex.* **(suite) :** FRNG = 665 000 – 577 000 = 88 000 €. Le FRNG est positif, c'est une indication de la bonne santé financière de l'entreprise.

### B. Le besoin en fonds de roulement (BFR)

■ Le BFR représente le besoin de financement dû à l'exploitation. Il sert à combler le décalage entre les décaissements (paiement des fournisseurs) et les encaissements (règlements des clients).

**BFR** = actif circulant – dettes circulantes

*Ex.* **(suite) :** BFR = 117 000 – 75 000 = 42 000 €.

### C. La trésorerie nette (TN)

■ La trésorerie nette est la différence entre la trésorerie active et la trésorerie passive.

■ Si le FRNG est supérieur au BFR, la trésorerie est positive. Dans le cas contraire, elle est négative : l'entreprise a alors recours au découvert bancaire.

**Trésorerie nette** = FRNG – BFR
*ou* **Trésorerie nette** = trésorerie active – trésorerie passive

*Ex.* **(suite) :** TN = FRNG – BFR = 88 000 – 42 000 = 46 000 €.

## 3 Les ratios d'équilibre

■ D'autres ratios peuvent mettre en lumière les déséquilibres éventuels d'une entreprise.

| Ratios | Définition |
| --- | --- |
| Ratio d'indépendance financière | • Capitaux propres / ressources stables<br>• Plus il est élevé, plus l'entreprise possède une capacité d'endettement importante. |
| Ratio de financement des investissements | • Ressources stables / actif immobilisé brut<br>• Si le FNRG est positif, ce ratio est supérieur à 1. |
| Ratio d'endettement | • Ce ratio donne une indication sur la capacité de l'entreprise à s'endetter.<br>• Capitaux empruntés / capitaux propres<br>• Les capitaux empruntés sont constitués des dettes financières et des découverts ou concours bancaires. |

À retenir !

■ Le bilan, le bilan fonctionnel et les ratios d'équilibre permettent de connaitre précisément la santé financière d'une entreprise et de minimiser le risque dans les conditions de paiements qui lui sont accordés.

# La marge, la TVA et le coefficient multiplicateur

Fiche 24



Calculer la marge globale et par produit d'une entreprise permet de disposer d'informations utiles pour apprécier la rentabilité et de faire des propositions de prix conciliables avec la rentabilité attendue.

## 1 La marge commerciale

### A. Le calcul de la marge commerciale

- La marge commerciale est la différence entre le prix de vente hors taxe (HT) et le prix d'achat HT :

**Marge commerciale** = prix de vente HT – prix d'achat HT

### B. Le taux de marque et le taux de marge

- Cette marge peut être exprimée en pourcentage du prix de vente ou du prix d'achat :

$$\textbf{Taux de marque} = \frac{\text{marge brute}}{\text{prix de vente HT}} \times 100$$

$$\textbf{Taux de marge} = \frac{\text{marge brute}}{\text{prix d'achat HT}} \times 100$$

**Remarque**

Le taux de marque est forcément plus faible que le taux de marge.

### C. Les calculs du prix de vente et du prix d'achat

- Si on connaît le taux de marque :

$$\textbf{Prix de vente HT} = \frac{\text{prix d'achat HT}}{1 - \text{taux de marque}} \times 100$$

**Prix d'achat HT** = prix de vente HT × (1 – taux de marque)

- Si on connaît le taux de marge :

**Prix de vente HT** = prix d'achat HT × (1 + taux de marge)

$$\textbf{Prix d'achat HT} = \frac{\text{prix de vente HT}}{1 + \text{taux de marge}}$$

## 2 La TVA

### A. La définition de la TVA

- La taxe sur la valeur ajoutée (TVA) est un impôt indirect supporté par le consommateur final. Elle est neutre pour les entreprises.

Notes

Notes

■ Seule une partie de la TVA collectée est reversée à l'État. Les entreprises déduisent de ce montant la TVA payée lors de leurs achats professionnels.

### B. Le calcul de la TVA

■ Le prix de vente dans les commerces de détail est exprimé en intégrant la TVA. Il est indispensable de savoir calculer le prix TTC à partir du prix HT et inversement.

**TVA** = prix de vente HT × taux de TVA

■ Il existe **deux taux principaux** de TVA :

1. le taux réduit de 5,5 % qui concerne les produits de première nécessité, essentiellement les produits alimentaires ;
2. le taux normal de 20 % qui est appliqué aux autres produits et aux prestations de services.

■ Le prix de vente TTC d'un produit se calcule ainsi :

Prix de vente HT × (1 + taux de TVA) = **prix de vente TTC**

■ À partir d'un prix TTC, le prix de vente hors taxe se calcule ainsi :

$$\textbf{Prix de vente HT} = \frac{\text{prix de vente TTC}}{1 + \text{taux de TVA}}$$

*Ex.* : TVA = 99 € HT × 20 % = 19,80 €.

Prix de vente TTC = 99 × (1 + 20 %)
= 99 × (1 + 0,2) = 99 × 1,2
= 118,80 € TTC.

*Ou* 99 + 19,8 = 118,80 € TTC.

$$\text{Prix de vente HT} = \frac{118{,}80}{1 + 0{,}2} = \frac{118{,}80}{1{,}2} = 99\ €.$$

**Attention**

Ne multipliez jamais le prix de vente TTC par 80 % (100 % – 20 %) pour trouver le prix de vente HT, vous ne trouverez pas le bon résultat.

## 3 Les réductions

| Réductions à caractère commercial | |
|---|---|
| **La remise** | C'est une réduction courante dans le cas d'un achat en quantité ou d'un montant important. C'est un moyen de fidélisation des clients. |
| **Le rabais** | C'est une réduction pour des raisons exceptionnelles. |
| **La ristourne** | C'est une réduction accordée en fin d'année proportionnellement au total des achats que le client a effectués durant la période. Elle prend souvent la forme d'un avoir sur les prochains achats. |
| **Réduction à caractère financier** | |
| **L'escompte** | C'est une réduction accordée au client qui règle sa facture au comptant. |

*À retenir !*

■ Le commercial doit veiller à préserver sa mage commerciale en maîtrisant bien les remises accordées à ses clients.

# Le maintien d'une relation client durable

Fiche 25

Maintenir une relation client durable avec ses clients vise à les fidéliser et à générer de nouvelles ventes.

## 1 Le traitement des réclamations

■ Il a pour but de fidéliser le client malgré un dysfonctionnement survenu après la vente.

| Attitude à avoir | Explications |
|---|---|
| Gardez votre calme, soyez positif | La réclamation n'est pas une agression personnelle, mais l'expression d'un besoin et une occasion de fidéliser votre client. |
| Écoutez le client | Laissez-le s'exprimer sans l'interrompre, puis acceptez son émotion : faites preuve d'empathie (« Je comprends votre déception », « Je suis désolé ») et rassurez-le sur l'accueil de sa remarque : « Vous faites bien de m'appeler. » |
| Identifiez l'objet de la réclamation | Posez des questions pour comprendre les faits et pour identifier le besoin opérationnel du client au-delà de son mécontentement. Acceptez la responsabilité des faits, présentez des excuses au client le cas échéant. |
| Explorez les solutions envisageables | Discutez des solutions envisageables avec le client. Sinon, engagez-vous à le recontacter en fixant un délai précis et court. |
| Suivez en interne la réclamation | Tenez le client informé de la progression de vos recherches, même si vous n'avez pas abouti au résultat final : le client a besoin de visibilité pour s'organiser, et se sentir pris en charge. |
| Appelez le client | Faites-lui part de la solution envisagée et validez son acceptation Si nécessaire selon la gravité du problème et l'importance du client, faites un geste commercial pour compenser la gêne occasionnée. |

## 2 L'indicateur de recommandation

■ Le *Net Promoter Score* (NPS) (taux de recommandation net) est l'un des indicateurs de satisfaction client les plus utilisés par les entreprises de tous secteurs d'activité, qu'elles proposent la vente de produits ou services en *B to C* ou *B to B*.



Notes

Notes

- Le NPS est un score calculé à partir d'une question, très spécifique, concernant l'intention de recommandation : recommanderiez-vous cette entreprise à votre entourage ?
- Basée sur une échelle simple de 0 à 10 (0 correspondant à « pas du tout » et 10 à « absolument »), cette question permet de classer les répondants à travers trois grandes catégories :

| NPS | Catégorie du client | Action à mener |
|---|---|---|
| Les clients « détracteurs », ayant noté de 0 à 6 | Ce sont les clients potentiellement les plus « dangereux » pour la marque. Déçus ou frustrés, ils ne manqueront pas de partager leur insatisfaction à travers les réseaux sociaux notamment, générant ainsi un impact très négatif pour la marque en termes d'image. | Doivent faire l'objet de plans d'action et de suivi ciblés. |
| Les clients « passifs », ayant noté de 7 à 8 | Ce sont généralement des clients satisfaits mais pas encore suffisamment pour vouer une confiance aveugle à la marque. Le risque d'infidélité vers des offres concurrentes reste important. | Doivent faire faire l'objet d'actions de fidélisation. |
| Les clients « promoteurs », ayant noté 9 ou 10 | Ce sont les clients les plus fidèles et enthousiastes, prêts à être de véritables ambassadeurs de la marque auprès de leur entourage. | Capitaliser sur leur enthousiasme en leur proposant des offres de parrainages notamment. |

## 3 Le *big data* – les mégadonnées

- Intégré aux actions promotionnelles et commerciales, le *big data* permet d'améliorer la relation client grâce à une meilleure connaissance des profils.
- Le *big data* permet de personnaliser et cibler davantage les actions à destination des consommateurs, et ainsi pouvoir à terme proposer un produit spécifique pour chacun.

À retenir !

- Le maintien d'une relation client durable nécessite le respect des engagements du vendeur, une efficacité dans le traitement des litiges et le suivi du degré de fidélité des clients.

# Le choix et l'organisation d'un évènement commercial





L'organisation d'un évènement commercial est l'opportunité pour l'entreprise d'aller à la rencontre de ses clients et partenaires, d'en prospecter d'autres et de gagner en visibilité.

## 1 Les objectifs

■ Les objectifs d'un évènement commercial diffèrent en fonction de la cible visée et du type d'évènement choisi. Ils peuvent être quantitatifs et/ou qualitatifs.

| Objectifs quantitatifs | Objectifs qualitatifs |
| --- | --- |
| • Augmenter les ventes.<br>• Prendre des commandes.<br>• Générer des **prospects**. | • Lancer un nouveau produit.<br>• **Fidéliser** ses clients.<br>• Rencontrer des partenaires.<br>• Augmenter la **visibilité** de l'entreprise.<br>• Obtenir des articles dans la presse.<br>• Percer un nouveau marché.<br>• Promouvoir les produits existants.<br>• Améliorer sa **notoriété**. |

## 2 Les différents types d'évènement

■ Une entreprise a le choix entre de nombreux événements différents.

| Types | Définitions |
| --- | --- |
| **Salon** | Un salon est un évènement thématique qui regroupe sur un même lieu des prestataires exposants et des visiteurs. On distingue :<br>– le **salon professionnel** : il peut être dédié à un secteur d'activité (salon de la restauration, Batimat…) ou à un type ou une famille de solutions ou prestations (salon du marketing direct, de la formation professionnelle, etc.) ;<br>– le **salon grand public** : il est ouvert à tous les consommateurs. |
| **Foire** | Manifestation commerciale périodique, généralement annuelle, pendant laquelle les producteurs exposent des échantillons de leurs produits et enregistrent les commandes qui leur sont passées. |
| **Journées portes ouvertes** | Une journée porte ouverte (JPO) est l'occasion pour l'entreprise de présenter ses activités. Elle permet de mettre en valeur son savoir-faire et son expertise. |
| **Le *road show*** | Organisation d'une tournée promotionnelle durant laquelle les commerciaux se déplacent de ville en ville, avec le même dispositif événementiel pour promouvoir les produits par différentes animations et démonstrations.<br>***Ex.* :** L'entreprise Henkel s'est arrêtée sur une cinquantaine de parkings de grandes surfaces pour mettre en avant sa marque proximité en distribuant des échantillons. |

Notes

Notes

## 3 La planification et l'évaluation du budget

■ L'organisation d'un évènement nécessite une planification rigoureuse et chronologique des différentes tâches à réaliser. Le logiciel Gantt Project (→ Fiche 9) ou la matrice Eisenhower sont des outils de planification largement utilisés.

■ La définition d'un budget prévisionnel pour l'évènement contribue indéniablement à sa réussite. Il faut anticiper toutes les dépenses qui pourraient survenir avant, pendant ou après l'évé-nement, en lien avec celui-ci.

| Types de dépenses | Éléments |
| --- | --- |
| **Dépenses matérielles et techniques** | • Location des espaces site<br>• Frais d'aménagement du site<br>• Frais de régie<br>• Location d'équipement audiovisuel (projecteurs, écrans, caissons lumineux, système de son, électricité) |
| **Frais d'hébergement** | Location des chambres d'hôtel |
| **Frais de restauration** | • Repas<br>• Boissons<br>• Pauses-café |
| **Coûts de l'animation** | • Cachet d'un artiste ou d'un groupe musical<br>• Rémunération éventuelle des intervenants |
| **Dépenses en marketing et communication** | • Création des menus et plannings<br>• Création et impression des invitations<br>• Envois postaux des invitations<br>• Création d'un site de présentation<br>• Reportage photo<br>• Impressions badges nominatifs<br>• Tours de cou<br>• Goodies (cadeaux publicitaires) pour les participants |
| **Frais de personnel** | • Personnes d'encadrement : hôtesse d'accueil, maître de cérémonie<br>• Techniciens, équipe de montage et démontage des installations<br>• Les commerciaux |
| **Dépenses en logistique** | L'ensemble des transferts en bus/avion, location de véhicule… |
| **Garanties pour sécuriser votre évènement** | Prévoir une assurance |

*À retenir !*

■ Pour garantir son succès, l'organisation d'un évènement commercial exige une définition claire des objectifs, une planification rigoureuse et une évaluation précise du budget.

# L'animation d'un événement commercial

Fiche 27

Relation client et négociation-vente

L'animation de l'évènement commercial a pour objectif d'augmenter le chiffre d'affaires en attirant les prospects/clients grâce à des expériences client uniques.

## 1 Le marketing expérientiel

- **Le marketing expérientiel** désigne l'ensemble des dispositifs et actions visant à faire vivre une expérience mémorable à des clients ou prospects.
- Le marketing expérientiel cherche à **créer un univers en sollicitant les 5 sens** du consommateur, en développant notamment la qualité de l'accueil, la qualité de l'environnement et celle des informations délivrées aux clients pour faire de l'achat ou de l'usage du produit/service un moment ressenti comme particulièrement agréable. C'est la notion d'**expérience client**.

*Ex.* : Adidas a créé un magasin éphémère à Londres dans lequel un joueur des Chicago Bulls, Derrick Rose, incitait les fans à gagner une paire de baskets en les faisant sauter sur une étagère de 3,30 m de haut.

## 2 L'expérience client

- L'expérience client regroupe les **émotions** et **ressentis** du client avant, pendant et après l'achat d'un produit ou service. Elle comprend toutes les interactions qu'un client peut avoir avec la marque ou l'entreprise.

| Étape de l'achat | *Exemples d'interactions* |
|---|---|
| **Avant l'achat** | Qualité de l'accueil et des renseignements, décoration du point de vente… |
| **Pendant l'achat** | Prix, informations sur les modalités de livraison, délais, interface de paiement sécurisée… |
| **Après l'acte d'achat** | Utilité et qualité du bien et délais conformes à ceux annoncés, réception en bon état, conformité du produit avec les attentes, design agréable… |

- L'expérience client englobe non seulement toute la **dimension rationnelle** relative au produit ou service (prix, qualité, utilité, réponse aux attentes) mais aussi toute la dimension affective (relation client, image, valorisation des acheteurs, esprit de communauté). C'est cette **dimension affective** qui crée un réel attachement du consommateur à la marque ou à l'entreprise.

*Ex.* : Les galeries Lafayette, qui regroupent des marques de créateurs, ont formé des équipes de conseillers, « les *personal stylists* ». Ce concept permet aux clients d'obtenir *via* une application dédiée, des rendez-vous en

Notes

Notes

*one to one* avec un vendeur personnel afin que celui-ci l'accompagne dans ses démarches d'achat et réponde à ses besoins. Ce procédé transforme un acte d'achat ordinaire en une expérience client hautement personnalisée.

## 3 Le choix de l'animateur

■ Une animation réussie repose beaucoup sur les qualités de l'animateur. En effet, c'est lui qui rythme le déroulement de l'évènement pour captiver le public.

■ Le choix de l'animateur doit se faire en lien avec le format de l'événement pour être le plus pertinent possible vis-à-vis du public.

■ Le bon animateur est celui qui :
– sait transmettre son énergie positive au public ;
– fait participer les convives à l'événement ;
– échange avec le public ;
– veille au rythme et au *timing* de l'événement ;
– apporte une réelle valeur ajoutée.

## 4 Les animations complémentaires

■ Animer un événement professionnel, c'est aussi créer une interaction particulière avec le public.

■ C'est le rôle des animations annexes qu'il faut proposer pour faire participer les convives et qui contribuent à rendre l'événement unique et mémorable :
– animation 100 % digitale (réalité virtuelle) ;
– jeu concours avec vote interactif ;
– énigmes avec vote interactif ;
– animation musicale ou culturelle ;
– dégustation (cuisine, œnologie) ou *testing* produit ;
– improvisation, cinéma ou théâtre ;
– bars thématiques : bar à cigares, bar à rhums, bar à vins, bar à pâtisseries vegan ;
– gamification : créer des animations participatives et connectées en s'appuyant sur la pratique des outils mobiles (tablettes, écrans, smartphones…), etc.

***Ex.* :** Lors d'un festival à Montréal, l'entreprise Bell a invité les participants à contrôler des centaines de systèmes d'éclairage *via* des tablettes, créant ainsi un vaste son et lumière collaboratif au succès incroyable (des dizaines de milliers de partages sur Facebook, plusieurs milliers de tweets et des dizaines de milliers de vues sur YouTube) !

*À retenir !*

■ **L'animation d'un évènement commercial doit être divertissante et participative. L'atout principal est de favoriser les échanges entre les participants. Plus ils parlent entre eux, plus le souvenir de l'événement les marquera renforçant ainsi l'expérience client.**

# L'évaluation et le suivi d'un événement commercial

Fiche 28

Un événement doit répondre à des objectifs. Pour s'assurer de son retour sur investissement, il est essentiel de pouvoir mesurer objectivement les résultats obtenus.

## 1 Le bilan quantitatif

■ Plusieurs indicateurs peuvent être utilisés pour analyser la performance et les retombées d'un événement commercial en termes d'affluence, de ventes et de nouveaux clients.

| Avant l'évènement | |
|---|---|
| **Indicateurs** | **Explications** |
| Taux d'ouverture : Nombre de courriels ouverts / nombre de courriels envoyés | S'il est faible (moins de 20 %) : courriels envoyés dans les spams ou pas assez explicite ? ou trop commercial ? |
| Taux de clics : Nombre de clics / nombre de courriels envoyés | S'il est faible (moins de 2 %) : design du courriel pas très attractif ou les informations données ne sont pas très claires ? |
| Taux de réponse : Nombre d'inscrits / nombre de courriels envoyés | S'il est faible : le choix de la date est peu arrangeant ou le lieu trop excentré ? |
| **Pendant et après l'évènement** | |
| Taux de présence : Nombre de participants / nombre d'inscrits | Le mail de confirmation après l'inscription et des courriels de rappels ont-ils été envoyés ? |
| CA réalisé | Pendant l'événement et après (1 mois par exemple). |
| Nombre de contacts qualifiés collectés | Indique l'efficacité de l'équipe commerciale. |
| Taux de conversion : Nombre de RDV obtenus / Nombre de contacts | Mesure la capacité de persuasion du commercial. |

■ Ces résultats peuvent être présentés sous forme de tableau de bord.

## 2 Le bilan qualitatif

■ L'analyse du bilan qualitatif se fait essentiellement grâce aux avis des participants. Des remerciements pour tous les participants sont envoyés par courriel et publiés sur le site Internet de l'entreprise et sur les réseaux sociaux. D'autres moyens sont utilisés pour approfondir l'analyse :
– les questionnaires de satisfaction : les réponses sont analysées *a posteriori* et permettent de vérifier ce qui a généré le plus de satisfaction auprès du public ;



Notes

Notes

– les réseaux sociaux : les participants à un événement sont nombreux à partager leur expérience sur les réseaux sociaux. En plus d'augmenter la visibilité de l'évènement, ce partage permet de recueillir les retours sur expérience des participants ;
– les médias : ils représentent également un bon moyen d'obtenir des retours sur la qualité d'un événement, par le biais d'un article sponsorisé ou non, puis des commentaires sur celui-ci, et ainsi mesurer son succès.

## 3 Le retour sur investissement

■ Le retour sur investissement (ou *Return on Investment*, ROI) est un indicateur financier exprimé en pourcentage. Il permet de répondre à la question : mon événement est-il rentable ?

$$\text{ROI} = \frac{\text{bénéfice de l'investissement} - \text{coût de l'investissement}}{\text{coût de l'investissement}} \times 100$$

■ Ou

$$\text{ROI} = \frac{\text{marge nette}}{\text{coût de l'évènement}}$$

*Ex.* : Si un investissement coûte 1 000 euros et qu'il rapporte 1 500 euros, le retour sur investissement sera égal à : $\frac{1\,500 - 1\,000}{1\,000}$ soit 50 %.

■ Si le ROI :
– est inférieur à 1, l'entreprise a connu une perte ;
– est égal à 1, le résultat est neutre ;
– est supérieur à 1, la société a enregistré un bénéfice.

## 4 Le suivi des contacts

■ L'organisation d'un événement permet aux commerciaux d'établir de multiples contacts avec les visiteurs ou avec les prospects et clients et de réaliser des précommandes ou des ventes.

■ D'où la nécessité de mettre en place, après l'événement, des actions commerciales :
– répondre aux demandes des visiteurs : envois d'un courriel pour prendre des rendez-vous, envoi d'un devis, d'une documentation sur un produit, etc. ;
– mettre en place un plan de prospection et de relance afin de concrétiser par des ventes les prises de contact lors de l'événement commercial.

*À retenir !*

■ L'évaluation d'un événement commercial nécessite de mettre en place des indicateurs quantitatifs et qualitatifs et d'assurer un réel suivi des contacts réalisés.

# La veille commerciale





Pour mieux connaître ses clients et maîtriser le marché sur lequel elle intervient, l'entreprise va devoir collecter et traiter l'information correspondant à ses besoins. Pour cela, elle doit mettre en place une stratégie de veille commerciale.

## 1 Les étapes de la veille

■ Les objectifs de la veille sont de recueillir, de traiter et de diffuser des informations. Sa mise en place suit plusieurs étapes :

Définition des besoins → Collecte d'informations → Traitement de l'information → Diffusion

## 2 Les différents types de veille

■ Les entreprises peuvent mettre en place différents types de veille.

| Types de veille | Domaines concernés |
|---|---|
| **Veille technologique** | Innovations, nouveaux procédés de fabrication, brevets déposés… |
| **Veille concurrentielle** | Pour comprendre et anticiper les actions des concurrents (nouveaux produits, prix pratiqués…) |
| **Veille environnementale** | Discerner les changements qui vont concerner l'entreprise |
| **Veille juridique** | Législation, règlements… |
| **Veille sur la e-réputation** | Perception des internautes |
| **Veille financière** | Avis des investisseurs, Bourse, fonds de pensions… |
| **Veille sociale (en interne)** | Pour éviter les conflits |

Notes

## 3 Les outils de la veille

■ Les entreprises ont à leur disposition plusieurs outils pour collecter l'information.

| Informations externes | Informations internes |
|---|---|
| • Abonnement flux RSS, site Internet, alertes<br>• Réseaux sociaux<br>• Blogs, forums<br>• Organismes spécialisés (publics ou privés)<br>• Salons professionnels<br>• Revues spécialisées<br>• Presse | • Intranet<br>• Messagerie électronique<br>• Rapports et documents internes<br>• Bases de données<br>• Réseau social interne |

Notes

## 4 Les qualités essentielles de l'information

■ Pour qu'une information soit exploitable et donc de qualité, il faut qu'elle soit :

| | |
|---|---|
| **Récente** | Les données doivent généralement être datées de moins de 3 mois, voire être actualisées en temps réel. |
| **Pertinente** | Les informations destinées à l'équipe de vente doivent concerner la clientèle prospectée. |
| **Fiable** | Il est nécessaire de contrôler l'exactitude et la fiabilité des données. |
| **Claire** | Les informations disponibles doivent être facilement utilisables et compréhensibles par les principaux utilisateurs. |
| **Agrégée** | Pour être exploitables, les informations doivent être contrôlées et recoupées avec d'autres sources. |

## 5 La législation sur la protection des données

■ La collecte des informations dans le cadre de la veille commerciale, notamment les données personnelles, est soumise à une réglementation très stricte. Elle doit être déclarée à la Commission nationale informatique et liberté (CNIL) (loi du 8 janvier 1978).

■ Depuis le 25 mai 2018, cette protection est assurée par le Règlement général sur la protection des données (RGPD).

| | |
|---|---|
| **Transparence** | Les personnes concernées doivent être informées à leur demande et de façon complète du traitement qui sera fait de leurs données à caractère personnel. |
| **Droit d'accès** | Le droit d'interroger les services chargés de mettre en œuvre les traitements. |
| **Consentement** | Il doit être donné par un acte positif et clair. |
| **Droit à la portabilité** | Tout individu peut récupérer les données qu'il a fournies et les transférer ensuite à un tiers. |
| **Droit à la rectification, à l'effacement (à l'oubli)** | Les personnes peuvent rectifier leurs données et s'opposer à leur utilisation. Elles ont aussi droit à leur effacement et au déréférencement. |
| **Droit d'opposition** | Toute personne a le droit de s'opposer, pour des raisons légitimes, à ce que des informations nominatives la concernant fassent l'objet d'un traitement. |
| **Limitation de la conservation des données** | Elles ne doivent être conservées que pendant une durée nécessaire au regard des finalités du traitement correspondant. |

À retenir !

■ Il est essentiel pour l'entreprise d'analyser en permanence son environnement en pratiquant une veille commerciale systématique dans le respect des règles imposées par le RGPD.

# Le système d'information commerciale

Fiche 30



L'entreprise doit adapter continuellement son offre aux besoins de ses clients. Elle doit disposer pour cela d'un certain nombre d'informations. C'est le rôle du système d'information commercial (SIC) de fournir l'ensemble des informations et l'élaboration de la stratégie commerciale et de sa mise en œuvre.

## 1 L'articulation des différents systèmes d'information

- Un système d'information (SI) est un ensemble structuré de moyens et de procédures qui permet de collecter, traiter et de diffuser des informations nécessaires à la prise de décision.
- Le système d'information mercatique (SIM) est un sous-ensemble du système d'information général de l'entreprise, de même que le système d'information commerciale (SIC) est un sous-ensemble du SIM.

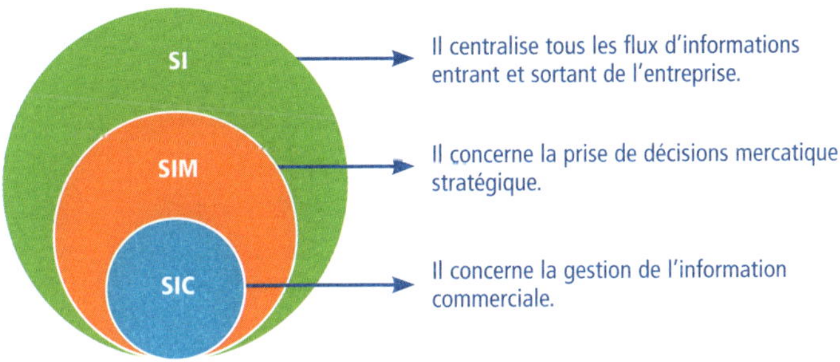


## 2 L'organisation du système d'information commerciale

- Le SIC est en général constitué de 3 composantes.

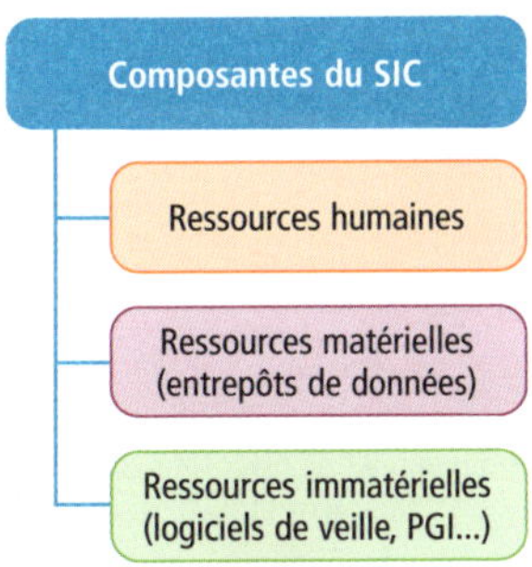


Notes

Notes

## 3 Les fonctions du SIC

■ Les fonctions du SIC sont de collecter, traiter, stocker et diffuser l'information.

### A. La collecte d'informations

■ L'information collectée est issue des services commerciaux de l'entreprise et de la veille commerciale, à partir de sources internes et externes, *via* des outils souvent automatisés.

| Sources internes | Sources externes |
|---|---|
| • Fichier clients<br>• *Reporting* : informations clients recueillies par la force de vente<br>• Service mercatique<br>• Services financier et comptable<br>• SAV<br>• Site Internet de l'entreprise | • Statistiques diverses (INSEE, IPSOS, CECOD...)<br>• Veille informationnelle (→ **Fiche 29**)<br>• BDD achetées<br>• Salons professionnels<br>• Sites Internet<br>• Réseaux sociaux |

### B. Le traitement de l'information

■ Des logiciels et des spécialistes de l'analyse traitent et analysent les données pour en extraire l'information utile. Le *datamining* (l'analyse ou le forage des données) permet des associations, des classements et des regroupements entre les données.

### C. Le stockage de l'information

■ Le stockage des informations collectées se fait dans de grandes BDD appelées entrepôt de données (*datawarehouse*). Il permet d'améliorer la connaissance du client en croisant les données stockées à partir de plusieurs sources.

### D. La diffusion de l'information

■ Le SIC produit des documents synthétiques (tableaux de bord, prévisions commerciales...) qui permettent d'entreprendre des actions, d'évaluer les performances, de suivre les activités, et de contrôler les résultats.

À retenir !

■ Le SIC fait partie du système d'information général de l'entreprise. C'est un ensemble organisé de ressources qui permet de disposer des informations commerciales utiles pour mieux connaître, cibler, conquérir et fidéliser la clientèle.

# Les outils de la gestion de l'information commerciale

Fiche 31

Les informations commerciales collectées sont gérées par des logiciels professionnels permettant de les traiter, de les stocker et de les diffuser.

## 1 Le progiciel de gestion intégré (PGI)

■ Le progiciel de gestion intégré (PGI), ou *Enterprise Resource Planning* (ERP), est un logiciel qui permet de gérer l'ensemble des processus d'une entreprise en intégrant l'ensemble des fonctions : la gestion des ressources humaines, la gestion comptable et financière, l'aide à la décision, mais aussi la vente, la distribution, l'approvisionnement, le commerce électronique.

**Principales fonctions du PGI**

## 2 La gestion de la relation client

■ La gestion de la relation client (GRC) ou *Customer Relationship Management* (CRM) est un outil souvent intégré au PGI. Il a pour objectif d'optimiser le traitement et l'analyse des données relatives aux clients et prospects.

Notes

**Principales fonctions du CRM**

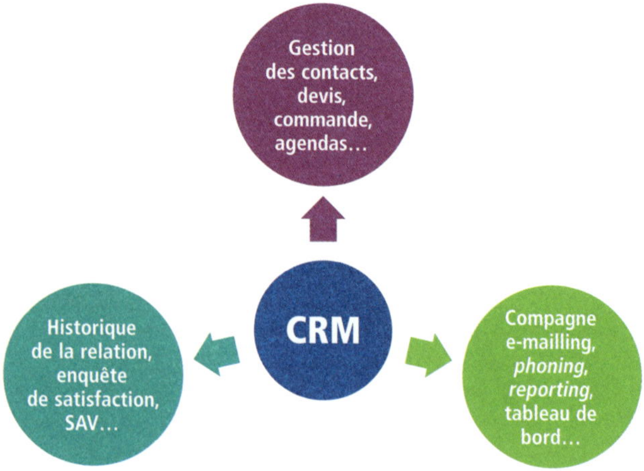


## 3 Les avantages de ces outils de gestion

■ Le PGI et le CRM offrent à l'entreprise beaucoup d'avantages, néanmoins ils sont assez coûteux, demandent une formation du personnel et nécessitent de la maintenance. Ils permettent :
– d'avoir des informations disponibles pour tous ;
– de faire des mises à jour en temps réel, pour tous les services ;
– une meilleure communication interne et externe ;
– une meilleure coordination des services ;
– une réduction des délais pour les clients ;
– une amélioration de la qualité des services rendus par l'entreprise.

## 4 La sécurité des données

■ Toute entreprise qui exploite des **données à caractère personnel** pour son activité de production de biens ou de services doit respecter les **règles de protection de ces données** (→ Fiche 29).

■ Les entreprises doivent anticiper, par des outils adéquats, les risques d'exploitation malveillante des données à caractère personnel qu'elles collectent et analysent. Elles doivent pouvoir prouver, à tout moment, qu'elles respectent la réglementation en la matière.

*À retenir !*

■ Le PGI et le CRM permettent une gestion efficace de la relation client et une meilleure diffusion de l'information au sein de l'entreprise. Cependant, il faut prendre les dispositions nécessaires pour sécuriser les données collectées.

# L'analyse et le partage de l'information commerciale

Fiche 32



Il ne suffit pas de stocker une multitude de données dans un entrepôt de données (*datawarehouse*), encore faut-il les analyser, bien les exploiter et les partager avec les différents collaborateurs.

## 1 Le *datamining* (forage de données)

■ Le *datamining* désigne l'ensemble des technologies d'analyse d'une base de données destinées à trouver des informations utiles à l'action marketing et commerciale. L'enjeu est de préparer et analyser les données dans l'optique de les transformer en connaissance et en outil d'aide à la décision pour les entreprises.

■ Les études de *datamining* menées ont des objectifs très variés. Elles permettent d'établir des relations plus profitables avec les clients en termes de :

– ciblage : cibler une offre pour les clients qui ont une forte profitabilité ;

– fidélisation : identifier les clients susceptibles de partir à la concurrence et réaliser des actions préventives envers eux ;

– efficacité de la force de vente : aider les commerciaux à cibler leurs clients et affecter des scores d'appétence à chaque client ;

– relation client : étudier l'usage des différents canaux de communication et utiliser le canal le plus adapté au client ;

– enquêtes de satisfaction : mettre en évidence et hiérarchiser les principaux leviers de satisfaction et d'insatisfaction client.

**Remarque**
Le *datamining* est particulièrement précieux pour les entreprises de vente par correspondance et les sites de commerce en ligne.

*Ex.* : Grâce à l'historique des achats, une entreprise de vente par correspondance de linge et articles sportifs a pu déterminer quels clients sont susceptibles d'acheter plutôt du linge de maison. L'utilisation du *datamining* a permis de cibler, parmi les clients principaux, ceux pour lesquels il est pertinent d'envoyer un catalogue spécialisé.

## 2 Les réseaux sociaux d'entreprise

■ Un réseau social d'entreprise (RSE) est un système de communication interne accessible aux employés d'une entreprise et éventuellement aux partenaires (fournisseurs, clients, distributeurs…).

■ Contrairement à l'intranet qui cherche à établir une communication de haut en bas avec une porte d'entrée aux contributions

Notes

Notes

des employés de l'entreprise et qui sert de référentiel pour les documents d'entreprise et de passerelle vers les applications d'entreprises, le RSE favorise la communication entre les différents collaborateurs.

■ Il offre de nombreuses fonctionnalités assez proches des réseaux sociaux traditionnels : la co-création, la collaboration, la résolution de conflits, l'amélioration des processus, la gestion de la connaissance, la communication externe, la gestion de documents, l'innovation, et la relation entre les individus.

***Ex. de RSE* :** Workplace (plateforme de Facebook) et Yammer (plateforme de Microsoft).

**Les objectifs des réseaux sociaux d'entreprise**

*À retenir !*

■ Le *datamining* est une technologie qui permet d'extraire des informations utiles des bases de données ; le réseau social de l'entreprise favorise le partage avec les différents collaborateurs afin de développer la culture d'entreprise.

# Relation client à distance et digitalisation

Notes

# Sommaire


Présentation de l'épreuve ........ 80

FICHES — Pages

**Maîtriser la relation omnicanale**

33 La relation client omnicanale ........ 83
34 L'organisation d'un centre de relation client ........ 85
35 Une relation client à distance : les contacts sortants ........ 87
36 Une relation client à distance : les contacts entrants ........ 89
37 Les bases de données ........ 91
38 Le recrutement d'une équipe de téléacteurs ........ 93
39 L'organisation de l'activité de l'équipe de téléacteurs ........ 95
40 L'animation d'une équipe de téléacteurs ........ 97
41 L'évaluation de la performance commerciale ........ 99
42 La satisfaction client ........ 101

**Animer la relation client digitale**

43 La stratégie de communication digitale ........ 103
44 L'*inbound marketing* ........ 105
45 Les règles de rédaction et de publication sur le Web ........ 107
46 Le choix des réseaux sociaux ........ 109
47 L'animation des réseaux sociaux ........ 111
48 Vendre sur les réseaux sociaux ........ 113

**Développer la relation client en e-commerce**

49 La conception d'un site vitrine ........ 115
50 L'animation d'un site vitrine ........ 117
51 L'analyse du trafic d'un site Internet ........ 119
52 La newsletter ........ 121
53 Le blog et le forum ........ 123
54 Le référencement Web ........ 125
55 L'e-réputation ........ 127

56 L'e-commerce et le m-mobile ........ 129
57 La mise en place d'un site marchand ........ 131
58 L'animation d'un site marchand ........ 133
59 Suivi et régulation du processus de vente ........ 135
60 La sécurisation de la relation commerciale ........ 137
61 Le diagnostic de l'activité e-commerce ........ 139



Notes

Notes

# Présentation de l'épreuve E5 « Relation client à distance et digitalisation »

**Épreuve ponctuelle écrite – ponctuelle pratique**
**Coefficient** : 4

## 1 Finalités et objectifs de l'épreuve

■ L'objectif de l'épreuve E5 est d'apprécier la capacité du candidat à exercer les activités constitutives du pôle 2 « Relation client à distance et digitalisation », et d'évaluer l'acquisition des compétences associées :

| Activités | Compétences |
|---|---|
| • Gestion de la relation client à distance.<br>• Gestion de la e-relation client.<br>• Gestion de la vente en e-commerce. | • Maîtriser la relation client omnicanale.<br>• Animer la relation client digitale.<br>• Développer la relation client en e-commerce. |

## 2 Modalités d'évaluation

■ L'épreuve E5 est composée de deux parties distinctes, l'une constituant une épreuve écrite, l'autre une épreuve pratique sur poste informatique.

■ Les modalités de l'examen sont identiques, quel que soit le type de formation suivi (voie scolaire, CFA, enseignement à distance…).

### A. L'épreuve ponctuelle écrite (3 heures – coefficient 2)

■ Cette épreuve est une étude de cas qui prend appui sur un contexte réel d'organisation (entreprise, association…).

■ Les problématiques commerciales que vous êtes amené à résoudre s'inscrivent dans le cadre d'une communication unifiée et visent le développement d'une relation client omnicanale qui nécessite la mobilisation d'outils digitaux.

■ Pour réussir votre étude de cas, vous devez :
– répondre aux questions en prenant appui sur les documents ressources qui sont annexés au sujet ;
– développer une réflexion commerciale structurée ;
– selon les activités à réaliser, mobiliser des éléments de culture juridique, économique et managériale (CEJM).

## B. L'épreuve ponctuelle pratique (40 minutes – coefficient 2)

■ L'épreuve pratique prend appui sur un contexte digital de référence (site Web ou site de e-commerce).

■ Le sujet proposé consiste, en rapport avec le contexte digital, à traiter des questions, à résoudre des problèmes, à effectuer des opérations, ou à réaliser des productions digitales.

*Ex.* : créer ou mettre à jour une fiche produit sur un site de e-commerce ; rédiger et illustrer un article sur un blog…

■ L'épreuve se déroule sur poste informatique, sans temps de préparation.

■ À l'aide d'outils numériques, vous devez traiter le sujet proposé sous le regard de l'examinateur. Ce dernier peut, en cours d'épreuve, vous inviter à expliciter et justifier vos choix et vos actions.

■ Cette épreuve évalue plus spécifiquement les compétences suivantes :

| Animer la relation client digitale | Développer la relation client en e-commerce |
|---|---|
| • Produire, publier et assurer la visibilité des contenus digitaux.<br>• Impulser, entretenir et réguler une dynamique e-relationnelle. | • Dynamiser un site e-commerce.<br>• Faciliter et sécuriser la relation commerciale.<br>• Diagnostiquer l'activité de e-commerce. |

# 3 Conseils aux candidats

## A. Épreuve écrite

■ Lisez et analysez attentivement les documents annexés pour trouver des éléments de réponses pertinents.

■ N'hésitez pas à utiliser des tableaux ou des tirets pour clarifier et mettre en forme vos réponses.

■ Certaines questions nécessitent des calculs. Révisez-les ! (*ex.* : calculer la taille d'une équipe de téléacteurs, calculer les ratios d'un processus de vente…)

■ Les questions du sujet peuvent vous amener à réaliser des productions digitales (*ex.* : rédiger un courriel). Dans ce cas, n'oubliez pas que l'écrit digital fait appel aussi aux illustrations (*ex.* : dans un courriel, photos, bouton *call to action*…)

■ Le sujet peut comporter une question de réflexion commerciale. Vous devez y répondre de manière structurée en développant vos arguments. Ne négligez pas cette question, elle prend une place importante dans la notation.



Notes

- Des notions liées au programme de CEJM, en particulier juridique, peuvent vous être demandées dans le sujet.

- Apporter un soin particulier à la mise en forme de votre copie ainsi qu'à la syntaxe et l'orthographe.

## B. Épreuve pratique

- Focalisez vos apprentissages sur WordPress et Prestashop.

- Réalisez un mémo des principales manipulations pour être prêt le jour J, et entraînez-vous sur les logiciels pour gagner en fluidité.

- Le sujet comportera, en règle générale, 3 à 5 questions. Des questions techniques (*ex.* : créer un menu, une sous-catégorie…) et au moins une question de production écrite (*ex.* : rédiger un article de blog, répondre à un acheteur sur le SAV en ligne…).

- Soyez attentif à l'écrit digital à la fois sur le fond et la forme de la rédaction. Privilégiez des phrases courtes avec une syntaxe et une orthographe irréprochables.

- L'écrit digital passe aussi par les illustrations, ne les négligez pas !

# La relation client omnicanale





L'entreprise et le client sont en interactions à travers différents canaux *online* et *offline* : le digital, le face-à-face physique et le téléphone. L'entreprise cherche à mieux connaître le parcours du client pour se différencier et fidéliser.

## 1 Du multicanal à l'omnicanal

**La multiplication des canaux de vente**

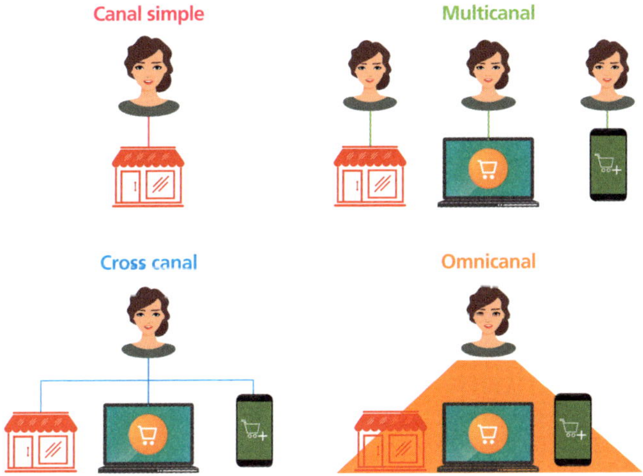


### A. Canal simple

■ Les produits et services ne sont disponibles qu'à travers un seul canal de distribution.

### B. Le multicanal

■ Avec l'évolution des technologies, les entreprises ont multiplié les canaux de vente. Le client utilise différents canaux de manière indépendante.

*Ex.* : Un magasin avec un site marchand.

**Parcours client**

Différentes étapes que suit un client dans sa relation et ses interactions avec l'entreprise. Il comprend le pré-achat (prise de conscience du besoin, recherche d'informations), l'achat et les étapes post-achat (assistance et fidélisation).

Notes

Notes

### C. Le cross canal

- Le client utilise plusieurs canaux successivement.
- Les différents canaux sont connectés et complémentaires, pour fluidifier le parcours du client.

*Ex.* : Le *click & collect* permet de commander un produit sur Internet et de le retirer en magasin.

### D. L'omnicanal

- Le client utilise plusieurs canaux simultanément.

*Ex.* : Le client consulte les avis de consommateurs sur les forums depuis son smartphone, essaye en boutique puis commande en ligne et retire en magasin.

- La stratégie omnicanale vise à fusionner les canaux afin d'assurer une continuité et une fluidité de l'expérience client. En passant d'un canal à l'autre, le parcours client doit être « sans couture ». Le client doit trouver la même information et la même qualité de service, sans recommencer à zéro.
- L'entreprise cherche également à apporter une réponse rapide et personnalisée, pour créer un engagement plus fort de ses clients.

*Ex.* : Grâce à un dispositif de géotracking, l'enseigne Sephora propose des réductions, des nouveautés, etc. à ses clients lorsqu'ils se trouvent à proximité d'un magasin.

## 2 La mise en œuvre d'une relation client omnicanale

- Offrir une expérience personnalisée suppose une connaissance du client centralisée et actualisée.
- L'entreprise cherche à :
  - recueillir les informations clients à travers les différents canaux ;
  - partager ces données (data) auprès de tous les acteurs de la relation client ;
  - enrichir et actualiser la base de données, en temps réel.
- Un logiciel CRM (*Customer Relationship Management* ou gestion de la relation client) permet notamment de :
  - centraliser et analyser l'ensemble des données des clients ;
  - déceler les opportunités d'affaires ;
  - automatiser les actions à mener ;
  - améliorer le pilotage de l'action commerciale.

À retenir !

- L'entreprise cherche à améliorer la connaissance des clients pour offrir une expérience personnalisée. Un logiciel de CRM favorise l'analyse des données, l'anticipation des comportements, la mise en place des actions et leur suivi.

# L'organisation d'un centre de relation client

Fiche 34

Relation client à distance et digitalisation

Le centre de relation client réalise de nombreuses missions sur différents canaux et à différentes étapes du parcours d'achat du client.

## 1 Les activités d'un centre de relation client

■ Le centre de relation client est un service dédié à la gestion de la relation à distance entre une entreprise et ses clients. Il gère les contacts sortants et entrants.

■ Ce service peut être intégré à l'entreprise ou être externalisé à un centre de relation client extérieur, qui travaille pour plusieurs entreprises commanditaires.

### A. Les types de centres de relation client

| Centre d'appels (*call center*) | Centre de contacts | Centre de relation client |
|---|---|---|
| Gère la relation client essentiellement par téléphone. | Traite les demandes à travers différents canaux de communication : téléphone, courriels, tchat, réseaux sociaux, site Web… | Traite les contacts entrants et sortants dans une logique multicanale, pour améliorer l'expérience client.<br>**Ex. :** Le *click to call* permet à l'internaute d'être mis en relation directement avec un conseiller après avoir cliqué sur un bouton d'appel depuis le site Internet. |

Notes

### B. Les missions du centre de relation client

■ Le centre de relation client réalise plusieurs missions :
– traitement et qualification des bases de données ;
– support client : assistance, service après-vente, réclamations… ;
– prospection et vente.

*Ex.* : Le groupe Satel prend en charge la relation client de nombreuses entreprises comme Renault, Macif. Il propose notamment d'identifier de nouvelles opportunités, d'obtenir des rendez-vous qualifiés, de réaliser des enquêtes et de gérer le service après-vente.

Notes

## 2 Les métiers au sein d'un centre de relation client

| | |
|---|---|
| **Métiers de l'avant-vente et de la vente** | • Le **téléopérateur** qualifie la base de données, réalise des enquêtes de satisfaction et obtient les rendez-vous clients.<br>• Le **télévendeur** vend une offre. |
| **Métiers de l'après-vente et du conseil** | Le **téléconseiller** informe, conseille, gère le service après-vente et traite les réclamations. Il peut vendre des services complémentaires aux utilisateurs. |
| **Métiers de l'encadrement** | • Le **responsable d'équipe** (ou superviseur ou manager) encadre une équipe de téléopérateurs.<br>• Le **responsable de plateau** pilote les manageurs d'équipe.<br>• Le **responsable de centre** manage l'activité du centre de relation clients. |

## 3 Le fonctionnement du centre de relation client

■ Un serveur vocal interactif (SVI) permet de gérer les flux importants d'appels, d'automatiser le traitement des requêtes simples et d'orienter vers le bon interlocuteur. À chaque appel entrant, un message d'accueil se déclenche automatiquement et propose 3 ou 4 choix maximum.

*Ex.* : « Pour être mis en relation avec le service commercial : tapez 1 ; pour joindre notre service d'assistance technique : tapez 2… »

■ Des outils de téléphonie permettent d'afficher automatiquement la fiche client lors d'un appel. Ainsi, en cas d'appel entrant, le téléacteur peut s'adresser de façon personnalisée à son interlocuteur.

*Ex.* : En appel sortant, si le prospect ne répond pas, le numéro suivant est automatiquement composé. La fiche client apparaît au décroché de l'appel.

À retenir !

■ Le centre de relations client permet d'assurer un service client omnicanal de qualité. Il contribue à qualifier la base de données, à optimiser le parcours client et à fidéliser.

# Une relation client à distance : les contacts sortants

Fiche 35

Un service client proactif se traduit par des contacts à l'initiative de l'entreprise. Ces contacts sortants permettent d'optimiser et de renouveler le portefeuille client.

## 1 Les appels sortants

■ Les appels sortants visent à qualifier la base de données, prendre des rendez-vous qualifiés ou vendre une offre spécifique.

■ Le guide d'entretien téléphonique (GET) déroule les différentes étapes de l'entretien (→ Fiche 15). Il est conçu à partir de la méthode CROC :

- Contact.
- Raison de l'appel.
- Objectif de l'appel.
- Conclusion.

## 2 Le courriel

■ Le courriel vise à informer (newsletter) ou à prospecter, générer du trafic sur un point de vente ou un site Internet, relancer des clients et fidéliser (e-mail marketing).

■ Pour réussir une campagne d'e-mailing, il est indispensable de définir l'objectif, cibler les destinataires et respecter quelques règles.

| | |
|---|---|
| **Expéditeur** | Reconnaissable avec un nom de domaine fiable. |
| **Objet** | • Objet explicite et court (50 caractères maximum).<br>• Éviter certains mots (cadeau, gratuit, argent…), les majuscules et les ponctuations excessives (??!!) pour ne pas arriver dans les spams. |
| **Corps du texte** | • Pré-*header* (début du message) soigné pour augmenter le taux d'ouverture.<br>• Personnalisé avec le nom du destinataire.<br>• Courriel court et adapté à la lecture sur différents supports : ordinateur, tablette, smartphone (*responsive design*).<br>• Méthode AIDA (Attention-Intérêt-Désir-Action → Fiche 16).<br>• *Call-to-action* (appel à l'action) clair et facilement accessible.<br>• Formule de politesse simplifiée.<br>• Signature avec les coordonnées, les liens vers les sites Web. |



Notes

Notes

## 3 Le SMS

- Un SMS est un message contenant 160 caractères maximum, espaces et mention « STOP » compris.
- Avec un taux d'ouverture de 95 %, les campagnes de SMS permettent d'envoyer des offres (ventes flash, soldes), des alertes (suivi de commande, alerte de rendez-vous) ou inviter à un événement.
- Le message doit être percutant et précis : un émetteur clairement identifiable et une seule offre par message.

## 4 Les obligations légales

### A. La prospection téléphonique

- Il est interdit à un professionnel de démarcher par téléphone un particulier inscrit sur la liste d'opposition au démarchage téléphonique (Bloctel), sauf si celui-ci est client. Le consommateur est informé de ce droit.
- Ne pas utiliser de numéro de téléphone masqué.
- En cas de vente à distance (par Internet ou téléphone), une confirmation de l'offre et les informations précontractuelles sont transmises au consommateur. Celui-ci dispose d'un droit de rétractation de 14 jours pour certains achats.

### B. Le principe de l'*opt-in* et l'*opt-out*

- En *B to B* : l'accord préalable du destinataire (*opt-in*) est nécessaire avant l'envoi d'un message commercial par courriel ou SMS, sauf si la personne est déjà cliente.

***Ex. de mention* :** « Si vous souhaitez recevoir nos offres commerciales, merci de cocher cette case. »

- Le message publicitaire précise l'identité de l'annonceur et permet au consommateur de s'opposer au démarchage, de manière simple et gratuite.

***Ex.* :** Case à cocher pour ne plus recevoir d'offres, lien pour se désinscrire.

- En *B to B* : les adresses professionnelles (nom.prénom@entreprise.fr) ne sont pas soumises aux principes du consentement et du droit d'opposition.

À retenir !

- Chaque mode de contact est soumis à des règles de construction du message visant à optimiser la performance commerciale. Des règles juridiques sont également à respecter.

# Une relation client à distance : les contacts entrants

Fiche 36

Les clients peuvent contacter l'entreprise par téléphone, courriel, réseaux sociaux, etc. La qualité et la réactivité des réponses aux contacts entrants sont un atout pour l'entreprise.

## 1 Le traitement des demandes

### A. Les objectifs

■ Les téléconseillers répondent à des demandes tout au long du parcours d'achat : demande de renseignements, assistance technique, suivi de la commande, réclamation…

■ Une prise en charge rapide et de qualité améliore le taux de conversion et fidélise.

■ Le téléconseiller peut en profiter pour réaliser un rebond commercial.

*Ex.* : Lors d'un échange sur un produit bancaire, le téléconseiller proposera un produit d'assurance.

### B. Les appels entrants

■ La méthode CERC permet d'optimiser la prise en charge des appels entrants :

| | |
|---|---|
| **Contact** | • Se présenter et présenter l'entreprise.<br>• Identifier l'interlocuteur et l'objet de l'appel. |
| **Écoute** | • Écouter avec empathie.<br>• Questionner et reformuler les besoins. |
| **Réponse** | • Collecter les informations nécessaires.<br>• Expliquer de manière simple et claire.<br>• Vérifier d'avoir bien répondu à la demande du client. |
| **Conclusion** | • Remercier.<br>• Personnaliser la prise de congé. |

### C. Les écrits

■ Les courriels, les SMS, le tchat et les messages sur les réseaux sociaux permettent d'apporter une réponse rapide.

■ Il convient de :
- se présenter ou d'avoir une signature professionnelle ;
- ne pas écrire en majuscules, ce qui revient à crier ;
- utiliser un vocabulaire professionnel et accessible ;
- éviter les abréviations et les fautes d'orthographe.



Notes

Notes

## 2 La gestion des réclamations

### A. La typologie des clients mécontents

- Un client qui réclame est un client attaché à l'entreprise dont il attend encore quelque chose.
- Philippe Détrie distingue quatre catégories de clients mécontents :

1. l'affectif crie très fort pour peu de choses et cherche surtout la reconnaissance ;
2. le procédurier : habitué des réclamations, il se focalise sur des petits détails ;
3. l'opportuniste cherche la bonne affaire en prétendant une insatisfaction qui n'est pas réellement fondée ;
4. le sincère : son insatisfaction est justifiée.

### B. Les objectifs

- La gestion des réclamations permet :
  - d'améliorer la satisfaction et la fidélisation des clients ;
  - de préserver l'image de l'entreprise ;
  - d'améliorer le fonctionnement et/ou les produits de l'entreprise ;
  - de prévenir les litiges.
- Il est nécessaire de privilégier la réactivité et l'interactivité. Cela consiste notamment à accuser réception immédiatement de la réclamation et à répondre de manière personnalisée.

### C. Le traitement des réclamations

| | |
|---|---|
| **Être à l'écoute** | • Laisser le client s'exprimer.<br>• Faire preuve d'écoute active et d'empathie : « Je comprends… ».<br>• Cerner les causes.<br>• Restaurer la confiance. |
| **Se mettre d'accord sur une solution** | • Proposer une solution adaptée.<br>• Si besoin, orienter le client vers le bon interlocuteur.<br>• Expliquer la suite de la relation. |
| **Rester positif** | • Éviter les termes négatifs.<br>• Éviter les « clienticides ».<br>*Ex.* : « Mais ce n'est rien ! », « C'est la faute de l'autre service ». |
| **Maîtriser un client qui s'emporte** | • Garder son calme.<br>• Rester courtois. |

## 3 Le suivi des appels entrants

- Les contacts entrants doivent faire l'objet :
  - d'une mise à jour des data clients dans le CRM ;
  - d'une analyse pour améliorer la relation client.

*À retenir !*

- Une bonne gestion des appels entrants améliore la performance commerciale et contribue à une réelle fidélisation du client.

# Les bases de données

Fiche 37

Relation client à distance et digitalisation

La mise en œuvre d'une stratégie omnicanale nécessite une connaissance approfondie du client qui est rendue possible par les bases de données (BDD) clients.

## 1 Qu'est-ce qu'une base de données ?

■ Une base de données clients est un ensemble de données stockées et structurées portant sur les clients et prospects de l'entreprise.

■ La collecte et l'analyse de ces données *on-line* et *off-line* permettent d'assurer la démarche omnicanale de l'entreprise (→ Fiche 33). L'enjeu est d'offrir aux consommateurs un parcours d'achat sans rupture entre les différents points de contacts.

*Ex.* : Les points de fidélité Carrefour tiennent compte des achats effectués en magasin et sur le drive.

■ L'exploitation des données clients renforce la relation client-entreprise à travers différentes fonctionnalités :

| Fonctionnalités | *Exemples* |
|---|---|
| Améliorer la connaissance client | Netflix analyse les données de ses clients pour identifier leurs goûts et proposer des séries adaptées. |
| Personnaliser l'offre client | L'e-mailing personnalisé, la publicité ciblée sur les réseaux sociaux. |
| Automatiser la relation client | Le marketing automation, le *chatbot*… |
| Réaliser le profilage du client | Certaines entreprises utilisent les données de leurs clients pour identifier des *personas*, cibles de leurs actions marketing. |

Notes

## 2 Les méthodes d'exploitation des données

### A. La collecte des données

■ Les données clients sont collectées au niveau des différents points de contact de l'entreprise.

*Ex.* : En magasin avec la carte de fidélité, sur le site Internet, lors d'une opération de *phoning*…

■ Pour éviter un éparpillement des données, les entreprises les regroupent dans une base de données unique. Elle leur permet d'avoir une vue d'ensemble du parcours client, et de mieux connaître ses besoins.

Notes

### B. Les logiciels de gestion de la relation client

■ L'entreprise utilise un logiciel de gestion de la relation client (GRC ou CRM pour *Customer Relationship Management*) pour collecter, analyser et utiliser les données clients.

■ Fonctionnement d'un CRM :

| Collecter | Analyser | Utiliser | Mesurer |
|---|---|---|---|
| • Données internes (fichiers clients, données de la carte de fidélité…)<br>• Données externes (achat de fichiers, données Insee…) | • Segmentation<br>• Ciblage<br>• Connaissance client | • Prospection<br>• Conquête client<br>• Personnalisation des contenus<br>• Recommandations personnalisées (*up-selling*, *cross-selling*) | • *Reporting*<br>• Indicateurs clés de performance<br>• Tableaux de bord |

■ Le CRM améliore la gestion de la relation client en offrant une vue unique du client. Il harmonise les actions marketing et offre plusieurs fonctionnalités :

☑ assurer le suivi de la relation client par la force de vente (*reporting*, organisation de la prospection) ;

☑ mettre en place des actions marketing (e-mailing, *phoning*…) ;

☑ analyser les résultats des actions menées (indicateurs de performance, tableaux de bord…) ;

☑ gérer le service client (réclamations…).

## 3 La protection des données stockées et transmises

■ Le Règlement général européen sur la protection des données (RGPD) réglemente la gestion des données personnelles. Il s'applique à toutes les organisations : entreprise, association ou collectivité publique (→ Fiche 29).

■ En cas de non-respect de ses obligations, l'organisation encourt une sanction financière.

À retenir !

■ L'exploitation des données clients à partir d'un logiciel de gestion de la relation client (GRC) améliore les actions marketing de l'entreprise.

# Le recrutement d'une équipe de téléacteurs





Le centre de relation client peut avoir un besoin ponctuel ou permanent de téléacteurs. Le coût du recrutement étant élevé, le manager déterminera la taille optimale de l'équipe et les modalités d'un éventuel recrutement.

## 1 Le recrutement

■ Il peut s'agir d'une création de poste ou d'un remplacement de personnel.

■ Le recrutement peut s'effectuer en interne, par cooptation (personne recommandée par quelqu'un d'autre) ou en externe. L'entreprise peut prendre en charge ou externaliser la procédure de recrutement.

### A. La procédure de recrutement

| Étape | Contenu |
|---|---|
| Définition du poste et du profil | • Fiche de poste : description du poste et de son environnement de travail.<br>• Profil de poste : formation, expérience et compétences (savoirs, savoir-faire, qualités professionnelles) souhaitées, rémunération proposée, lieu du travail… |
| Rédaction de l'annonce | • Méthode AIDA (Attention-Intérêt-Désir-Action).<br>• Titre explicite et accrocheur : intitulé du poste.<br>• Présentation brève de l'entreprise.<br>• Description du poste.<br>• Profil du candidat recherché.<br>• Description des conditions de travail, des éléments de rémunération et avantages.<br>• Modalités pour postuler. |
| Diffusion de l'annonce | • Choix des canaux de diffusion : site Web de l'entreprise, réseaux sociaux, sites d'annonces spécialisés (*ex. :* Pôle emploi, Indeed, APEC, etc.), cabinets spécialisés… |
| Tri des candidatures | • Grille d'analyse reprenant les critères du profil de poste : formation, expérience professionnelle, savoir-faire, savoir-être… |
| Entretien de recrutement | • Accueil du candidat : se présenter, indiquer les modalités de l'entretien.<br>• Découverte du candidat avec une écoute active.<br>• Possibilité de tests, mises en situation.<br>• Présentation de l'entreprise et du poste à pourvoir.<br>• Conclusion : informer des étapes suivantes, remercier et saluer. |
| Sélection et intégration | • Signature du contrat de travail.<br>• Accueil et intégration : découverte de l'entreprise, du poste et formation. |

Notes

Notes

### B. Les obligations légales

■ Toute annonce de recrutement doit faire apparaître des mentions obligatoires.

*Ex.* : L'annonce est rédigée en français, datée et l'employeur ou le cabinet de recrutement est identifié. L'annonce respecte les obligations de durée du travail et de rémunération.

■ L'article L. 1132-1 du Code du travail interdit les mentions discriminatoires.

■ Les questions posées lors de l'entretien de recrutement doivent présenter un lien direct et nécessaire avec l'emploi proposé ou avec l'évaluation des aptitudes professionnelles (article L. 1221-6 du Code du travail).

## 2 La taille de l'équipe

### A. Le calcul de la taille optimale

étape 1 Déterminer la charge de travail à réaliser.

étape 2 Déterminer la capacité de travail par personne.

étape 3 En déduire la taille de l'équipe.

$$\text{Taille de l'équipe} = \frac{\text{charge de travail (1)}}{\text{capacité de travail par téléacteur (2)}}$$

### B. Les solutions envisageables

■ Lorsque l'équipe actuelle est insuffisante, il est possible :

- d'optimiser le travail ;
- de recourir aux heures supplémentaires ;
- de recourir à des contrats précaires : contrat à durée déterminée (CDD) et contrat de travail temporaire (CTT) ;
- de recruter des contrat à durée indéterminée (CDI).

■ Le manageur choisira en fonction du besoin ponctuel ou pérenne de main-d'œuvre, des avantages et des limites de chaque solution.

À retenir !

■ Recruter nécessite d'évaluer le besoin avec précision au niveau quantitatif et qualitatif. Les 6 étapes du processus de recrutement permettent d'éviter des erreurs préjudiciables.

# L'organisation de l'activité de l'équipe de téléacteurs

Fiche 39



Le superviseur est responsable de la performance de son équipe. Il planifie, organise l'activité de l'équipe et fixe des objectifs en cohérence avec la stratégie de l'entreprise.

## 1 L'organisation du travail

### A. Les conditions de travail

- L'équipe est souvent constituée de 8 à 15 salariés, managés par un superviseur, lui-même sous l'autorité d'un responsable de plateau.
- L'activité des centres de relation client tend vers un service continu 7 jours/7. L'amplitude horaire moyenne est de 12 heures par jour et de 10 heures le samedi.

### B. La réglementation du temps de travail

- La durée légale du travail est de 35 heures par semaine (temps complet).
- En principe, la durée maximale de travail ne doit pas dépasser 10 heures par jour et 48 heures sur une même semaine.
- Le repos quotidien est d'au moins 11 heures consécutives entre 2 journées de travail et le repos hebdomadaire de 24 heures consécutives.
- Un temps de pause d'au moins 20 minutes doit être accordé après 6 heures de travail consécutives. Les salariés des centres d'appels non intégrés ne peuvent pas effectuer plus de 3 heures consécutives. Une pause doit être respectée : 10 minutes toutes les 2 heures de travail ou 15 minutes toutes les 3 heures.
- Le salarié a droit à un congé de 2,5 jours ouvrables par mois de travail effectif.

### C. La gestion du planning

- La gestion du planning consiste à optimiser l'affectation des ressources humaines disponibles par rapport aux besoins du centre de relation client.
- Le superviseur cherche à éviter les situations de sureffectif ou de sous-effectif, tout en respectant de multiples contraintes :

| Contraintes légales | Contraintes commerciales | Contraintes organisationnelles | Contraintes personnelles |
|---|---|---|---|
| Durée et temps de travail | Qualité de service attendue (objectifs du centre) | Charge de travail estimée (contacts entrants et sortants sur les différents canaux), horaires du centre, absences et congés du personnel | Souhaits des téléacteurs |

Notes

Notes

*Ex.* : Voici le type de contraintes que pourrait rencontrer un superviseur qui gère le planning d'une équipe de 10 personnes du lundi au samedi de 9 heures à 21 heures. Deux personnes ne souhaitent pas travailler le mercredi, une autre a posé 3 jours de congé. On note des pics d'activité pour les flux entrants de 11 heures à 14 heures et de 18 heures à 21 heures.

## 2 Le pilotage de l'activité

### A. Les différents types d'objectifs

■ Les objectifs traduisent la stratégie de l'entreprise, ils permettent d'orienter l'activité des téléacteurs.

■ On distingue plusieurs types d'objectifs :
– objectifs quantitatifs et/ou qualitatifs ;
– objectifs individuels et/ou collectifs.

*Ex.* : Chaque téléacteur doit qualifier le CRM à chaque appel et vendre 10 produits par semaine. L'équipe doit traiter 80 % des appels en moins de 1 minute 30.

■ Le management par objectifs amène les collaborateurs à participer à la définition de leurs objectifs, ce qui favorise leur implication.

### B. La fixation des objectifs

■ La méthode SMART permet de fixer des objectifs de manière précise pour en favoriser l'atteinte :

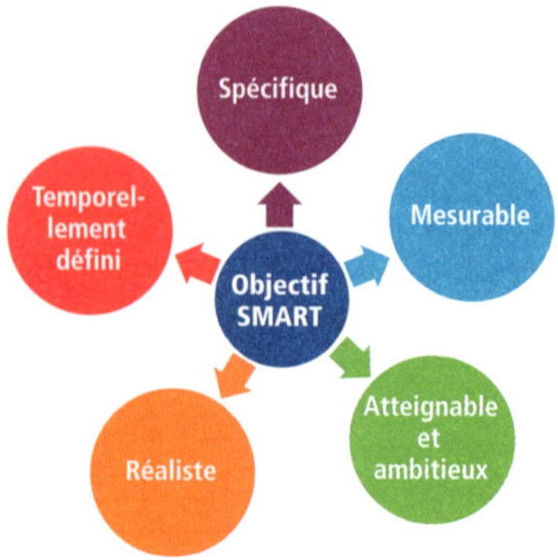


☑ spécifique : concret, sans ambiguïté et facilement compréhensible ;

☑ mesurable : avec un indicateur ;

☑ atteignable et ambitieux : pour favoriser l'adhésion et stimuler ;

☑ réaliste : en adéquation avec la stratégie de l'entreprise, le marché, les moyens disponibles, etc. ;

☑ temporellement défini : avec un début et une fin, voire des échéances intermédiaires.

*Ex.* : « Réduire le taux d'abandon d'appel le plus vite possible » n'est pas un objectif SMART. Il n'est pas mesurable (réduire de combien ?) ni temporellement défini (sur quelle échéance ?).

À retenir !

■ Le superviseur d'une équipe de téléacteurs établit le planning de son équipe en respectant des contraintes légales, commerciales et organisationnelles. Il fixe des objectifs SMART à chaque téléacteur.

# L'animation d'une équipe de téléacteurs

Fiche 40

Le téléacteur est un maillon indispensable entre l'entreprise et ses clients. Le rôle du superviseur est important pour améliorer la qualité de la relation client et réduire le taux de turnover dans les équipes de téléacteurs (environ 18 % en France par an).

## 1 Un management motivant

### A. Les facteurs de motivation

■ La motivation est une force qui pousse à agir. C'est un élément déterminant de la performance économique (productivité) et sociale (absentéisme et *turn-over*).

■ On distingue différentes sources de la motivation au travail :
– la rémunération (fixe et variable) ;
– le type de travail effectué ;
– les conditions de travail (environnement de travail, horaires flexibles, autonomie…) ;
– les relations avec les autres : supérieurs hiérarchiques et collègues ;
– le développement des compétences professionnelles (formation, responsabilités, perspectives d'évolution…).

### B. Les qualités du manager motivant

■ Donner du sens : expliquer la stratégie de l'entreprise et les objectifs.

■ Écouter : valoriser les échanges, être attentif aux membres de l'équipe.

■ Accompagner et former techniquement : aider les collaborateurs à surmonter une difficulté, à monter en compétences.

■ Responsabiliser : autonomiser, déléguer des tâches.

■ Stimuler : booster l'action.

■ Encourager et féliciter : reconnaître les mérites, être positif.

## 2 L'accompagnement

### A. Le suivi de l'activité

■ Le superviseur dispose d'outils logiciels permettant :
– d'analyser la performance individuelle et collective (**ex. :** taux d'occupation, durée moyenne de traitement, appels en attente) ;
– de pratiquer la double écoute des appels ;
– de vérifier la conformité du traitement des contacts (respect des procédures), etc.



Notes

Notes

- En fonction des résultats, le superviseur apportera un soutien collectif et/ou individuel.

### B. La mobilisation de l'équipe

| | |
|---|---|
| **Animation de réunions** | Échanger des informations en équipe, partager les expériences, définir un plan d'actions, etc. |
| **Formation** | • En interne, externe ou en *e-learning*.<br>• Sur les outils internes et les aspects techniques. |
| **Entretiens individuels** | Entretien professionnel (sur les besoins du salarié, les perspectives d'évolution), entretien d'activité, entretien de recadrage, etc. |
| **Coaching** | • Accompagnement du téléacteur : suivi en situation, travail en binôme, jeu de rôles, etc.<br>• Le superviseur aide à analyser les situations de communication, identifier les axes d'amélioration et définir des actions correctrices. |
| **Prise en charge des appels complexes** | Référent technique, le superviseur prend en charge ou aide le téléacteur sur certains appels complexes ou conflictuels (*ex :* litiges). |

## 3 La stimulation

- La stimulation est une opération ponctuelle et de court terme, permettant de récompenser une performance exceptionnelle.

- Cela suppose de :
– déterminer l'objectif (quantitatif/qualitatif, individuel/collectif), le budget et la durée ;
– communiquer avant et pendant l'opération pour maintenir l'implication de l'équipe.

- On distingue deux méthodes (« *incentives* ») :

1. Les concours : introduisent une compétition entre téléacteurs ou équipes.

*Ex.* : Les 3 meilleurs téléacteurs du mois gagnent un week-end dans un hôtel de luxe.

2. Les challenges : attribuent des avantages à partir d'un seuil de résultat.

*Ex.* : Les téléacteurs ayant réalisé au moins 5 ventes ce jour gagnent 2 places de cinéma.

- Les récompenses doivent être adaptées à la cible :
– l'argent ;
– les cadeaux ;
– les voyages ;
– les récompenses honorifiques : les tableaux d'honneur et trophées permettent une reconnaissance des compétences.

À retenir !

- Le superviseur, manageur de proximité, assure le pilotage, l'accompagnement et la stimulation de l'équipe de téléacteurs.

# L'évaluation de la performance commerciale

Fiche 41



Le superviseur analyse différents indicateurs clefs de performance pour mettre en œuvre des actions correctrices adaptées, en lien avec les objectifs fixés.

## 1 L'évaluation de la performance

### A. La notion de performance

- La performance recouvre deux notions :

1. l'efficacité : l'atteinte des objectifs fixés ;
2. l'efficience : l'optimisation des moyens utilisés pour atteindre les résultats.

- La performance peut être mesurée à l'aide d'indicateurs :

– quantitatifs : sur les résultats obtenus, les coûts engagés… ;

*Ex.* : Le nombre d'appels traités par téléacteur.

– qualitatifs : liés au comportement du téléacteur.

*Ex.* : La qualité de la prise en charge du contact et du *reporting* dans le CRM, la connaissance des produits.

### B. Les principaux indicateurs de performance

| | | |
|---|---|---|
| Indicateurs de productivité | Taux de décroché | • Nombre d'appels traités / nombre d'appels présentés<br>• La norme qualité NF-345 impose un seuil de 90 %. |
| | Taux d'abandon d'appels | Nombre d'appels restés sans réponse / nombre d'appels présentés |
| | Durée moyenne de conversation (DMC) | Durée totale des conversations / nombre de conversations |
| | Durée moyenne de traitement (DMT) | DMC + temps post-appel nécessaire pour tracer et traiter la demande. |
| Indicateurs de performance commerciale | Taux de transformation | Nombre de ventes / nombre d'appels traités |
| | Taux de vente additionnelle | Nombre de ventes additionnelles / nombre de ventes |
| | Taux d'attrition | • Nombre de clients perdus après un premier achat / nombre de clients total<br>• Contraire au taux de rétention. |
| Indicateurs qualité orientés client | Temps d'attente | Norme qualité NF-345 : 80 % des appels décrochés en moins de 90 secondes. |
| | Taux de résolution au premier contact | Nombre de demandes résolues au premier contact / nombre de demandes traitées |
| | Délai de traitement asynchrone | Temps de traitement des demandes par courriel, sur les réseaux sociaux… |

Notes

Notes

| | | |
|---|---|---|
| **Indicateurs qualité orientés client** (suite) | **Taux de transfert vers le *selfcare* (autoprise en charge)** | • Nombre de demandes renvoyées vers le *selfcare* / Nombre total de demandes<br>• Le *selfcare* permet au consommateur de résoudre son problème lui-même, grâce à des outils en ligne : espace client, foire aux questions (FAQ), robot conversationnel de messagerie instantanée (*chabot*), forum communautaire, etc. |
| | **Taux de digitalisation** | Taux de contacts traités par les différents canaux. |
| | **Taux de promotion intercanal** | Capacité à promouvoir les différents canaux et à les présenter au client. |
| **Indicateur de coût** | **Coût de traitement d'un contact** | En fonction du type de contact.<br>***Ex.*** **:** Nombre d'appels / coût de fonctionnement du service |

■ Ces indicateurs de performance commerciale sont complétés par des indicateurs sociaux et de management qui impactent la qualité du service client.

***Ex.*** **:** Taux d'absentéisme, taux de *turnover*, taux de formation…

## 2 Les outils de suivi

### A. L'analyse des contacts

■ Les logiciels de *phoning* et de CRM permettent de suivre les indicateurs qualitatifs (ex : double écoute des téléacteurs) et quantitatifs (tableaux de bord en temps réel).

■ L'analyse des retranscriptions de conversations permet de détecter la récurrence de certains mots-clefs, afin de corriger des faiblesses.

■ L'analyse des réclamations clients permet aussi d'améliorer la performance.

### B. Le tableau de bord

■ Les indicateurs sont représentés dans un tableau de bord. L'analyse est réalisée par téléacteur et par équipe, par rapport aux objectifs, voire à l'année N – 1. Elle donne lieu à des préconisations d'actions.

| Indicateurs | Objectifs (O) | Réalisé (R) | Taux de réalisation (R/O × 100) | Écart en valeur absolue / en % |
|---|---|---|---|---|
| | | | | |

À retenir !

■ Le tableau de bord permet de suivre les indicateurs clefs de la performance afin d'améliorer la qualité du service client.

# La satisfaction client

Fiche 42

Relation client à distance et digitalisation

La satisfaction client traduit un attachement à une entreprise ou une marque. Écouter la « voix du client » permet d'augmenter la fidélisation et la recommandation.

## 1 L'évaluation de la satisfaction client

### A. Les objectifs

■ Les indicateurs portant sur la satisfaction des clients permettent :
- d'enrichir la connaissance client ;
- de repérer les points de friction et les corriger ;
- d'améliorer le pilotage des équipes ;
- de fidéliser en optimisant et personnalisant l'expérience client sur chaque canal ;

*Ex.* : Les entreprises certifiées NF Service s'engagent à personnaliser 80 % de leurs interactions : citation du nom du client, contextualisation de la demande, reformulations…

- de faire des clients des ambassadeurs de la marque.

### B. Les moyens

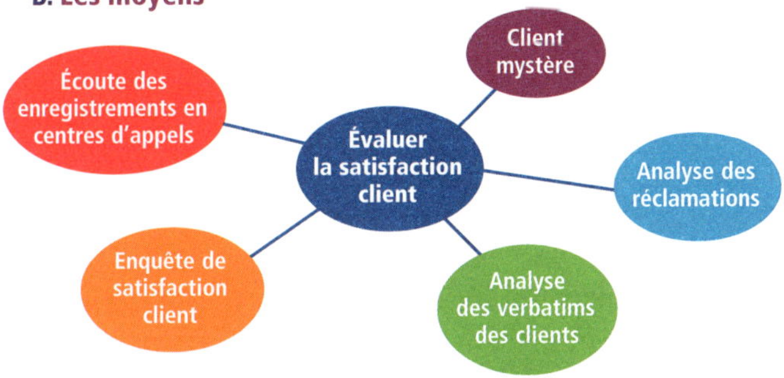


Notes

■ L'analyse des verbatims des clients (mots et phrases employés) permet d'identifier leurs attentes, leurs jugements.

*Ex.* : L'analyse porte sur les avis donnés par les clients sur les forums, réseaux sociaux, sites d'avis de consommateurs, mails de réclamation, etc.

■ L'enquête de satisfaction client, à chaud immédiatement après l'interaction ou à froid (au moins une fois dans l'année), permet de :
- suivre les interactions individuelles avec le service client ;
- suivre la satisfaction globale.

Notes

## 2 Les indicateurs de satisfaction client

### A. Le *Customer Satisfaction Score* (CSAT) ou score de satisfaction client

■ Le CSAT permet d'évaluer la satisfaction à chaud sur un critère précis, comme le produit, le service, le contact avec le centre de relation client (par rapport à l'accueil, l'écoute, la qualité de la réponse apportée, etc.).

*Ex.* : « Êtes-vous satisfait de X ? »

■ L'échelle de réponses va généralement de 1 à 4, de « très insatisfait » à « très satisfait ».

*Ex.* : Borne de satisfaction client en magasin avec 4 smileys.

### B. Le *Net Promoter Score* (NPS) ou taux de recommandation nette

■ C'est un indicateur de la recommandation à froid. Il correspond à la question : « Sur une échelle de 1 à 10, quelle est la probabilité que vous recommandiez notre marque ou notre produit à votre entourage ? »

■ Le NPS permet de classer les clients en trois catégories :

1. les détracteurs (de 0 à 6) ;
2. les passifs (de 7 à 8) ;
3. les promoteurs (de 9 à 10).

**NPS** = % des promoteurs – % des détracteurs

■ Le NPS ne s'exprime pas en pourcentage mais en valeur absolue entre –100 et +100. Un bon NPS est positif, son niveau dépend du domaine d'activité.

■ En fonction de la note obtenue, il est possible d'ajouter une question ouverte : « Pourquoi avez-vous attribué cette note ? » ou « Selon vous, que pourrions-nous faire pour nous améliorer ? ».

### C. Le *Customer Effort Score* (CES) ou score d'effort client

■ Le CES est plus récent, il repose sur l'idée que moins un client aura à fournir d'effort pour obtenir satisfaction, plus il sera fidèle. Il est souvent utilisé pour des étapes particulières de la relation client.

■ Il correspond à la question : « Quel niveau d'effort avez-vous fourni pour obtenir une réponse ? ».

■ L'évaluation est réalisée à chaud sur une échelle de 1 à 5 (niveau d'effort faible à niveau d'effort élevé).

*À retenir !*

■ La satisfaction client est évaluée avec plusieurs indicateurs comme le CSAT, le NPS et le CES mais également d'autres outils : enquête de satisfaction, client mystère, analyse des réclamations et des verbatims…

# La stratégie de communication digitale

Fiche 43



Avec le développement d'Internet, les entreprises doivent adopter une stratégie de communication digitale pertinente pour conquérir et fidéliser les clients.

## 1 La communication digitale

### A. La définition de la communication digitale

■ Le développement des technologies de l'information et de la communication a révolutionné les modes de communication entre les organisations et les parties prenantes. Un **écosystème numérique** s'est mis en place : site Web, blog, réseaux sociaux, e-mailing et applications mobiles.

■ **La communication digitale** se définit comme **l'ensemble des actions de communication** menées par l'organisation dans cet écosystème numérique.

*Ex.* : Une vidéo promotionnelle sur YouTube ; une bannière publicitaire sur un site Web ; l'achat de mots-clefs sur un moteur de recherche…

■ Elle permet de **promouvoir la marque** et de **développer des relations directes**, interactives et personnalisées avec les parties prenantes.

*Ex.* : E-mailing personnalisé reçu à l'occasion d'un anniversaire.

■ La communication digitale est **omnicanale** et en cohérence avec la stratégie de communication globale de l'entreprise (→ Fiche 33).

### B. Le parcours omnicanal du client à l'heure du digital

■ Sur le Web, le consommateur a les mêmes besoins que dans le monde physique. Il exprime des **besoins de consommation, d'information** et de **relations sociales** que les organisations cherchent à satisfaire.

*Ex.* : Le site de Leroy Merlin offre la possibilité d'acheter en ligne (besoin de consommation), de suivre des cours en ligne (besoin d'information) et permet aux utilisateurs de partager leurs expériences (besoin de relations sociales).

■ Le **parcours client** du consommateur s'est complexifié avec le développement du digital. Le consommateur va alterner

> **Parcours client**
> Ensemble des étapes suivies par un consommateur depuis la naissance de son besoin jusqu'à sa satisfaction (achat). On intègre parfois les éléments post-achat (livraison, SAV…).

Notes

Notes

présence en ligne et hors-ligne pour un même achat. Les organisations doivent tenir compte de cette situation dans le cadre de leur stratégie de communication digitale.

## 2 Comment mettre en œuvre une stratégie de communication digitale ?

■ La communication digitale est un enjeu important pour les organisations. Elle implique une nouvelle façon d'interagir avec ses parties prenantes.

■ Une véritable stratégie doit être mise au point pour assurer le succès de cette communication. Elle se construit en 6 étapes :

**étape 1 Réaliser un diagnostic du développement digital de l'entreprise**

Ce diagnostic peut être basé sur un diagnostic SWOT et une étude des concurrents (→ Fiche 2).

**étape 2 Définir un *persona***

Le *persona* est une représentation détaillée du client idéal : ses caractéristiques physiques (âge, sexe...), ses centres d'intérêt, ses attentes, les médias de communication qu'il utilise... C'est à lui que l'entreprise cherche à s'adresser.

**étape 3 Définir un objectif**

Il peut s'agir d'un objectif quantitatif (augmenter le trafic sur un site Web...) ou un objectif qualitatif (augmenter la satisfaction client...).

**étape 4 Fixer un budget et un planning**

L'entreprise fixe un budget et adopte un planning pour atteindre ses objectifs.

**étape 5 Choisir les supports de communication**

L'entreprise choisit un ou plusieurs supports pour communiquer ses messages en fonction des objectifs qu'elle s'est fixés.

**étape 6 Suivre les actions de communication**

La mise en place et le suivi d'indicateurs permettent d'évaluer les actions de communication (taux de conversion, e-réputation...).

À retenir !

■ La communication digitale devient un enjeu majeur pour les organisations car elle permet d'établir un lien plus direct et personnalisé avec ses parties prenantes. L'organisation doit mettre en place une stratégie cohérente entre ses différentes étapes pour réussir sa communication digitale.

# L'*inbound marketing*

Fiche 44



L'*inbound marketing* (ou marketing des contenus) consiste à proposer des contenus non commerciaux aux internautes afin de les attirer sur un site Web.

## 1 Qu'est-ce que l'*inbound marketing* ?

■ L'*inbound marketing* est une stratégie marketing qui a pour objectif de transformer les internautes en prospect, puis en client fidèle en leur offrant du contenu de qualité.

*Ex.* : Leroy Merlin propose des tutoriels vidéo sur le bricolage.

■ C'est une stratégie de long terme. Un travail important de référencement doit être mené pour rendre le contenu facilement accessible.

■ Moins intrusive que la publicité traditionnelle, elle répond davantage aux attentes des consommateurs en offrant un contenu de qualité de nature informationnelle ou ludique.

> ***Outbound marketing***
> Ensemble de techniques marketing utilisés pour envoyer un message publicitaire non sollicité aux consommateurs (*ex.* : les bannières sur les sites Web ou encore la publicité sur les réseaux sociaux).

*Ex.* : Téléchargement d'un livre blanc ou visionnage d'un webinaire « investir en Bourse » par des blogueurs spécialisés dans le *trading*.

> **Livre blanc**
> Ouvrage de quelques pages qui aborde une thématique précise. Il renforce l'image d'expert de l'entreprise.

■ La forme des contenus proposés est très variée.

*Ex.* : Article de blog, infographie, podcast, vidéo…

■ Ce type de marketing permet au site Web de récupérer des données personnelles à partir du téléchargement des contenus proposés. Cette collecte contribue à établir une relation individualisée pour la suite du parcours d'achat.

*Ex.* : Possibilité de télécharger un livre blanc suite à une inscription par courriel.

## 2 La stratégie d'*inbound marketing*

### A. Les quatre étapes de la stratégie

■ Une stratégie d'*inbound marketing* repose sur quatre étapes calquées sur le processus d'achat du consommateur.

Notes

Notes

**Étape 1 – Attirer**
- **Objectif :** faire venir des internautes sur le site.
- **Outils mobilisés :** article, infographie, podcasts…

**Étape 2 – Convertir**
- **Objectif :** transformer les visiteurs en prospects.
- **Outils mobilisés :** tutoriels, webinaires…

**Étape 3 – Engager**
- **Objectif :** convertir les prospects en clients.
- **Outils mobilisés :** rendez-vous téléphoniques, devis…

**Étape 4 – Fidéliser**
- **Objectif :** faire évoluer le client vers le rôle de préconisateur.
- **Outils mobilisés :** newsletters, réseaux sociaux…

■ Les prospects ne se décident pas spontanément à acheter un produit. Le passage entre les différentes étapes n'est ni automatique, ni rapide (surtout en *B to B*).

### B. Le *lead nurtering*, élevage de prospects

■ L'organisation cherche alors à maintenir un lien relationnel avec ces prospects pour ne pas les perdre. C'est le rôle du ***lead nurtering***.

■ Le *lead nurtering* est un ensemble d'actions qui permet de maintenir et de renforcer le lien créé avec les prospects.

■ Il se traduit par l'envoi de messages personnalisés et adaptés en fonction de la position du prospect dans son parcours d'achat.

*Ex.* : Envoi d'un e-mailing personnalisé pour présenter les nouvelles formations de l'entreprise.

■ Pour plus d'efficacité, les campagnes de *lead nurtering* peuvent être automatisées par des techniques de ***marketing automation***.

***Marketing automation***
Technique qui automatise certaines actions marketing du site marchand.

*À retenir !*

■ L'*inbound marketing* est une stratégie efficace pour transformer les internautes en clients fidèles de la marque.

# Les règles de rédaction et de publication sur le Web

Fiche 45



L'écriture Web obéit à des principes de base qui facilitent la lecture pour l'internaute. Le site Web et son contenu font l'objet d'une protection juridique.

## 1 Comment écrire sur le Web ?

### A. La ligne éditoriale

■ La **ligne éditoriale** est l'ensemble des règles de fond et de forme qui vont guider la rédaction des publications. À partir de son public-cible, l'entreprise va définir les grandes thématiques à aborder, un ton (humoristique, sérieux…), un style (grand public, expert…). Elle assure l'identité de marque de l'entreprise.

*Ex.* : Le blog *En Bourse* opte pour un ton chaleureux et un vocabulaire grand public pour s'adresser à sa clientèle.

■ S'il y a plusieurs auteurs, il est conseillé de rédiger une **charte éditoriale**. Ce document contient un ensemble de règles à suivre pour assurer la cohérence de la ligne éditoriale.

*Ex.* : Règle de mise en forme des contenus, règle typographique…

### B. La rédaction sur le Web

■ Le **rédacteur Web** n'écrit pas de la même façon qu'un rédacteur de magazine papier. Pour gagner en efficacité, il doit tenir compte des principes suivants :
– écrire dans un style clair, précis et concis ;
– structurer la page autour de plusieurs niveaux de lecture (titre, sous-titre…) ;
– utiliser des mots-clefs adaptés pour améliorer son référencement (→ Fiche 69) ;
– personnaliser l'information pour toucher sa cible ;

*Ex.* : Disponible sur le Web, *Néon* est un magazine qui aborde des sujets sur un ton décalé pour toucher les jeunes urbains.

– varier la présentation des contenus (texte, images, graphiques, tableaux…) ;
– chasser les fautes d'orthographe.

■ Le rédacteur Web doit aussi s'adapter aux habitudes des **mobinautes**, c'est-à-dire aux utilisateurs de smartphone. Ces derniers privilégient une

**Remarque**

Pour faire face à un consommateur très sollicité, les marques communiquent des messages très brefs. En allant à l'essentiel, elles retiennent l'attention de leur public. On parle de « *snacking content* ».

Notes

Notes

lecture rapide et en diagonale pour trouver rapidement les informations dont ils ont besoin.

- Dans ces échanges avec les internautes, le rédacteur doit respecter la nétiquette, c'est-à-dire un ensemble de règles élémentaires de bonne conduite.

*Ex.* : Ne pas utiliser les majuscules, respect de la politesse, pas de langage SMS…

## 2 La protection juridique d'un site Web

### A. Le droit d'auteur

- Il est nécessaire de protéger un site Web pour éviter sa reproduction, en tout ou partie, par des tiers.
- Le site Internet et les éléments qui le composent (charte graphique, design, arborescence, contenu texte et images…) sont protégés au titre du droit d'auteur.
- Ce droit confère à l'éditeur du site la propriété exclusive de sa création et des éléments le composant. En conséquence, il peut interdire à toute personne l'usage de tout ou partie de son site.
- La violation du droit d'auteur est un délit de contrefaçon.
- L'obtention d'un nom de domaine ne confère pas une protection au titre des droits d'auteur. Il est recommandé de l'enregistrer en tant que marque auprès de l'Institut national de la propriété intellectuelle (INPI) pour limiter les possibilités de contrefaçon.

**À noter**

La contrefaçon est la reproduction, l'imitation, ou l'utilisation totale ou partielle d'une œuvre de l'esprit sans l'autorisation de son auteur. L'auteur de la contrefaçon risque des sanctions de nature pénale et civile (article L.335-2 et suivants du Code de la propriété intellectuelle).

### B. La protection de la vie privée

- L'utilisation et la diffusion d'une image ou d'une vidéo sur laquelle des personnes sont présentes nécessitent leur accord. En l'absence d'autorisation, il s'agit d'une violation de la vie privée susceptible d'être sanctionnée par la justice.

*À retenir !*

- L'écriture Web obéit à des règles de réaction précises. Les différents éléments composant ce site sont protégés par le droit d'auteur. L'utilisation de ces contenus sans autorisation est sanctionnée par la loi.

# Le choix des réseaux sociaux

Fiche 46

Relation client à distance et digitalisation

Les réseaux sociaux offrent un nouveau mode de communication entre l'organisation et ses parties prenantes.

## 1 Qu'est-ce qu'un réseau social ?

■ Un réseau social se définit comme un site Web ou une application mobile d'échanges qui permet aux utilisateurs de se constituer un réseau d'amis ou de relations. Il favorise les interactions sociales à distance.

**À noter**

En 2021, 49,60 millions de Français, soit 75,9 % de la population, utilisent les réseaux sociaux.

■ Il constitue un mode de relation interactif et personnalisé entre les marques et les parties prenantes, notamment les consommateurs. Les internautes peuvent discuter, communiquer, informer, publier...

■ Sur les réseaux sociaux, les internautes commentent et partagent de nombreuses expériences de consommation. Ces avis influencent à leur tour de nouveaux internautes.

*Ex.* : Les grands influenceurs sur Twitter peuvent avoir plusieurs millions *followers*.

■ L'entreprise doit alors veiller à sa notoriété et à son image sur les réseaux sociaux. C'est l'enjeu de l'e-réputation (→ Fiche 55).

## 2 Les principaux réseaux sociaux

■ Les organisations choisissent de communiquer à travers plusieurs réseaux sociaux.

| Réseau social | Caractéristiques | Limites |
| --- | --- | --- |
| **Facebook** | • Premier réseau social mondial.<br>• 2,79 milliards d'utilisateurs actifs.<br>• Instagram et WhatsApp ont été rachetés par la multinationale pour compléter son offre. | Délaissé par les jeunes générations qui privilégient les applications mobiles (Snapchat, Instagram...). |
| **Instagram** | • Réseau social de partage de photos et vidéos.<br>• 1,28 milliard d'utilisateurs actifs. | • Nécessite d'être créatif pour se démarquer.<br>• Pas de publication d'articles. |
| **Snapchat** | • Application mobile qui permet de partager du contenu, des snaps, pendant un laps de temps limité (photos, vidéos...).<br>• 528 millions d'utilisateurs. | • Contenus éphémères.<br>• Grande majorité de 18-24 ans. |

Notes

Notes

| | | |
|---|---|---|
| **Twitter** | • Réseau social de l'information en temps réel.<br>• 396 millions d'utilisateurs.<br>• Tweet de 280 caractères maximum.<br>• C'est un média très viral (re-tweet) | La viralité a son revers : le *bad buzz*. |
| **Tik Tok** | • Réseau social de partage de courtes vidéos.<br>• 732 millions d'utilisateurs. | • Public adolescent en grande majorité.<br>• Recours à un influenceur conseillé pour toucher l'audience. |
| **LinkedIn** | • Premier réseau social professionnel. 252 millions d'utilisateurs actifs.<br>• Il permet aux membres nouer des contacts professionnels.<br>• Viadeo est son équivalent français. | • Limité aux relations *B to B*.<br>• Peu adapté à la publicité. |
| **YouTube** | • Plateforme de partage de vidéos. 2,29 milliards d'utilisateurs actifs.<br>• Dailymotion est le concurrent français. | • Investissement important pour créer des vidéos.<br>• Interactivité moindre. |

## 3 Élaborer une stratégie de communication communautaire

■ **Une stratégie de communication communautaire** consiste à utiliser les réseaux sociaux pour rassembler et animer une véritable **communauté** d'abonnés ou de fans autour d'une organisation.

■ Plusieurs intérêts peuvent être soulignés :
- gagner en **visibilité** et en notoriété ;
- **créer du lien** et de l'engagement avec ses abonnés, les fidéliser ;
- renforcer son **image de marque** ;
- **créer du trafic** vers le site Web ;
- améliorer son **référencement** naturel.

■ Cette stratégie doit être cohérente avec la stratégie de communication globale de l'organisation.

■ L'élaboration d'une stratégie de communication communautaire passe par **trois étapes**.

étape 1 Choisir un ou plusieurs réseaux sociaux sur lesquels appuyer sa communication.

étape 2 Assembler une communauté de fans, la développer et la faire vivre (→ Fiche 47).

étape 3 Surveiller et protéger sa e-réputation.

*À retenir !*

■ Une stratégie de communication communautaire efficace se construit par des relations interactives et personnalisées avec ses parties prenantes.

# L'animation des réseaux sociaux

Fiche 47

L'entreprise anime les réseaux sociaux sur lesquels elle est présente, afin de faire vivre et de développer sa communauté d'abonnés.

## 1 L'animation des réseaux sociaux

■ L'animation des **réseaux sociaux** a pour objectif de rassembler une communauté d'abonnés. Elle permet d'**augmenter la visibilité de la marque** par ses publications et par les interactions des internautes qui vont partager leur avis.

*Ex.* : Le compte Instagram de Nutella France compte plus de 113 000 abonnées qui partagent leur passion pour ce produit.

■ Elle repose sur la **publication de contenus** ludiques ou informatifs pour intéresser les internautes (***inbound marketing***) (→ Fiche 44). L'organisation met en avant son histoire, ses produits, ses événements.

■ Les formes de communication adoptée sont variées.

*Ex.* : Article, vidéo, podcasts, livre blanc…

■ Les contenus proposés doivent **retenir l'attention des internautes** et les pousser à réagir (aimer, commenter, partager). Pour y parvenir, le rédacteur va chercher à surprendre, inspirer ou faire participer les internautes.

■ Le ***storytelling*** (ou communication narrative) est une technique efficace pour susciter des émotions et des réactions.

**Le *storytelling***

Le *storytelling* consiste pour une organisation à raconter une histoire pour promouvoir ses produits plutôt qu'utiliser des arguments de vente. Elle joue sur les ressorts de l'émotion pour toucher le public.

## 2 Le rôle du *community manager*

■ **Un animateur de communauté** (ou *community manager*) a pour mission de gérer et de fédérer une communauté d'internautes sur les réseaux sociaux. Parmi ses tâches, il participe à la création et à la mise en ligne de contenu, il interagit avec les internautes, veille à l'e-réputation de l'organisation…

*Ex.* : Le *community manager* va répondre aux questions des internautes, organiser un jeu-concours…



Notes

Notes

■ Pour gagner du temps dans la création de contenu, le *community manager* recourt à des logiciels de curation de contenu qui sélectionnent les informations les plus pertinentes à publier.

## 3 La publication des contenus

■ L'adoption d'un calendrier éditorial permet de planifier la publication des contenus sur une période donnée. Il donne une vue d'ensemble des messages délivrés par l'organisation. En cas de pluralité d'auteurs, il assure la cohérence de la communication en évitant les doublons ou les oublis.

*Ex.* : La plupart des entreprises calent leurs publications sur les fêtes de l'année : Saint-Valentin, Pâques, fête des Mères, Halloween…

**Exemple de calendrier éditorial**

| Date | Temps forts | Thématique | Sujet | Auteur | Facebook | Instagram | YouTube | Snap-chat |
|---|---|---|---|---|---|---|---|---|
| 14/02 | Saint-Valentin | Les plus beaux cadeaux à offrir | | M. Durand | ✗ | ✗ | | |

■ La publication des contenus sur les réseaux sociaux doit respecter le droit d'auteur et le droit à l'image (→ Fiche 45).

## 4 Mesurer l'engagement sur les réseaux sociaux

■ Plusieurs indicateurs clés de performance (ou *Key Performance Indicator* pour KPI) mesurent l'efficacité des actions menées sur les réseaux sociaux de l'organisation.

*Ex.* : Nombre d'abonnés, d'impressions, de clics…

■ Le taux d'engagement est un indicateur important du succès de l'organisation. Il mesure le degré d'interactivité des internautes avec les publications.

*Ex.* : Pour Facebook, il s'agit du pourcentage d'individus ayant liké, partagé, commenté ou cliqué sur la publication.

À retenir !

■ Le *community manager* planifie la publication des contenus sur les réseaux sociaux pour attirer et retenir les internautes.

# Vendre sur les réseaux sociaux

Fiche 48



Les réseaux sociaux offrent de nouvelles opportunités pour prospecter et vendre des produits auprès des internautes.

## 1 Le *social selling*

### A. Qu'est-ce que le *social selling* ?

■ La vente sociale (ou *social selling*) consiste pour une entreprise à se créer un profil sur les réseaux sociaux pour prospecter et se créer des opportunités commerciales. Elle est surtout utilisée en *B to B*.

*Ex.* : Le commercial d'une entreprise va utiliser LinkedIn pour asseoir son image d'expert, prospecter, et identifier les opportunités d'affaires.

■ Cette démarche s'intègre dans la stratégie de prospection globale de l'entreprise. Les objectifs poursuivis sont :
- créer des liens avec les prospects ;
- optimiser la prospection téléphonique et physique ;
- baisser les coûts d'acquisition des clients.

■ La réussite d'une démarche de *social selling* repose sur la production de contenu ciblé pour attirer les prospects de type *inbound marketing* (→ Fiche 44).

**Remarque**
La réussite d'une démarche de *social selling* nécessite l'adhésion et l'implication de la force de vente pour réussir.

### B. La mesure des actions de *social selling*

■ Les actions de *social selling* se mesurent à l'aide d'indicateurs. Le *social selling index* (SSI) de LinkedIn mesure la performance du profil d'une organisation à travers plusieurs critères.

*Ex.* : Le score de LinkedIn se base sur la capacité de l'entreprise à trouver les bonnes personnes, à établir sa marque professionnelle…

## 2 Les boutiques en ligne sur les réseaux sociaux

■ Une entreprise présente sur Facebook peut créer une boutique sur sa page professionnelle. Ce point de vente virtuel offre la possibilité aux abonnés de découvrir le catalogue produit d'une marque et de faire des achats.

*Ex.* : Le prêt-à-porter et la puériculture sont parmi les secteurs les plus présents.

Notes

Notes

■ Instagram possède une fonction « shopping ». Elle permet aux utilisateurs d'accéder à la fiche produit et d'être redirigés vers le site de la marque pour finaliser l'achat.

*Ex.* : Gap offre cette fonctionnalité aux inscrits du réseau.

## 3 La publicité commerciale sur les réseaux sociaux

■ Chaque réseau social dispose de sa propre **régie publicitaire**. Il propose différents formats de publicité pour les annonceurs, c'est-à-dire les organisations qui investissent dans la publicité.

*Ex.* : Twitter propose trois formats différents de publicité : les comptes sponsorisés, les tweets sponsorisés et les tendances sponsorisées.

■ **L'analyse des données des utilisateurs** autorise un **ciblage** très précis des campagnes de publicité. L'annonceur pourra ainsi déterminer l'audience auprès de laquelle il souhaite communiquer.

*Ex.* : La publicité proposée par Facebook permet de cibler une audience en fonction de critères de lieux, d'âge ou de centres d'intérêt.

■ L'efficacité des campagnes de publicité se mesure à l'aide d'**indicateurs clés de performance**.

*Ex.* : Le taux de clic sur une publicité, le nombre d'impressions…

■ À partir de leur analyse, l'entreprise adapte sa **campagne de communication digitale**.

**Remarque**

Sur les réseaux sociaux, l'achat d'audience se fait à la performance. L'annonceur payera en fonction du nombre de clic ou d'action marketing (achat, inscription…).

*À retenir !*

■ Les réseaux sociaux représentent une chance supplémentaire pour les marques de vendre leur produit aux consommateurs.

# La conception d'un site vitrine





Grâce au site vitrine, une organisation est présente en ligne même si elle ne dispose pas d'un site marchand.

## 1 Le site vitrine

### A. Qu'est-ce qu'un site vitrine ?

■ Un site vitrine est un site Web qui présente des informations sur une organisation, ses produits et ses services. Il n'a pas vocation à vendre des produits en ligne.

■ L'organisation peut externaliser la création de son site à une agence spécialisée ou le concevoir en interne.

■ Les sites vitrines peuvent être conçus à l'aide de logiciel de création de site Web. Certains de ces outils sont gratuits mais offrent des fonctionnalités ou des extensions payantes.
*Ex.* : Wordpress, Joomla, Wiix…

### B. La construction du site vitrine

■ Le cahier des charges est un document formalisant tous les aspects techniques, esthétiques et fonctionnels du projet de création à partir des objectifs stratégiques de l'entreprise. Les réflexions sur l'arborescence, le contenu, le design et l'ergonomie sont les points essentiels de ce document.

■ L'arborescence est la représentation de la structure d'un site. Elle permet de visualiser l'organisation et la hiérarchie des pages Web. L'architecture du site est conçue pour offrir un parcours de navigation le plus fluide possible.

**Arborescence d'un site vitrine d'une salle de sport**

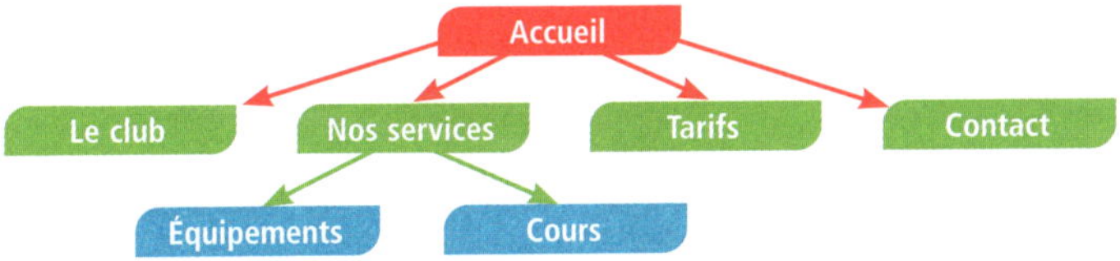


■ Le concepteur du site définit le contenu de ses pages : texte, images, vidéos… en fonction de sa ligne éditoriale (→ Fiche 45).

■ La navigation sur le site doit être la plus simple possible pour l'internaute : l'ergonomie doit être réfléchie. Pour cela, il importe d'avoir : une page d'accueil claire et précise, un menu accessible, un design graphique attrayant.

Notes

■ Il est important d'avoir un site Web réactif (*responsive design*) qui garantit l'accessibilité du site sur tous les supports utilisés par les internautes (smartphone, tablette...).

## 2 Le choix d'un hébergeur

■ Les hébergeurs Web louent un espace de stockage sur leur serveur afin de rendre un site vitrine accessible aux internautes. Les serveurs sont connectés en permanence à Internet.
*Ex.* : Ovh, Hostinger, Iws...

■ Pour choisir un hébergeur, le concepteur du site Web prend en compte plusieurs critères : espace de stockage mis à disposition, tarif, support technique, sécurité des données...

## 3 Le choix d'un nom de domaine

■ Chaque site vitrine est accessible par une adresse Internet (URL ou *Uniform Ressource Locator*). Elle est indispensable car elle permet d'identifier le site parmi les milliards de pages Web existantes. Elle se compose d'un préfixe, d'un nom de domaine et d'une extension.

**www.nom-du-site.fr**

**Préfixe – Nom de domaine – Extension**

■ Le créateur du site doit vérifier la disponibilité du nom de domaine avant d'en demander l'enregistrement auprès d'un organisme officiel (AFNIC...). Le nom de domaine est attribué à celui qui le réserve en premier.

## 4 Les mentions légales

■ Tous les sites vitrines doivent afficher des mentions légales obligatoires. Elles visent à informer et à protéger l'internaute.

■ La nature et l'étendue des obligations varient selon la qualité du propriétaire du site, particulier ou entreprise. Elles sont plus nombreuses lorsqu'il s'agit d'une entreprise. Elles portent en particulier sur les points suivants :
– le site doit porter à la connaissance de l'internaute les informations concernant les nom et coordonnées du propriétaire du site, de l'hébergeur et du créateur du site ;
– les sites qui utilisent des cookies ou les données personnelles sont tenus d'obtenir le consentement des internautes avant leur utilisation en application du règlement général sur la protection des données (RGPD).

À retenir !

■ La conception d'un site vitrine nécessite la réalisation d'un cahier des charges. Il retrace l'ensemble des aspects techniques, esthétiques et fonctionnels à suivre. Le site vitrine assure la visibilité d'une organisation sur le Web.

# L'animation d'un site vitrine

Fiche 50



L'animation d'un site vitrine est indispensable pour le rendre attractif aux yeux des internautes et donner une image de qualité des produits de l'entreprise.

## 1 Pourquoi animer un site vitrine ?

■ Posséder un site est indispensable pour une organisation, mais encore faut-il le rendre vivant. Un internaute ne retournera sur un site que s'il évolue et présente un contenu différent et varié.

*Ex.* : Le site d'une agence immobilière est mis à jour régulièrement pour présenter ses nouveaux biens à vendre…

■ L'animation d'un site Web vise plusieurs objectifs complémentaires :
- attirer des visiteurs (on parle aussi de trafic) ;
- acquérir des prospects (ou *leads*) ;
- améliorer son référencement naturel ;
- fidéliser sa clientèle.

■ Trois grandes pistes pour animer un site Web :

Du contenu régulier | Du contenu interactif | Du contenu varié

## 2 La régularité de publication des contenus

■ La mise en ligne régulière de contenus rend le site vivant. C'est à cette condition qu'il attire des visiteurs. L'organisation va mettre en avant son actualité ou celle de son secteur.

*Ex.* : Présentation d'un nouveau produit, participation à un salon…

■ L'organisation peut recourir à l'*inbound marketing* pour attirer des visiteurs et les convertir en *lead* (→ Fiche 44).

*Ex.* : Offrir un livre blanc en téléchargement, suivre une formation gratuite en ligne…

■ Trouver du contenu à publier n'est pas toujours simple pour une organisation (manque de temps, de compétence…). Elle peut recourir à des outils de curation de contenu qui vont sélectionner l'information la plus pertinente.

*Ex.* : LinkedIn propose une solution de suggestions de contenu en fonction de la taille de l'audience, du secteur d'activité…

Notes

Notes

## 3 Favoriser l'interaction avec les internautes

■ Les contenus créés par l'organisation doivent être partagés avec les internautes pour créer de l'engagement. Le **blog** et les **newsletters** sont les outils privilégiés de cette interaction (→ Fiches 52 et 53).

■ Les contenus sont aussi partagés sur les **réseaux sociaux** de l'organisation. Ces publications participent à l'augmentation du trafic vers le site Web et favorisent le référencement naturel *via* les liens entrants (*backlink*).

■ **Le dialogue en ligne** (clavardage ou *chat*) permet un échange instantané avec le visiteur. La personnalisation des messages échangés renforce ainsi la relation client.

■ **Le *chatbot*** est un robot logiciel qui utilise l'intelligence artificielle pour interagir avec l'internaute.

*Ex.* : Aloha, le conseiller virtuel d'Adecco aide les candidats à trouver un emploi.

## 4 Varier la forme des contenus

■ **La forme de communication doit être variée** pour retenir l'attention du visiteur. Au-delà du texte, le rédacteur Web doit insérer des images, des vidéos, des diaporamas, jouer sur la structure de la page (titre et sous-titre).

■ **La page d'accueil** va être régulièrement modifiée pour donner de la vie au site.

*Ex.* : Un site de musculation renouvelle sa page d'accueil fréquemment par la mise en ligne d'un nouvel exercice.

■ **Les *landing pages*** doivent être particulièrement efficaces pour transformer le visiteur en prospect (*lead*).

*Ex.* : Les entreprises vont soigner le design, insérer des boutons d'action (*call to action*), des formulaires d'inscription… pour convertir le visiteur en prospect ou client.

**Page d'atterrissage ou *landing page***

Page sur laquelle arrive un internaute après avoir cliqué sur un lien (inséré dans un courriel, une publicité…).

À retenir !

■ La mise en ligne de contenus réguliers, interactifs et variés participe à l'augmentation du trafic Web.

# L'analyse du trafic d'un site Internet





Les organisations disposent de nombreux outils statistiques pour analyser le trafic de leur site Web et mesurer la performance de leurs actions marketing.

## 1 Les indicateurs de performance

■ L'audience d'un site Web est l'ensemble de ses visiteurs. Son analyse, à partir d'indicateurs clés de performance (*Key Performance Indicator* ou KPI), permet de mesurer la performance quantitative et qualitative du site.

■ Il existe plusieurs indicateurs de performance incontournables pour analyser le trafic du site Web.

| | |
|---|---|
| **Nombre de visiteurs uniques** | • C'est le nombre d'internautes qui visitent une ou plusieurs pages du site sur une période donnée.<br>• Il mesure sa popularité. |
| **Taux de rebond** | • C'est le pourcentage de visiteurs qui quittent le site après n'avoir visionné qu'une page.<br>• Plus il est bas, mieux c'est. |
| **Nombre de pages vues par visiteur** | • C'est le nombre de pages vues par visiteur.<br>• Il démontre l'intérêt porté au site. |
| **Durée de la visite** | • C'est le temps passé par un internaute sur le site.<br>• Il mesure l'attractivité. |
| **Part des visiteurs connus** | • C'est le pourcentage de visiteurs connus.<br>• C'est un indicateur de fidélité. |
| **Taux de conversion** | C'est le pourcentage de visiteurs qui ont effectué une action (achat, devis, inscription à une newsletter…). |

■ Ces indicateurs sont calculés en temps réel, ce qui permet une réactivité très forte des organisations qui adaptent leurs campagnes marketing en fonction de leur évolution.

*Ex.* : Un taux de rebond élevé s'explique de plusieurs façons. Il peut être lié à une mauvaise visibilité de l'information sur la page. L'organisation doit y remédier en structurant le contenu.

Notes

Notes

## 2 Analyser l'origine du trafic

■ Les internautes arrivent sur un site Web par plusieurs voies d'accès. On identifie cinq principales sources de trafic (→ Fiche 51) :

1. **Le trafic direct** : les internautes saisissent directement l'adresse du site sur le navigateur.
2. **Le trafic organique** : il provient des moteurs de recherche, qu'il soit issu du référencement naturel ou payant.
3. **Le trafic social** : les internautes se rendent sur le site à partir d'un lien sur les réseaux sociaux.
4. **Le trafic référent** : il provient des sites référents, c'est-à-dire qu'un site Web renvoie à un autre site.
5. **Le trafic publicitaire** : suite à un clic sur une bannière publicitaire ou un e-mailing commercial.

■ En analysant ces sources, les organisations mesurent l'efficacité de leurs campagnes de communication digitale.

*Ex.* : Une entreprise évalue l'impact d'une bannière publicitaire en analysant son taux de clic.

## 3 Les outils de suivi

■ Les indicateurs de performance et l'analyse des sources du trafic sont obtenus grâce à des **outils de suivi** (ou *tracking*). Ils permettent d'enregistrer et d'analyser le comportement du visiteur d'un site Web à partir de l'utilisation de cookies.

■ **Google Analytics** est la référence en ce domaine. Il permet d'analyser l'audience d'un site à travers de nombreux indicateurs de performance.

■ D'autres méthodes sont utilisées pour collecter les données des internautes. Ainsi, le *fingerprinting* (création d'une empreinte digitale de navigateur) est un outil de traçage qui permet d'identifier et de suivre l'internaute pendant sa navigation.

■ Certains internautes refusent que ces outils soient utilisés pour collecter et analyser leurs données. Ils se protègent par différents moyens.

*Ex.* : Outils d'invisibilité, désactivation de la géolocalisation…

■ Pour les rassurer, les organisations s'engagent dans une **démarche de transparence** (respect du RGPD, CGV claires et apparentes…).

*À retenir !*

■ Les outils d'analyse de l'audience des sites Web permettent à l'organisation de mieux cerner le comportement de leurs visiteurs, et d'adapter leur campagne marketing.

# La newsletter





La newsletter est un message électronique (courriel) envoyé de manière régulière à une liste d'abonnés.

## 1 Qu'est-ce qu'une newsletter ?

■ La newsletter est un outil de communication efficace pour se faire connaître et fidéliser une clientèle.

*Ex.* : En France, 81 % des utilisateurs d'e-mails sont abonnés à au moins une newsletter ; 76 % des abonnés ont déjà acheté suite à l'envoi d'une newsletter.

■ Elle présente deux intérêts principaux pour une organisation :
– un intérêt relationnel en offrant un contenu éditorial informatif aux consommateurs ;
– un intérêt transactionnel en mettant en avant les opérations commerciales ou les promotions de la marque.

| Avantages | Limites |
|---|---|
| • Ciblage précis des destinataires.<br>• Personnalisation du message.<br>• Augmentation du trafic vers le site Web.<br>• Fidélisation de la clientèle.<br>• Mise en œuvre peu coûteuse. | • Risque de *spamming*.<br>• Saturation des utilisateurs. |

■ De nombreux logiciels, gratuits ou payants, permettent la gestion de l'envoi des newsletters. Ils assurent de larges fonctionnalités : gestion de la base d'abonnés (abonnement, désabonnement…), programmation et envoi de la newsletter, rapports statistiques des campagnes.

*Ex.* : MailChimp, PhpList, Sarbacane, Sendinblue…

Notes

## 2 La rédaction d'une newsletter

■ La newsletter doit être rédigée en tenant compte de la charte éditoriale définie par l'entreprise (→ Fiche 45).

■ La newsletter se structure autour des trois principaux éléments suivants :

| | |
|---|---|
| **Un objet** | L'objet du courriel doit susciter l'intérêt de l'internaute pour l'inciter à l'ouvrir. |
| **Un corps de texte** | • Il est structuré en blocs avec des contenus variés (texte, illustrations…) pour permettre une lecture rapide.<br>• Des liens sous forme de bouton d'action (*call to action*) permettent de rediriger l'internaute vers le site Web de l'entreprise.<br>*Ex.* : « Téléchargez », « Achetez dès maintenant »… |

Notes

| | |
|---|---|
| **Un corps de texte** | • Généralement, le contenu est personnalisé.<br>*Ex.* : La newsletter est adressée à un internaute avec son nom et son prénom. |
| **Un pied de page** | Cette partie contient le plus souvent les mentions légales et le lien de désabonnement. |

■ Le rédacteur peut s'inspirer de la méthode **AIDA** (Attention, Intérêt, Désir et Action → **Fiche 16**) pour perfectionner son message et pousser le lecteur à l'action.

*Ex.* : Achat d'un produit, téléchargement d'un livre blanc…

## 3 La performance d'une newsletter

■ On évalue la performance d'une campagne d'envoi de newsletters à partir d'**indicateurs clés de performance** (ou KPI pour *Key Performance Indicator*).

| | |
|---|---|
| **Taux de délivrabilité** | $\frac{\text{Nombre de courriels délivrés}}{\text{Courriels envoyés}} \times 100$ |
| **Taux d'ouverture** | $\frac{\text{Nombre d'ouvertures de courriels}}{\text{Nombre de courriels délivrés}} \times 100$ |
| **Taux de clic** | $\frac{\text{Nombre de clics sur un lien dans le courriel}}{\text{Nombre de courriels envoyés}} \times 100$ |
| **Taux de désinscription** | $\frac{\text{Nombre de désinscriptions}}{\text{Courriels délivrés}} \times 100$ |

## 4 Les obligations légales à respecter

■ L'envoi d'une newsletter est soumis à de nombreuses obligations légales, parmi lesquelles :
– **le principe de l'*opt-in***. Il est interdit d'inscrire un internaute sans son consentement ;
– **le droit d'être informé**. L'internaute doit être informé de l'utilisation de ses données. Il n'est pas possible de les réutiliser pour d'autres objectifs que ceux pour lesquels ils ont été collectés ;

*Ex.* : Les coordonnées de l'internaute ne peuvent être transmises à un site partenaire sans son accord.

– **le droit de se désabonner**. L'abonné peut se désabonner librement à n'importe quel moment.

*Ex.* : Le lien de désabonnement est souvent placé en pied de page du courriel.

*À retenir !*

■ La newsletter est une technique efficace pour maintenir un lien régulier et personnalisé avec ses clients.

# Le blog et le forum





Le blog et le forum sont des outils marketing permettant d'entretenir un lien régulier et permanent avec le consommateur. Ils participent à la fidélisation de la clientèle.

## 1 Le blog

### A. Qu'est-ce qu'un blog ?

■ Un blog est un type de site Web sur lequel un ou des auteurs publient des articles de manière régulière. On parle aussi de posts ou de billets.

■ Ces derniers sont généralement présentés de manière antéchronologique (du plus récent au plus ancien) et organisés en catégories pour faciliter la navigation.

■ Un calendrier éditorial permet de programmer la publication des contenus.

■ De nombreuses plateformes permettent de créer un blog. Certaines sont gratuites, d'autres payantes, parfois sous la forme d'une formule *freemium* (fonctionnalités de base gratuites).

*Ex.* : Blogger, Tumblr, Wordpress…

■ À La différence d'un site statique, le contenu d'un blog est beaucoup plus dynamique (mise à jour fréquente), interactif (commentaires, partage…) et varié (photos, vidéos…).

### B. Pourquoi faire un blog ?

■ À son origine, le blog était utilisé pour la publication régulière d'articles de nature personnelle (de type journaux intimes), ou dans les domaines littéraire et journalistique.

■ Aujourd'hui, beaucoup d'entreprises ont intégré des blogs à leur site Web.

*Ex.* : Le blog de Canva avec des billets consacrés au design et au business ; le blog de la Poule à Pois, enseigne de jeux et jouets.

| Avantages | Inconvénients |
|---|---|
| • Mettre en avant son expertise.<br>• Offrir du contenu de qualité.<br>• Faire vivre sa communauté et la fidéliser.<br>• Augmenter le trafic vers son site Web et gagner des prospects. | • Temps passé à la rédaction des articles.<br>• Gérer la modération des articles afin d'apporter des réponses aux commentaires laissés sous les articles. |

Notes

Notes

## 2 Le forum

### A. Qu'est-ce qu'un forum ?

■ Un forum est un espace de discussion en ligne. Il permet aux utilisateurs d'échanger, de poser des questions, d'apporter des réponses aux différents messages postés.

*Ex.* : Forum Doctissimo, forum jeuxvideos.com…

■ Généralement, le forum est organisé en sous-forum et fils de discussion thématiques.

*Ex.* : Le forum Leroy Merlin contient plus de 69 000 sujets classés en plusieurs sous-forums : forum bricolage, cuisine, bois…

■ À la différence d'une messagerie instantanée, il s'agit d'une communication asynchrone (en différé).

■ L'accès au forum se fait librement ou sur inscription (forum public/privé). Une majorité des forums exigent l'acceptation d'une charte de bonne conduite qui définit les règles de fonctionnement. Le non-respect des règles peut entraîner la suppression d'un post ou la suppression d'un profil.

■ Un modérateur est chargé de veiller au bon respect de ces règles.

■ Le succès d'un forum repose sur la fréquence et le nombre d'interactions entre ses membres. Pour faciliter ces échanges, un animateur peut être nommé.

### B. Pourquoi mettre en place un forum ?

| Avantages | Inconvénients |
|---|---|
| • Apporter aux internautes une réponse rapide à des sujets précis.<br>• Améliorer le service après-vente.<br>• Forte dimension sociale. Les internautes partagent leurs avis et expériences personnelles. | • Risque de duplication des sujets postés.<br>• Manque de fiabilité des informations fournies par les internautes.<br>• Effort important de modération pour suivre les fils de discussion, et répondre aux questions. |

À retenir !

■ Le blog et le forum sont des outils marketing permettant de faire vivre une communauté d'internautes. Ils apportent une plus-value à l'organisation en créant un lien personnalisé et régulier avec les clients et prospects.

# Le référencement Web



Le référencement améliore la visibilité d'un site sur le Web. Il permet à l'internaute de le retrouver facilement sur la page des résultats d'un moteur de recherche.

## 1 Qu'est-ce que le référencement ?

- **Le référencement** se définit comme l'**ensemble des actions visant à améliorer la position d'un site** sur la page des résultats d'un moteur de recherche.

*Ex.* : Google ; Yahoo ; Ecosia, moteur de recherche solidaire ; Qwant, moteur de recherche français qui garantit le respect de la vie privée de ses usagers…

- Sur le Web, le **parcours d'achat** d'un consommateur commence sur un **moteur de recherche**. Or le taux de clic est largement déterminé par la position du résultat.

*Ex.* : 18 % pour la 1^re^ place ; 1,8 % à la 4^e^ sur Google.

**Moteur de recherche**

Algorithme (ensemble de règles opératoires) qui permet de trouver des ressources sur le Web à partir d'une requête constituée de mots-clefs. Google domine le marché avec plus de 90 % des requêtes en France.

- Il est donc important pour l'entreprise d'être présent dès les premiers résultats d'une requête.
- Il existe deux types de référencement :

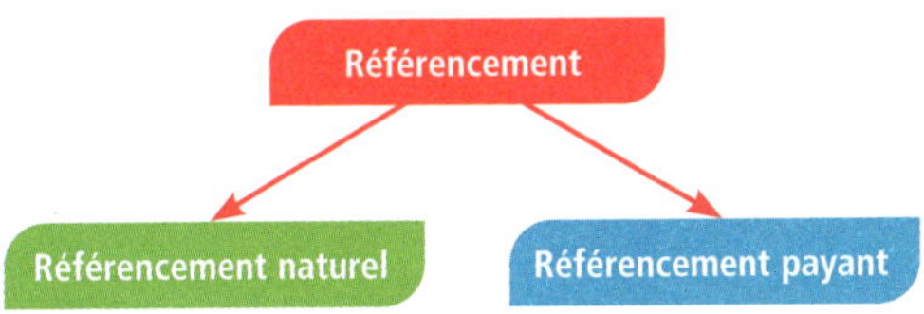


- L'objectif du référencement est d'**augmenter le trafic visiteur** sur le site Web de l'entreprise.

## 2 Le référencement naturel

- **Le référencement naturel ou SEO** (*Search Engine Optimization*) est un ensemble de techniques visant à **améliorer la place d'un site sur la page des résultats** d'un moteur de recherche en réponse à une requête d'un internaute.

Notes

Notes

■ Plusieurs techniques peuvent être mises en œuvre pour gagner des places sur la page de résultats. Les plus importantes sont :
– une arborescence claire du site ;
– un choix pertinent des mots-clefs ;
– une publication régulière de contenus ;
– des contenus de qualité ;
– des liens entrants (*netlinking*).

## 3 Le référencement payant

■ Le référencement payant ou SEA (*Search Engine Advertising*) consiste à acheter des mots-clefs et des espaces publicitaires sur les pages des moteurs de recherche.

■ Le choix des mots-clefs à acheter s'effectue en fonction des intentions de recherche des internautes.

***Ex.* :** Un bijoutier choisira les mots bijoux, bague, pendentif, montre…

■ Par cette technique, l'entreprise gagne en visibilité en apparaissant dans les premiers résultats des moteurs de recherche. C'est donc un moyen efficace d'augmenter rapidement le trafic vers son site Web.

■ Google Ads est la régie publicitaire de Google. Les annonces publiées apparaissent sous forme d'encarts. Elles sont diffusées à des moments précis en fonction des recherches des internautes. Elles permettent ainsi de toucher la bonne audience au bon moment.

■ L'achat des espaces se réalise par un système de vente aux enchères.

■ L'entreprise ne payera qu'en cas de clic sur son annonce. On parle d'achat d'audience à la performance.

## 4 Le référencement sur Wordpress

■ Yoast SEO est un module sous WordPress qui facilite le référencement naturel d'un site.

■ Les fonctionnalités du module permettent une analyse régulière du site. Il émet ainsi des recommandations permettant une meilleure indexation du site.

*À retenir !*

■ Il existe deux types de référencement : le référencement naturel qui est gratuit et le référencement payant.

# L'e-réputation





L'e-réputation est la réputation d'une entreprise sur Internet. Elle représente l'ensemble des opinions des consommateurs et des parties prenantes.

## 1 Qu'est-ce que l'e-réputation ?

■ La réputation peut se définir comme l'ensemble des opinions, bonnes ou mauvaises, des consommateurs et des parties prenantes. L'e-réputation est la réputation d'une organisation sur le Web.

■ Le Web offre de multiples possibilités aux consommateurs de laisser leur avis sur une marque ou une expérience de consommation. Les avis peuvent prendre la forme de posts sur les réseaux sociaux, d'articles sur un blog, ou encore de vidéos.

■ Ces avis influencent l'attitude des autres consommateurs à l'égard de la marque.

*Ex.* : Un commentaire négatif sur un restaurateur peut décourager d'éventuels clients.

■ L'e-réputation est donc devenue un enjeu important pour les entreprises. Ces dernières cherchent à la gérer pour protéger leur notoriété et leur image.

*Ex.* : La compagnie aérienne United Airlines a connu une baisse de 4 % de son chiffre d'affaires le 11 avril 2017 et près de 2 millions de tweets négatifs après la mise en ligne d'une vidéo montrant l'expulsion violente d'un passager. Le dirigeant de l'entreprise Oscar Munoz a dû publiquement s'excuser et s'engager à ne plus recourir à la police pour débarquer des passagers.

Notes

## 2 La gestion de l'e-réputation

■ L'entreprise gère son e-réputation en surveillant tout ce qui se dit d'elle sur Internet. Elle met en place une veille d'opinion.

■ Quatre grandes sources d'information sont surveillées :

1. les résultats des moteurs de recherche ;
2. les réseaux sociaux ;
3. les forums de discussions et les blogs ;
4. les sites d'informations.

■ En parallèle, l'entreprise favorise la visibilité des opinions positives et masque au maximum les opinions négatives. C'est le rôle du *community manager* (animateur de communauté).

Notes

## 3 La mise en place d'une veille d'opinion

■ La veille d'opinion consiste à surveiller et analyser les contenus publiés sur l'entreprise.
*Ex.* : Commentaires d'internautes, vidéos YouTube…

■ L'entreprise utilise des outils de veille pour assurer cette mission. Gratuits ou payants, ces outils analysent les contenus publiés sur le Web de manière automatique.
*Ex.* : Google Alertes, Scoop It, Feedly…

■ Le *Net Promoter Score* (NPS) est un indicateur pertinent pour mesurer la réputation en ligne. Bâti à partir de questions posées aux internautes, il permet d'évaluer leur dégré de satisfaction, et d'identifier les points forts et points faibles de l'entreprise (→ Fiche 42).

## 4 Le rôle du *community manager*

### A. Les missions du *community manager*

■ Le *community manager* est la personne chargée de gérer l'e-réputation de l'entreprise. Sa principale mission consiste à animer et fédérer une communauté de consommateurs.
*Ex.* : Répondre aux internautes, modérer les publications…

■ Pour créer du lien avec cette communauté, il publie et partage de nombreux contenus pouvant les intéresser.
*Ex.* : Livres blancs, vidéos…

■ Le *community manager* met alors en œuvre une stratégie d'*inbound marketing* (→ Fiche 44). L'objectif poursuivi est de bâtir une relation de confiance de long terme avec le consommateur.

### B. Le *bad buzz*

■ Le *bad buzz* est un phénomène de bouche-à-oreille négatif. Sur Internet, il se propage très rapidement. Il peut avoir des conséquences économiques désastreuses pour une entreprise. En cas de *bad buzz*, l'entreprise doit réagir très vite pour éteindre la crise.

À retenir !

■ L'entreprise doit apprendre à gérer son e-réputation pour protéger sa notoriété et son image. Elle s'appuie sur un *community manager* chargé de renforcer la relation de confiance avec les consommateurs et de surveiller les opinions qu'ils émettent.

# L'e-commerce et le m-mobile

Fiche 56



Un site d'e-commerce (ou boutique en ligne) vend des biens ou des services sur Internet. Le commerce mobile (m-commerce) accélère ce mode de consommation.

## 1 Le commerce en ligne

### A. Le principe de l'e-commerce

- Le commerce électronique (ou e-commerce) se définit comme la vente de produits sur Internet. Le chiffre d'affaires (CA) réalisé sur le Web continue de progresser fortement pour les ventes aux particuliers (*B to C*) et aux entreprises (*B to B*).

*Ex.* : Les secteurs du tourisme et des produits culturels réalisent près de la moitié de leur CA grâce aux ventes en ligne.

- Les Français plébiscitent ce nouveau canal de consommation. Selon les derniers chiffres de la fédération du e-commerce et de la vente à distance (FEVAD-2019), près de 80 % des internautes français effectuent des achats en ligne.

### B. Le m-commerce

- Le commerce mobile (ou m-commerce) consiste à utiliser son téléphone portable ou sa tablette pour effectuer des achats. La part des m-acheteurs ne cesse de progresser en raison d'un très fort taux d'équipement en smartphone (41 % des acheteurs en ligne).
- L'entreprise doit alors proposer une application mobile ou une version mobile de son site Web (site *responsive*) pour vendre ses produits (→ Fiche 57).
- De très nombreuses entreprises ont aujourd'hui un site e-commerce. Cependant, le marché reste très concentré autour de quelques grands acteurs.

*Ex.* : Amazon, Cdiscount, Fnac, Veepee…

## 2 Les différents types de sites marchands

- Il existe plusieurs types de sites marchands :

| Type de site | Observations |
|---|---|
| *Pure player* | Entreprise qui commercialise des produits uniquement sur Internet. *Ex.* : Zalando, Meetic, Allopneus… |
| Place de marché (*marketplace*) | Entreprise qui permet la rencontre entre des vendeurs et des acheteurs. Généralement, elle se rémunère à la commission. *Ex.* : Rakuten, E-bay, Etsy… |

Notes

Notes

| | |
|---|---|
| **Click and mortar** | Enseigne physique qui développe un site marchand pour écouler ses produits.<br>*Ex.* : Leclerc, Intersport… |

■ Certains *pure player* ont développé une activité de place de marché pour augmenter le nombre de références offert en ligne.

*Ex.* : Initialement *pure player*, Amazon réalise aujourd'hui une grande partie de son chiffre d'affaires grâce à sa place de marché. C'est l'une de ses activités les plus rentables.

## 3 Le comportement des acheteurs

■ De plus en plus, le consommateur associe présence en ligne et hors-ligne pour effectuer ses achats. On identifie quatre comportements d'achat :

1. *full digital* : recherche et achat en ligne ;
2. *research online/purchase off line* (ROPO) : recherche en ligne, achat en magasin ;
3. *showrooming* : recherche en magasin, achat en ligne ;
4. *full store* : recherche et achat en magasin physique.

## 4 Les stratégies des distributeurs sur le Web

■ Les grandes et moyennes surfaces (GMS) et les grandes surfaces spécialisées (GSS), acteurs traditionnels de la distribution, se sont adaptées au comportement transcanal du client par des stratégies omnicanales.

**Comportement transcanal**

Un comportement est **transcanal** quand un consommateur utilise plusieurs canaux de vente lors d'un même parcours d'achat. Il alterne présence en ligne et hors-ligne.

■ On dénombre deux grandes stratégies omnicanales :

1. le *Web to store* : consiste à orienter vers les points de vente physique le consommateur qui commence son parcours d'achat sur Internet ;

*Ex.* : Le *drive* mis en place dans la plupart des hypermarchés.

2. le *store to Web* : consiste pour les distributeurs à diriger leurs clients des magasins physiques vers Internet, en particulier en cas de rupture de stock.

*Ex.* : Le magasin éphémère (*pop-up store*) d'Hello Bank, les bornes de commandes interactives chez Decathlon.

**À retenir !**

■ Les entreprises doivent adopter de nouvelles stratégies de vente pour répondre aux changements de comportement des consommateurs qui sont plus informés et plus mobiles.

# La mise en place d'un site marchand

À la différence d'un site vitrine, un site marchand permet de vendre des produits en ligne.

## 1 Créer un site marchand

### A. Qu'est-ce qu'un site marchand ?

■ Un site marchand, encore appelé site d'e-commerce ou boutique en ligne, vend des biens ou des services sur Internet.

■ La gestion de ces sites est plus contraignante qu'un site vitrine en raison des nombreuses activités à mener.

*Ex.* : Mise à jour du catalogue produit, service après-vente, gestion des commandes et livraisons…

■ Il existe différents logiciels de gestion de contenu (ou CMS pour *Content Management System*) qui permettent de créer un site marchand. Les fonctionnalités offertes sont plus ou moins complètes en fonction de la solution choisie (catalogue produit, gestion des stocks…).

*Ex.* : Prestashop, Magento, Shopify…

### B. La conception du site marchand

■ La conception d'un site marchand suit la même démarche qu'un site vitrine. Elle débute par un cahier des charges qui fixe les aspects esthétique, ergonomique et graphique du site (→ Fiche 49).

■ Une arborescence claire et lisible est importante en raison du nombre important de références qui peut exister.

■ Le choix de l'hébergeur est essentiel. Il doit assurer une bonne qualité de connexion au site faute de quoi le consommateur, toujours à un clic du concurrent, partira.

### C. Optimiser le tunnel d'achat

■ Le tunnel d'achat est l'ensemble des étapes suivies par l'internaute entre le moment où il clique sur le bouton « commander » et celui où il reçoit son message de confirmation de paiement (→ Fiche 59). Une mauvaise optimisation de ce tunnel entraîne de nombreux abandons de paniers, ce qui représente une perte de chiffre d'affaires.

**À noter**

Des **campagnes marketing automatisées** (ou *marketing automation*) permettent de relancer l'internaute tout au long de sa visite sur le site marchand pour l'inciter à acheter.



Notes

Notes

- Le site doit faciliter au maximum la création d'un compte ou la validation du panier.

*Ex.* : Réduire les champs du formulaire d'inscription, panier ou liste des achats mémorisés…

## 2 Valoriser l'offre du site marchand

- La valorisation de l'offre en ligne est réalisée grâce à des techniques d'*e-merchanding*.

| Partie du site | Technique de valorisation |
|---|---|
| La page d'accueil et les pages d'arrivées (*landing page*) | Claires et soignées afin de diminuer le taux de rebond. |
| L'arborescence du site | Organisée en univers de consommation, afin de faciliter la navigation. |
| La barre de recherche | Facilite la recherche des produits. |
| Les fiches produits | Complètes et illustrées, elles favorisent la conversion. |
| Les outils d'aide à la décision (comparateurs, simulateurs, guide d'achat) et le service client | Aident à lever les freins à l'achat. *Ex.* : Darty propose des guides d'achat pour aider l'internaute. |
| Les boutons d'action (*call to action*) | Poussent le visiteur à l'action (acheter, s'inscrire…). |
| Les propositions de vente complémentaires (*cross-selling*) et de montée de gamme (*up-selling*) | Permettent d'augmenter le panier moyen. *Ex.* : La Fnac propose une rubrique « Les internautes ont aussi acheté ». |
| La personnalisation du site | Permet d'adapter le site au besoin d'un client en particulier grâce aux données recueillies. *Ex.* : Amazon met en avant des rubriques « Recommandations », « Produits fréquemment achetés ensemble » adaptées aux anciens achats. |

- Les animations commerciales, et en particulier les promotions, participent à la valorisation de l'offre du site marchand (→ Fiche 58).

- L'ensemble de ces outils visent à apporter au consommateur la meilleure expérience client lors de son parcours d'achat.

*Ex.* : Le service Amazon Prime qui permet une livraison le lendemain de la commande crée un fort taux de satisfaction.

**Remarque**

L'*e-merchandising* regroupe un ensemble d'outils qui mettent en valeur le site marchand (son ergonomie, ses produits…) pour pousser le visiteur à l'achat. La volatilité de l'internaute, à un clic d'un concurrent, pousse les e-commerçants à redoubler d'efforts pour le retenir.

À retenir !

- Un site marchand efficace exige une bonne ergonomie et une valorisation de l'offre en ligne par les techniques d'*e-merchandising*.

# L'animation d'un site marchand

Fiche 58

À l'image d'une boutique physique, un site marchand fait vivre son site par de nombreuses techniques d'animation commerciale.

## 1 Comment mettre en place des animations ?

■ Outre les techniques d'*e-merchandising* (→ Fiche 57), de nombreux moyens d'animation font vivre un site marchand. L'objectif poursuivi est de transformer le visiteur en prospect (on parle aussi de *leads*), puis en acheteur.

**Remarque**
Un site marchand régulièrement animé est un facteur important de réassurance pour le consommateur.

■ La page d'accueil du site marchand ou ses pages d'atterrissage (*landing page*) sont les premiers éléments du site à devoir être animés. C'est ici que le visiteur se forge sa première impression.

*Ex.* : Un carrousel, une bannière, un pop-up… sont des solutions d'animation.

■ Le catalogue et ses différentes catégories de produits peuvent aussi faire l'objet d'animations spécifiques.

*Ex.* : La catégorie « linge de maison » fait l'objet d'une campagne de promotion spécifique en janvier à l'occasion du mois du blanc.

■ Différentes animations sont mises en place dans ces espaces :

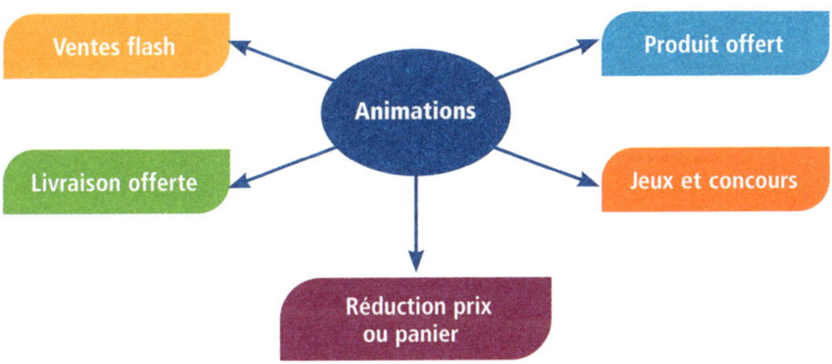


## 2 Planifier les animations

■ Pour gagner en efficacité, le site marchand adopte un plan d'animation qui retrace l'ensemble des animations qui seront mises en place dans l'année. Il permet de repérer les principaux

Relation client à distance et digitalisation

Notes

Notes

temps forts et les périodes de creux où l'entreprise va dynamiser son trafic Web par des actions adaptées.

*Ex.* : Une vente flash crée un sentiment d'urgence qui pousse le consommateur à l'achat.

■ Les animations sont déterminées en fonction de plusieurs événements :

| Type d'événement | *Exemples* |
|---|---|
| Les événements de l'année | Rentrée des classes, Saint-Valentin, Nouvel An chinois… |
| Les événements de l'entreprise | Anniversaire, lancement d'un nouveau service, partenariat avec une autre société… |
| Les dates clés du secteur d'activité | Salon de l'automobile, manifestations sportives… |
| Les besoins de l'entreprise | Déstockage, changement de gamme de produits… |

■ La planification peut être réalisée sous la forme d'un diagramme de Gantt à l'aide d'un logiciel spécifique.

## 3 Mettre en place une promotion

■ Une promotion est un avantage exceptionnel et temporaire accordé au consommateur.

■ Sur un site marchand, elle peut être publiée sur :
– la page d'accueil et mise en valeur par une bannière ou un carrousel ;
– une page dédiée.

*Ex.* : Les cartes d'abonnement SNCF sont commercialisées à des tarifs avantageux lors du *Black Friday*.

■ Il est crucial de faire connaître la promotion aux clients du site marchand. L'entreprise la communiquera à ses clients *via* une campagne d'e-mailing ou de SMS mailing.

À retenir !

■ Un site marchand utilise de nombreuses techniques d'animation pour convertir le visiteur en client.

# Suivi et régulation du processus de vente





Le processus de vente (ou parcours d'achat) est le chemin suivi par un client depuis la naissance de son besoin jusqu'à la finalisation de son achat.

## 1 Le processus de vente

■ Le processus de vente est schématisé par un entonnoir de conversion ou tunnel de conversion qui évalue la performance du site à chacune de ses étapes à partir de taux de conversion intermédiaire.

■ Il identifie les freins éventuels des acheteurs, et oriente le choix des actions marketing à mener pour transformer les visiteurs en contact commercial (*lead*).

| Étapes de l'entonnoir | Actions à mener par le site |
|---|---|
| Prise de conscience | Attirer l'internaute sur le site par :<br>• le référencement ;<br>• l'*inbound marketing* ;<br>• une *landing page* attrayante… |
| Considération | Convertir les visiteurs en prospects (*leads*) par :<br>• un bouton d'appel à l'action (*call to action*) ;<br>• un *chatbot* ;<br>• une foire aux questions (FAQ). |
| Décision | Conclure la vente par :<br>• un tunnel d'achat fluide ;<br>• des techniques de réassurance. |
| Fidélisation | Fidéliser le client par des programmes de fidélité, des ventes privées. |

## 2 Le *marketing automation*

■ Le *marketing automation* est une technique qui automatise certaines actions marketing du site marchand. L'e-commerçant peut programmer l'exécution de tâches répétitives, et ainsi gagner du temps dans la gestion du site.

*Ex.* : Relance de paniers abandonnés, envoi d'un code de réduction…

**Reciblage publicitaire (ou *retargeting*)**

Il consiste à afficher des messages publicitaires à un internaute qui a visité un site Web. Cette technique est très utilisée, car elle permet de relancer un visiteur qui a fait une recherche ou consulté une fiche produit.

Notes

Notes

■ Il permet aussi l'envoi de message personnalisé en fonction du comportement de navigation du visiteur.

*Ex.* : Un *pop-up* de bienvenue au nouveau client, l'envoi d'un message pour recueillir l'avis d'un client après un achat…

## 3 Les obligations légales du e-commerçant

■ La conclusion d'une vente sur un site marchand est soumise à de nombreuses obligations légales.

### A. Le droit à l'information

■ Le vendeur est tenu à une obligation générale d'information précontractuelle. Il doit porter à la connaissance du client les principaux éléments du contrat qui sont détaillés dans les conditions générales de vente (CGV).

*Ex.* : Les caractéristiques du produit, son prix, la date de livraison…

### B. La livraison

■ Avant la conclusion du contrat, l'e-commerçant doit indiquer la date limite à laquelle il s'engage à livrer le produit. À défaut, elle doit intervenir au plus tard 30 jours après la commande en ligne. En cas de non-respect, le client peut obtenir l'annulation de la vente.

■ En cas d'indisponibilité du produit, le client doit en être informé et doit pouvoir, le cas échéant, être remboursé sans délai et au plus tard dans les trente jours.

■ Le e-commerçant est responsable de la bonne livraison de la commande. Il supporte les risques liés à la perte ou à la dégradation du produit.

### C. Le droit de rétractation

■ L'acheteur en ligne dispose d'un droit de rétractation de 14 jours. L'acheteur n'a pas à motiver sa décision. Le vendeur doit restituer les sommes d'argent perçues, et l'acheteur retourner le produit.

■ Ce droit connaît des exceptions pour certains produits.

*Ex.* : Produit périssable (aliments…), prestation de services d'hébergement…

À retenir !

■ L'entonnoir de conversion permet d'analyser la performance du site marchand à chaque étape du parcours d'achat. Son optimisation accroît le chiffre d'affaires de l'e-commerçant.

# La sécurisation de la relation commerciale

Fiche 60



Un site marchand doit mettre en place les moyens nécessaires pour sécuriser le paiement et la transaction commerciale.

## 1 La sécurisation des paiements

### A. Les modalités de paiement

■ Le paiement est la dernière étape du processus de vente. Elle consiste pour l'e-acheteur à régler le montant de son achat. Le commerçant doit l'informer de cette obligation avant la validation de sa commande.

■ Un site marchand propose généralement plusieurs modalités de paiement.

*Ex.* : Carte bancaire, service de paiement en ligne tel Paypal, virement ou parfois chèque.

■ Pour que la commande soit valablement conclue, le consentement de l'acheteur se matérialise par la procédure du double-clic :
- 1er clic pour valider l'achat ;
- 2e clic pour confirmer définitivement la commande.

### B. La protection du paiement

■ Une des principales craintes des e-acheteurs est l'utilisation malveillante de leurs données bancaires. Un site marchand doit donc se prémunir contre ce risque. Pour rassurer l'acheteur, le site sécurise les transactions par deux techniques :

1. une URL sécurisée de type « https » qui protège la confidentialité des données échangées ;
2. un badge de sécurité pour le transfert d'argent entre le site et la banque.

**Remarque**

En cas d'utilisation frauduleuse de la carte bancaire, le consommateur peut demander, sous le respect de certaines conditions, le remboursement du montant débité à sa banque.

■ Autre moyen de protection, le système « 3D - secure » est un protocole sécurisé de paiement en ligne. Il permet de vérifier que le paiement est bien réalisé par le titulaire de la carte.

*Ex.* : Le site marchand demandera pour la validation du paiement la saisie d'un code envoyé par SMS par la banque de l'acheteur.

Notes

Notes

## 2 Les autres mécanismes de réassurance

■ La confiance des consommateurs dans le site marchand favorise les achats. C'est un facteur clé de succès que l'entreprise doit développer à travers une démarche de réassurance.

**Démarche de réassurance**

Elle vise toutes les actions mises en œuvre par un commerçant pour rassurer un acheteur potentiel et favoriser le passage à l'acte d'achat des clients hésitants.

### A. Les techniques d'animations digitales

■ Une foire aux questions (FAQ) est une liste des questions/réponses. Mise en ligne sur le site, elle permet de répondre à toutes les questions des acheteurs, et de lever les freins à l'achat.

*Ex.* : La FAQ aborde les questions relatives aux différents modes de paiement, à la livraison…

■ Un forum assure le même rôle.

■ La mise en avant des témoignages d'utilisateurs, la possibilité de joindre le vendeur par téléphone ou par courriel crédibilisent le site.

*Ex.* : Le site Decathlon recueille l'avis de ses clients sur les produits qu'il commercialise.

■ Un bandeau de réassurance est parfois affiché sur les sites marchands. Il comprend différentes mentions visant à rassurer le visiteur, et inciter à l'achat.

*Ex.* : Informations relatives à la gratuité de la livraison, aux retours gratuits, au paiement en plusieurs fois sans frais…

### B. Le respect des dispositions légales

■ L'ergonomie du site avec des conditions générales de vente (CGV) apparentes et les mentions légales en bas de page sont des signaux de fiabilité envoyés à l'acheteur.

■ Le respect du règlement général sur la protection des données (RGPD) est obligatoire : le site s'engage à assurer la confidentialité et la sécurité des données personnelles de ses clients.

### C. Les autres moyens de réassurance

■ Inciter les clients à créer un bon mot de passe permet de limiter les risques de piratage.

*Ex.* : Un mot de passe qui mélange majuscules, chiffres, et caractères spéciaux.

■ Préserver l'e-réputation du site marchand pour favoriser les échanges commerciaux (→ Fiche 55).

À retenir !

■ Les transactions commerciales sont favorisées par une sécurité renforcée du paiement en ligne et différents mécanismes de réassurance.

# Le diagnostic de l'activité e-commerce

Fiche 61

Le diagnostic de l'activité d'un site marchand repose sur des indicateurs clés de performance.

## 1 L'évaluation d'un site e-commerce

### A. La mesure de la performance en e-commerce

■ Diagnostiquer l'activité d'un site e-commerce consiste à mesurer et analyser les résultats de l'entreprise à l'aide d'indicateurs clés de performance (ou KPI pour *Key Performance Indicator*).

■ Ils permettent de suivre l'évolution de l'activité commerciale dans le temps et de les comparer aux objectifs fixés. On parle aussi de *Web analyse*.

■ Le diagnostic de l'activité permet :
– de mesurer l'audience d'un site et les principales sources d'acquisition du trafic : trafic organique, trafic direct, social… ;
– d'évaluer l'efficacité du tunnel de conversion à chacune de ses étapes (→ Fiche 59).

■ L'entreprise utilise les techniques de *tracking* pour obtenir les données nécessaires à la création de ces indicateurs.

*Ex.* : L'utilisation des cookies permet de suivre le comportement de navigation de l'internaute.

### B. Les indicateurs de performance

■ Les indicateurs de performance sont extrêmement nombreux.

| Indicateur | Définition | Observation |
|---|---|---|
| Trafic du site | Nombre de visiteurs qui se rendent sur le site. | Il témoigne de la notoriété du site. |
| Taux de rebond | Nombre de visiteurs ayant vu qu'une seule page / Nombre de visiteurs × 100 | Un taux de rebond élevé traduit un manque d'attractivité du site. |
| Taux de rétention | Nombre de clients revenus sur le site / Nombre de clients total × 100 | Il indique la capacité de l'entreprise à fidéliser. |
| Panier moyen | Total du chiffre d'affaires (CA) / Nombre de commandes | Il mesure le montant moyen payé par un client lors d'une commande. |
| Taux d'abandon de panier | Nombre de paniers abandonnés / Nombre de paniers × 100 | Différentes raisons peuvent l'expliquer : frais de port, livraison trop longue… |

Relation client à distance et digitalisation

Notes

Notes

| | | |
|---|---|---|
| **Taux de conversion (pour les achats)** | Nombre de conversions / Nombre de visites × 100 | Pourcentage de visiteurs qui ont finalisé leur achat. |
| **Retour sur investissement** | Marge brute / Investissement réalisé | Mesure la rentabilité du site. |

- Un site marchand peut mener des campagnes de test A/B. Cette technique consiste à proposer deux ou plusieurs modèles de page Web (fiche produit…) aux visiteurs. On mesure ensuite les performances respectives des pages pour retenir la meilleure version.
- Cette technique est aussi utilisée en e-mailing.

## 2 La réalisation d'un tableau de bord

### A. Qu'est-ce qu'un tableau de bord ?

- Un tableau de bord est un outil de gestion qui présente de manière synthétique les résultats de l'entreprise. Construit à partir des indicateurs clés de performance, c'est un outil d'aide à la décision. Ainsi, il permet de suivre l'évolution des indicateurs dans le temps et de vérifier que les objectifs sont atteints.
- En fonction des résultats obtenus, l'e-commerçant pourra corriger et adapter ses actions marketing.

*Exemple*

| Indicateurs | Résultat | Objectif | Écart |
|---|---|---|---|
| **Trafic du site** | 11 000 000 | 12 000 000 | – 8 % |
| **Panier moyen** | 69 € | 65 € | + 6,15 % |
| **Taux de conversion** | 0,010 % | 0,012 % | – 0,002 points |

### B. Les outils de mesure de la performance

- Des outils Web permettent de générer automatiquement des tableaux de bord à partir des données collectées. De nombreuses fonctionnalités sont disponibles et personnalisables en fonction des besoins du commerçant.

*Ex.* : Google Analytics, modules Prestashop, Matomo…

- D'autres outils peuvent compléter le tableau de bord pour analyser la performance commerciale du site.

*Ex.* : Des logiciels de cartes de chaleur (*heatmaps*) identifient les zones les plus cliquées sur la page Web.

À retenir !

- Les indicateurs clés de performance (KPI), formalisés sous forme de tableau de bord, permettent de mesurer le succès d'un site d'e-commerce.

# Relation client et animation de réseaux

# Sommaire

Présentation de l'épreuve ........ 145

FICHES | Pages

**Implanter et promouvoir l'offre chez les distributeurs**

62 L'organisation du réseau de distribution ........ 149
63 Les relations entre producteurs et distributeurs ........ 151
64 La négociation des accords de référencement ........ 153
65 La négociation d'un prix ........ 155
66 L'implantation de l'offre ........ 157
67 La valorisation de l'offre ........ 159
68 Le pilotage de l'activité commerciale ........ 161
69 Le suivi du référencement ........ 163

**Développer et piloter un réseau de partenaires**

70 Le réseau de partenaires ........ 165
71 Les différents types de partenariat ........ 167
72 La sélection et la constitution d'un réseau de partenaires ........ 169
73 La mobilisation d'un réseau de partenaires ........ 171
74 L'évaluation des performances du réseau ........ 173
75 La négociation vente en B to C ........ 175

**Créer et animer un réseau de vente directe**

76 La vente directe ........ 177
77 La prospection pour l'organisation de rencontres ........ 179
78 La vente en réunion ........ 181



Notes

79 Le recrutement et la formation des vendeurs à domicile ... 183

80 Le management de l'équipe de vendeurs à domicile indépendants ... 185

81 L'animation des réseaux de vendeurs à domicile ... 187

82 Le développement d'un réseau de conseillers de vente à domicile ... 189

# Présentation de l'épreuve E6 « Relation client et animation de réseaux »

**Épreuve CCF ou orale**
**Coefficient** : 3

■ Il s'agit d'une épreuve orale au cours de laquelle vous exposerez, par rapport à une situation professionnelle donnée, les points suivants :
– votre analyse du contexte commercial et le diagnostic d'un réseau ;
– la mise en place d'actions d'animation de ce réseau ;
– l'analyse des résultats des actions menées.

■ L'objectif de l'épreuve est de mettre en avant les compétences acquises du bloc 3 :
– implanter et promouvoir l'offre chez des distributeurs ;
– développer et piloter un réseau de partenaires ;
– créer et animer un réseau de vente directe.

## 1 Réalisation du dossier professionnel

■ Vous sélectionnerez vos activités professionnelles les plus significatives, vécues de préférence ou observées en entreprise, et/ou développées en milieu de formation. Puis, vous les décrirez à l'aide d'une « fiche modèle » – fournie dans la circulaire d'organisation de l'examen – en utilisant un logiciel de traitement de texte.

■ Trois fiches descriptives d'activités professionnelles, de nature différente selon le type de réseau, sont exigées :

| Animation de réseau de distributeurs | Animation de réseau de partenaires | Animation de réseau de vente directe |
|---|---|---|
| Activités dans une entreprise qui commercialise ses produits auprès de la grande distribution. | Activités d'animation au sein d'un réseau bancaire, d'assurance, franchise, concession, réseau d'affaires professionnel (Business Network International), prescripteurs, comité social et économique des entreprises (CSE), etc. | Activités dans une entreprise qui pratique la vente en réunion (entreprises appartenant à la Fédération de la vente directe). |
| Au moins une de ces trois fiches doit décrire **une expérience réelle vécue** au sein d'un réseau. | | |
| **+ Une étude réflexive réseau de deux pages, présentée recto-verso**<br>• Cette étude montre comment vous vous êtes approprié vos expériences professionnelles dans les réseaux à travers une problématique transversale (qui couvre les 3 réseaux) de votre choix. (ex : recrutement dans le réseau, le risque dans le réseau, la digitalisation dans les différents réseaux, l'exploitation de l'information suivant les réseaux…).<br>• Cette étude doit être bien structurée, illustrée et faire appel à des aspects économiques, juridiques et managériaux en lien avec l'enseignement de CEJM et CEJM appliquée. | | |
| **+ attestations de stage ou certificats de travail** | | |



Notes

## 2 Déroulement de l'épreuve

■ Suivant votre statut, l'épreuve sera soit :

– un contrôle en cours de formation (CCF) comprenant deux situations d'évaluation distinctes, au cours de la deuxième année ;

– une épreuve ponctuelle en deux phases successives.

<table>
<tr><th>Le contrôle en cours de formation (CCF)</th><th>L'épreuve ponctuelle<br>Durée : 40 min</th></tr>
<tr><td>Situation A : Exposé et entretien relatifs à une expérience réelle vécue au sein d'un réseau (15 min)</td><td>1. Exposé et entretien relatifs à une expérience réelle vécue au sein d'un réseau (15 min)</td></tr>
<tr><td colspan="2">• Le candidat présente une expérience réelle vécue au sein d'un réseau (choix du candidat) – 10 min.<br>• Entretien avec la commission – 5 min.</td></tr>
<tr><td>Situation B : Exposé et entretien relatifs aux autres expériences réseau et à l'étude réseau réflexive (25 min)</td><td>2. Exposé et entretien relatifs aux autres expériences réseau et à l'étude réseau réflexive (25 min)</td></tr>
<tr><td colspan="2">• Le candidat présente brièvement les autres expériences réseau figurant dans le dossier support de l'épreuve et répond aux approfondissements demandés par la commission – 20 min.<br>• Le candidat développe son étude réflexive réseau avant de répondre aux questions de la commission – 5 min.</td></tr>
</table>

## 3 Contenu et exploitation des fiches en fonction du type de réseau

■ Vous devez expliciter les actions mises en œuvre et les analyser afin de montrer les compétences que vous avez acquises.

<table>
<tr><th colspan="2">Animation de réseau de distributeurs :<br>implanter et promouvoir l'offre chez les distributeurs</th></tr>
<tr><th>Points à aborder en fonction de votre expérience professionnelle</th><th>Critères d'évaluation</th></tr>
<tr><td>1. Valoriser l'offre sur le lieu de vente :<br>• préparation des négociations, des contrats de référencement ;<br>• vérification du respect des accords ;<br>• analyse du rayon ;<br>• négociation avec le chef de rayon ;<br>• vérification des planogrammes ;<br>• vérification des prix de vente consommateurs, des promotions ;<br>• implantation de l'offre sur le lieu de vente (mise en valeur des produits, facing, mise en place d'outils merchandisings, relevé des parts de linéaire) ;<br>• optimisation des stocks.</td><td>Rigueur dans le suivi de l'application des accords de référencement.<br><br>Utilisation pertinente des techniques d'implantation et de valorisation des produits.</td></tr>
</table>

| | |
|---|---|
| **2. Développer la présence dans le réseau de distributeurs :**<br>• réalisation du diagnostic de rayon, part de linéaire, distribution numérique (DN), distribution valeur (DV), taux de saturation (TS), identification des références manquantes, etc. ;<br>• utilisation pertinente des logiciels d'implantation, relevé linéaire, analyse concurrentielle ;<br>• présentation des animations (dégustation, démonstration, réduction, échantillon, vente flash, jeu concours), organisation des animations, proposition d'implantations, etc. | Repérage des opportunités de référencement.<br><br>Qualité du diagnostic rayon, réseau et zone de prospection.<br><br>Pertinence des propositions et des actions pour développer la présence de la marque/produit. |

| **Animation de réseau de partenaires :<br>développer et piloter un réseau de partenaires** | |
|---|---|
| **Points à aborder en fonction de votre expérience professionnelle** | **Critères d'évaluation** |
| **1. Participer au développement d'un réseau de partenaires :**<br>• prospection et sélection des partenaires ;<br>• critères de choix des partenaires, etc. | Pertinence de la sélection de partenaires. |
| **2. Mobiliser un réseau de partenaires et évaluer les performances :**<br>• actions réalisées (actions de dynamisation) ;<br>• objectifs fixés ;<br>• information du réseau ;<br>• acteurs mobilisés ;<br>• résultats obtenus ;<br>• mutualisation des ressources et des compétences ;<br>• organisation d'échanges entre membres ;<br>• formation…<br>• indicateurs des performances commerciales :<br>– chiffre d'affaires (CA), part de marché (PDM),<br>– indicateurs comptables,<br>– marge commerciale, valeur ajoutée,<br>– indicateurs de la relation client, etc. | Efficience et rentabilité des actions de dynamisation du réseau. |

| **Animation de réseau de vente directe :<br>créer et animer un réseau de vente directe** | |
|---|---|
| **Points à aborder en fonction de votre expérience professionnelle** | **Critères d'évaluation** |
| **1. Prospecter, organiser des rencontres et vendre en réunion :**<br>• développer le nombre d'hôtes ;<br>• cibler les consommateurs potentiels ;<br>• préparer une vente en réunion ;<br>• vendre en réunion ;<br>• suivi des commandes et des clients ;<br>• évaluer la vente en réunion (ratios). | Développement du fichier des conseillers.<br><br>Professionnalisme et efficacité commerciale lors des ventes en réunion. |



Notes

| | |
|---|---|
| **2. Recruter et former des vendeurs à domicile :**<br>• définition des postes et profils ;<br>• entretien de recrutement ;<br>• parrainage ;<br>• actions de formation ;<br>• suivi des résultats des vendeurs (tableau de bord). | Pertinence et efficacité des actions de recrutement et de formation. |
| **3. Impulser une dynamique de réseau :**<br>• motivation, stimulation, formation des vendeurs ;<br>• organisation d'un challenge ;<br>• outils mis à disposition, etc. ;<br>• respect des conditions légales ;<br>• droit de rétractation, droit du consommateur, information du client ;<br>• le contrat du VDI, etc. | Cohérence de l'animation réseau avec les orientations commerciales.<br><br>Respect de la réglementation et de l'éthique. |

## 4 Sept conseils aux candidats

1. Il importe que vous réalisiez des missions suffisamment complètes et variées pour couvrir l'ensemble des compétences attendues à l'examen.

2. Vous devez vous situer dans le réseau, comprendre la place que vous occupez au sein de la totalité du réseau et être capable de le décrire et de l'analyser simplement.

3. L'observation dans l'entreprise doit être guidée par une réflexion préalable qui identifie les points importants à observer. Les notions développées en cours servent à orienter et à enrichir votre observation.

4. Quand vous décrivez les activités professionnelles, soyez factuel et précis. Le jury a besoin de comprendre rapidement la situation professionnelle relatée. Ne négligez pas les dimensions juridique, économique et managériale des activités.

5. Dans la description des activités, utilisez le langage professionnel et réinvestissez les concepts et les outils professionnels étudiés en classe.

6. Soignez votre présentation orale par un diaporama explicite, bien structuré et attractif. Le diaporama sera enrichi de photos, graphiques, animations afin de « séduire » votre jury tout en apportant des informations sélectionnées et pertinentes.

7. Il est recommandé d'illustrer vos propos avec des documents authentiques (utilisés dans l'entreprise) et autres supports, pertinents et de qualité, qui donne une dimension concrète à votre exposé.

# L'organisation du réseau de distribution

Fiche 62

La distribution est l'ensemble des opérations par lesquelles un bien sortant de l'appareil de production va être mis à la disposition des consommateurs. Le réseau de distribution est constitué des personnes physiques ou morales qui opèrent le stockage, la livraison et la vente des produits.

## 1 Les différents canaux de distribution

■ Le circuit de distribution est la voie d'acheminement des produits entre le producteur et le consommateur. Il peut comprendre plusieurs canaux.

| | |
|---|---|
| **Le canal direct** | Aucun intermédiaire entre le producteur et le consommateur.<br>**Producteur ➡ Consommateur**<br>*Ex.* : Un maraîcher vend directement sur un marché local. |
| **Le canal court** | Un seul intermédiaire.<br>**Producteur ➡ Distributeur ➡ Consommateur**<br>*Ex.* : Un producteur de pommes vend sa production à une grande surface. |
| **Le canal long** | Deux ou plusieurs intermédiaires.<br>**Producteur ➡ Centrale d'achat ➡ Distributeur ➡ Consommateur**<br>*Ex.* : Un producteur de biscuits vend sa production à une centrale d'achat qui distribuera l'offre sur les unités de vente du réseau. |

■ On distingue plusieurs fonctions dans la distribution.

| | |
|---|---|
| **Fonction de détail** | Vente à un client pour sa consommation de quantités correspondant à ses besoins. |
| **Fonction de gros** | Revente de marchandises à des commerçants qui à leur tour les revendront en l'état ou après reconditionnement. |

## 2 Les différentes stratégies de la distribution

■ L'entreprise met en place une stratégie de distribution afin de mettre ses produits à la disposition des clients potentiels.

| | |
|---|---|
| **Stratégie intensive** | Distribution du produit dans le plus grand nombre de points de vente possibles.<br>*Ex.* : La société LU distribue ses gâteaux dans tous les points de vente. |
| **Stratégie sélective** | • Sélection des points de vente de distribution d'un produit selon les critères d'emplacement géographique, d'image de marque, de surface de vente, de savoir-faire.<br>• L'entreprise met en place des relations de coopération privilégiées en limitant le nombre de détaillants.<br>*Ex.* : Le groupe GM, spécialiste des produits d'accueil dans l'hôtellerie, a noué un partenariat avec Inès de La Fressange pour concevoir des cosmétiques exclusivement proposés dans les hôtels de luxe. |



Notes

Notes

| | |
|---|---|
| **Stratégie exclusive** | Distribution du produit uniquement dans les points de vente sous contrat d'exclusivité géographique ou de référencement : concessionnaires, distributeurs agréés, franchise… **Ex. :** Les produits Yves Rocher ne sont en vente que dans les boutiques franchisées du nom de la marque. |
| **Stratégie intégrée** | Distribution par le fabricant lui-même de ses produits. **Ex. :** La Belle-Iloise qui fabrique des conserves de poisson vend exclusivement dans ses boutiques. |

■ L'entreprise met en place une **stratégie contrôlée** dans le cadre de la distribution sélective, exclusive et intégrée en maîtrisant la distribution de ses produits.

## 3 Les critères de choix d'une stratégie de distribution

■ Elle peut se faire à partir :

– de la **nature du produit** : périssable ou non ;

– des **contraintes légales** : produits ne pouvant pas être vendus n'importe où ;

***Ex.*** **:** Les médicaments.

– de la **clientèle dispersée** ou non ;

– de la **clientèle potentielle** (importante ou pas) et de son pouvoir d'achat ;

– du **cycle de vie du produit** ;

***Ex.*** **:** Les *hand spinners* qui ont été en vogue en 2018.

– de la stratégie de distribution de la **concurrence** (à imiter ou se différencier) ;

– des **distributeurs existants** : plus ou moins spécialisés ;

– des **revendeurs puissants** qui occupent une forte position de marché ;

– de la **technicité du produit** (nécessité parfois de faire une démonstration).

■ La stratégie repose sur les **choix** que l'entreprise fait en fonction aussi des **contraintes logistiques, économiques, stratégiques et humaines** pour gérer son ou ses réseaux de distribution.

À retenir !

■ Un réseau de distribution regroupe tous les intervenants qui acheminent le produit du producteur au consommateur.

# Les relations entre producteurs et distributeurs

Fiche 63

Une négociation entre le producteur, qui veut développer la distribution de ses produits, et le distributeur, qui souhaite dégager de la marge et assurer une bonne rotation des stocks, est nécessaire pour trouver un terrain d'entente dans cette relation complexe *Business to Business* (*B to B*).

## 1 La coopération entre producteurs et distributeurs

■ Dans le cadre du *trade marketing* (ou co-mercatique), les producteurs et les distributeurs recherchent des domaines dans lesquels ils ont des intérêts communs.

■ Ce sont des actions menées entre producteurs et distributeurs dans le domaine de la logistique et de la mise en valeur de l'offre sur le lieu de vente.

| Type | Caractéristiques |
|---|---|
| Gestion partagée des approvisionnements (GPA) entrant dans le *supply chain management* (SCM : gestion de la chaîne logistique) | • Dans le cadre de la logistique, le producteur/fournisseur peut adapter l'approvisionnement au distributeur en fonction des données reçues au niveau des stocks et des besoins.<br>• **Objectif :** partage de l'information, réduction des stocks, diminution des ruptures de stocks et adaptation aux besoins réels des consommateurs.<br>• **But :** livraison du bon produit au bon moment et au bon endroit.<br>• Gestion globale et minimisation des coûts pour les partenaires. |
| Échange de données informatisées (EDI) | • Échange de données informatisées entre les partenaires permettant une amélioration des délais de transmissions des commandes et la garantie d'un niveau des stocks suffisants.<br>• Utilisation de logiciels de merchandising et de logistique pour la gestion des relations entre les producteurs et les points de vente. |
| *Supplier relationship management* (SRM) | • Logiciel de gestion pour permettre la gestion commune des catalogues et des achats.<br>• **Objectif :** optimiser le processus d'approvisionnement en fonction des attentes des clients, des propositions de la concurrence, l'évolution des produits. |
| *Efficient customer response* (ECR) | • Appelé aussi « réponse efficace au consommateur », ce sont des méthodes de partenariat entre producteur et distributeur permettant d'optimiser la gestion des assortiments et des linéaires.<br>• **Objectif :** proposer de nouveaux produits au consommateur, mettre en place des offres promotionnelles, optimiser l'assortiment de produits. |



Notes

Notes

## 2 Le droit encadrant les relations producteurs et distributeurs

### A. Le déséquilibre des relations

■ Les relations producteurs/fournisseurs et distributeurs peuvent être conflictuelles avec un déséquilibre : concentration de la grande distribution et puissance de producteurs à fort CA.

### B. Le droit et ses objectifs

■ Les négociations entre producteurs/fournisseurs et distributeurs sont encadrées par différentes lois : la loi de modernisation de l'économie (LME), adoptée en août 2008, complétée par la loi Sapin adoptée en décembre 2016. Elles rétablissent un certain équilibre dans la négociation entre les acteurs dont le poids dans la discussion peut être très inégal.

■ Le but de ces lois est d'avoir une relation commerciale saine afin de préserver les intérêts des consommateurs.

### C. Le contenu de la loi

■ Avant le 30 novembre de chaque année, les fournisseurs doivent envoyer leurs conditions générales de vente (CGV) aux centrales d'achat des distributeurs et le prix prévisionnel moyen des matières agricoles utilisées doit être indiqué.

■ Les producteurs et distributeurs peuvent ensuite négocier entre décembre et février de l'année suivante.

■ Les négociations portent également sur la disposition des produits en rayon, les promotions et soldes.

■ La loi fixe un délai de paiement maximum de 60 jours à compter de la date de facturation.

**Remarque**

Depuis août 2018 et la loi Macron, les pratiques abusives de la grande distribution sont dissuadées par de fortes amendes.

*À retenir !*

■ Producteur et distributeur doivent mettre en place un partenariat pour que chacun assure la pérennité de son entreprise. Leurs relations sont encadrées par des textes de loi pour rétablir un équilibre entre ces acteurs.

# La négociation des accords de référencement

Fiche 64

Relation client et animation de réseaux

Le référencement résulte d'une négociation entre l'acheteur qui représente une enseigne ou une unité commerciale et un acheteur qui peut être fabricant ou producteur.

## 1 Les accords de référencements

■ **Le référencement** d'un produit ou d'une marque est leur inscription sur la liste des références détenues par les unités commerciales. Pour qu'un producteur ait ses produits distribués dans la grande distribution, il faut qu'il soit **référencé par la centrale d'achat** (ou centrale de référencement).

■ **Le contrat** matérialise la relation entre le producteur et le distributeur sur une offre et des produits déterminés.

■ **Les accords de référencement** portent sur le produit, les prix, les conditions commerciales, les délais de livraison, les prestations (animations commerciales, implantations dans les rayons), le matériel mobilier et le retour des invendus.

■ La prise de décision de référencer des produits d'un producteur peut se faire de différentes manières :

| | |
|---|---|
| **Par centralisation** | • La centrale d'achat prend la décision de référencer les produits.<br>• Le point de vente n'a pas le choix, il doit vendre les produits référencés et n'a aucune marge de manœuvre.<br>*Ex.* : Les produits proposés sur le catalogue comme les produits lactés de chez Danone. |
| **Par décentralisation** | • La centrale d'achat décide d'une partie des référencements.<br>• Les managers ont une autonomie pour le choix de certains produits.<br>*Ex.* : Les centrales Leclerc ont des accords avec les producteurs locaux de viande de Parthenay. |
| **Par décision mixte** | • Le référencement est décidé au niveau de la centrale et au niveau des points de ventes.<br>• Le choix de la centrale peut ne pas être suivi. |

Notes

Notes

## 2 La négociation-vente avec la grande distribution

■ Elle peut se faire à plusieurs niveaux avec des interlocuteurs différents chez le distributeur.

| | |
|---|---|
| **L'acheteur ou chef de produit** | L'acheteur intervient au niveau du référencement général de l'ensemble des produits de l'enseigne.<br>• Il suit les tendances du marché (offre et demande), évolutions.<br>• Il sélectionne les fournisseurs.<br>• Il négocie les conditions commerciales en fonction des volumes par regroupement d'achat. |
| **Le chef de rayon** | Le chef de rayon travaille dans un rayon spécifique de l'enseigne.<br>Il sélectionne des producteurs le plus souvent locaux non référencés.<br>***Ex.* :** Fromages du Gaec roux de l'âne vert vendus dans les rayons de Intermarché Poitiers. |

■ Le déroulement de l'entretien de vente respecte certaines étapes.

| Étapes | Caractéristiques |
|---|---|
| **Prise de contact** | Présentation de soi-même, de l'entreprise (historique, produits, stratégie…) |
| **Découverte des besoins** | • **Découverte des besoins de l'acheteur**, ce qu'il recherche (produits les plus vendus, type de consommateurs, organisation du point de vente, critères de choix des fournisseurs, délais de paiement et de livraison souhaités, animations envisagées…).<br>• **Découverte des besoins de ses clients :** attentes, mobiles d'achat, intérêt pour les animations… |
| **Argumentation** | • **Argumentation envers le distributeur** en mettant en avant les atouts de l'entreprise, les produits (descriptif, présentation de la gamme, emballage, labels, appellations…), la livraison avec la fréquence et l'organisation, la communication commerciale (PLV, têtes de gondoles, animations…).<br>• **Argumentation envers le client du distributeur :** atouts des produits pour les clients et rapport qualité/prix. |
| **Traitement des objections** | • Accepter les objections.<br>• Reformuler/traiter en trouvant une réponse adaptée. |
| **Signature contrat de référencement** | Signature d'un écrit avec les clauses de l'accord. |

À retenir !

■ La démarche pour un producteur/fournisseur pour se faire référencer dans la grande distribution exige de rencontrer l'ensemble des interlocuteurs depuis les responsables d'achat de la centrale jusqu'au chef de rayon. Ces négociations donnent parfois lieu à des échanges tendus.

# La négociation d'un prix

Fiche 65



La fixation du prix est une phase importante de la négociation. Elle doit aboutir à une relation de partenariat gagnant/gagnant entre le fournisseur et le distributeur.

## 1 La fixation du prix de vente du fournisseur au distributeur

■ La fixation du prix doit permettre à chacune des parties de réaliser une marge sur la vente du produit.

**Prix de vente HT (au distributeur)** = coûts de revient du produit + marge

### A. Le rapport coût de revient/volume des ventes

■ Le fournisseur propose un prix en fonction du rapport entre le coût de revient unitaire et le volume des ventes (plus le volume des ventes est élevé, plus le coût unitaire diminue).

■ Le prix de revient total d'une unité de produit se compose de coûts variables unitaires et d'une partie des coûts fixes.

### B. La politique de prix

■ Le prix de vente peut être fixé en adoptant différentes stratégies :
- prix à un niveau élevé (stratégie d'écrémage) et un positionnement haut de gamme ;
- prix bas ou discount (politique de pénétration) ;
- prix conforme à la concurrence (politique d'alignement) ;
- prix valorisant les bénéfices d'une offre : qualité du produit, origine…

### C. Les dispositions légales

■ Le législateur interdit au fournisseur :
- d'imposer un prix public au distributeur ;
- de vendre à perte.

## 2 La négociation du prix auprès du distributeur

■ Le juste prix doit permettre une relation gagnant/gagnant entre le fournisseur et le distributeur.

### A. Du prix du producteur au prix public

**Prix de vente public** = prix de vente HT × (1 + taux de TVA)

**Marge** = prix de vente HT – coût d'achat ou coût de revient

Notes

Notes

**Taux de marque** = (marge / prix de vente HT) × 100

**Taux de marge** = (marge / coût d'achat HT) × 100

**La fixation du prix d'une bouteille de jus de pomme**

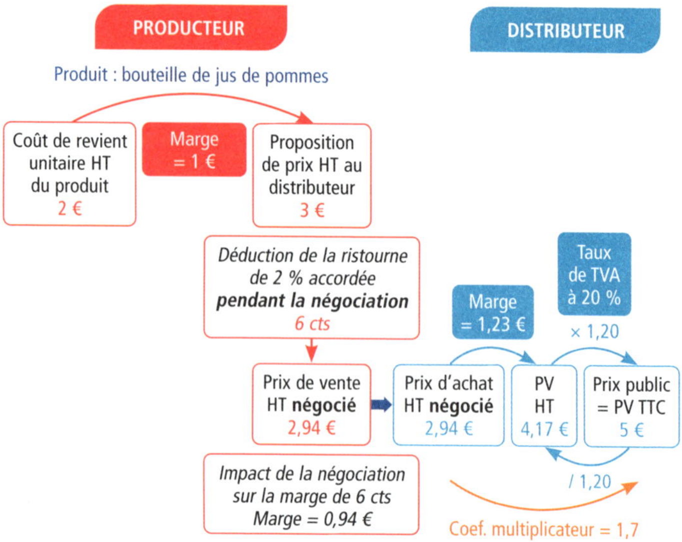


## B. La phase de négociation du prix

■ Le prix proposé par le fournisseur varie en fonction de :

1. la réalisation d'une marge pour le distributeur et le fournisseur ;
2. les réductions à caractère commercial :
   – en fonction de l'importance du volume ou de la valeur de la commande : remise,
   – en fonction de l'ensemble des achats du distributeur pendant une période donnée : ristourne ;
3. la reprise des invendus ;
4. la durée des délais de paiement ;
5. la mise en place d'animations commerciales dans le magasin du distributeur.

À retenir !

■ Le fournisseur et le distributeur doivent s'entendre pour négocier un prix leur garantissant la rentabilité mutuelle de leur activité.

# L'implantation de l'offre





Une enseigne doit faire des choix au niveau de l'implantation dans ses rayons afin de déterminer le meilleur emplacement pour les produits qu'elle propose. Elle doit répartir différents rayons (appelés aussi « univers ») sur l'ensemble de sa surface de vente afin de gérer le flux des clients et d'optimiser le chiffre d'affaires.

## 1 Les différentes zones d'implantation

■ Tous les emplacements n'ont pas la même valeur au sein du point de vente. Le personnel dispose d'un planogramme qui représente visuellement le positionnement de l'offre dans le linéaire.

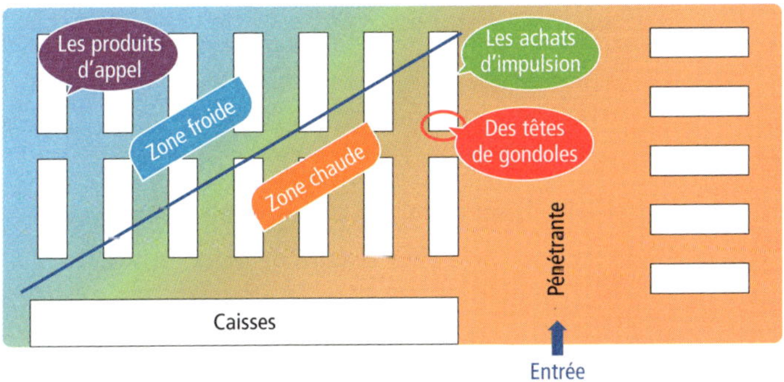


| | |
|---|---|
| **Zone froide** | Zone de circulation située en arrière et vers le fond du point de vente. |
| **Zone chaude** | Zone de forte circulation vers laquelle le client se dirige spontanément. |

■ Il existe différentes techniques de présentation possibles dans les linéaires : en gondole, meuble réfrigéré, palette, tête de gondole, portants, îlot, vrac, display (présentoir). Les linéaires doivent être organisés pour déclencher l'achat du client.

■ Le point de vente peut utiliser la publicité sur le lieu de vente (PLV) et l'information sur le lieu de vente (ILV) pour promouvoir l'offre et signaler les rayons.

*Ex.* : Kakémonos, roll up, stop rayon, séparateur de rayon, annonces sonores, bannières, panneau lumineux…

■ L'objectif est de faciliter le repérage des rayons pour les clients et améliorer leur visibilité pour attirer le client pour l'achat.

Notes

Notes

## 2 Les différents niveaux d'implantation dans les rayons

■ Les produits sont implantés selon des règles pour assurer la meilleure rentabilité du linéaire. Le distributeur propose un assortiment de produits qu'il a référencé auprès de ses fournisseurs (gamme de produits).

■ L'application pour mobile Yuka a eu pour effet de modifier les plans dans les linéaires. Elle permet de scanner les produits en vue d'obtenir des informations détaillées sur l'impact du produit sur la santé. On place les produits bien notés dans Yuka au niveau les plus vendeurs (mains et yeux).

| Niveau | Caractéristiques |
|---|---|
| **Niveau du chapeau** | • Supérieur à 1,60 m.<br>• Produits et articles encombrants ou déjà présentés ailleurs. |
| **Niveau des yeux** | • Entre 1,10 m et 1,60 m.<br>• Produits stratégiques, à forte notoriété, marque de distributeurs, nouveaux produits.<br>• Produits les plus rentables. |
| **Niveau des mains** | • Entre 0,60 m et 1,10 m.<br>• Produits indispensables ou complémentaires, à forte demande. |
| **Niveau des pieds (de sol)** | • Produits lourds, encombrants à faible marge.<br>• Produits 1er prix. |

## 3 Les différents choix d'implantation dans les rayons

■ L'implantation du linéaire peut se faire de deux façons.

| | |
|---|---|
| **Implantation verticale** | • Les produits d'une même famille ou sous-famille sont présentés en hauteur par produits ou marques, sur un même niveau d'exposition.<br>• Le client peut voir tous les produits en parcourant avec ses yeux la hauteur de la gondole. |
| **Implantation horizontale** | • Les produits d'une même famille ou sous-famille sont présentés en longueur, par produits ou marque, sur un même niveau d'exposition.<br>• Le client peut voir d'un seul regard la totalité des produits en parcourant avec ses yeux la largeur de la gondole. |

■ Le responsable du rayon (ou de la marque) peut faire le choix de mixer les implantations.

■ Le marchandisage (*merchandising*) est l'ensemble des techniques permettant d'optimiser la place des produits et des marques dans les rayons.

*À retenir !*

■ Les techniques de marchandisage cherchent à optimiser en permanence l'implantation et l'organisation du linéaire.

# La valorisation de l'offre

Fiche 67



Notes

Pour faire vivre son magasin, une enseigne met en place des animations dans ses rayons, en organisant des actions ponctuelles pour favoriser l'achat.

## 1 Les différents types d'animations commerciales

■ Différents types d'animations peuvent être mis en place. Il est aussi possible d'en combiner plusieurs.

| Type | Caractéristiques |
|---|---|
| **Démonstration/ Dégustation** | • Présentation du produit, de son fonctionnement.<br>• Dégustation pour les produits alimentaires.<br>• Animation faite par un animateur ou borne interactive.<br>*Ex.* : Dégustation des galettes dans un supermarché. |
| **Jeu concours** | • Opération avec participation de la marque qui permet de faire gagner des cadeaux.<br>• **Objectif :** collecter des données, qualifier des fichiers en faisant remplir des formulaires.<br>• La loterie est un tirage au sort sans obligation d'achat, le concours est avec obligation d'achat.<br>*Ex.* : Tirage au sort d'un numéro de caisse et gain des achats du caddie. |
| **Promotions (*couponing*)** | Distribution de coupons ou bons de réduction donnant droit à une baisse immédiate ou différée du prix de vente.<br>*Ex.* : Bon de réduction de 0,50 € pour l'achat d'un pack de yaourts. |
| **Distribution d'échantillon** | • Échantillons du produit offert pour pouvoir le tester, l'essayer.<br>• **Objectif :** créer une sympathie pour la marque.<br>*Ex.* : Distribution d'échantillons de shampoing. |
| **Vente flash** | Vente du produit pendant un temps limité à un prix promotionnel réduit annoncé par un animateur.<br>*Ex.* : Vente flash de pâtisseries à l'occasion de l'anniversaire du point de vente. |
| **Bornes interactives ou bornes vidéo** | • Borne permettant au client d'obtenir des informations et des conseils d'utilisation du produit.<br>• Mise en scène et théâtralisation du produit.<br>*Ex.* : Borne présentant l'utilisation d'une ponceuse pour parquets. |

■ Le plus souvent, l'animation est matérialisée par un stand, une mise en scène, de la documentation et des échantillons distribués.

■ L'objectif est d'augmenter le trafic, les volumes de ventes, faire vivre une expérience unique à l'acheteur avec la marque.

Notes

## 2 L'organisation des animations commerciales

■ Il est primordial de construire un cahier des charges comprenant le ou les produits à mettre en avant avec :

- le prix ;
- l'emplacement ;
- les stocks disponibles ;
- le type d'actions à mettre en place ;
- les contraintes à respecter (règles d'hygiène…) ;
- les besoins matériels (stand, décoration, ustensiles divers…) ;
- les besoins humains ;
- la ou les périodes de l'opération ;
- la communication.

■ Il faut ensuite construire un rétroplanning pour planifier l'opération avec les différentes tâches à accomplir pour la réalisation de l'action.

*Ex.* : Pour la vente des jouets pour Noël, prévoir toutes les opérations jusqu'à la mise en rayon, les tâches à accomplir, leur durée et leur enchaînement : la commande des produits à la centrale, la réception et le stockage, la publication de la communication, la préparation du rayon et la mise en rayon. Le plus souvent, le démarrage des opérations a lieu en juillet, pour une mise en rayon en novembre.

■ Il faut ensuite communiquer en amont avec des mailings, des SMS, un affichage, les réseaux sociaux, des bannières ou sur le site Internet de l'enseigne. Le jour de l'animation, il faut installer le matériel, faire le stock des produits et un briefing avec l'animateur sur son rôle.

## 3 L'évaluation des animations commerciales

■ L'objectif est d'évaluer les résultats des animations pour faire un bilan de la pertinence de ces actions.

| Type d'évaluation | Éléments pris en compte |
|---|---|
| **Évaluation quantitative** | • Calcul de l'augmentation du nombre d'acheteurs.<br>• Nombre de références vendues en fonction du CA.<br>• Calcul de la rentabilité de l'animation.<br>• Panier moyen des clients et taux de réalisation de l'objectif. |
| **Évaluation qualitative** | Évaluations ou avis des clients, grâce à des questionnaires de satisfaction, des commentaires sur les réseaux sociaux ou des forums et des boîtes à idées déposées dans le magasin. |

À retenir !

■ Les enseignes mettent en place des animations sur les points de vente pour le lancement de nouveaux produits ou pour relancer les ventes d'un produit en déclin.

# Le pilotage de l'activité commerciale

Fiche 68



Le commercial d'une marque ou les producteurs/fournisseurs doivent régulièrement rencontrer les acheteurs de la grande distribution pour pérenniser la relation commerciale.

## 1 La mise en place d'un suivi client

■ Le commercial doit effectuer des visites régulières des chefs de rayons ou de département pour développer les relations commerciales. En général, il cible les visites sur certains points de vente et la durée et la fréquence varient en fonction du potentiel commercial.

### A. Objectifs

| Types | Caractéristiques |
|---|---|
| **Optimisation de l'assortiment** | • Proposition de réassort, nouvelles implantations de linéaires, moyens de communication (présentoir, borne interactive…).<br>• Proposition de nouveaux produits, d'élargissement de la gamme, produits locaux, produits déjà référencés et non vendus…<br>*Ex.* : Milka a développé une gamme de biscuits en complément des traditionnelles tablettes de chocolat. |
| **Gestion des invendus et des ruptures de stock** | • Propositions pour les invendus et analyse.<br>• Vérification des stocks pour éviter la rupture et ne pas avoir de produits à proposer à la clientèle.<br>*Ex.* : Proposer trois produits pour le prix de deux. |
| **Animation du magasin** | • Propositions de nouvelles animations, lancement de nouveaux produits ou relance des ventes d'un produit en déclin.<br>• Les aider à se démarquer de la concurrence.<br>*Ex.* : Mise en place de stands de dégustation de produits asiatiques pour le Nouvel An chinois. |
| **Établissement de relations pérennes** | • Établissement d'un bon suivi du magasin afin de fidéliser le point de vente sur la marque ou les produits.<br>• Aider à faire un diagnostic en identifiant les opportunités, les menaces, les forces et les faiblesses.<br>• Mise en place d'une veille commerciale et informationnelle.<br>• Suivi le plus souvent d'un tableau de bord avec mesure des objectifs fixés au départ et des écarts constatés.<br>• **Objectif** : faire un suivi des ventes précis et personnaliser la relation en ayant une bonne connaissance des goûts du chef de rayon. |

Notes

Notes

### B. La mise en place d'une veille régulière

■ L'objectif est d'accéder à toutes les informations utiles comme la performance des produits, les évolutions du marché et les performances des magasins, grâce à :

– des panels consommateurs, qui sont des études d'un échantillon de la population et de son comportement d'achat ;

*Ex.* : Nielsen mesure les comportements et achats des consommateurs.

– des panels distributeurs, qui sont des études d'un échantillon des distributeurs et de leurs offres.

*Ex.* : MarketingScan expertise les produits et mesure l'efficacité des actions marketing.

■ Une veille digitale est aussi mise en place pour analyser les publications sur Internet et les réseaux sociaux. Ces actions permettent une veille concurrentielle.

■ Dans les grandes enseignes, le *category management* est utilisé afin de satisfaire le client et le fidéliser en analysant ses choix et son comportement.

*Ex.* : Coca-Cola a imaginé un rayon boissons plus attractif avec des blocs de couleurs marqués en linéaire et des écrans digitaux pour créer des interactions.

> ***Category management***
> Stratégie mise en place par le distributeur avec le fournisseur pour améliorer sa connaissance client et évaluer les performances de chaque catégorie de produits.

## 2 L'utilisation d'outils digitaux

■ Le commercial, qui est autonome et nomade, est équipé de matériel numérique pour travailler : tablettes, ordinateurs portables ou smartphones. Cette informatisation de la force de vente est appelée *Sales Forces Automatisation* (SFA).

■ Il utilise des logiciels spécifiques comme des CRM (*Customer Relationship Management*) (→ **Fiche 30**).

*À retenir !*

■ Le pilotage de l'activité commerciale dans la grande distribution se fait par des contacts réguliers avec les responsables des points de vente et chefs de rayons et l'utilisation d'outils numériques.

# Le suivi du référencement

Fiche 69

Le producteur (ou le commercial) contrôle la bonne application des accords de référencement. Il dresse un bilan chiffré de l'évolution des ventes dans le réseau de distribution à l'aide du tableau de bord. Cette analyse sera également enrichie des indicateurs de performance.

## 1 Le suivi du référencement

### A. Le tableau de bord

■ Le suivi **rigoureux et périodique** du **référencement** a pour objectifs de :

☑ dresser **un état des lieux** de l'évolution des ventes en volume et en valeur dans le point de vente ;

☑ noter **les écarts** entre le chiffre d'affaires réalisé par le distributeur et les objectifs attendus par le producteur ;

☑ mesurer **l'impact** des animations de promotion dans le magasin sur le volume des ventes.

*Ex.* : Tableau de bord du mois de mars
Produit référencé : **bouteille de jus de pommes** (→ **Fiche 65**)

| Prix TTC | Prix HT | Qté vendue | CA HT réalisé | Objectif de vente | CA HT attendu | En volume (qté) | En valeur (CA HT) |
|---|---|---|---|---|---|---|---|
| 5 | 4,17 | 150 | 625,50 | 120 | 600,00 | + 30 | + 25,50 € |

Impact positif de l'animation sur les ventes

Julien, le producteur de jus de pommes, peut réapprovisionner le distributeur au cours du mois, lorsque les ventes dépassent l'objectif fixé en début de mois.

### B. La représentation graphique

■ La **représentation graphique** permet de faire une analyse synthétique et globale d'une situation donnée.

*Ex.* : Évolution des ventes (en valeur) de bouteilles de jus de pommes sur 6 mois avec l'organisation de 2 animations commerciales pendant le mois de décembre (*cf.* graphique page suivante).



Notes

Notes

**Évolution du CA HT de la vente de la bouteille de jus de pommes**

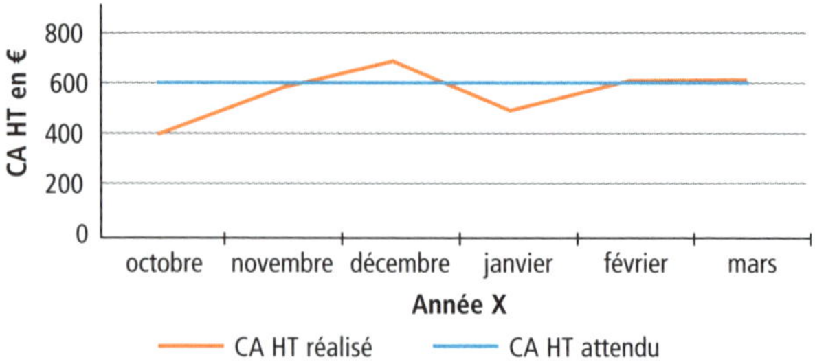


## 2 Les indicateurs de performance du référencement

### A. La distribution numérique

- **L'indicateur de distribution numérique (DN)** mesure le nombre de points de vente où le produit est référencé sur l'ensemble des points de vente. La DN renseigne sur le **taux de présence** du produit dans un circuit de distribution.

$$\text{DN} = \frac{\text{nombre de points de vente référençant le produit X}}{\text{nombre de points de vente distribuant ce type de produits}}$$

*Ex.* : Le produit de jus de pommes du producteur a 10 de DN, cela signifie que ce produit est présent dans 10 % des magasins en France.

- Il est possible de **cartographier les points de vente** pour identifier les zones géographiques à conquérir ou à dynamiser ainsi que les types de magasin (hypermarché, supermarché, etc.) pour développer le référencement.

### B. La distribution valeur

- **L'indicateur de distribution valeur (DV)** mesure la part de marché couvert par les points de vente ou magasins dans lesquels le produit est référencé. Il permet de **situer** la marque, le produit ou une catégorie de produits par rapport à la concurrence.

$$\text{DV} = \frac{\text{CA des ventes totales du produit X réalisé dans le point de vente}}{\text{CA des ventes totales du même produit dans tous les points de vente}}$$

*Ex.* : Le produit de jus de pommes du producteur a 5 de DV, cela signifie que l'ensemble des magasins dans lesquels il est référencé représente 5 % du chiffre d'affaires total sur les marchés des jus de pommes.

*À retenir !*

- L'analyse des données du tableau de bord et des indicateurs de performance permettent d'améliorer le référencement et le volume des ventes des produits.

# Le réseau de partenaires

Fiche 70



La création d'un réseau de partenaires permet à l'entreprise de **nouer des alliances** avec des entreprises dans le but d'assurer son développement.

## 1 Le partenariat

■ Tout en gardant leur autonomie juridique et financière, les partenaires collaborent pour tirer profit de leur complémentarité et créer ainsi des effets de synergie.

**Partenariat**
Association entre deux ou plusieurs entreprises qui décident de coopérer en vue de réaliser un objectif commun.

■ La relation entre les partenaires est formalisée par un contrat qui détermine précisément le rôle de chacun.

## 2 Les objectifs du partenariat

■ Les objectifs d'un partenariat sont multiples. À condition que l'entreprise choisisse judicieusement son partenaire d'affaires, le partenariat permet notamment de :

- limiter les investissements ;
- réduire les coûts ;
- partager les risques entre les partenaires ;
- réunir toutes les ressources et les compétences nécessaires pour réaliser le projet ;
- développer et commercialiser plus vite les nouveaux produits ;
- renforcer la position concurrentielle ;
- ouvrir de nouveaux marchés ;
- obtenir de nouvelles compétences ;
- utiliser de nouveaux canaux de distribution.

## 3 Les différents types de réseaux

| Types de réseaux | Définitions |
|---|---|
| **Le réseau intégré** | • Réseau monté en propre par une enseigne.<br>• La tête de réseau possède plusieurs points de vente appartenant directement à la maison mère.<br>*Ex.* : Carrefour, Auchan, Celio, Casino, Sephora… |
| **Le réseau coopératif** | Groupement de commerces de détail juridiquement indépendants dont le but est d'augmenter le pouvoir de négociation avec les fournisseurs.<br>*Ex.* : Réseau d'opticiens. |

Notes

Notes

| | |
|---|---|
| **La franchise** | • Mode de commercialisation de produits et de services qui repose sur un contrat de partenariat entre d'une part, une entreprise, « le franchiseur », et d'autre part, une ou plusieurs autres entreprises, les « franchisés ».<br>• Franchiseur et franchisés restent juridiquement et financièrement indépendants.<br>***Ex.* :** Les salles de sport L'Orange bleue. |
| **La concession** | • Contrat commercial par lequel un commerçant indépendant dit « concessionnaire » se procure auprès d'un autre commerçant, fabriquant ou grossiste, dit le « concédant », des marchandises qu'il s'engage à commercialiser sous la marque du concédant, lequel lui confère une exclusivité dans une ère géographique délimitée.<br>• Il s'agit en général d'une exclusivité de vente.<br>***Ex.* :** Concession Mercedes. |
| **L'agent commercial** | Mandataire qui, à titre de profession indépendante, sans être lié par un contrat de louage de service, est chargé de façon permanente, de négocier et éventuellement de conclure des contrats de vente, d'achat, de location ou de prestation de services au nom et pour le compte d'une entreprise.<br>***Ex.* :** Agent immobilier. |
| **L'apporteur d'affaire** | • Intermédiaire qui, en exécution d'une entente avec un commerçant, un industriel ou un groupe, prospecte un marché pour leur amener une nouvelle clientèle ou de nouveaux fournisseurs.<br>• En compensation, l'apporteur d'affaires reçoit une commission. |
| **La coentreprise** | • Deux (ou plusieurs entreprises) ayant pour objet la réalisation d'un projet commun.<br>• Grâce à leur complémentarité et à la mutualisation de leur savoir-faire, elles arrivent à réduire les coûts du projet.<br>***Ex.* :** Coentreprises dans les industries pétrolières. |

*À retenir !*

- **Le réseau de partenaires offre des avantages à l'entreprise et constitue un véritable qui levier de croissance à moindre coût à moindre risque.**

# Les différents types de partenariat

Fiche 71

Avant de mettre en place un partenariat et de trouver le bon partenaire, il est nécessaire de connaître les différents types de partenariat et d'opter pour celui qui répond le mieux aux objectifs de développement de l'entreprise.

## 1 Le partenariat industriel

**Partenariat industriel**
Concerne les accords liés à la production et aux aspects techniques de l'entreprise.

### A. La sous-traitance

- **La sous-traitance** est le fait qu'une entreprise confie partiellement sa production à une autre dans le cadre d'un travail de sous-œuvre. Les produits ainsi fabriqués par la seconde le sont pour le compte de la première et selon ses besoins et exigences.
- Cela permet non seulement une **production à moindre coût**, mais offre également une **sécurité des approvisionnements**.
- Les grands sous-traitants, à terme, deviennent des partenaires à part entière.

*Ex.* : Valeo, grand équipementier, sous-traitant et partenaire du constructeur automobile Renault.

### B. La franchise industrielle

- **Le franchisé** fabrique des produits pour le compte du **franchiseur** en suivant ses instructions, et les distribue sous la marque du franchiseur.

*Ex.* : Les produits Yoplait et Danone sont produits et distribués localement, grâce à des contrats de franchise industrielle.

### C. Les achats groupés

- **L'achat groupé** est une action qui consiste pour des distributeurs à se regrouper afin de **sélectionner des fournisseurs** et de **négocier les conditions d'achats**.
- Le regroupement permet d'avoir un **pouvoir de négociation accru** et d'obtenir des **conditions d'achats plus avantageuses** grâce aux volumes achetés. L'achat groupé peut notamment se faire par le recours à la création d'une centrale d'achat commune ou d'une coopérative.

*Ex.* : Auchan et Casino ont constitué ensemble un « partenariat stratégique mondial » pour leurs achats en produits alimentaires et non alimentaires.



Notes

Notes

### D. Le *co-branding* fonctionnel

■ Le *co-branding* est un partenariat entre deux marques qui associent leurs savoir-faire pour renforcer leur offre produit. Les deux partenaires rassemblent leurs ressources, leur créativité et leurs clientèles existantes pour créer un produit. Il implique que la marque « invitée » participe activement dans la conception et la fabrication du produit.

*Ex.* : Adidas s'est associé à la marque Goodyear pour la création de chaussures de sport avec des semelles conçues par la marque de pneumatiques.

## 2 Le partenariat commercial

■ Ce type de partenariat est le plus répandu, particulièrement entre les PME compte tenu des nombreuses possibilités de coopérer et ses multiples avantages.

### A. La distribution des produits

■ Le partenariat commercial peut prendre la forme d'un contrat de distribution, d'un contrat d'agence, d'un contrat de franchise commerciale, etc. Un partenaire met son réseau de distribution à la disposition de l'autre. L'objectif consiste à accéder, à moindres coûts, à de nouveaux marchés nationaux ou à l'exportation.

### B. Le *co-branding* symbolique

■ Il vise essentiellement à transférer l'image de la marque « invitée » sur la marque « d'accueil ». Ce type de partenariat est très utilisé dans le secteur automobile.

*Ex.* : Renault et Miss Sixty ont lancé une campagne de *co-branding* à l'occasion de la sortie de la Twingo afin de renforcer le positionnement envers une clientèle potentielle très ciblée (femmes jeunes).

### C. Les influenceurs

■ Les influenceurs sont les stars du Web et des réseaux sociaux qui utilisent un blog personnel et/ou tout autre support (forums, réseaux sociaux, Web TV et communautés) pour diffuser leurs opinions auprès des internautes. Ils sont capables d'influencer ces derniers en modifiant leurs modes de consommation.

*Ex.* : Le partenariat entre L'Oréal Paris et Caroline Receveur (influenceuse) pour une collection inédite de rouges à lèvres.

À retenir !

■ Trois principaux types de partenariats s'offrent aux entreprises : les partenariats de type commercial, industriel et technologique. En fonction des besoins de l'entreprise, le partenariat peut être constitué d'une combinaison de ces différents types.

# La sélection et la constitution d'un réseau de partenaires

Fiche 72



Notes

Le développement d'un réseau de partenaires s'inscrit dans la stratégie globale de l'entreprise et la sélection du partenaire potentiel obéit à des règles précises.

## 1 Les stratégies de développement du réseau

■ Une fois les objectifs du partenariat bien identifiés, différentes stratégies de développement du réseau de partenaires s'offrent à l'entreprise pour développer son réseau.

| Types de stratégies | Définitions |
|---|---|
| **Stratégie d'expansion contiguë** | Consiste à développer son réseau en implantant des points de vente dans des zones situées à proximité des points de vente déjà implantés afin d'obtenir un maillage étroit du territoire. |
| **Stratégie d'effet de grappe** | Implantation, dans une courte (ou relativement courte) période de temps, de plusieurs points de vente dans un même marché afin d'assurer un verrouillage du marché avant la concurrence. |
| **Stratégie d'écrémage** | Consiste à implanter les points de vente là où se situent les clients les plus rentables, quelle que soit leur localisation. *Ex.* : Implantation des boutiques Hermès dans des quartiers chics des grandes villes. |
| **Stratégie dite de « tête de pont »** | Consiste à développer son réseau dans de nouvelles zones pas encore exploitées et qui présentent un potentiel d'activité intéressant. |
| **Stratégie d'acquisition de réseau** | C'est une stratégie de croissance externe qui consiste à racheter des points de vente déjà existants afin de développer rapidement le réseau. *Ex.* : Rachat de Quick par Burger King. |

## 2 Les étapes de la sélection du partenaire

■ L'entreprise peut réaliser elle-même cette démarche où faire appel à un prestataire.

### Étape 1 Détermination du profil du partenaire

- La décision de chercher un partenaire doit s'inscrire dans la stratégie globale de l'entreprise.
- Fixer des objectifs généraux : accroître les parts de marché *via* l'exportation, élargir la gamme de produits, diminuer le coût de production, réduire les délais de livraison…

Notes

- Identifier l'objet et le profil du partenaire qui correspond le mieux à la stratégie, aux besoins et aux objectifs de l'entreprise.
- Faire une *check-list* pour la recherche d'un partenaire : faire une description assez détaillée pour ne pas se perdre dans la collecte d'informations, mais être également ouvert pour ne pas s'enfermer dans une sélection trop restrictive.

## étape 2 La recherche du partenaire

Le partenaire adéquat est celui qui correspond d'une manière pertinente à l'objet, au type et au profil dressé précédemment.

## étape 3 La sélection

- Elle intervient suite à la présélection réalisée en vue de retenir les partenaires potentiels.
- L'entretien : une grille d'évaluation peut être utilisée pour valider des critères plus précis que ceux utilisés lors de la recherche de partenaires potentiels.
- La sélection définitive : si les objectifs sont concordants, les bases financières et commerciales saines, l'entente bonne, le partenaire idéal est détecté.

## étape 4 La négociation du partenariat

Elle doit se dérouler dans le respect et la compréhension des intérêts réciproques des partenaires.

## étape 5 La signature du contrat

C'est l'aboutissement de tout ce long processus. Il comporte en autres les différentes obligations réciproques des partenaires. Le contrat permet de sécuriser le partenariat et d'en définir les obligations pour chaque partenaire. Il comporte :

- l'objet du contrat, sa durée ;
- ces modalités d'exécution ;
- les prix des prestations ;
- les modalités de paiement ainsi que les modalités de fin contrat ;
- la procédure en cas de litige.

À retenir !

- La sélection du partenaire est un processus long et coûteux. Une sélection réussie conditionne le développement du réseau de l'entreprise et assure sa pérennité.

# La mobilisation d'un réseau de partenaires

Fiche 73



L'animation et la stimulation du réseau sont indispensables pour mobiliser les partenaires. Le partage des mêmes valeurs est le facteur essentiel de leur motivation ; c'est la clé du succès d'un partenariat.

## 1 L'animation et la stimulation du réseau

■ Animer et stimuler son réseau nécessite la mise en place de certains moyens.

| Les moyens | Définitions | Exemples |
|---|---|---|
| **La communication** | Assurer une présence et une communication régulière avec tous les membres du réseau. | Réunions d'activités, de travail, d'information, d'expression, Web conférences, petits déjeuners, tables rondes, journées portes ouvertes, etc. |
| **La formation** | Mettre en place des supports de formation et des outils d'aide à la vente permettant à chaque membre du réseau de monter en compétences sur l'offre. | • Formations aux produits, aux techniques de ventes de produits ou de services, au marketing, à la gestion budgétaire.<br>• Certifications.<br>• Séminaires (Club Academy Afflelou), etc. |
| **L'accompagnement** | • Mise en place de programmes de stimulation et de fidélisation des partenaires.<br>• Coordination d'actions communes avec les revendeurs pour animer les clients finaux et contribuer au business du réseau.<br>• Mise à disposition d'outils d'aide à la vente personnalisée et de services exclusifs, etc. | Karcher anime directement ses clients finaux *via* les réseaux sociaux mais sans oublier le réseau puisque la marque valorise un système de *drive-to-store* permettant à chaque client de trouver le produit au sein du réseau le plus proche. |
| **Les rencontres de réseau** | Organisation de rencontres et d'échanges entre les membres du réseau. | • Conventions annuelles.<br>• Séminaires.<br>• Challenges commerciaux *incentive*.<br>• Concours entre membres. |

Notes

Notes

## 2 Le partage des valeurs

■ Un des facteurs clés de succès du partenariat, c'est le partage des mêmes valeurs par tous les partenaires. Bien formulées, les valeurs sont un outil efficace de mobilisation. Elles permettent d'orienter les efforts de tous vers un même but.

### A. L'énoncé de valeurs

■ Un énoncé de valeurs reflète l'idéologie de base du réseau, ses valeurs profondes qui sont stables au fil du temps. Elles sont ce que le réseau vit, respire et se reflètent dans toutes ses activités. C'est ce qui lie l'entreprise à la satisfaction de sa clientèle.

■ Les valeurs doivent être définies clairement car leur formulation fournit à tout le monde un guidage sur la façon dont les partenaires doivent se comporter afin de travailler ensemble en harmonie au sein du réseau.

*Ex.* : La franchise Diagamter (spécialiste du diagnostic immobilier) a bâti sa notoriété non seulement sur la pertinence de son concept, mais également sur les valeurs qui lient les membres du réseau :

| | |
|---|---|
| **La responsabilité** | • De son travail et de ses conséquences sur la santé et la sécurité.<br>• Des actions au sein de son entreprise, au sein du réseau. |
| **L'exemplarité** | Dans son travail, dans ses actions. |
| **Le respect** | De soi, des autres, de ses engagements, sa mission, de la réglementation et de ses clients. |
| **La loyauté** | À l'égard de ses clients, envers ses collègues et ses collaborateurs, envers tous les autres franchisés... |
| **La solidarité** | De ses collègues, de son enseigne, apporter son soutien aux autres. |
| **L'appartenance** | À une marque et en être fier. Afficher son appartenance, reconnaître et identifier ceux qui s'en revendiquent, développer la cohésion du groupe. |

Source : www.diagamanter.fr

### B. La diffusion des valeurs

■ Ces valeurs font l'objet de documents internes (corporate) et de directives claires qui sont diffusés à l'intérieur et à l'extérieur de l'entreprise. La direction s'assure que ses valeurs sont bien appliquées par les membres du réseau et tous les employés.

À retenir !

■ La mobilisation du réseau nécessite, outre le partage des mêmes valeurs, la mise en place de moyens d'animation efficaces pour maintenir un relationnel régulier avec les partenaires.

# L'évaluation des performances du réseau

Fiche 74

L'évaluation des performances du réseau consiste à vérifier si les objectifs définis et les résultats attendus sont atteints ou en voie de l'être.

## 1 Les objectifs de l'évaluation

■ L'évaluation est une étape essentielle pour identifier les points forts et les points faibles d'un réseau, afin de corriger les éventuelles imperfections. La qualité de l'évaluation et du suivi d'un réseau est un argument positif dans la négociation de futurs partenariats.

■ Une évaluation efficace et constructive repose sur :

– des objectifs clairs et réalistes, pour chacun des partenaires et pour l'ensemble du réseau ;

– une mesure fiable des objectifs à atteindre ;

– un dialogue constructif pour suivre les progrès et discuter de nouvelles orientations ou des améliorations à apporter.

■ L'évaluation des performances du réseau se fait par des mesures quantitatives et/ou qualitatives.

## 2 Les indicateurs quantitatifs

■ Les indicateurs quantitatifs sont ceux qui peuvent être mesurés objectivement.

| | |
|---|---|
| **Volume de vente** | Mesure les écarts entre les prévisions et les réalisations. |
| **Chiffre d'affaires** | À calculer périodiquement (CA mensuel, trimestriel et annuel) pour mesurer sa progression. |
| **Part de marché** | Mesure la part des ventes du réseau sur son secteur d'activité et détermine sa position concurrentielle. |
| **Taux d'évasion commerciale** | Représente le nombre de personnes résidant dans une zone de chalandise, mais qui effectuent leurs achats en dehors de cette zone. |
| **Taux d'emprise commerciale** | Part des dépenses effectuées à l'intérieur de la zone de chalandise qui se font au magasin. |
| **Taux d'attraction** | Pourcentage d'individus de la zone de chalandise qui font leurs achats au magasin. |



Notes

Notes

## 3 Les indicateurs qualitatifs

■ L'analyse qualitative implique de recueillir et d'analyser des informations à propos de ce que les personnes font, disent ou pensent d'un événement, d'un produit, ou d'une entreprise. Elles incluent les indicateurs de performances des relations humaines.

■ Les indicateurs qualitatifs aident les partenaires à comprendre les éventuels dysfonctionnements du réseau et la manière d'y remédier. Ces indicateurs se traduisent dans un tableau de bord sous forme de ratios.

| | |
|---|---|
| **Satisfaction clients** | • Taux de fidélisation<br>• Taux d'attrition<br>• Panier moyen |
| **Réactions des employés** | • Taux de *turnover*<br>• Enquête de satisfaction |
| **Qualité du service** | • Enquête de satisfaction<br>• Le client mystère |

## 4 Le contrôle de l'homogénéité du réseau

■ Les nouveaux membres du réseau sont formés dès le départ sur les valeurs de la marque et son positionnement. Ils reçoivent un mode opératoire exhaustif qui recense les méthodes mises en place par la tête du réseau qu'ils doivent appliquer pour atteindre les objectifs fixés.

■ Le suivi de ce « manuel opératoire » est une condition essentielle pour assurer l'homogénéité du réseau. Les visites périodiques de l'animateur du réseau visent, entre autres, à contrôler cette homogénéité.

À retenir !

■ Les performances du réseau sont évaluées régulièrement à l'aide d'indicateurs quantitatifs et qualitatifs qui respectent l'homogénéité du réseau.

# La négociation vente en *B to C*

Fiche 75



La vente en *Business to Consumer* (*B to C*) est la vente à destination du grand public et du consommateur final.

## 1 Les techniques d'approche du client particulier

■ Le client particulier peut être approché sur différents lieux et de différentes manières.

| Approche | Explications |
|---|---|
| **Sur un point de vente** | • Le client vient au magasin (petite, moyenne ou grande surface) ou dans une agence (bancaire…).<br>• Démarche active selon deux situations :<br>– dans le cas de la **vente en libre-service** dans un magasin, le vendeur n'a pas de contact avec le client ;<br>– dans le cas d'une **vente assistée**, le vendeur répond aux demandes de renseignements du client, le conseille. |
| **À son domicile** | Lors d'une **vente à domicile** (porte à porte, vente après prise de rendez-vous) ou d'une **vente en réunion**. |
| **Par correspondance (VPC)** | Prise de contact du client par courrier, mailing, téléphone, catalogue… |
| **Par Internet** | Par e-mailing, SMS, site Internet… |
| **Sur des foires et salons** | • Regroupement d'exposants appartenant à des domaines d'activité très variés (foire-exposition de Bordeaux) ou appartenant à un même domaine d'activité (le salon du livre).<br>• Par présentation de produits pour en faire connaître les caractéristiques. |

Notes

## 2 Les motivations d'achat du particulier

■ La décision d'achat par le particulier dépend de différents facteurs comme la taille du ménage, le pouvoir d'achat, le pouvoir décisionnaire avec le nombre d'intervenants dans la prise de décision, la connaissance des produits.

■ Selon Henri Joannis, il existe trois types de motivations qui poussent le consommateur à acheter (→ Fiches 18 et 19) :

1. les motivations hédonistes (se faire plaisir),
2. les motivations oblatives (faire plaisir aux autres),
3. les motivations d'auto-expression (rechercher le paraître).

Notes

■ Des freins peuvent bloquer la décision d'achat comme les peurs, l'aversion au risque, le manque d'informations…

■ Le commercial peut utiliser la méthode SONCASE pour mieux cerner les motivations du client particulier. Cet outil permet de découvrir le client et de comprendre ses motivations (→ Fiche 21).

## 3 Les spécificités de la vente au particulier

■ Les achats de particuliers peuvent être fréquents (achats routiniers) comme l'alimentation, ou occasionnels par exemple un véhicule. Le particulier peut acheter une solution complète : par exemple un produit avec sa livraison, sa mise en service, la formation, le service après-vente et le financement.

■ Les achats peuvent être aussi impulsifs, c'est-à-dire que le particulier éprouve un besoin pressant et non planifié d'acheter.

■ La durée des négociations est variable selon si le produit est vendu en « *one shot* », c'est-à-dire lors de la première rencontre, ou à la suite de plusieurs rendez-vous (on parle de cycle long pour la vente d'une maison).

■ Selon le type d'achat, le processus est donc plus ou moins long (achat impulsif ou réfléchi).

■ Plusieurs personnes peuvent se partager la décision d'achat.

| | |
|---|---|
| **Le prescripteur** | Conseille ou ordonne l'achat.<br>***Ex.* :** un médecin conseille à une famille d'acheter une voiture automatique car le mari a des problèmes de coordination. |
| **Le décideur** | Prend la décision de l'achat.<br>***Ex.* :** les parents pour l'achat d'une voiture à leur fils. |
| **Le payeur** | Paie le prix d'achat.<br>***Ex.* :** le grand-père pour l'achat d'une voiture pour son petit-fils. |
| **L'utilisateur** | Se sert et utilise l'achat.<br>***Ex.* :** un jeune adulte qui vient d'avoir son permis et à qui les parents ont acheté un véhicule. |
| **Le conseiller** | Accompagne dans l'achat.<br>***Ex.* :** un mécanicien qui conseille un type de véhicule. |

*À retenir !*

■ Le commercial devra mettre en place un plan de vente spécifique pour conquérir cette cible en *B to C*, en cernant les motivations et en levant les freins à l'achat.

# La vente directe

Fiche 76



La vente directe est un mode de distribution où une entreprise distribue en direct ses produits ou services sans intermédiaire.

## 1 Les méthodes de la vente directe

■ Ce type de vente implique un contact direct entre un vendeur et un client dans un lieu non dédié à la commercialisation (donc hors magasin, salons...) par une démarche personnalisée avec la possibilité de faire une démonstration au client.

| Vente individuelle (en porte à porte) | Vente en réunion |
|---|---|
| • Méthode de vente qui implique que le vendeur se rende au domicile de l'acheteur démarché par téléphone ou du porte-à-porte ou même sans rendez-vous préalable.<br>• Cette méthode est plus adaptée pour les produits chers ou qui nécessite de voir le domicile du client.<br>*Ex.* : Vente d'alarmes, de fenêtres, de robots de cuisine. | • Méthode de vente où le vendeur (appelé aussi conseiller, coach, ambassadeur) démarche des hôte(sse)s qui vont inviter leur réseau de connaissances à leur domicile pour participer à la réunion.<br>• Vente qui s'appuie sur des démonstrations et ateliers.<br>*Ex.* : Vente de produits à base de miel par l'entreprise Secrets de Miel, produits de beauté, atelier de fabrication de produits ménagers Mamie and co. |

## 2 Les avantages et les limites de la vente directe

■ La vente directe possède beaucoup d'avantages et peu de limites à la fois pour l'entreprise et le vendeur à domicile indépendant (VDI).

| | Avantages | Limites |
|---|---|---|
| **Pour l'entreprise** | • Pas d'intermédiaire<br>• Relation personnalisée et conviviale<br>• Faibles coûts de distribution<br>• Faibles coûts de communication<br>• Peu de frais de personnel | • Nécessité de recruter des hôtesses (pour les ventes en réunion)<br>• Vente limitée à certains types de produits seulement |
| **Pour le vendeur à domicile indépendant** | • Pas de capital à investir. Un minimum de 500 € suffit.<br>• Pas de contrainte d'horaire<br>• Bénéfice d'une formation théorique gratuite<br>• Pas de limitation territoriale ou géographique | • S'exerce comme activité complémentaire<br>• Ne pas dépasser un plafond de revenus (20 568 € par an, soit 50 % du plafond annuel de la Sécurité sociale, pendant trois années consécutives), sinon il faut changer de statut. |

Notes

Notes

## 2 Le cadre légal de la vente directe

### A. Le Code de la consommation (articles L.121-16 et suivants)

■ La vente directe doit respecter le cadre légal imposé par le Code de la consommation.

| | |
|---|---|
| **L'information** | Sur les produits, les conditions de vente, les droits du consommateur, le service après-vente. |
| **Le respect du client** | Interdiction des pratiques commerciales agressives et respect de la vie privée. |
| **Le contrat de vente** | Remise d'un bon de commande, avec toutes les informations, daté et signé par le client. |
| **Le délai de paiement** | Un délai de paiement de 7 jours doit être respecté (sauf pour les ventes en réunion). |
| **Un délai de rétractation de 14 jours** | À partir de la livraison ou de la signature du contrat (exception pour les biens périssables). |
| **La livraison** | La livraison doit être conforme à la commande. |

### B. Les règles de la profession

■ Le code de bonne conduite de la FVD a pour but les différentes pratiques pour éviter les abus et de défendre les intérêts des professionnels.

**Remarque**
La Fédération de la vente directe (FVD) a mis en place un code de bonne conduite et un code éthique qui engagent ses adhérents.

| | |
|---|---|
| **Code de conduite** | **Objectif :** développer une concurrence loyale et un respect des méthodes de recrutement et de formation conforme à l'éthique. Les sociétés adhérentes s'engagent à être attentive aux méthodes de recrutement et aux différents programmes de formation des vendeurs pour développer leurs compétences et leurs performances. |
| **Code éthique** | • Renforcement du cadre légal de la protection du consommateur avec mise en place de la Commission paritaire de médiation de la vente directe (CPMVD), instance de médiation gratuite en cas de conflit.<br>• Lors d'un dépôt de plainte, traitement des dossiers dans un délai de 2 mois. |

À retenir !

■ La vente directe, essentiellement utilisée en *B to C*, met directement en contact le vendeur et le client sans intermédiaire et sans lieu de commercialisation (hors d'un magasin). Cette voie de distribution est la troisième à côté de la vente en magasin et de la vente à distance.

# La prospection pour l'organisation de rencontres

Fiche 77



La vente en réunion se caractérise par le déplacement du vendeur au domicile de l'hôte(sse). Ce type de vente passe obligatoirement par une phase de prospection pour enrichir son fichier clients et développer le chiffre d'affaires.

## 1 Le ciblage des prospects

### A. Les différentes cibles client

■ Les consommateurs potentiels : ce sont toutes les personnes susceptibles d'être intéressées par le produit mais qui ne l'ont pas encore acheté pouvant être identifiées en fonction de critères de segmentation comme les CSP (catégories socioprofessionnelles), le cadre de vie, le mode de vie, le lieu d'habitation.

*Ex.* : Les personnes adeptes des produits biologiques seront des consommateurs potentiels pour la société Body nature spécialisée dans la fabrication et vente de produits cosmétiques et d'entretien bio.

■ Les prospects : ce sont toutes les personnes qui participent à une réunion à domicile ou qui ont accepté un rendez-vous.

### B. Les hôte(sse)s

■ Ce sont des personnes qui acceptent d'accueillir une vente directe en réunion à leur domicile et qui invitent leur réseau personnel, amical et/ou professionnel.

■ Ces réunions permettent d'enrichir le fichier contacts afin de toucher des consommateurs potentiels.

*Ex.* : Mme Martin devient hôtesse pour organiser une réunion à son domicile avec la société Tupperware et invite ses amies et voisins.

### C. Les prescripteurs

■ Ils sont susceptibles de recommander le produit ou service.

*Ex.* : Un architecte recommande une entreprise qui fabrique des cuisines à un client.

### D. Les acheteurs

■ Ils effectuent l'acte d'achat.

### E. Les distributeurs

■ On les retrouve notamment dans le cadre de la vente en réseau pour développer la force de vente.

Notes

Notes

## 2 Les sources de contacts

| Le réseau relationnel | Les fichiers des entreprises | Autres sources |
|---|---|---|
| Cercle familial, amical et professionnel. Les réseaux sociaux comme Facebook sont aussi une source de contacts. | Déjà constitués ou des fichiers achetés auprès d'entreprises spécialisées. | Provenant de coordonnées collectées lors de jeux concours, de participation à des salons, foires, portes ouvertes… |

## 3 La constitution de base de données

### A. Un fichier de contacts

- Il s'agit de créer et mettre à jour un fichier qui regroupe l'ensemble des éléments sur les différentes cibles.
- Les entreprises de vente directe utilisent un logiciel CRM (*Customer Relationship Management*) appelé aussi GRC (gestion de la relation client) qui leur permet de suivre le contact de la prospection à la fidélisation.
- Le fichier doit être bien qualifié, c'est-à-dire qu'il est composé de nombreuses informations fiables sur le prospect (nom, prénom, adresse, code postal, ville, téléphone, adresse électronique, âge, situation familiale, profession, habitudes de consommation…).
- Ces éléments constituent des rubriques et permettent une bonne segmentation.

### B. La protection des données personnelles

- Les données personnelles collectées dans le cadre de la vente à domicile sont protégées par la loi Informatique et libertés du 6 janvier 1978.
- Le règlement européen du 27 avril 2016, appelé aussi RGPD (Règlement général de protection des données) renforce le principe de la loi notamment sur le respect des droits des personnes (droit à l'oubli, droit à la portabilité des données, consentement clair et positif).
- La CNIL (Commission nationale de l'informatique et des libertés) assure le contrôle des données à caractère personnel.
- Lors de la collecte des données personnelles, le commercial doit informer le client et obtenir le consentement des nouveaux contacts.

À retenir !

- Dans le cadre de la vente directe, le commercial doit prospecter pour obtenir des contacts afin de renforcer son fichier clients et animer le réseau ainsi créé.

# La vente en réunion

Fiche 78



La vente en réunion est une forme de vente où un vendeur indépendant se rend au domicile d'un consommateur. Ce dernier a lui-même invité d'autres consommateurs dans son cercle personnel ou professionnel pour assister à la démonstration d'un produit ou à la communication d'informations sur ce produit.

## 1 Les méthodes de contact des prospects et la préparation de la vente en réunion

### A. Les canaux de contact

■ Une fois le fichier prospects complété, il faut prendre contact avec des hôtes potentiels qui accepteront d'organiser une réunion à leur domicile.

■ Le canal le plus adapté est le téléphone avec l'utilisation de la méthode CROC (→ Fiche 15). On peut aussi envoyer un courriel, un courrier ou créer des posts sur les réseaux sociaux comme Facebook (*social selling*).

■ Le VDI peut également se déplacer au domicile du prospect pour obtenir un rendez-vous.

### B. Les relations avec l'hôte(sse)

■ Il faut convaincre l'hôte(sse) d'organiser une réunion en se présentant, en éveillant sa curiosité, en lui proposant un rendez-vous et en fixant une date.

■ La préparation d'une réunion se fait ensuite en plusieurs étapes :

étape 1 Accompagner l'hôte(sse) pour l'invitation des relations, en l'assistant pour dresser une liste de ses connaissances. Toujours prévoir plus large pour tenir compte de ceux qui ne participeront pas.

étape 2 Lui fournir des invitations personnalisées aux couleurs de la marque pour distribuer à ses invités et lui demander d'effectuer une relance auprès de ses invités avant le jour J.

étape 3 Lui présenter le déroulé de la réunion qui pourra se faire aussi en atelier (par exemple un atelier culinaire ou un café décoration) et les cadeaux qu'elle pourra gagner selon le chiffre d'affaires réalisé ou pour le recrutement de nouveaux hôtes.

Notes

Notes

## 2 La mise en place de la réunion

- Le vendeur doit préparer sa réunion en amont.

| Préparer la réunion et le suivi | Préparer l'ensemble du matériel |
|---|---|
| • Vérifier les **stocks** produits disponibles<br>• Préparer et vérifier les outils d'aide à la vente (OAV) (argumentaire, table des objections)<br>• Liste des invités<br>• Fiches produits détaillées | • Matériel de décoration<br>• Produits de démonstration et catalogues<br>• Bons de commande<br>• Pack cadeau pour l'hôte(sse) et goodies<br>• Moyens de règlements : monnaie, lecteur de carte bancaire… |

## 3 Le déroulement de la vente en réunion

| | |
|---|---|
| **Prise de contact et installation** | • Le vendeur arrive en avance.<br>• Créer une ambiance en **théâtralisant** l'offre : installer une table de présentation avec les produits, nappe et objets de décoration, cadeaux, catalogues… |
| **Accueil des invités** | • Se présenter.<br>• Remercier l'hôte(sse).<br>• Accueillir chaleureusement les participants. |
| **Présentation de l'entreprise** | En quelques mots, présenter l'entreprise, son histoire et expliquer le déroulé de la réunion. |
| **Animation** | • Présenter la gamme de produits.<br>• Réaliser les ateliers, essayages, jeux, tests, manipulations avec mise en avant des caractéristiques des produits (méthode CAP, SONCASE). Traiter les objections, être à l'écoute, reformuler et faire preuve d'empathie (→ **Fiche 21**). |
| **Recrutement et prise de rendez-vous** | • Dater des prochaines réunions avec les invités pour les transformer en futurs hôtes. |
| **Conclusion** | • Distribuer les bons de commande, proposer des produits additionnels.<br>• Possibilité de prendre le paiement immédiatement depuis la loi Hamon du 17 mars 2014.<br>• Expliquer l'organisation de la livraison. |
| **Prendre congé** | • Remercier l'hôte(sse) et les participants.<br>• Ranger le matériel et prendre congé. |

À retenir !

- Une vente en réunion se prépare à l'avance avec des objectifs clairs et raisonnables. Sa durée est différente selon le produit ; l'évènement doit être rythmé et rendu captivant avec l'implication de l'hôte(sse) et de ses invités.

# Le recrutement et la formation des vendeurs à domicile

Fiche 79



L'entreprise de vente directe doit veiller à la qualité de son recrutement et à la formation de ses vendeurs afin de développer leurs performances.

## 1 Les différents statuts

| Vendeur à domicile indépendant mandataire (VDI mandataire) | Vendeur à domicile indépendant acheteur-revendeur (VDI acheteur-revendeur) |
|---|---|
| • Le vendeur (mandataire) conclut des ventes au nom et pour le compte de l'entreprise (le mandant).<br>• La question du mandat est régie par l'article 1984 et s. du Code civil.<br>• L'entreprise reste propriétaire de la marchandise, donc il n'y a aucun risque pour le vendeur qui n'a pas à en faire l'acquisition.<br>• Le VDI perçoit une commission en fonction du CA réalisé.<br>• Il est soumis au régime général de la Sécurité sociale avec des charges sociales allégées.<br>• Il ne bénéficie pas de l'assurance chômage.<br>*Ex.* : La société Guy Demarle vend de l'épicerie fine et des ustensiles de cuisine. | • Il achète puis revend les marchandises fournies par l'entreprise.<br>• Il bénéficie de remises quantitatives sur les produits, la revente et la livraison à ses clients avec une marge bénéficiaire.<br>• Il est soumis au régime général de la Sécurité sociale avec des charges sociales allégées.<br>• Il ne bénéficie pas de l'assurance chômage.<br>*Ex.* : La société Allande vend de la lingerie féminine et du prêt-à-porter. |

Notes

■ Le VDI est indépendant (article L. 135-1 Code du travail) et ne doit pas créer sa propre entreprise.

■ Il n'a aucun lien de subordination avec l'entreprise et peut donc travailler pour plusieurs entreprises de vente directe.

■ Au-delà d'un seuil de revenus (dépassement de 50 % du seuil du plafond de la Sécurité sociale trois années consécutives : 41 136 € en 2020), son statut est modifié : il devient agent commercial ou commerçant.

Notes

## 2 Le recrutement externe des vendeurs à domicile

■ Le recrutement est une phase importante pour constituer une équipe de VDI.

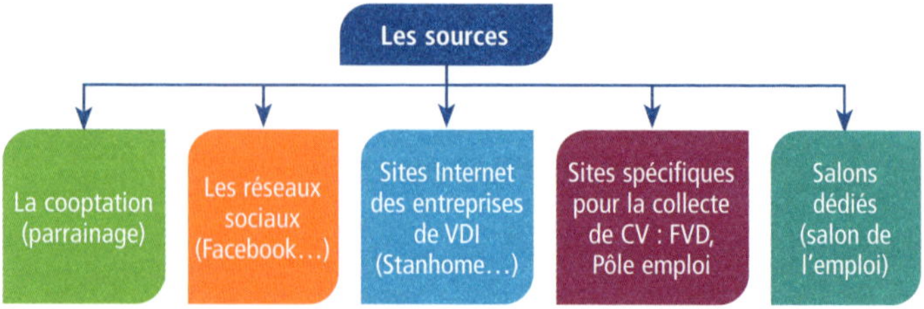


■ L'entretien de recrutement se déroule comme un entretien de vente avec les mêmes étapes.

## 3 La formation des vendeurs à domicile

| Formation interne | Formation externe |
|---|---|
| • Formation sur l'entreprise, produits, législation, éthique de la profession (code éthique de la vente directe).<br>• Formation sur la prospection, la communication commerciale, les techniques de vente, l'organisation, le suivi de la clientèle, la méthodologie et le management d'équipes pour les managers.<br>• Différentes modalités sont possibles : séminaire, formation de groupes, ateliers, e-learning (formation à distance)…<br><br>***Ex.*** **:** La société Elora (vente de prêt à porter) propose une formation en e-learning et une formation au siège de l'entreprise à chaque sortie de collection. | • Formation auprès d'organismes extérieurs avec la FVD ou des organismes de formation professionnelle.<br>• Proposition de modules de formation comme la prospection, les techniques de vente, le suivi clientèle.<br>• Le vendeur peut demander lui-même à suivre des formations dans le cadre de son droit à la formation.<br>• Possibilité d'obtenir des certifications professionnelles *via* la validation des acquis de l'expérience (VAE).<br>• Une licence professionnelle « marketing et management de la vente directe » a été créée. |

*À retenir !*

■ **Le VDI peut bénéficier de différents contrats de travail selon ses activités et a droit à une formation pour améliorer ses performances commerciales.**

# Le management de l'équipe de vendeurs à domicile indépendants





Pour atteindre ses objectifs, le vendeur à domicile indépendant (VDI) doit avoir des missions et des tâches bien définies et être régulièrement suivi par son manager.

## 1 Les différents objectifs

■ Les objectifs guident les efforts du vendeur, lui permettent de s'**évaluer** et le **motivent** pour accomplir ses différentes missions. Les **objectifs quantitatifs et qualitatifs** (→ Fiche 11) dans le cadre de la vente à domicile sont fixés en concertation avec le manager.

*Ex.* : Obtenir un revenu de 550 € en organisant 4 à 5 réunions mensuelles.

**Fixation des objectifs avec la méthode SMART**

| | |
|---|---|
| Spécifique | Objectif concret et adapté au vendeur. |
| Mesurable | Possibilité de mesurer les résultats quantifiés et de les comparer avec les objectifs prévisionnels. |
| Atteignable | Réalisation possible par le vendeur. |
| Réalisable | Prise en compte de la conjoncture économique et de l'environnement. |
| Temps | Définition dans le temps de l'objectif avec un échéancier de réalisation. |

Notes

## 2 Les missions et les tâches des vendeurs à domicile

■ Le vendeur doit, pour accomplir ses tâches et missions, être accompagné par son manager à l'aide d'un **plan d'action**, feuille de route de l'entreprise pour avoir une visibilité sur les missions à réaliser.

■ Différentes missions doivent être effectuées par le vendeur pour atteindre les objectifs fixés.

Notes

| | |
|---|---|
| **Prospecter** | Recherche de nouveaux prospects *via* le téléphone, les réseaux sociaux, le site internet, le fichier clients, des newsletters, les salons… |
| **Communiquer** | Publication des nouveaux produits, des opérations commerciales *via* le mailing, les réseaux sociaux, le courrier… |
| **Négocier** | Présenter ses produits lors de réunions à domicile ou sur des salons dédiés, convaincre et vendre. |
| **Fidéliser** | Suivre les clients en leur faisant d'autres propositions pour maintenir le lien et poursuivre les ventes. |

## 3 Un suivi régulier des vendeurs à domicile

- Le vendeur à domicile a beaucoup d'autonomie dans la réalisation de ses missions mais un suivi régulier et performant doit être mis en place par l'entreprise de vente directe.
- L'objectif est d'accompagner le vendeur dans ses missions, le coacher, répondre à ses questions, le soutenir et l'encourager en faisant le point sur ses résultats.
- Le manager doit lui donner des conseils pour prospecter et développer son réseau, le former aux techniques de vente et aux produits et services.
- Un suivi régulier doit être mis en place pour fidéliser et motiver les vendeurs.

**Différents types de suivi**

- Des entretiens individuels avec le manager ou responsable d'équipe périodiquement en présentiel
- Des contacts hebdomadaires par téléphone, courriel…
- Des réunions mensuelles avec l'ensemble de l'équipe
- Des réunions, séminaires ou conventions annuelles de l'entreprise
  ***Ex.*** : lors du lancement de la nouvelle collection pour une entreprise de prêt-à-porter

- Le management du réseau de ventre à domicile doit éviter un *turn over* trop important et un renouvellement excessif des vendeurs, car cela accroît fortement le travail de formation et de montée en compétence des nouveaux vendeurs.
- L'accompagnement est donc primordial avec la mise en place d'un suivi régulier afin d'aider les vendeurs dans leurs missions, pour maintenir et augmenter leur motivation.

### À retenir !

- Les objectifs du vendeur à domicile sont fixés conjointement par le vendeur et le manager. Celui-ci l'accompagne dans la réalisation de ses missions et l'atteinte des objectifs fixés.

# L'animation des réseaux de vendeurs à domicile

Fiche 81



Le réseau est animé par des vendeurs qui ont besoin d'être stimulés, motivés et fidélisés par une rémunération attractive.

## 1 La motivation des vendeurs à domicile indépendants (VDI)

- L'animation des VDI n'intègre pas seulement les résultats commerciaux mais aussi l'épanouissement personnel du vendeur. Celui-ci aura une meilleure motivation si l'on prend en compte les efforts fournis et le temps investi pour réaliser les objectifs fixés.
- Le management doit être empathique et convivial.

| Des actions de stimulation | Des actions de motivation |
|---|---|
| Il s'agit d'actions qui incitent les vendeurs à se dépasser et donc à augmenter les ventes :<br>• **Challenges, jeux et concours** (cadeaux, voyages, produits…). Les objectifs de vente sont fixés à l'avance et les cadeaux à gagner sont connus.<br>*Ex.* : Une société de prêt-à-porter offre un voyage à Bali pour 2 personnes au meilleur vendeur de la saison.<br>• Organisation de **conventions**, **séminaires** ponctuellement pour le lancement d'une nouvelle collection ou régulièrement tous les ans pour faire le point sur les nouveautés.<br>*Ex.* : Une société de prêt-à-porter invite ses VDI à un week-end de 3 jours à chaque nouvelle collection.<br>• Opérations de ***team building*** : évènements pour resserrer les liens des équipes et créer une ambiance conviviale.<br>*Ex.* : Création d'une fresque murale, soirée d'initiation aux percussions africaines… | Il s'agit d'outils mis en place pour inciter les vendeurs à atteindre leurs objectifs et à maintenir un bon niveau d'activités à long terme :<br>• **Actions de formations** pour améliorer la performance (formation sur les techniques de vente, sur les produits.).<br>• **Rémunération stimulante** et **récompenses financières** (gain d'argent).<br>• **Avantages en nature** comme une voiture de fonction, un téléphone, l'obtention de produits gratuits…<br>• **Récompenses honorifiques** avec tableaux d'honneurs, remise de trophées qui permettent de reconnaître les compétences et le professionnalisme.<br>*Ex.* : Trophée du meilleur vendeur/euse de la saison automne/hiver pour une entreprise de lingerie. |

- L'entreprise calcule le retour sur investissement (ROI) qui lui permet de contrôler les résultats des différentes actions mises en œuvre pour développer les ventes.

Notes

Notes

## 2 La rémunération des vendeurs à domicile indépendants

■ La rémunération du vendeur varie en fonction de son statut.

| Rémunération du VDI mandataire | Rémunération du VDI acheteur/revendeur |
|---|---|
| Il n'existe aucun lien de subordination entre le vendeur et l'entreprise de vente directe, donc le VDI est libre d'organiser son temps de travail comme il l'entend.<br>• Rémunération sous forme de **commissions**.<br>• Calcul le plus souvent sur le chiffre d'affaires hors taxe auquel s'applique un pourcentage qui est évolutif en fonction du volume de chiffre d'affaires réalisé.<br>***Exemple de calcul :***<br>• Taux de 20 % pour un CA HT compris entre 0 et 1 000 €.<br>• Taux de 25 % pour un CA au-delà de 1 000 €.<br>Si le VDI a réalisé un CA mensuel de 1 200 € HT, le montant de sa commission s'élèvera à 1 000 × 20 % = 200 € auxquels on ajoute 200 × 25 % = 50 € soit un total de 250 €. | Le VDI dispose d'un agrément de distribution des produits de l'entreprise de vente directe.<br>• Achat des produits à l'entreprise de vente directe et les reventes en son nom propre.<br>• Liberté de choisir le prix de revente avec un prix maximum conseillé.<br>• Bénéficie de remises pour l'achat de ses produits.<br>• Rémunération constituée par la marge bénéficiaire :<br>– prix de vente des marchandises ;<br>– prix d'achat des marchandises.<br>***Exemple de calcul :***<br>• Valeur du produit : 100 €, avec un taux de remise de 30 %.<br>• Prix de vente : 100 € – prix d'achat 70 € = marge commerciale brute de 30 €. |

■ Des commissions d'animations peuvent être versées pour des opérations de parrainages d'autres vendeurs, des formations ou d'animations des équipes de vente.

■ En cas de recrutement d'un ou plusieurs vendeurs par exemple, il est possible de percevoir des primes et des commissions supplémentaires sur le chiffre d'affaires des nouveaux vendeurs recrutés. Ces commissions ou primes doivent être attractives pour le vendeur qui est l'ambassadeur du réseau de vente directe.

■ Le vendeur peut prendre connaissance de sa rémunération nette grâce à des logiciels spécifiques du réseau mis à sa disposition.

■ Lors de son arrivée dans le réseau, un coût d'entrée peut être demandé au vendeur. Il correspond à l'investissement nécessaire à son équipement (packs de démonstration, collection de vêtements...).

*À retenir !*

■ Les VDI peuvent être motivés par des leviers financiers (commissions) et non financiers (challenge, récompenses honorifiques...) pour améliorer leurs performances et développer les ventes.

# Le développement d'un réseau de conseillers de vente à domicile

Fiche 82



L'entreprise de vente directe suit les résultats des conseillers de vente à domicile afin de développer son réseau et donc son chiffre d'affaires. L'enjeu est de prendre soin de ce réseau par la formation et la motivation afin que ses acteurs montent en compétence et gagnent en professionnalité.

## 1 Les actions du VDI pour développer le réseau

■ Après la réunion de vente à domicile, le vendeur à domicile indépendant (VDI) commande les produits auprès de l'entreprise de vente directe et livre l'hôte(sse) pour que ce dernier(ière) livre les participants.

■ Le VDI met à jour son fichier clients/prospects en le qualifiant de façon très précise afin de s'en servir pour d'autres actions futures et améliorer son suivi des clients.

| | |
|---|---|
| Appel ou courriel de remerciement | • **Objectif :** conserver le contact avec le client et le remercier pour ses achats et la confiance. En général dans les 48/72 heures. |
| Appel ou courriel de satisfaction | • **Objectif :** vérifier que la personne est satisfaite du ou des produits et lui donner des conseils d'utilisation, d'entretien… le cas échéant. En général dans les 15 jours à 3 semaines après la livraison. |
| Appel ou courriel d'une offre commerciale | • **Objectif :** produit faire part du lancement et présenter les nouveautés. |
| Appel ou courriel pour se répprovisionner | • **Objectif :** pour les consommables, relance du client à des dates précises pour qu'il se réapprovisionne. *Ex. :* Chez Body nature les conseiller(ère)s envoient chaque mois un courriel à leurs clients. |

Notes

Notes

## 2 Les indicateurs de résultats des VDI

■ Contrôler c'est vérifier si les missions de vente se sont bien déroulées et si elles ont atteint les objectifs fixés.

■ Ce contrôle permet d'aider le vendeur à domicile indépendant à mieux vendre et à compléter éventuellement sa formation.

■ Les résultats s'étudient grâce à des indicateurs quantitatifs qui permettent de suivre la performance des ventes du VDI et de calculer les écarts entre les objectifs fixés et les réalisations.

| Indicateur | Calcul |
|---|---|
| **Taux de présence** | $\frac{\text{Nombre de personnes présentes à la réunion}}{\text{Nombre d'invités à la réunion}} \times 100$ |
| **Taux de transformation (ou de conversion)** | $\frac{\text{Nombre de nouveaux clients}}{\text{Nombre de personnes présentes à la réunion}} \times 100$ |
| **Panier d'achat moyen** | $\frac{\text{Chiffre d'affaires de la réunion}}{\text{Nombre de participants à la réunion}} \times 100$ |
| **Rendez-vous** | Nombre de réunions programmées à réaliser |
| **Nombre moyen de rendez-vous pris par réunion** | $\frac{\text{Nombre de rendez-vous pris pendant une période}}{\text{Nombre de réunions réalisées pendant cette période}}$ |
| **Taux d'attrition** | $\frac{\text{Nombre de clients n'ayant pas acheté lors de la réunion}}{\text{Nombre de personnes présentes à la réunion} \times 100}$ |

■ Les indicateurs qualitatifs comme la satisfaction de l'hôte(sse) et des invités suite à la réunion sont étudiés grâce à la remise d'une enquête de satisfaction à la fin de la réunion ou par courriel quelques jours après.

À retenir !

■ La croissance et le développement commercial d'une entreprise de vente à domicile reposent sur le réseau des VDI et des revendeurs qui sont incités à parrainer de nouveau vendeurs par l'attribution de primes ou de cadeaux.

# Culture économique, juridique et managériale

Notes

# Sommaire


Présentation de l'épreuve ..... 195

FICHES — Pages

## L'intégration de l'entreprise dans son environnement

83 Les agents économiques, leurs rôles et leurs échanges ..... 197
84 Le fonctionnement et le rôle du marché ..... 199
85 Les situations de défaillance du marché ..... 201
86 Les externalités négatives et positives ..... 203
87 Le rôle des banques et du marché financier ..... 205
88 Le contrat et sa formation ..... 207
89 La négociation du contrat ..... 209
90 La finalité de l'entreprise ..... 211
91 Les parties prenantes ..... 213
92 Logiques entrepreneuriale et managériale ..... 215
93 Les indicateurs de performance ..... 217

## La régulation de l'activité économique

94 Le rôle de l'État ..... 219
95 La croissance économique ..... 221
96 L'existence de déséquilibres ..... 223
97 Les politiques économiques : finalités et leviers d'action ..... 225
98 Les politiques conjoncturelles et structurelles ..... 227
99 Les limites de l'intervention de l'État dans une économie internationalisée ..... 229
100 Le rôle du droit dans la régulation économique ..... 231
101 Le droit de la concurrence ..... 233
102 Le droit de la propriété industrielle : le brevet et la marque ..... 235
103 Les caractéristiques de l'environnement ..... 237
104 Le rôle de l'innovation ..... 239

## L'organisation de l'activité de l'entreprise


105 Les facteurs de production ... 241
106 Les gains de productivité et les coûts de production ... 243
107 La chaîne de valeur ... 245
108 Les principes et finalités de l'impartition ... 247
109 Le choix de la structure juridique pour l'entreprise ... 249
110 Les formes juridiques de l'économie sociale et solidaire (ESS) ... 251
111 La responsabilité de l'entreprise face aux risques juridiques ... 253
112 L'inexécution du contrat et la responsabilité civile contractuelle ... 255
113 Les principes de la responsabilité civile extracontractuelle ... 257
114 Les ressources tangibles et intangibles ... 259
115 Les mécanismes de coordination et de contrôle ... 261
116 Les styles de management ... 263
117 Les processus de l'entreprise ... 265
118 La responsabilité éthique, sociale, sociétale et environnementale ... 267
119 Les effets d'expérience ... 269
120 La distinction cycle d'exploitation-cycle d'investissement ... 271
121 Le bilan fonctionnel de l'entreprise ... 273
122 Le compte de résultat de l'entreprise ... 275
123 Les différents modes de financement ... 277
124 L'équilibre financier de l'entreprise ... 279


## L'impact du numérique sur la vie de l'entreprise


125 Places de marché et relations d'échange ... 281
126 Le développement du numérique : l'impact sur les marchés ... 283
127 L'évolution des modèles économiques ... 285
128 La protection des actifs immatériels ... 287
129 La protection de la personne dans la société numérique ... 289
130 Le contrat de vente électronique ... 291
131 Les contrats de prestation de services numériques ... 293
132 Les caractères du SI dans l'entreprise ... 295


CEJM

Notes

133 Les apports du SI face aux défis de l'entreprise ..... 297

134 Les risques et défis humains liés au SI ..... 299

## Les mutations du travail

135 Le marché du travail ..... 301

136 La politique de l'emploi ..... 303

137 Les sources du droit du travail imposées et négociées ..... 305

138 Les régimes juridiques du salarié et du travailleur indépendant ..... 307

139 Les contrats de travail ..... 309

140 Les principes de la protection du salarié ..... 311

141 Les modifications du rapport d'emploi ..... 313

142 De la GRH à la GPEC ..... 315

143 Les facteurs de la motivation et de la satisfaction au travail ..... 317

144 Les conditions de travail et leurs évolutions ..... 319

## Les choix stratégiques de l'entreprise

145 Le diagnostic externe et interne ..... 321

146 La démarche stratégique ..... 323

147 Les options stratégiques globales et par domaine d'activité ..... 325

148 Les modalités de croissance des entreprises ..... 327

## Les auteurs de référence en économie et en management

149 Une brève histoire de la pensée économique ..... 329

150 Les principaux auteurs de management ..... 331

151 L'école néoclassique et le développement de la pensée stratégique ..... 333

# Présentation de l'épreuve de Culture économique, juridique et managériale (CEJM)

**Épreuve écrite**
**Durée** : 4 heures
**Coefficient** : 3

CEJM

Notes

## 1 Les finalités de l'épreuve

■ L'épreuve de CEJM vise à évaluer les compétences que vous avez acquises ainsi que votre capacité à les mobiliser pour éclairer des problématiques de gestion d'entreprise à travers un **questionnement croisant les champs disciplinaires économique, juridique et managérial**.

■ Il est donc important de ne pas se contenter lors de l'épreuve de juxtaposer des connaissances, mais bien **d'utiliser dans un argumentaire construit et cohérent les compétences qui permettent d'éclairer la problématique** posée dans le contexte concret qui est présenté.

## 2 L'objectif de l'épreuve

■ L'épreuve vise à **évaluer vos compétences** à :
- **analyser des situations** auxquelles l'entreprise est confrontée ;
- **exploiter une base documentaire** économique, juridique et managériale ;
- **proposer des solutions argumentées** en mobilisant des notions économiques, juridiques ou managériales et les méthodologies adaptées aux situations proposées ;
- **établir un diagnostic** (ou une partie de diagnostic) préparant une prise de décision stratégique ;
- **prendre des décisions opérationnelles** intégrant les dimensions économique, juridique et managériale ;
- **exposer des analyses et des propositions** de manière cohérente et argumentée.

■ Vous devez donc **vous positionner dans la fonction du manager** qui, confronté à une situation donnée, doit montrer les étapes de son raisonnement (qui s'appuie sur les compétences acquises dans les trois matières) et formuler une ou des proposition(s) argumentée(s) en lien avec la problématique posée.

■ Autant que la (les) solution(s) envisagée(s), c'est bien **l'ensemble du processus de prise de décision** qui est évalué et la logique du raisonnement que vous mettrez en avant.

■ N'hésitez pas à **être exhaustif** et à **avancer un maximum d'arguments** car le barème détaillé tiendra compte du nombre d'idées différentes avancées.

## 3 Les modalités de l'épreuve

■ L'épreuve prend appui sur un **dossier** qui comprend :
– la présentation d'une situation contextualisée d'entreprise contenant des problématiques de nature économique ou juridique ou managériale ;
– une base documentaire ;
– une série de questions permettant de structurer et d'orienter le travail à réaliser par le candidat.

■ Le dossier documentaire, d'une dizaine de pages au maximum, ainsi que le questionnement couvrent les trois champs de cette unité. Pour chaque question, une réponse construite et argumentée est attendue.

## 4 Conseils méthodologiques

### Étape 1

■ Commencez par **lire attentivement la présentation générale**, et plus particulièrement les **mises en situation**. Ces dernières introduisent le traitement des questions et sont importantes car elles peuvent contenir des éléments d'information utiles.

### Étape 2

■ Lisez ensuite les **questions**. Sachez repérer les verbes d'action utilisés dans les consignes car ils précisent ce qui est attendu :
– **définissez** : définir une notion ;
– **caractérisez** : décrire les traits fondamentaux, voire expliquer ;
– **identifiez, repérez** : trouver les éléments d'explication dans les documents en annexe ;
– **expliquez, justifiez** : avancer les arguments ou le raisonnement qui donnent les causes d'un fait ou d'une situation ;
– **analysez** : proposer des éléments de comparaison ou d'explication d'au moins deux variables ou plusieurs qui ont des liens entre elles.

### Étape 3

■ À chaque question, reportez-vous aux annexes concernées. **Relevez les éléments d'information** qui serviront à formuler une réponse pour chacune de vos questions. Lorsque la question nécessite de faire appel à vos connaissances, rédigez-les avec clarté et en lien direct avec la question posée.

■ Pensez à être **soigneux** dans la rédaction de vos réponses. En général, elles doivent être justifiées à l'aide des documents et, pour le droit, avec rigueur. Vous pouvez recourir en économie et en management à des tableaux ou à des tirets pour énumérer vos arguments.

# Les agents économiques, leurs rôles et leurs échanges

Fiche 83

CEJM

Notes

De multiples acteurs interviennent dans le domaine économique. On les qualifie d'**agents économiques** en les regroupant selon leurs fonctions économiques principales. Les principaux agents économiques sont les **entreprises**, les **ménages**, les **banques** et l'**État** (ou les **administrations publiques**). L'**activité économique** découle des échanges qui se nouent entre ces agents.

## 1 Les entreprises

- Une entreprise regroupe des moyens humains, financiers et matériels dans l'objectif de produire des biens ou des services vendus sur le marché.
- Pour produire, l'entreprise utilise des facteurs de production (travail, capital, matières premières, savoirs et connaissances).

**Remarque**

La majorité des entreprises a un but lucratif (réalisation d'un profit). La théorie économique considère qu'elles visent prioritairement à maximiser leur profit mais l'essor du secteur de l'économie sociale et solidaire montre qu'elles peuvent s'attacher à d'autres objectifs, comme le développement durable.

## 2 Les ménages

- Au sens statistique, un ménage désigne tous les occupants (un ou plusieurs) d'un même logement, sans qu'ils aient nécessairement des liens de parenté. Les ménages disposent de revenus qu'ils tirent de leur travail (salaires) ou de la détention d'un patrimoine.
- Avec leurs revenus, les ménages consomment et épargnent.

## 3 Les banques

- Les banques sont des entreprises dont le rôle traditionnel est de collecter l'épargne des agents (dépôts, livrets) afin de financer par crédit d'autres agents qui ont besoin d'emprunter.
- L'essor du marché financier (ou marché des capitaux) a fait évoluer le rôle des banques en permettant aux agents qui souhaitent épargner et à ceux qui souhaitent se financer de s'y rencontrer directement.

## 4 L'État (ou les administrations publiques)

- Les administrations publiques regroupent l'État central (les ministères, etc.), les collectivités territoriales et les organismes de protection sociale.

Notes

■ L'action de l'État est principalement financée par des prélèvements obligatoires (impôts, taxes, cotisations).

**LES FONCTIONS ÉCONOMIQUES DE L'ÉTAT**

**Allocation**
**Encadrer le fonctionnement du marché** par des règles de droit (droit des contrats, droit de la concurrence, etc.), voire être lui-même producteur de services non marchands (éducation, défense nationale, etc.).

**Redistribution**
**Assurer une redistribution des revenus** pour éviter les inégalités les plus criantes (notamment *via* la protection sociale).

**Stabilisation (ou régulation)**
**Réguler l'activité par sa politique économique** (favoriser la croissance, lutter contre le chômage, etc.).

## 5 Les échanges entre les agents économiques

■ Les agents sont amenés à nouer des relations économiques, généralement lors de transactions qui s'opèrent sur le marché. Ainsi, la relation employeur-employé s'apparente à la rencontre d'une offre et d'une demande sur le marché du travail :
– l'offre de travail émane des ménages ;
– la demande de facteur travail émane des entreprises ;
– le salaire correspond au prix auquel s'effectue l'échange.

■ Les entreprises échangent des biens et services (offre) avec les autres agents en contrepartie d'un paiement (demande) : consommation pour les ménages, consommations intermédiaires ou investissement pour les entreprises.

■ Les entreprises demandent des facteurs pour être en mesure de produire leurs biens et services :
– demande de facteur travail auprès des ménages ;
– demande de facteur capital auprès des banques ou en passant par les marchés financiers.

■ La relation entre les agents économiques ne peut toutefois pas se résumer à la confrontation d'une offre et d'une demande sur le marché.

*Ex.* : L'État produit des services non marchands (gratuits ou quasi-gratuits) qu'il finance par des prélèvements obligatoires.

*À retenir !*

- Les principaux agents sont les **entreprises**, les **ménages**, les **banques** et l'**État** (ou les **administrations publiques**).
- Ils sont caractérisés par leur fonction principale et nouent des relations économiques entre eux.

# Le fonctionnement et le rôle du marché

Fiche 84

CEJM

La théorie économique fait du **marché** le lieu de rencontre et de régulation des initiatives individuelles prises par les différents agents économiques. La régulation de l'activité économique qui en découle repose notamment sur le principe de la libre concurrence entre les entreprises.

## 1 Le fonctionnement du marché

**Ajustement de l'offre et de la demande sur le marché**

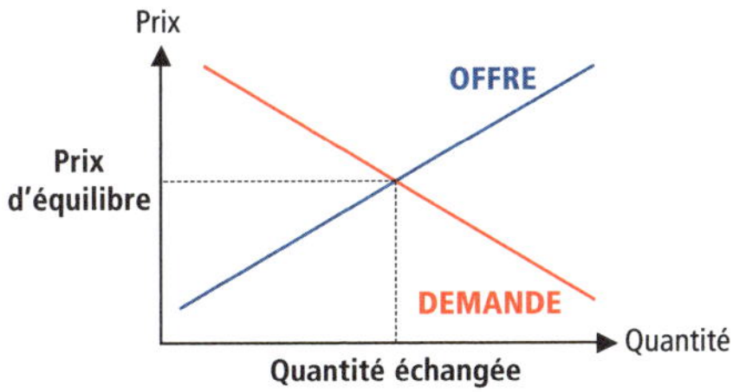


**Marché**

Lieu (fictif) de confrontation de l'offre et de la demande permettant la fixation d'un prix d'équilibre.

Notes

- Le marché permet d'égaliser offre et demande et fait émerger un prix d'équilibre.
- Sur certains marchés, le prix d'équilibre est spécifique :
  – le salaire d'équilibre permet d'égaliser l'offre et la demande sur le marché du travail ;
  – le taux d'intérêt d'équilibre permet d'égaliser l'offre et la demande sur le marché des capitaux.
- Sur le marché des biens et services :
  – seuls les offreurs ayant un coût de revient inférieur au prix de marché sont rentables et peuvent proposer leurs biens ou services. Lorsque le prix augmente, un plus grand nombre d'offreurs se présente sur le marché ;
  – lorsque le prix augmente, certains demandeurs quittent le marché, car leur pouvoir d'achat se réduit ; ils privilégient l'achat d'autres biens pour assurer leur satisfaction ;
  – l'équilibre du marché (point où les deux droites se croisent sur le schéma) est atteint lorsqu'il y a égalité entre l'offre et la demande. Ce point de croisement définit le prix d'équilibre (ou prix de marché).
- En réalité, l'équilibre se met en place progressivement par un jeu d'essais et d'erreurs.

Notes

## 2 Le rôle du marché

| | |
|---|---|
| **Rôle d'ajustement** | Le marché permet d'équilibrer l'offre et la demande. |
| **Rôle incitatif** | Le marché oriente les actions et les décisions des agents. ***Ex.* :** une hausse de prix peut inciter des entreprises à se lancer sur le marché concerné car elles deviennent rentables. |
| **Rôle informatif** | Le marché et le prix fournissent des informations aux agents sur les tensions entre l'offre et la demande. ***Ex.* :** une hausse de prix indique une pénurie d'offre et/ou une forte pression de la demande. |

■ En principe, le marché joue efficacement son rôle de régulateur de l'activité économique lorsque deux conditions sont respectées :
– la possibilité pour les agents de fixer librement leurs prix ;
– le marché doit être concurrentiel : cette émulation pousse les entreprises à réduire leurs prix, à améliorer la qualité de leurs produits et prestations.

## 3 La concurrence entre les entreprises

■ La compétitivité correspond à la capacité d'une entreprise à faire face à la **concurrence** :
– la compétitivité-prix reflète la capacité d'une entreprise à vendre ses produits à un prix similaire, voire plus faible que celui des concurrents ;
– la compétitivité hors-prix reflète la capacité d'une entreprise à se démarquer de ses concurrents autrement que par le prix (image de marque, innovation, qualité, etc.).

> **Concurrence**
> Rivalité entre agents qui poursuivent un même but (***ex.* :** développer leur part de marché).

■ Pour disposer d'un pouvoir de marché, les entreprises cherchent à résister à la pression concurrentielle, notamment celle des concurrents directs (***ex.* :** grossir pour réduire ses coûts, pour développer sa notoriété, pour s'approvisionner à moindre coût, etc.).

**Les cinq forces de la concurrence de Michael Porter**

Les cinq forces de la concurrence (M. Porter)
- Les entreprises concurrentes du secteur
- Les fournisseurs
- Les clients
- Les entrants potentiels
- Les produits de substitution

*À retenir !*

■ Le marché joue un rôle essentiel dans le fonctionnement des économies capitalistes. Pour être efficace, il doit reposer sur le principe de la libre concurrence entre les acteurs économiques.

# Les situations de défaillance du marché

Fiche 85

CEJM

Le fonctionnement classique du marché peut être remis en cause soit par des stratégies d'entreprises, qui mettent en place des **coopérations** ou des **barrières à l'entrée** pour freiner la concurrence d'autres agents, soit parce que le marché est **défaillant**.

## 1 La coopération entre les entreprises

■ Les entreprises nouent parfois des relations de coopération qui peuvent prendre plusieurs formes, parmi lesquelles :

| Type de coopération | *Exemple* |
|---|---|
| Alliance (entre fournisseurs et clients) | Sous-traitance, contrat de franchise, concession, etc. |
| Création d'une structure juridique propre | Filiale commune, GIE (Groupement d'intérêt économique). |

Notes

■ De nombreuses raisons peuvent justifier ces relations de coopération :
– mettre en commun des moyens ou des savoir-faire (mutualiser des efforts de R&D) ;
– atteindre une taille critique ;
– pénétrer un marché étranger, etc.

■ Ces coopérations peuvent concerner l'entreprise dans sa globalité ou alors se limiter à un périmètre plus restreint, qu'il soit géographique ou fonctionnel. Des entreprises peuvent alors se retrouver en situation de coopération tout en restant concurrentes sur le marché.

## 2 Les barrières à l'entrée

### A. Définition et conséquences

■ Les barrières à l'entrée :
– réduisent l'intensité concurrentielle qui pèse sur les acteurs du marché ;
– présentent un risque pour le consommateur que les prix soient plus élevés que sur un marché pleinement concurrentiel.

**Barrière à l'entrée**
Entrave qui empêche ou freine l'accès au marché à de nouveaux entrants.

■ Lorsqu'il y a des barrières à l'entrée, le marché n'est constitué que de quelques offreurs (oligopole), voire d'une seule entreprise (monopole).

Notes

### B. Les différentes formes de barrières à l'entrée

■ Les barrières peuvent être d'ordre règlementaire (nécessité d'avoir un diplôme, monopole institué par l'État), d'ordre technologique (accès au marché bloqué par un brevet), etc.

■ Les taxes sur les importations (ou droits de douane) constituent des barrières (tarifaires) à l'entrée du marché national.

■ La structure des coûts du secteur ou des entreprises peut être à l'origine de barrières :
– lorsque les coûts d'entrée sur le marché sont importants ;
– lorsque la structure des coûts conduit à des économies d'échelle, c'est-à-dire à une diminution du coût unitaire lorsque la production augmente. Le premier entré sur un tel marché dispose d'un avantage en termes de coût lui permettant d'éliminer toute concurrence (en baissant suffisamment ses prix pour empêcher les concurrents d'être rentables).

## 3 L'asymétrie de l'information

### A. Définition et conséquences

■ Il y a asymétrie d'information lorsque, dans une transaction entre offreur et demandeur, l'un des deux manque d'informations pour prendre une décision parfaitement éclairée.

■ Les asymétries d'information sont une situation de défaillance de marché. Elles ont pour effet d'entraîner de mauvaises prises de décision, de mauvaises évaluations du risque.

*Ex.* : L'assureur qui ne sait pas si le conducteur couvert va conduire prudemment.
Le client d'un concessionnaire de voitures d'occasion qui ne connaît pas les points faibles de la voiture qu'il achète.

### B. S'adapter aux asymétries

■ Les agents qui souffrent de l'asymétrie peuvent parfois obtenir l'information qui leur manque : avant d'accorder un prêt, les banques demandent les bulletins de salaires, les avis d'imposition, etc.

■ L'insertion de clauses dans le contrat noué par les parties peut être un moyen de s'assurer de sa bonne exécution.

■ Le développement des nouvelles technologies permet, en partie, de répondre à ces asymétries en facilitant l'accès à l'information (comparateurs de prix, notation des offreurs et des demandeurs, etc.).

À retenir !

■ Les défaillances du marché nuisent à son bon fonctionnement en limitant la concurrence entre les agents économiques (coopération, barrières à l'entrée) ou en faussant les règles de fixation des prix d'équilibre (asymétrie de l'information).

# Les externalités négatives et positives

Fiche 86

CEJM

Toute activité économique a des effets sur son environnement, qu'ils soient directs ou indirects, qui ne sont pas tous pris en compte par le marché. On parle alors d'**externalité**.

## 1 Définition

- Il y a externalité lorsque l'activité d'un agent a des effets induits :
– défavorables pour d'autres agents, sans que celui à l'origine de l'externalité soit sanctionné : externalité négative ;
– favorables pour d'autres agents, sans que celui à l'origine de l'externalité soit récompensé : externalité positive.

**Externalité**
Fait que l'activité d'un agent économique affecte (négativement ou positivement) le bien-être d'un autre agent économique sans qu'aucun des deux paye ou reçoive une compensation en retour.

## 2 Les externalités négatives

| | | |
|---|---|---|
| *Exemple* | Production ou consommation causant une dégradation de l'environnement (rejets polluants, épuisement des ressources naturelles, etc.). | |
| **Raison de la défaillance** | Les agents ne sont pas incités à être plus vertueux car le marché ne les sanctionne pas. | |
| **Correction de la défaillance** | Interdiction ou limitation de ces externalités par des règlementations publiques, l'introduction de normes.<br>***Ex.* :** interdiction de la production d'amiante. | • Principe du pollueur-payeur : faire supporter un coût au pollueur pour l'inciter à limiter les atteintes à l'environnement.<br>***Ex.* :** fiscalité verte ou écotaxe.<br>• Logique de bonus-malus pour récompenser les agents les plus vertueux.<br>***Ex.* :** dans le secteur automobile. |

- La création d'un marché des droits à polluer a mis en place le principe du pollueur-payeur (**écotaxe**) relatif aux émissions de $CO_2$ à l'échelle mondiale :
– celui qui pollue excessivement doit racheter des droits à polluer ;
– celui qui pollue moins que les quotas qui lui sont accordés peut revendre ses droits à polluer et ainsi être « récompensé ».

**Écotaxe**
Taxe qui repose sur le principe « pollueur-payeur » appliqué aux activités entraînant des dommages sur l'environnement, pour contribuer à les limiter, à en atténuer ou à en réparer certains effets.

Notes

■ Toutes les externalités négatives ne sont pas pour autant monétisables sur un marché du fait de la multiplicité des agents concernés : la pollution résulte des activités de production mais aussi de l'activité quotidienne de l'ensemble des agents économiques.

## 3 Les externalités positives

| | |
|---|---|
| *Exemples* | • **La R&D** : les nouvelles connaissances produites vont pouvoir inspirer d'autres entreprises.<br>• **La formation** : une main-d'œuvre mieux formée par une entreprise entraînera des gains profitables pour d'autres agents. |
| **Raison de la défaillance** | Si les agents à l'origine des externalités positives ne sont pas récompensés, cela favorise des comportements opportunistes dits de « **passager clandestin** » :<br>– des entreprises peuvent attendre que d'autres engagent des dépenses en R&D pour les copier ou s'inspirer de leurs innovations ;<br>– des entreprises peuvent débaucher des employés formés ailleurs. |
| **Corrections de la défaillance** | • Clauses contractuelles qui protègent l'agent à l'origine de l'externalité.<br>*Ex.* : clauses de dédit formation éliminant le risque de débauchage.<br>• Droit des brevets : protège celui qui innove et constitue ainsi une incitation à la R&D ;<br>• Mécanismes incitatifs de l'État (subventions ou crédits d'impôt) ou en produisant lui-même les activités sources d'externalités positives.<br>*Ex.* : enseignement et recherche publics. |

## 4 Mondialisation et externalités

■ Dans une économie mondialisée, la prise en compte des externalités se révèle plus complexe.

■ Certains États peuvent adopter un comportement de « passager clandestin » pour protéger leurs entreprises.

*Ex.* : Certains pays adoptent des réglementations très peu contraignantes en matière de pollution pour favoriser l'implantation d'entreprises. On parle alors de « dumping environnemental ».

*À retenir !*

■ Les externalités liées aux effets induits de l'activité des agents économiques peuvent être négatives ou positives.

■ Le marché ne suffit pas toujours à corriger ces externalités. Les pouvoirs publics emploient plusieurs moyens pour essayer d'y parvenir : réglementations, fiscalité (notamment verte), etc.

# Le rôle des banques et du marché financier

Fiche 87

CEJM

Notes

Le **système financier** regroupe les organismes qui permettent le financement des agents économiques. Les **banques** en sont un acteur incontournable, mais le **marché financier** (ou **marché des capitaux**) est aussi devenu prépondérant en matière de financement.

## 1 Le rôle du système financier

■ Le système financier a pour fonction première de collecter l'épargne des agents à capacité de financement (ménages, entreprises) afin de financer les agents à besoin de financement (ménages, entreprises, administrations publiques) pour qu'ils puissent investir, consommer, etc.

## 2 Finance indirecte et finance directe

■ On distingue deux types de financement : le financement direct et le financement indirect.

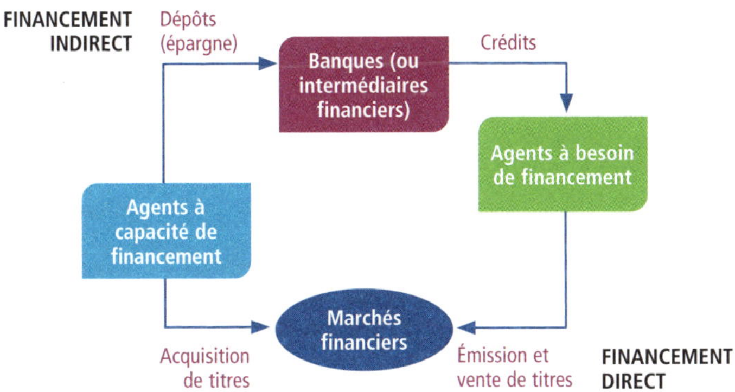


### A. Le financement indirect

■ Le financement indirect est également appelé financement intermédié. Les banques (ou établissements de crédit) font office d'intermédiaire entre les agents à besoin et ceux à capacité de financement.

■ Les banques collectent l'épargne des agents *via* des dépôts et livrets dont elles se servent pour accorder des crédits aux agents ayant des besoins de financement. Elles réalisent une marge en

Notes

pratiquant des taux d'intérêt sur les crédits supérieurs aux taux qui rémunèrent les dépôts.

■ Le financement intermédié reste indispensable pour certains agents qui ont des difficultés à se financer directement sur les marchés financiers (jeunes entreprises, PME).

### B. Le financement direct

■ Le financement direct est devenu prépondérant : les grandes entreprises se financent aujourd'hui presque exclusivement *via* les marchés financiers. Ce phénomène est qualifié de désintermédiation.

■ Le financement direct (ou désintermédié) permet la rencontre directe de l'offre et de la demande de capital sur le marché financier.

■ Selon les titres ou actifs financiers échangés, on distingue habituellement deux grands marchés :

– le marché monétaire utilisé par les entreprises, les États et, en particulier, les banques ; les durées d'emprunt et de prêt sont courtes ;

– le marché financier où les agents économiques émettent des **actions** ou des **obligations** ; il concerne les financements de moyen et long termes.

■ Le financement direct est devenu prépondérant au sein des économies développées. Il concerne principalement pour les entreprises :

– le marché obligataire où les entreprises émettent et vendent des obligations en contrepartie d'un remboursement futur et du paiement d'un intérêt pour le détenteur de l'obligation (assimilable à un emprunt morcelé) ;

– le marché des actions où les entreprises augmentent leur capital en vendant des actions. Les détenteurs d'actions disposent alors d'un droit sur les bénéfices (dividendes) et espèrent une plus-value lors de la revente des actions acquises.

**Action**

Titre de propriété délivré par une société de capitaux. Elle confère à son détenteur la propriété d'une partie du capital, avec les droits qui y sont associés.

**Obligation**

Titre de créance négociable, émis par une société privée, un établissement public, une collectivité locale ou l'État, en contrepartie d'un emprunt.

À retenir !

■ Le système financier permet le financement des agents économiques. Les banques y jouent un rôle important (financement indirect) mais le marché financier (financement direct) constitue une alternative de plus en plus utilisée par les agents économiques.

# Le contrat et sa formation

Fiche 88

CEJM

Le droit défend les principes de l'autonomie de la volonté, du consentement libre, du respect de la parole donnée et de la loyauté entre les personnes. Le contrat est formé lorsque l'offre rencontre une acceptation. En principe, un contrat peut être conclu oralement, c'est le **principe du consensualisme**.

## 1 Les principes généraux du contrat

### A. La liberté contractuelle selon l'*article 1102 du Code civil*

| Les principes | Les limites légales |
|---|---|
| **Liberté de contracter** *(s'engager ou ne pas s'engager)* | La loi interdit de conclure certains contrats.<br>À l'inverse, certains contrats sont obligatoires. |
| **Libre choix du cocontractant** *(choisir avec qui on veut conclure un contrat)* | Le libre choix est pertinent dans les contrats dits *intuitu personae*. Mais le libre choix ne doit pas constituer une discrimination. |
| **Libre détermination du contenu du contrat** *(fixer ses propres clauses)* | Le contrat doit respecter l'intérêt général, l'ordre public et les bonnes mœurs. |

### B. La force obligatoire des contrats

■ L'*article 1103 du Code civil* consacre le principe d'irrévocabilité du contrat : il ne peut être rompu que sous certaines formes ou conditions (**ex. :** le respect d'un délai de préavis dans les contrats à durée indéterminée).

### C. La bonne foi

■ Selon l'*article 1104 du Code civil*, « Les contrats doivent être négociés, formés et exécutés de bonne foi ».

■ En droit des contrats, ce principe implique une loyauté entre les cocontractants.

## 2 La formation du contrat

### A. L'exception du formalisme dans les contrats

■ Deux atténuations peuvent être apportées au principe du consensualisme.

– Le formalisme *ad probationem* : le contractant a intérêt à se constituer une trace écrite ou électronique afin de disposer d'une preuve en cas de litige.

– Le formalisme *ad validitatem* : lorsque le contrat met en jeu des sommes importantes, la loi impose la rédaction d'un écrit pour le rendre valable.

Notes

Notes

*Ex.* : Demander un ticket de caisse lors de l'acquisition de vêtements est un formalisme afin de se constituer une preuve d'achat pour éventuellement échanger le bien. En revanche, l'obligation de passer chez le notaire pour acheter ou vendre une maison constitue un formalisme conditionnant la validité du contrat de vente.

### B. Les conditions de validité de la formation du contrat

■ **Le consentement ne doit pas être vicié.**

– Le consentement des parties se forme par la rencontre entre une offre ferme et précise et une acceptation. L'acceptant adhère pleinement à l'offre. S'il la modifie, il fait une contre-offre qui est une invitation à rentrer en pourparlers.

– La rencontre de l'offre et de l'acceptation fonctionne également avec les personnes morales via leur représentant légal.

– L'*article 1130 du Code civil* identifie trois vices du consentement :

| | | |
|---|---|---|
| **Erreur** | Croyance fausse portant sur un des termes du contrat. | L'erreur porte sur la personne ou sur le bien mais pas sur le prix. |
| **Dol** | Fait d'obtenir le consentement de l'autre par des manœuvres trompeuses. | La rétention volontaire d'information ou le silence peuvent être considérés comme un dol. |
| **Violence** | Lorsqu'une partie s'engage sous une contrainte. | La violence peut être physique ou morale ; elle doit être illégitime pour être sanctionnée. |

■ **Les parties doivent être capables juridiquement.**

– Les parties doivent être des personnes physiques majeures ou mineures émancipées ou une personne physique représentant légalement une personne morale. Les mineurs et les majeurs faisant l'objet d'un régime de protection ne peuvent pas conclure de contrats. Leurs représentants légaux en ont la charge (tuteur ou curateur par exemple).

■ **Le contenu du contrat est licite et certain.**

– Le contenu du contrat doit être déterminé ou déterminable, que ce soit sur le prix ou sur le bien ou la prestation de service à fournir.

■ Le contrat entaché d'un vice du consentement, d'une partie incapable ou d'un contenu illicite est nul et entraîne l'anéantissement rétroactif du contrat.

À retenir !

■ Les hommes sont libres de négocier et de s'engager contractuellement. Mais la formation valable d'un contrat suppose la rencontre d'une offre et d'une acceptation exempte de tout vice.

# La négociation du contrat





Notes

Une période de négociation et des **avant-contrats** précèdent la signature du contrat définitif. Cette phase préfigure le contenu du contrat qui sera formalisé par des **clauses**.

## 1 La négociation du contrat

### A. Les phases de la négociation

■ Avant de s'entendre, les entreprises doivent prendre le temps de se rencontrer, d'établir un terrain d'accord, de fixer les conditions de leurs relations. Cela passe par :

| | |
|---|---|
| Les pourparlers | Échanges informels d'intentions. Ils n'engagent pas contractuellement. |
| Les précontrats | Ou avant-contrats. Ils fixent les conditions du déroulement du processus de négociation et les modalités de rupture. Ils engagent les signataires. |
| Le contrat définitif | L'engagement lie les parties. Le contrat fixe les conditions de la relation contractuelle. |

### B. Les obligations durant la négociation

■ Les parties doivent satisfaire aux règles de la bonne foi pendant ces différentes phases, ce qui fait naître une obligation générale d'information : les parties doivent s'échanger les informations déterminantes qui ont un lien direct et nécessaire avec le contenu du contrat ou la qualité des parties.

**Remarque**

Le devoir d'information est impératif (« d'ordre public ») ; les parties ne peuvent ni le limiter, ni l'exclure.

■ Le principal élément de négociation reste le prix du bien ou du service. C'est pourquoi la loi prévoit que ce devoir d'information ne porte pas sur l'estimation de la valeur de la prestation.

### C. La protection en cas d'échec des négociations

■ En cas de faute commise dans les négociations ou de non-respect du devoir d'information, la partie qui s'estime lésée doit apporter la preuve de son préjudice. À charge pour la partie adverse de prouver qu'elle n'a pas commis de faute ou qu'elle a bien fourni cette information.

**Comportements pouvant entraîner une sanction**

- Abus dans la rupture des pourparlers
- Non-respect d'une clause inscrite dans les avant-contrats
- Absence de remise d'une information déterminante par l'une des parties

Notes

■ La loi envisage plusieurs sanctions selon l'importance du comportement constaté :
– le versement de dommages et intérêts par l'auteur de la faute commise ;
– l'annulation du contrat définitif, si la faute a généré un vice.

## 2 Les clauses contractuelles : le contenu du contrat

### A. Clause contractuelle et clause abusive

■ Chaque clause contractuelle est rédigée librement par les parties en fonction de leurs besoins respectifs. Les clauses ont également pour but d'anticiper d'éventuelles difficultés. Pour chacune, il convient de respecter un équilibre entre les parties.

■ Une clause abusive est une clause qui a pour objet ou pour effet de créer un déséquilibre significatif entre les parties. Elles sont réputées non écrites par le juge.

### B. Les différentes clauses contractuelles classiques

| Clause | Définition | Remarques |
| --- | --- | --- |
| **Pénale** | Les parties s'engagent à verser une somme forfaitaire fixée à l'avance si l'une d'entre elles ne remplit pas ses obligations. | • Le montant peut être modifié par le juge s'il est excessif ou dérisoire.<br>• Elle est interdite dans certains contrats (de consommation, de prêt). |
| **De renégociation** | Les parties prévoient la possibilité de redéfinir les termes du contrat : le prix ou les prestations. | • Clause fréquente notamment dans les contrats à exécution successive.<br>• Les clauses dites de révision, de variation de prix ou d'indexation de prix sont très proches. |
| **Résolutoire** | Les parties prévoient que le contrat sera résolu de plein droit si survient un événement décrit. | • Elle dispense le créancier de s'adresser à la justice. Il devra adresser à son débiteur une mise en demeure.<br>• Ne s'applique pas si l'inexécution résulte d'un cas de force majeure. |
| **Limitative de responsabilité** | • Clause qui aménage la responsabilité des parties.<br>• Les clauses les plus usuelles fixent à l'avance le montant maximum de dommages et intérêts en cas d'inexécution du contrat. | • Clause valable sous réserve de respecter l'ordre public et des textes spécifiques.<br>• Elle ne peut pas porter sur les obligations essentielles du contrat. |
| **De réserve de propriété** | Elle diffère le transfert de propriété d'un bien jusqu'au paiement complet du prix. | Véritable garantie pour le créancier qui peut venir saisir le bien vendu si le prix n'a pas été intégralement payé. |

À retenir !

■ **La liberté contractuelle permet aux parties de définir librement le contenu des clauses contractuelles. Mais ces dernières ne doivent pas être considérées comme abusives, sinon le juge peut les réputer non écrites.**

# La finalité de l'entreprise

Fiche 90

CEJM

Comme toutes les organisations, une entreprise se crée et se structure dans un but initial précis, déterminé par l'entrepreneur. Son action interagit avec son environnement et ses résultats doivent s'analyser au regard de la finalité que l'entreprise s'est fixée.

## 1 Définition

■ La finalité d'une entreprise définit les buts principaux que celle-ci cherche à atteindre. La finalité a donc un caractère permanent pour l'entreprise.

■ Au-delà des aspects économiques, la finalité de l'entreprise recouvre aujourd'hui des aspects de plus en plus larges.

■ Le projet d'entreprise traduit de manière effective la finalité de l'entreprise. Il permet d'exprimer l'identité de l'entreprise et de rassembler ses acteurs autour d'un projet fédérateur et mobilisateur décliné en termes d'objectifs concrets (qualitatifs et quantitatifs).

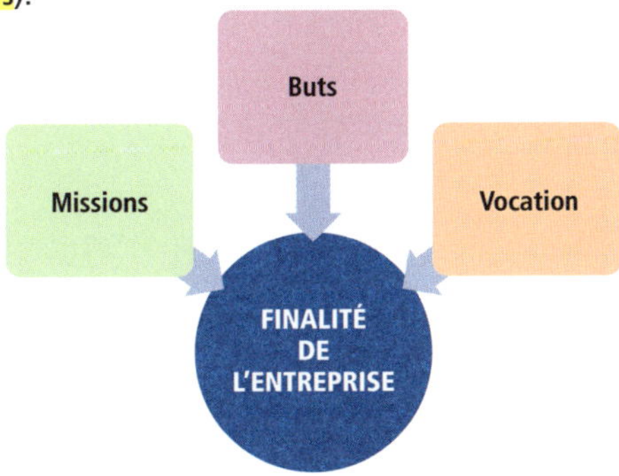


## 2 La responsabilité sociale de l'entreprise (RSE)

■ La responsabilité sociale de l'entreprise se rapporte au concept de développement durable appliqué aux entreprises.

■ À l'opposé d'une vision purement économique, la RSE incorpore les aspects sociaux (finalité sociétale), environnementaux (finalité

**Remarque**

L'économie sociale et solidaire rassemble les entreprises qui cherchent à concilier solidarité, performances économiques et utilité sociale. En 2017, ces entreprises représentaient 10 % du PIB et près de 13 % des emplois privés en France.

Notes

Notes

environnementale) de l'action d'une entreprise, ainsi que les préoccupations de ses principales parties prenantes (clients, fournisseurs, etc.). Elle illustre l'impact des actions d'une entreprise au sein de la société dans laquelle elle s'intègre.

■ Une entreprise peut concrétiser ces nouvelles responsabilités :

– en cherchant à limiter l'impact de ses activités sur l'environnement : développement du recyclage, mise en place de processus de production économes en énergie, responsabilisation des fournisseurs sur les aspects éthiques et environnementaux, etc. ;

– en valorisant l'action de ses salariés : valorisation des activités associatives, engagements à soutenir les initiatives individuelles ou collectives, etc. ;

– en s'impliquant pour soutenir des actions au service de la collectivité : mécénats, bourses de recherche, partenariats avec des associations caritatives, etc.

## 3 Les facteurs qui agissent sur la finalité de l'entreprise

■ La finalité d'une entreprise ne se limite pas à son simple objet social. Elle se construit à partir d'un ensemble de facteurs qui peuvent évoluer dans le temps :

– l'histoire de l'entreprise, ses traditions, ses statuts et sa culture ;

– la personnalité du dirigeant, ses valeurs et aspirations personnelles ;

– les attentes des parties prenantes (salariés, actionnaires, associés, etc.) de l'entreprise ;

– l'environnement commercial (fidélisation de la clientèle) ;

– l'environnement concurrentiel (part de marché et intensité de la concurrence) ;

– les évolutions technologiques, etc.

> **Remarque**
>
> **Peter Drucker** propose de mettre en avant la satisfaction de la clientèle comme finalité pour une entreprise. Cela passe notamment par la valorisation de l'innovation et du marketing.

■ Ces différents facteurs illustrent le fait qu'une entreprise se caractérise de plus en plus en fonction des conséquences de son activité sur son environnement social (emploi, effet sur l'environnement, etc.).

**À retenir !**

- La finalité d'une entreprise est déterminée par un ensemble de facteurs mis en cohérence dans une approche globale.
- L'impact croissant de l'action des entreprises sur la société amène à élargir la notion de finalité pour évaluer leur responsabilité sociale.

# Les parties prenantes

Fiche 91

CEJM

Notes

Dans une entreprise, le pouvoir de décision ne saurait se limiter à la volonté d'un seul individu. La prise de décision s'opère avec les motivations des différentes parties prenantes impliquées dans l'entreprise.

## 1 Les principales parties prenantes

■ Les parties prenantes ne se limitent pas aux acteurs internes à l'entreprise mais doivent s'analyser aussi en prenant en compte les acteurs externes qui influent sur les prises de décision de l'entreprise.

| Typologie des parties prenantes | Composantes |
|---|---|
| **Internes** | Propriétaires, dirigeants et managers, salariés. |
| **Externes** | Ensemble des groupes liés à l'entreprise (actionnaires, clients, fournisseurs, distributeurs, concurrents, médias, etc.). |
| **Primaires** | Liées contractuellement à l'entreprise et qui contribuent à son activité quotidienne : actionnaires, clients, salariés et fournisseurs |
| **Secondaires** | Ne contribuent pas directement au fonctionnement de l'entreprise : consommateurs, groupes de pression, concurrents, médias, etc. |

■ Les principales parties prenantes sont :

– les salariés, qui apportent leur force de travail, et recherchent une meilleure rémunération et une amélioration de leurs conditions de travail ;

– les actionnaires, qui fournissent des capitaux, et souhaitent obtenir des dividendes élevés ;

– les banques, qui fournissent également des capitaux, et souhaitent le remboursement des prêts contractés et le versement d'intérêts ;

– les fournisseurs, qui alimentent l'entreprise (matières premières, consommations intermédiaires, etc.), et veulent une juste rémunération de leurs produits et services ;

– les clients, qui contribuent au chiffre d'affaires, et souhaitent une baisse du prix des produits ou une amélioration des services rendus.

Notes

## 2 Les modèles de gouvernance

■ Le type de prise en compte des parties prenantes influence directement le modèle de **gouvernance** que va adopter une entreprise.

■ À partir d'une approche purement financière, ce modèle de gouvernance évolue sensiblement pour mieux appréhender le rôle social de l'entreprise et son impact global sur la société dans laquelle elle évolue.

**Gouvernance d'entreprise**

Ensemble de règles qu'une entreprise décide d'adopter pour équilibrer les pouvoirs au sein de sa direction, de son management et, plus généralement, entre toutes les parties prenantes.

| Modèle actionnarial *(shareholder)* | Modèle partenarial *(stakeholder)* |
| --- | --- |
| • Privilégie la relation dirigeant/actionnaire.<br>• Objectif de maximisation au profit des actionnaires.<br>• Dirigeant soumis au contrôle des actionnaires. | • Cherche à prendre en compte et à défendre l'intérêt de l'ensemble des parties prenantes.<br>• Management qui prend en compte la notion de responsabilité sociétale. |

## 3 Les approches théoriques

■ Richard Cyert et James G. March analysent l'entreprise comme une organisation constituée de groupes d'individus aux aspirations contradictoires : approche conflictuelle fondée sur les intérêts divergents des parties prenantes.

– Le manager cherche à répondre à des objectifs parfois divergents selon un processus de décision privilégiant le meilleur compromis possible entre les parties prenantes, parfois au détriment du choix de la solution la plus optimale pour l'entreprise.

■ Michel Crozier insiste sur la nécessité pour le manager de mettre en place des mécanismes prenant en compte les intérêts individuels divergents au sein d'une entreprise, pour élaborer une dynamique collective positive et favoriser le bon fonctionnement de l'entreprise.

*Ex.* : On oppose souvent les attentes des actionnaires (recherche d'un dividende/profit maximum) aux aspirations des salariés (attentes d'augmentations salariales).

À retenir !

■ La prise en compte de la motivation des différentes parties prenantes impliquées dans l'entreprise est un facteur essentiel pour comprendre le modèle de gouvernance qui sera adopté. Le manager doit être en mesure d'identifier les intérêts divergents de ces parties prenantes et de mettre en place les mécanismes qui permettent d'aboutir à une dynamique collective positive.

# Logiques entrepreneuriale et managériale





L'entrepreneur est l'acteur central de l'action collective engagée par l'entreprise. Sa démarche peut relever d'une logique managériale ou entrepreneuriale qu'il faut définir pour comprendre les motivations qui le guident.

Notes

## 1 Définitions

### A. Le processus entrepreneurial

■ Le processus entrepreneurial ne se limite pas à identifier une opportunité.

■ Sa mise en œuvre et le respect d'un certain nombre d'étapes sont indispensables pour assurer la réalisation du projet et garantir au mieux sa pérennité.

**Les étapes du processus entrepreneurial**

- étape 1 : Idée ou opportunité
- étape 2 : Formalisation du projet
- étape 3 : Étude de faisabilité
- étape 4 : Définition des moyens
- étape 5 : *Business plan*
- étape 6 : Choix de la structure
- étape 7 : Lancement de l'activité
- étape 8 : Choix stratégiques

### B. La logique entrepreneuriale

■ La logique entrepreneuriale est une logique d'entreprise qui articule quatre composantes entre elles :
- l'opportunité d'affaires ;
- l'innovation ;
- la création d'une organisation ;
- la création de valeur.

■ L'entrepreneur est donc tout à la fois un innovateur, un manager et un leader.

**Remarque**

Pour **Joseph Schumpeter**, l'entrepreneur est un agent économique dont la fonction est d'exécuter de nouvelles combinaisons productives ; c'est avant tout un innovateur qui a le goût de la prise de risque.

Notes

### C. La logique managériale

- La logique managériale est une logique d'entreprise caractérisée par la recherche de performance à travers l'optimisation des ressources exploitées pour atteindre les objectifs fixés.
- On la retrouve essentiellement dans les entreprises où le manager n'est pas le propriétaire de l'entreprise. En tant que salarié, le manager se voit fixer des objectifs par les propriétaires de l'entreprise (les actionnaires).

## 2 Comparaison des deux logiques

| | Entrepreneur | Manager |
|---|---|---|
| **Gestion des risques** | L'entrepreneur investit ses capitaux personnels et assume les risques de l'exploitation. | Le manager n'engage pas ses propres ressources. Il assume une responsabilité vis-à-vis du budget qui lui est accordé et des objectifs qu'il doit atteindre. |
| **Recrutement** | L'entrepreneur recrute ses collaborateurs. | Le manager partage le pouvoir décisionnaire ou confie le recrutement à un collaborateur. |
| **Définition et mise en œuvre de la stratégie** | L'entrepreneur définit la stratégie et les moyens nécessaires à sa réalisation. | Le manager participe à la définition de la stratégie mais doit surtout s'assurer de sa mise en œuvre et de l'utilisation des ressources qui y sont affectées. |
| **Innovation** | L'entrepreneur est un créateur, un innovateur en termes de produit, de procédé, de forme d'organisation du travail, etc. | Le manager cherche à créer de la valeur et donc à intégrer l'innovation pour améliorer l'efficacité de l'entreprise et assurer sa pérennité face à la concurrence. |

- L'entrepreneur se distingue donc plutôt par son côté créatif, audacieux et son goût pour les initiatives tandis que le manager mettra sa rationalité, sa capacité de gestion et de contrôle au service de l'entreprise.

À retenir !

- Les logiques entrepreneuriale et managériale étant de plus en plus mêlées dans les entreprises, la notion d'**entrepreneur-manager** (intrapreneur) cherche à faire la synthèse des deux approches et permet aux entreprises de favoriser la prise de risque et l'innovation des collaborateurs en recherchant à la fois la performance et le développement de l'entreprise.

# Les indicateurs de performance

Fiche 93

CEJM

Une entreprise est reconnue **performante** lorsqu'elle réalise les résultats et objectifs fixés compte tenu des moyens mis en œuvre pour y parvenir.

## 1 La mesure de la performance d'une entreprise

■ La notion de performance implique une dimension interne à l'entreprise (rentabilité, productivité, etc.) ainsi qu'une dimension externe (implication sociétale de l'entreprise, prise en compte des attentes des clients, des fournisseurs, des actionnaires, etc.).

■ La performance, souvent associée à des critères quantitatifs (résultats financiers), se mesure de plus en plus à partir de critères qualitatifs (climat social, degré de satisfaction de la clientèle, etc.).

Notes

**Les différents critères d'évaluation de la performance**

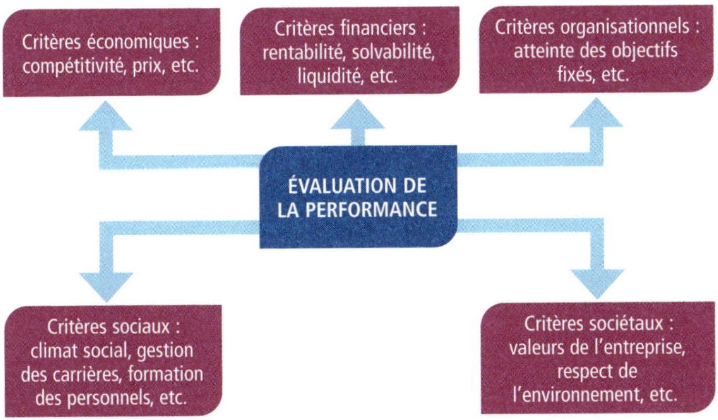


■ La mesure de la performance d'une entreprise doit :
– concilier des éléments quantitatifs et qualitatifs : l'atteinte d'un objectif de production doit se faire dans le respect de normes de qualité ;
– allier des objectifs à court et à long termes ;
– rechercher une performance collective basée sur le développement individuel de chaque membre de l'entreprise ;
– favoriser la stabilité de l'entreprise tout en la rendant apte au changement ;

Notes

– cibler une performance globale qui s'appuie sur une **efficacité** à chaque étape du processus productif ;

– assurer une unité de pilotage de l'entreprise tout en responsabilisant les acteurs (délégation du pouvoir de décision).

**Efficacité et efficience**

- **Efficacité :** capacité à obtenir le résultat souhaité ou attendu, à atteindre l'objectif qui a été fixé.
- **Efficience :** capacité à parvenir à un maximum de résultat avec un minimum de ressources.

**Une action peut être efficace, mais pas efficiente si elle utilise des moyens disproportionnés.**

## 2 Le tableau de bord : un outil au service du manager

- Le tableau de bord prospectif permet d'orienter les décisions du manager. Avec cet outil d'évaluation, on passe du management stratégique au management opérationnel en rendant plus lisible la stratégie de l'entreprise. Le tableau de bord permet également d'équilibrer la répartition des critères de performance entre les acteurs.
- Parmi les principaux critères utilisés pour concevoir un tableau de bord, on peut citer le chiffre d'affaires, le taux de marge, les délais de paiement client et fournisseur, le nombre de nouveaux clients, le taux d'absentéisme, le *turnover* des salariés, les flux de trésorerie ou la rotation des stocks.
- Pour être pertinent, un indicateur doit être adapté, simple, précis, applicable et constant.

**Un exemple de tableau de bord : le modèle de Norton et Kaplan**

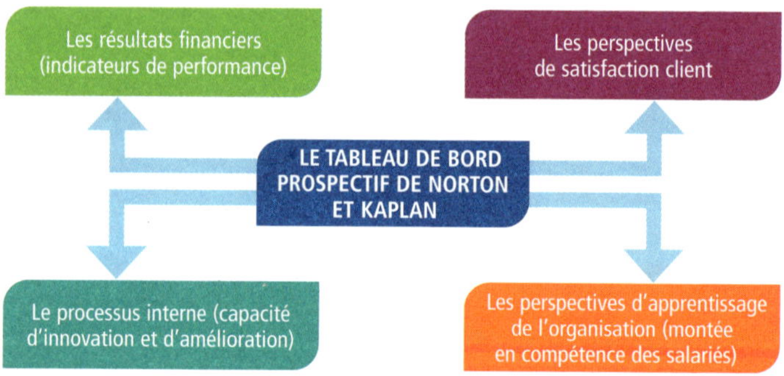


À retenir !

- La notion de performance est une notion essentielle pour évaluer la pérennité d'une entreprise. Sa mesure, à la fois quantitative et qualitative, implique la mise en place d'un tableau de bord partagé entre le manager et les salariés.

# Le rôle de l'État

Fiche 94

CEJM

Notes

Le poids de l'État est très différent d'un pays à l'autre. Néanmoins, quelle que soit sa place dans une économie de marché, l'État assume **trois grandes fonctions** selon **Richard Musgrave** : **allocation, redistribution** et **régulation**.

## 1 La fonction d'allocation

■ L'État met en place le cadre juridique et institutionnel indispensable au bon fonctionnement du marché : droit de la propriété, des contrats, de la concurrence, etc.

**Richard Musgrave**

**Richard Abel Musgrave** (1910-2007) était un économiste américain d'origine allemande, connu pour avoir appliqué l'approche microéconomique afin de comprendre le fonctionnement de l'État.

*Ex.* : L'absence de droit des contrats pénaliserait sans doute l'activité économique : les travailleurs pourraient craindre de ne pas être rémunérés par l'employeur.

■ Lorsque le marché est défaillant, l'État cherche à y remédier :
– en mettant en place les corrections nécessaires ;

*Ex.* : La fiscalité peut être un levier d'action pour freiner la pollution ; l'instauration des brevets est une incitation à la recherche et développement et à l'innovation.

– en se substituant au marché et en étant lui-même producteur de services non marchands.

*Ex.* : éducation nationale, défense nationale, etc.

## 2 La fonction de redistribution

■ L'État intervient pour corriger une répartition trop inégalitaire des richesses et des revenus.

■ Les inégalités de revenus concernent prioritairement les citoyens qui ne perçoivent aucun revenu de l'activité de production (retraités, demandeurs d'emplois, inactifs, etc.).

■ Son action passe par le versement de prestations ou la prise en charge de dépenses (soins médicaux) financées par des prélèvements obligatoires (impôts, taxes, cotisations) :
– la redistribution peut être verticale : les prélèvements s'opèrent sur les plus aisés en faveur des plus démunis ;
– la redistribution est horizontale lorsqu'elle couvre les risques sociaux (maladie, maternité, etc.) indépendamment des revenus.

Notes

## 3 La fonction de régulation (ou stabilisation)

■ La politique de régulation consiste à agir à court terme sur les fluctuations économiques. Selon **Nicholas Kaldor**, la situation économique d'un pays peut être envisagée à partir de quatre critères : la croissance de l'activité économique, l'évolution du niveau général des prix, l'équilibre extérieur de la balance commerciale et la situation du marché du travail. La recherche d'équilibre passe par une attention à chacun des critères pour former un « carré magique ».

**Nicholas Kaldor**

Nicholas Kaldor (1908-1986) était un économiste britannique, connu pour avoir travaillé sur les cycles économiques. Il justifie ainsi l'intervention de l'État dans l'économie pour en réguler l'activité.

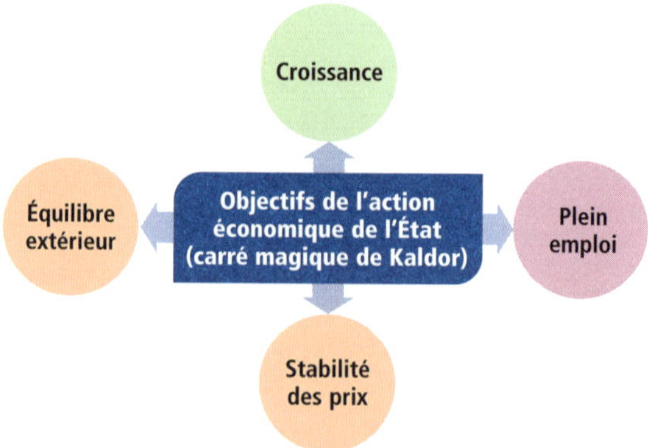


■ Il n'est en pratique pas possible de poursuivre simultanément ces quatre objectifs qui peuvent s'opposer (d'où le qualificatif de « magique »). Ainsi, privilégier la croissance repose sur une demande dynamique qui favorise un dérapage inflationniste, à l'encontre de l'objectif de stabilité des prix.

■ En matière de politique économique, l'État s'appuie sur deux leviers principaux :

– la politique budgétaire : l'État cherche à influer sur l'activité économique *via* ses dépenses et ses mesures fiscales ;

– la politique monétaire : l'État (la BCE pour les pays membres de l'UEM) cherche à influer sur l'activité économique *via* ses émissions de monnaie et son action sur les taux d'intérêt.

À retenir !

- L'État est un agent particulier qui exerce les fonctions d'allocation, de redistribution et de régulation.
- Son action répond à un besoin de justice sociale, de production de services non marchands et de stabilisation de l'activité économique.

# La croissance économique



Notes

Pour évaluer l'activité économique d'un pays, il est nécessaire de définir des indicateurs permettant de mesurer la croissance économique. Au-delà d'une évaluation purement quantitative (PIB ou **PNB**), des approches plus contemporaines s'interrogent sur les aspects qualitatifs du développement économique.

## 1 Mesure et portée de la croissance économique

■ La croissance économique est mesurée par le taux de variation du PIB (produit intérieur brut) d'un pays. Ce dernier peut s'envisager selon trois perspectives :

| | |
|---|---|
| **Optique production** | Le PIB correspond aux richesses produites sur le territoire national. Il est égal à la somme des valeurs ajoutées (VA) produites par les agents.<br>VA = Production – Consommations Intermédiaires |
| **Optique demande** | • Le PIB correspond à l'ensemble des éléments constitutifs de la demande globale.<br>PIB = Consommation + Investissement + (Exportations – Importations)<br>• Le PIB reflète les débouchés des entreprises : la demande interne (consommation et investissement) et la demande externe (exportations). Une partie de ces débouchés est toutefois captée par des entreprises étrangères (importations). |
| **Optique revenu** | Le PIB correspond à l'ensemble des revenus versés aux agents économiques résidents. Ainsi, le PIB par habitant (PIB/population) est un indicateur de revenu moyen. |

■ La croissance est un objectif majeur de la politique économique car elle conditionne l'augmentation du niveau de vie des individus.

■ Pour qu'il y ait une croissance économique, il faut que le PIB/habitant augmente (PIB qui progresse plus rapidement que la population).

**Produit national brut (PNB)**

À la différence du PIB, le produit national brut (PNB) est un indicateur économique qui mesure la richesse produite au cours d'une année par l'ensemble des agents nationaux (qu'ils résident sur le territoire national ou à l'étranger).

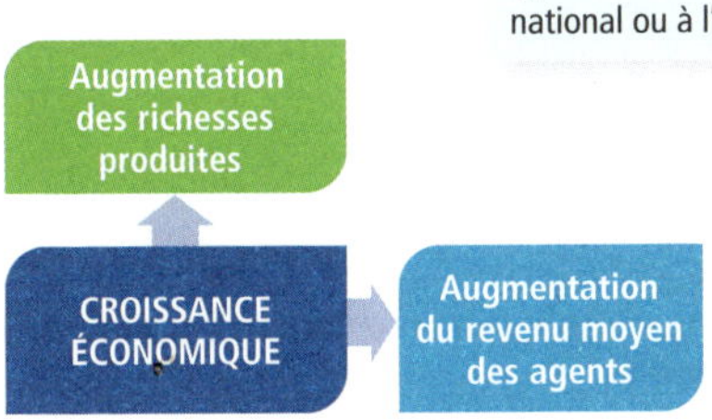

Notes

## 2 Les limites de la croissance

■ La croissance n'est pas toujours synonyme de progrès :
– le progrès et le bien-être ne peuvent se résumer à des aspects exclusivement monétaires ;
– le PIB ne mesure pas parfaitement les richesses produites (non prise en compte des activités bénévoles, sous-estimation des productions non marchandes, etc.) ;
– la croissance peut s'accompagner d'effets indésirables tels que la pollution (externalité négative) ;
– la croissance peut aller de pair avec un creusement des inégalités.

■ Les pouvoirs publics s'attachent donc aujourd'hui à des objectifs plus larges que la simple croissance. La volonté de promouvoir un développement durable en est un exemple. Ce dernier correspond à un « développement qui répond aux besoins du présent sans compromettre la capacité des générations futures de répondre aux leurs » (rapport Brundtland, 1987). En d'autres termes, le développement durable vise à concilier la croissance et une répartition équitable des richesses ainsi que la préservation de l'environnement.

■ D'autres indicateurs que le PIB ont ainsi été élaborés afin de « mieux » mesurer la notion de progrès :
– l'IDH (indicateur de développement humain) est un outil de mesure qui ne néglige pas totalement le PIB (prise en compte du revenu national brut par habitant) mais qui intègre également l'espérance de vie et l'accès aux études ;

**Extrait du classement des États du monde selon l'IDH (en 2021)**

| Rang | État | IDH | PIB/habitant en $ US (rang) |
|---|---|---|---|
| 1 | Norvège | 0,954 | 76 408 (4) |
| 2 | Suisse | 0,946 | 90 358 (3) |
| 6 | Australie | 0,938 | 57 211 (11) |
| … | | | |
| 15 | États-Unis | 0,920 | 66 144 (5) |
| 24 | France | 0,901 | 44 770 (20) |

– l'empreinte écologique est un indicateur qui évalue la pression exercée par les êtres humains sur les ressources naturelles.

À retenir !

■ L'évolution de l'activité économique est un indicateur important permettant d'évaluer la richesse et donc le bien-être d'un pays et de ses habitants. Sa mesure passe par l'élaboration d'indicateurs quantitatifs (PIB) mais aussi qualitatifs (IDH).

# L'existence de déséquilibres

Fiche 96

CEJM

Notes

Les fluctuations de l'activité économique génèrent des déséquilibres sur les marchés. Ces déséquilibres peuvent se traduire par des variations des prix (**inflation** ou **déflation**) et par le développement du **chômage** sur le marché du travail.

## 1 L'inflation et la déflation

### A. Les effets de l'inflation et de la déflation

■ Une inflation trop forte est nuisible pour l'économie :
– elle réduit le pouvoir d'achat des individus (hausse du coût de la vie) ;
– elle crée de l'incertitude sur les recettes et les coûts futurs des entreprises (les coûts d'achat vont-ils progresser plus vite que les prix de vente ?), ce qui peut paralyser l'activité économique.

**Inflation et déflation**

- **Inflation :** élévation généralisée et soutenue des prix.
- **Déflation :** baisse généralisée des prix (ou inflation négative).

■ La déflation peut toutefois s'avérer pire qu'une inflation forte car elle est un symptôme de crise particulièrement grave : la baisse généralisée des prix conduit les entreprises à réduire leurs coûts (notamment salariaux) fragilisant ainsi la demande et les débouchés, ce qui a pour effet d'entretenir la crise (spirale déflationniste).

■ C'est pourquoi les pouvoirs publics visent une relative stabilité des prix (objectif d'une inflation positive de moins de 2 % au sein de l'UEM).

### B. Les multiples causes de l'inflation

| | |
|---|---|
| **Inflation par la demande** | Une forte demande incite les entreprises à augmenter leurs prix. Une croissance forte peut ainsi s'accompagner d'une dérive inflationniste. |
| **Inflation monétaire** | L'inflation est causée par un excès de création monétaire (crédit bancaire notamment). |
| **Inflation par les coûts** | La hausse des coûts conduit les entreprises à augmenter leurs prix pour maintenir leurs marges. |

Notes

## 2 Le chômage

### A. Définition

■ Selon le BIT (Bureau international du travail) est chômeur toute personne en âge de travailler, sans emploi, disponible dans les 15 jours et à la recherche active d'un emploi.

■ En France, la mesure du chômage comprend différentes catégories de chômeurs. Le taux de chômage peut donc différer de celui du BIT. La mesure la plus courante s'appuie sur le nombre de demandeurs d'emplois en fin de mois (Pôle emploi).

### B. Les effets du chômage

■ Outre la perte de revenu dont souffrent les chômeurs, le chômage fragilise le potentiel de croissance d'une économie (facteur travail disponible mais non utilisé) et les débouchés pour les entreprises.

### C. Les multiples causes du chômage

■ Parmi les causes principales du chômage, on peut notamment citer :

– la faiblesse de la croissance et de l'activité des entreprises ;

– le manque de flexibilité du marché du travail (freine l'embauche des entreprises quand la conjoncture est favorable de peur d'avoir à licencier ultérieurement) ;

– le problème de formation (inadéquation avec les besoins des entreprises) ;

– le coût du facteur travail comparé au coût du facteur capital.

### D. Chômage conjoncturel et chômage structurel

■ Le chômage conjoncturel est directement lié aux variations de l'activité économique : en phase de croissance économique, les offres d'emploi augmentent, ce qui fait baisser le taux de chômage.

■ Le chômage structurel ne dépend pas du niveau de l'activité économique mais d'autres facteurs : déséquilibre entre les compétences recherchées par les entreprises et celles des demandeurs d'emploi, manque de flexibilité du travail…

À retenir !

■ Les pouvoirs publics cherchent à agir pour prévenir ou corriger les déséquilibres qui nuisent à l'activité économique, en luttant contre l'inflation (ou la déflation) et le chômage. Cela suppose d'en comprendre les causes (parfois multiples) afin d'y apporter les réponses adéquates.

# Les politiques économiques : finalités et leviers d'action





L'intervention de l'État dans la sphère économique se fait par le biais de **politiques économiques** qui dépendent d'objectifs (**finalités**) qui varient dans le temps et qui s'appuient sur différents **leviers d'action**.

## 1 Les objectifs des politiques économiques

- L'économiste Nicholas Kaldor a identifié quatre objectifs principaux pour les politiques économiques : la croissance économique, le plein emploi, la stabilité des prix et l'équilibre extérieur.
- On parle à ce sujet d'un « carré magique » pour signifier qu'il n'est pas possible de poursuivre simultanément ces quatre objectifs. Ainsi, par exemple :

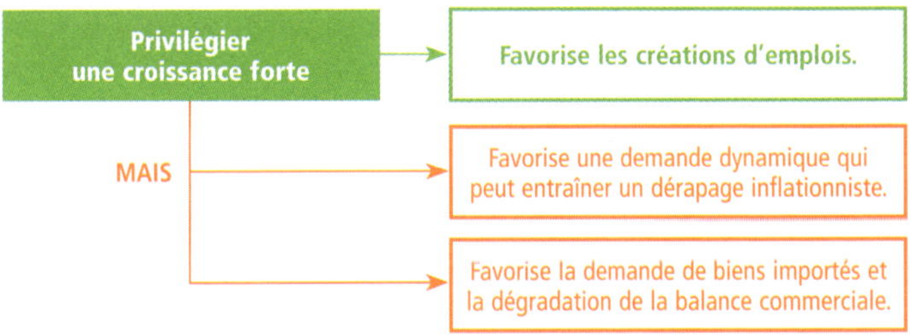


- Les pouvoirs publics doivent donc constamment effectuer des arbitrages et privilégier certains objectifs au détriment d'autres selon le contexte et les déséquilibres observés.

## 2 Les principaux leviers de la politique économique

### A. La politique budgétaire

- La politique budgétaire (et fiscale) consiste à agir sur les dépenses et recettes publiques.
- Une politique budgétaire expansionniste (ou de relance) consiste à augmenter les dépenses publiques et/ou alléger la fiscalité :

– pour augmenter les revenus des agents (embauche de fonctionnaires, baisses d'impôts) ;
– pour accroître les débouchés des entreprises (consommation, investissement) ;
– pour accélérer la croissance économique.

Notes

■ À l'inverse, une politique budgétaire visant à rétablir l'équilibre budgétaire en réduisant les dépenses et/ou en alourdissant la fiscalité sera qualifiée de politique de rigueur ou d'austérité.

### B. La politique monétaire

■ La politique monétaire consiste principalement à agir sur les taux d'intérêt et la quantité de monnaie dans l'économie (*via* le crédit bancaire).

■ Une politique monétaire restrictive (ou de rigueur ou d'austérité) consiste principalement à augmenter les taux d'intérêt :
– elle renchérit le coût du crédit bancaire ;
– elle freine la création monétaire et la demande ;
– elle réduit le risque inflationniste.

■ À l'inverse, une politique monétaire visant à faire baisser les taux d'intérêt sera qualifiée de politique monétaire expansionniste (ou de relance).

### C. Les autres leviers

■ La politique économique s'appuie aussi sur ce qui relève de la fonction d'allocation de l'État, notamment son pouvoir réglementaire : définir le niveau du SMIC, des cotisations, faire évoluer le droit du travail, élever le niveau de formation des individus, etc.

■ La politique économique de l'État peut également être plus ciblée avec, par exemple, la mise en place :
– d'une politique industrielle : soutien public ciblé à certaines branches professionnelles ;
– d'une politique de change : **dévaluation** de la monnaie nationale pour favoriser la compétitivité des entreprises nationales ;
– d'une politique commerciale : instauration de taxes sur les importations pour protéger l'industrie nationale ;
– etc.

**Dévaluation compétitive**
Opération consistant pour un pays à abaisser le taux de change de sa monnaie afin d'accroître ses exportations et de diminuer ses importations.

*Ex.* : En 2018 et 2019, les États-Unis ont instauré des taxes sur les importations de produits chinois pour protéger leur industrie.

À retenir !

■ Les politiques budgétaires et monétaires constituent les principaux leviers d'action à la disposition d'un État pour agir dans la sphère économique. Des politiques spécifiques permettent de mener une action plus sectorielle ou répondant à un objectif ciblé.

# Les politiques conjoncturelles et structurelles

Fiche 98

CEJM

Notes

L'État intervient dans la sphère économique soit pour agir sur le niveau global de l'activité économique à court terme, soit pour améliorer à long terme l'environnement économique des entreprises. On distingue alors les politiques conjoncturelles des politiques structurelles.

## 1 Les politiques conjoncturelles

■ Les politiques conjoncturelles visent à agir sur la demande globale afin de stabiliser la conjoncture économique.

| Types de politiques | Politique économique mobilisée | Moyens employés | Objectifs privilégiés |
|---|---|---|---|
| **Politiques expansionnistes (ou de relance)** | Politique budgétaire | Creusement du déficit budgétaire (↗ dépenses, ↘ impôts) pour stimuler la demande | Croissance et emploi |
| | Politique monétaire | ↘ taux d'intérêt pour stimuler le crédit et la demande | |
| **Politiques de rigueur (ou d'austérité)** | Politique budgétaire | Résorption du déficit budgétaire pour freiner la demande | Stabilité des prix et équilibre extérieur |
| | Politique monétaire | ↗ taux d'intérêt pour freiner le crédit et la demande | |

■ Les politiques conjoncturelles sont dites « contracycliques » car elles cherchent à corriger les variations de l'activité économique afin de maintenir un rythme de croissance stable à moyen terme. L'État s'appuie principalement sur la politique budgétaire, la politique monétaire reposant sur la banque centrale européenne.

## 2 Les politiques structurelles

■ Les politiques structurelles sont plus particulièrement centrées sur l'offre. Les actions de l'État visent principalement à mettre en place un contexte favorable à l'activité des entreprises et à favoriser les mécanismes d'un marché concurrentiel ; les effets ne se font donc généralement ressentir qu'à moyen terme, voire à long terme.

*Ex.* : • Politiques de formation (élévation du niveau de formation, promotion de la formation continue, etc.).
• Politique de déréglementation du travail (flexibilité horaire, etc.).

Notes

## 3 Limites et difficultés de l'intervention de l'État

■ Les politiques conjoncturelles et structurelles peuvent être difficiles à concilier.

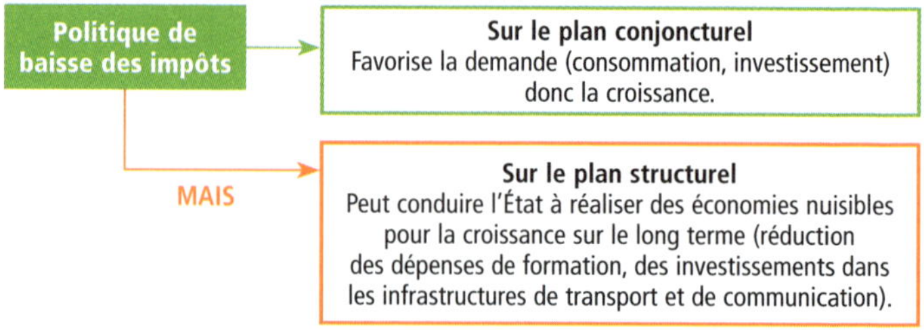


■ De plus, dans des économies ouvertes, les politiques conjoncturelles peuvent se traduire par une hausse des importations et un creusement du déficit commercial si les entreprises nationales ne peuvent répondre à la hausse de la consommation des ménages (ce qui limite leur impact sur la croissance).

■ L'État fait face à certaines contraintes et difficultés qui réduisent ses marges de manœuvre :

– une légitimité en matière de régulation économique parfois contestée ;

– des marges de manœuvre réduites sur le plan budgétaire : une fiscalité en France considérée comme lourde et une dette publique élevée (environ 100 % du PIB en 2019) ;

– l'obligation de respecter les engagements pris dans le cadre de l'appartenance à l'Union européenne (limitation du déficit public à 3 % du PIB) ;

– une mondialisation qui crée des interdépendances plus fortes entre les pays : une diminution de la croissance chez nos partenaires économiques a un impact direct sur nos exportations et donc sur la croissance de notre économie.

■ L'ampleur des effets de la crise Covid a conduit l'État français (comme ceux des autres pays) à engager un plan massif de soutien et de relance de l'activité. Les règles budgétaires de l'Union européenne ont ainsi été temporairement suspendues.

à retenir !

■ Face à un ralentissement de l'activité économique, l'État peut intervenir par le biais de sa politique conjoncturelle. À plus long terme, il cherche à favoriser l'activité des entreprises en mettant en œuvre une politique structurelle.

# Les limites de l'intervention de l'État dans une économie internationalisée

Fiche 99

CEJM

Notes

L'intervention de l'État dans l'économie est de plus en plus remise en cause du fait de l'interdépendance des économies ou de l'existence de déséquilibres dont la résolution dépasse les frontières nationales.

## 1 L'ouverture commerciale croissante

### A. Une ouverture croissante des économies aux échanges internationaux

■ Le degré d'ouverture des économies (poids des échanges extérieurs dans le PIB) a fortement progressé depuis la Seconde Guerre mondiale : progrès en matière de transports et de communications, rôle de l'**OMC** et réduction des barrières à l'échange telles que les droits de douane.

**OMC (Organisation mondiale du commerce)**
Organisation internationale, créée en 1944, qui définit des règles régissant le commerce international entre les pays, et dont l'objectif principal est d'accroître les échanges internationaux.

■ Les politiques de relance ont une efficacité moindre : la stimulation de la demande profite en partie à des produits importés ; elle ne dynamise donc pas l'activité des entreprises locales.

### B. La mesure de l'ouverture des économies

■ L'ouverture d'une économie peut s'évaluer de différentes manières :

– degré d'ouverture d'une économie : ce taux mesure la part du commerce international dans l'activité économique d'une nation :

Degré d'ouverture = [(importations + exportations) / 2] / PIB × 100

– le taux de couverture : ce taux permet d'évaluer la capacité d'une nation à équilibrer ses échanges avec l'extérieur :

Taux de couverture = (valeur des exportations/valeur des importations) × 100

– le compte des transactions courantes : il permet de mesurer les conséquences de l'ouverture d'une économie sur la richesse globale d'une nation en distinguant les principaux flux financiers selon leurs origines (échanges de biens, de services, transfert de revenus, autres transferts). Le compte des transactions courantes regroupe à la fois :

• les échanges de biens (solde commercial = exportations de marchandises – importations de marchandises) ;
• les échanges de services : tourisme, transports, services bancaires, assurance, etc. ;

Notes

- les transferts de revenus : ensemble des revenus des facteurs de production implantés à l'étranger (dividendes, intérêts perçus de placements à l'étranger, salaires, etc.) ;
- les transferts courants : transferts sans contrepartie (contribution au budget européen, dons accordés à d'autres États, etc.).

– Un compte des transactions courantes positif signifie qu'une nation s'enrichit globalement.

## 2 La mobilité internationale des capitaux

■ La plus grande mobilité des capitaux (mouvements financiers internationaux, délocalisations d'activité) crée des interdépendances fortes entre les pays et accentue les problèmes et contraintes suivants :
– les disparités en matière de coût du travail et de fiscalité qui affectent la compétitivité et l'attractivité des pays ;
– la perte d'autonomie des politiques monétaires et des politiques de change ;
– la nécessaire prise en compte du problème du financement des dettes souveraines (émises par un État ou une banque centrale).

## 3 Les problèmes à appréhender à l'échelle internationale

■ Les règlementations et politiques menées à l'échelle nationale ne suffisent plus face à certains phénomènes (évasion fiscale, puissance des multinationales qui tendent à devenir apatrides) et à certains problèmes qui ne peuvent être traités qu'à l'échelle internationale, parmi lesquels :
– les crises bancaires ou financières d'ampleur mondiale : la mise en place de règles contraignantes pour les organismes financiers, si elles ne concernent qu'un pays, peut entraîner une fuite des capitaux ;
– certains problèmes environnementaux tels que les gaz à effet de serre et le réchauffement climatique.

## 4 Les perspectives

■ La mondialisation économique rend donc les économies de plus en plus interdépendantes, ce qui réduit l'autonomie et l'efficacité des politiques économiques nationales.

■ Un pays ne peut mener une politique économique propre sans s'interroger au préalable sur son impact en matière de compétitivité, sans envisager de possibles fuites de capitaux qui fragiliseraient le financement de l'activité économique.

À retenir !

■ Le développement du commerce international se traduit par une plus grande interdépendance entre les pays. Ce phénomène de mondialisation limite d'autant l'efficacité des politiques économiques nationales.

# Le rôle du droit dans la régulation économique

Fiche 100

CEJM

Le **droit** fixe les règles du jeu de la concurrence pour les entreprises. Certaines règles sont dites d'ordre public, c'est-à-dire **impératives**, et d'autres sont dites **supplétives**, c'est-à-dire susceptibles de règles contractuelles alternatives.

## 1 Les caractères de la règle de droit

■ La règle de droit peut imposer, interdire ou permettre.

*Ex.* : Le droit oblige une entreprise à déclarer ses bénéfices au Trésor public, interdit le vol et permet d'opter pour différents statuts juridiques pour fonctionner (SA, SAS, SARL, etc.).

**Droit**

Ensemble des règles qui régissent les rapports des hommes entre eux. Il suppose des prérogatives individuelles (les droits subjectifs) que les institutions protègent (le droit objectif).

■ Le législateur et les institutions de l'État au sens large jouent donc un rôle fondamental pour régir les rapports sociaux. Les juges complètent par leur jurisprudence les insuffisances de la loi.

■ Deux institutions jouent un rôle spécifique dans la régulation juridique de l'économie :
– l'autorité de la concurrence pour la France ;
– la Commission européenne pour l'Union européenne.

## 2 Les règles impératives : l'ordre public

### A. L'ordre public et le respect des libertés individuelles

■ L'autonomie de la volonté, la liberté contractuelle et la liberté du commerce et de l'industrie ne sont garanties qu'à condition qu'elles respectent un intérêt général impérieux appelé « ordre public ». La cohésion de l'ensemble prime sur les prérogatives individuelles.

*Ex.* : *Article 1102 du Code civil*

Chacun est libre de contracter [...] **dans les limites fixées par la loi. La liberté contractuelle ne permet pas de déroger aux règles qui intéressent l'ordre public.**

■ La notion d'ordre public fait référence à des règles impératives auxquelles on ne peut pas déroger, par opposition aux règles supplétives où l'individu peut proposer des aménagements selon son bon vouloir.

Notes

Notes

### B. L'ordre public de direction et l'ordre public de protection

■ Généralement le législateur régule l'activité économique :
– selon l'ordre public de direction : il regroupe l'ensemble des règles qui ont pour vocation de fixer les limites entre ce qui est interdit et ce qui est autorisé ; cet ordre public vise à protéger l'intérêt général et à manifester des choix de société où la liberté est limitée ;

*Ex.* : L'interdiction de la mise sur le marché des organes humains pour de l'argent.

– selon l'ordre public de protection : il regroupe l'ensemble des règles impératives qui ont pour vocation de protéger les parties faibles (les mineurs, les salariés, les consommateurs).

*Ex.* : Le montant du SMIC protège les salariés face à leur employeur.

## 3 Les finalités des règles de droit

■ Le droit assure principalement cinq grandes finalités :

| Fonction | Principe | *Exemple* |
|---|---|---|
| **Assurer l'ordre social** | Les règles de droit évitent l'anarchie et contribuent au vivre ensemble. | Les commerçants ne peuvent pas exercer de pratiques commerciales déloyales. |
| **Orienter les choix de développement d'une société** | À travers les lois qu'elle vote, une société poursuit un modèle de vie collective qui lui est propre. | Les grands hypermarchés sont interdits dans les centres-villes. |
| **Garantir des règles stables dans le temps** | Lorsque les règles sont clairement établies et respectées, elles permettent aux personnes de prendre des engagements les unes envers les autres. | Les clauses d'un contrat fixent les relations entre les cocontractants pour le temps d'exécution du contrat. |
| **Assurer la sécurité des personnes** | Pour vivre ensemble, les personnes doivent respecter les libertés de chacun et ne pas nuire à autrui. | Un vendeur s'engage à ne pas mettre sur le marché un produit défectueux. |
| **Assurer la sécurité des biens** | Les individus sont responsables des biens dont ils sont propriétaires. | Un bien mis en circulation ne doit pas entraîner de dommage à son utilisateur. |

À retenir !

■ Les règles de droit, impératives ou supplétives, permettent ou obligent des comportements. Elles contribuent, notamment, à réguler les relations économiques entre les agents sur les marchés.

# Le droit de la concurrence

Fiche 101

CEJM

La liberté du commerce et de l'industrie a été proclamée en 1791. **Le droit de la concurrence** a pour objectif majeur de protéger le marché, d'une part en favorisant la concurrence, d'autre part en la protégeant. Ainsi, certains comportements sont considérés comme étant anticoncurrentiels, donc interdits, et d'autres sont règlementés. L'ensemble est encadré par des Autorités Administratives Indépendantes (AAI).

**La liberté du commerce et de l'industrie**

## 1 L'interdiction des pratiques anticoncurrentielles

### A. Les pratiques anticoncurrentielles sanctionnées pénalement

| Pratique anticoncurrentielle | Article | Principe |
|---|---|---|
| **L'entente** | • *Article L. 420-1 du Code du commerce*<br>• *Article 101 du Traité sur le fonctionnement de l'UE* | Toute forme d'accord entre entreprises qui cherche notamment à limiter l'accès au marché, à faire obstacle à la libre fixation des prix est interdit. |
| **L'abus de position dominante** | • *Article L. 420-2 du Code de commerce*<br>• *Article 102 du Traité sur le fonctionnement de l'UE* | Une entreprise a le droit d'exploiter une position dominante mais pas d'en abuser. |

Notes

■ À titre exceptionnel, les ententes et les abus de position dominante sont autorisés lorsqu'un texte règlementaire ou législatif le prévoit explicitement, ou lorsque l'entente peut assurer un progrès économique, la création d'emploi ou le partage équitable du profit qui en résulte, notamment pour le consommateur.

■ Les pratiques anticoncurrentielles sont sanctionnées par l'autorité de la concurrence en droit français et par la Commission européenne sur le marché européen. Les sanctions sont des amendes financières et/ou la cessation du comportement illicite.

### B. Les pratiques déloyales sanctionnées civilement

■ **Les conditions de l'action en concurrence déloyale**

– Une victime de concurrence déloyale peut agir en justice par une action en concurrence déloyale dans un délai de 5 ans à partir du jour où la victime a connaissance du dommage ou lors de la cessation des agissements déloyaux.

**Concurrence déloyale**

Ensemble des procédés concurrentiels contraires à la loi ou aux usages, constitutifs d'une faute intentionnelle ou non, et de nature à causer un préjudice aux concurrents.

Notes

– Pour être efficace, le demandeur doit apporter la preuve de trois conditions :

**La faute du professionnel** ← **Le lien de causalité entre les deux** → **Le préjudice de la victime**

**Direct et certain**

**4 formes possibles :**
– le dénigrement ;
– l'imitation ou la recherche de confusion ;
– la désorganisation de l'entreprise ;
– la désorganisation du marché.

**5 types de dommage :**
– la dépréciation d'un élément attractif de la clientèle (comme une marque) ;
– la diminution d'un avantage concurrentiel ;
– le détournement de clientèle ;
– la gêne dans les initiatives commerciales ;
– l'atteinte à l'image de marque.

**■ Les sanctions de la concurrence déloyale**

– Le versement de dommages et intérêts pour indemniser la victime du préjudice subi peut être à titre financier, matériel ou moral (atteinte à l'image de l'entreprise, à sa réputation).

– À titre complémentaire, le juge peut également ordonner la cessation du comportement déloyal ou la publication du jugement.

## 2 Les pratiques concurrentielles réglementées : le contrôle des concentrations

■ Les entreprises ont naturellement vocation à acquérir des parts de marché pour tendre vers une situation de monopole. Le but de la régulation est de contrôler les opérations de concentration afin que la concurrence soit maintenue.

**■ La définition des opérations de concentration**

– *Les articles L. 430-1 et suivants du Code de commerce* précisent les opérations visées. La concentration suppose :

• soit une opération de fusion entre entreprises ;

• soit une prise de contrôle d'une ou plusieurs entreprises par prise de participation.

**■ La procédure de contrôle**

– L'autorité de la concurrence, qui est une autorité administrative indépendante, intervient lorsque l'opération de concentration dépasse certains seuils financiers définis par une ordonnance du 29 mars 2011.

– La Commission européenne procède au même type de contrôle selon les seuils fixés par le règlement communautaire du 20 janvier 2004.

À retenir !

■ Les autorités administratives indépendantes telles que l'autorité de la concurrence pour la France ont la charge de réguler l'économie en encourageant la concurrence et en contrôlant les concentrations.

# Le droit de la propriété industrielle : le brevet et la marque

Fiche 102

CEJM

Notes

Dans un monde concurrentiel, l'État accorde un monopole d'exploitation temporaire et une protection contre les reproductions sans autorisation aux entreprises qui se démarquent par une innovation, formalisée par un **brevet**, ou par un signe distinctif, concrétisé par une **marque**.

## 1 Les brevets d'invention

*(articles L. 611-1 et suivants du Code de la propriété intellectuelle)*

**Brevet**

**Titre juridique délivré par un organisme public** (Institut national de la propriété industrielle en France, INPI) qui confère à son titulaire un **monopole temporaire d'exploitation de l'invention** (20 ans). En contrepartie, le titulaire du brevet doit divulguer le contenu de son invention et payer une redevance annuelle à l'INPI.

■ Pour être brevetable, une invention doit remplir quatre conditions :

– avoir un caractère industriel : être utilisable dans l'industrie ou l'agriculture ;

– être nouvelle : produits ou procédés nouveaux, combinaisons nouvelles de procédés déjà connus ; ne pas avoir déjà fait l'objet d'une demande de brevet ; ne pas avoir été divulguée ;

– impliquer une activité inventive : il en est ainsi lorsque, pour un homme du métier, l'invention ne découle pas d'une manière évidente de l'état de la technique ;

– être licite : ne pas être contraire à l'ordre public et aux bonnes mœurs.

■ Par principe, le propriétaire du brevet est le déposant. Toutefois, une entreprise est propriétaire du brevet dès lors que l'invention a été mise au jour par un salarié travaillant pour le compte de l'entreprise.

## 2 Les marques

*(articles L. 711-1 et suivants du Code de la propriété intellectuelle)*

**Marque**

**Signe susceptible de représentation graphique servant à distinguer les produits ou services d'une personne physique ou morale.** Elle joue un rôle actif dans la pérennité de l'entreprise, permettant notamment d'attirer et de retenir la clientèle.

■ Une fois déposée, la marque est protégée pendant 10 ans renouvelables indéfiniment.

***Exemples de marques :*** Google, Danone, Décathlon, Renault.

Notes

■ Pour être valablement déposée, la marque doit remplir quatre conditions :

| Condition : la marque doit… | Explication |
|---|---|
| **être originale et distinctive** | Elle ne doit pas être la désignation générique ou usuelle du produit ou la forme imposée par la nature. |
| **ne pas être déceptive** | Elle ne doit pas tromper le public sur le produit ou le service. |
| **être nouvelle** | Elle ne doit pas porter atteinte à des droits antérieurs : une autre marque déjà enregistrée, une marque notoire, même non déposée s'il y a risque de confusion, etc. |
| **être licite** | Certains signes sont réservés ou prohibés. |

■ Lors du dépôt de la marque, le déposant doit déclarer les « classes » dans lesquelles il souhaite la protéger. Il existe 45 classes rassemblées dans un document appelé la « classification de Nice ».

## 3 La protection de la propriété industrielle

### A. Les formalités de protection

■ Pour bénéficier de la protection liée au brevet ou à la marque, les entreprises doivent réaliser un dépôt à l'Institut national de la propriété industrielle (INPI) en France. La protection est également accordée au niveau européen par le dépôt d'un brevet européen ou d'une marque communautaire.

### B. L'action en contrefaçon

■ Le brevet comme la marque représentent pour la plupart des entreprises une grande valeur patrimoniale, c'est pourquoi il est nécessaire de les protéger. Dès lors que le brevet ou la marque sont déposés, ils confèrent un monopole d'exploitation que le propriétaire peut utiliser à sa guise comme un droit de propriété. Il peut le conserver pour lui, octroyer des licences d'exploitation ou encore le céder.

■ Si quelqu'un porte atteinte à ce monopole d'exploitation sans avoir eu l'autorisation du propriétaire du titre juridique, ce dernier peut agir en contrefaçon. La contrefaçon est un délit pénal.

■ Si la contrefaçon n'est pas une reproduction identique de l'invention ou de la marque, l'entreprise titulaire du titre peut agir en concurrence déloyale contre l'entreprise malveillante.

À retenir !

■ Grâce au droit de la propriété industrielle, l'État concilie régulation du jeu de la concurrence économique et incitation au progrès technique.

# Les caractéristiques de l'environnement

Fiche 103

CEJM

Notes

Pour définir sa stratégie, une entreprise doit au préalable analyser ses forces et ses faiblesses internes et les confronter aux opportunités et menaces de son environnement. Elle réalise pour cela un diagnostic stratégique.

## 1 Les sources de l'avantage concurrentiel

■ Une entreprise s'intéresse en premier lieu aux forces et faiblesses qui la caractérisent vis-à-vis de ses principaux concurrents sur le marché.

■ Pour définir ses sources d'**avantage concurrentiel**, une entreprise doit mener un diagnostic global de son environnement.

**Avantage concurrentiel**
Élément qui différencie une entreprise de ses concurrents et lui procure un avantage sur eux ; c'est un facteur clé de succès, un atout stratégique.

*Ex.* : L'industrie du luxe fait de la marque un élément important de différenciation.
Les groupes de distribution unissent leurs services achats pour peser sur la négociation avec les fournisseurs.
Apple a développé un système d'exploitation spécifique et fermé pour éviter la concurrence des autres entreprises du secteur.

■ Selon **Michael Porter**, les cinq forces de la concurrence sont :

– l'existence de produits de substitution qui exerce une pression indirecte sur le marché de l'entreprise ;

– le pouvoir de négociation des fournisseurs qui mesure le degré de dépendance d'une entreprise par rapport à ses fournisseurs ;

– le pouvoir de négociation des clients qui mesure les conditions d'achat qui peuvent être négociées par les clients ;

– l'intensité de la concurrence sur le marché (taille et nombre des entreprises concurrentes) ;

– l'existence de barrières à l'entrée qui limitent la menace de nouveaux entrants potentiels sur le marché.

**Michael Porter**
Professeur de stratégie d'entreprise à l'université d'Harvard, Michael Porter, né en 1947, est devenu célèbre pour son analyse sur la manière dont une entreprise peut obtenir un avantage concurrentiel en maîtrisant mieux que ses concurrents les forces qui structurent son environnement concurrentiel.

Notes

## 2 Le modèle Pestel

■ Le modèle PESTEL propose une analyse plus globale de l'environnement que celle de Michael Porter.

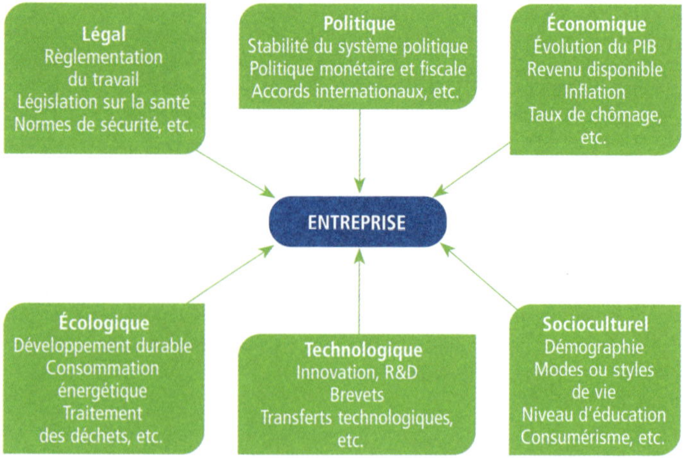


■ Le diagnostic stratégique fait donc apparaître les forces et faiblesses de chaque entreprise (diagnostic interne) vis-à-vis des différentes composantes de son environnement (diagnostic externe) et lui permet ainsi d'adapter sa stratégie pour réagir.

*Ex.* : **Caractéristique socioculturelle de l'environnement (modèle PESTEL)**
Les confiseurs ont signé en juin 2018 une charte de déontologie et d'engagement pour rendre les bonbons plus transparents. Fini donc l'ajout du colorant E171, cancérogène, et place à un étiquetage plus clair pour les consommateurs. Par ailleurs, les fabricants de sucreries prévoient d'innover en créant des produits allégés en sucre, voire sans sucre.

■ Dans un environnement de plus en plus incertain et complexe, la force d'une entreprise réside en grande partie dans ses capacités d'analyse de l'environnement, d'adaptation et de réactivité, ce qui l'amène à revoir son organisation et ses processus de décision.

*À retenir !*

■ Le diagnostic stratégique est un outil d'aide à la décision qui permet de définir l'avantage concurrentiel sur lequel une entreprise va se fonder pour assurer son développement. De nombreux outils et grilles d'analyses peuvent permettre l'élaboration de ce diagnostic : modèle de Michael Porter, modèle PESTEL, etc.

# Le rôle de l'innovation

Fiche 104

CEJM

Pour rester compétitives, les entreprises consacrent une part importante de leurs ressources à innover et se constituer un patrimoine technologique qui leur permettra de bénéficier d'un avantage concurrentiel.

## 1 L'innovation

**Innovation**
Ensemble des démarches scientifiques, technologiques, organisationnelles, financières et commerciales qui aboutissent à la réalisation de produits, procédés ou processus nouveaux ou améliorés.

■ L'**innovation** distingue notamment :
– la création de produits nouveaux qui répondent mieux aux besoins des consommateurs ;
– la satisfaction d'un besoin nouveau qui permet à l'entreprise de se démarquer de la concurrence ;
– l'amélioration de la qualité d'un produit qui permet parfois d'offrir de nouveaux services au consommateur ;
– la conquête de nouveaux débouchés soit à l'international, soit en touchant de nouvelles clientèles ;
– la mise au point d'une nouvelle méthode de production afin de réaliser des gains de productivité.

■ Ces innovations permettent à l'entreprise de différencier sa production et d'obtenir un avantage concurrentiel temporaire sur le marché.

***Exemples d'innovations*** : Les grands constructeurs automobiles se lancent dans la production de véhicules électriques pour remplacer les véhicules diesel et à essence. Dyson abandonne l'aspirateur avec fil à la suite de ses innovations technologiques.

## 2 Le patrimoine technologique

■ **Le patrimoine technologique** regroupe l'ensemble des technologies possédées par une entreprise, qu'elles soient émergentes (technique en phase de développement), clés (déterminantes dans l'avantage concurrentiel de l'entreprise) ou de base (nécessaires mais non discriminantes par rapport à la concurrence).

■ Ce patrimoine doit être protégé pour éviter qu'il ne soit utilisé par les entreprises concurrentes. Cela passe notamment par un dépôt de brevet qui assure la protection et la valorisation des inventions, des innovations et des créations. Ces brevets peuvent couvrir le territoire national mais aussi s'appliquer au niveau international et protéger ainsi l'entreprise des risques de contrefaçon.

Notes

Notes

■ Dans une économie de plus en plus tournée vers le secteur tertiaire et le numérique, la propriété industrielle concerne de plus en plus le patrimoine immatériel d'une entreprise (la marque, le nom commercial, le nom de domaine ainsi que les appellations d'origine).

■ La connaissance du patrimoine technologique de l'entreprise est un élément déterminant de la politique d'innovation qui pourra être décidée par le manager.

## 3 Le développement du patrimoine technologique

■ Pour accroître son patrimoine technologique, l'entreprise dispose de nombreux outils :

– la recherche et le développement : l'ensemble des travaux de création entrepris de façon systématique en vue d'accroître la somme des connaissances et son utilisation pour de nouvelles applications ;

– la veille technologique : l'ensemble des techniques licites qui organisent de façon systématique la collecte d'informations technologiques, l'analyse, la diffusion et l'exploitation de ces informations utiles à la croissance et au développement de l'entreprise ;

– la démarche qualité : mode de management qui consiste à rechercher l'amélioration continue et progressive des pratiques existantes.

■ Les activités de recherche et développement nécessitent la mobilisation de capitaux, de temps et de personnel pour des résultats de recherche (ou de faisabilité), par principe, aléatoires. La question du financement de ces activités se pose donc logiquement pour le manager et, tout particulièrement, pour les PME qui n'ont pas toujours les capitaux suffisants.

■ Les dépenses de recherche et développement représentent un peu plus de 2 % du PIB en France. En 2020, les entreprises françaises ont déposé 14 309 brevets à l'INPI, 106 115 marques et 5 903 dessins et modèles. Le classement 2020 confirme qu'en France, le secteur automobile (et ses fournisseurs) reste le principal secteur concerné par la protection intellectuelle avec PSA (1 239), puis SAFRAN (1 103) et VALEO (819).

À retenir !

■ L'innovation est au cœur de la stratégie de nombreuses entreprises qui cherchent ainsi le moyen de se constituer un avantage compétitif. Le poids des investissements en recherche et développement est un bon indicateur pour évaluer l'engagement d'une entreprise à se constituer un patrimoine technologique.

# Les facteurs de production





Afin d'assurer la production de biens ou de services, **l'entreprise s'appuie sur des facteurs de production** qui correspondent aux moyens humains, matériels et immatériels qu'elle utilise.

## 1 Le choix d'un mode de production

■ La majorité des entreprises opère dans un but lucratif : elles cherchent à adopter un **mode de production** tel que la valeur de la production excède les coûts engendrés par l'utilisation de facteurs.

**Mode de production**
Manière dont les différents facteurs de production (ressources, matérielles ou non) sont organisés et utilisés dans le processus de production pour réaliser un bien ou un service.

Notes

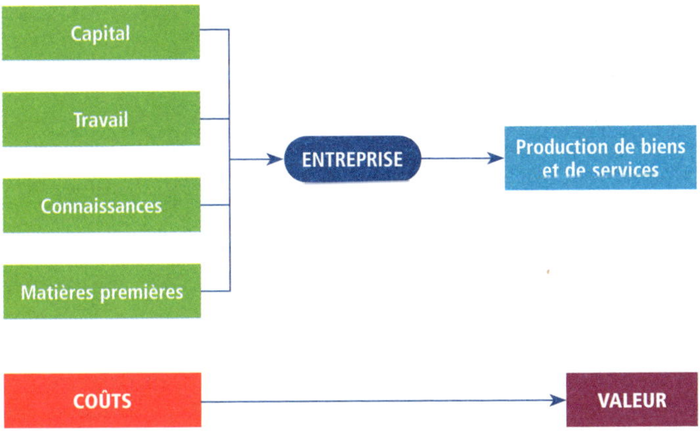


■ Le choix d'un mode de production dépendra du type de production de l'entreprise :
– production en série (réalisation de produits standardisés fabriqués en grand nombre), par lots ou à l'unité (production en fonction des commandes passées sur des biens non standardisés) ;
– production en continu (production en flux continus qui peut se faire 24 heures sur 24) ou discontinue (selon l'activité de l'entreprise ; ***ex. :*** la restauration).

■ Les services font l'objet d'un mode de production spécifique : ils ne sont, en effet, pas stockables et sont consommés immédiatement après avoir été produits.

Notes

## 2 Les principaux facteurs de production

■ Les entreprises combinent plusieurs facteurs de production pour fabriquer des biens ou proposer des services.

■ Le facteur capital peut être envisagé de deux manières :

– les moyens financiers nécessaires au développement de l'activité. Sur le plan comptable, le capital s'apparente à un passif, par exemple, le capital social ;

– les moyens matériels (et immatériels) permettant la production. Sur le plan comptable, le capital s'apparente à des immobilisations (actif), par exemple, les équipements et les machines.

■ Le facteur travail regroupe l'ensemble des moyens humains nécessaires à la production, qu'ils soient permanents (CDI) ou temporaires (CDD, intérim, etc.).

■ Les connaissances prennent une part de plus en plus importante dans le processus de production, car elles sont source de différenciation, d'innovation et de **progrès technique**. Elles résultent, par exemple, d'activités de R&D et de la formation des salariés. Elles s'apparentent à un capital immatériel lorsqu'elles prennent la forme de brevets, de logiciels. Sur le plan comptable, on parle d'immobilisations incorporelles.

**Progrès technique**
Ensemble des innovations permettant d'améliorer l'efficacité du système productif, de créer de nouveaux produits ou de nouveaux procédés commerciaux.

■ Les matières premières, contrairement au capital, sont détruites lors du processus de production et sont généralement incorporées aux biens et aux services réalisés.

■ Le mode de production retenu doit permettre à l'entreprise d'optimiser l'utilisation de ses facteurs de production. La recherche d'une production en « juste-à-temps » permet la réduction des délais durant le cycle de fabrication en ajustant en temps réel les quantités produites à la demande exprimée par les clients. Ceci permet de réduire les stocks sur l'ensemble du cycle de production de l'entreprise.

*À retenir !*

- Le processus productif est déterminé par le mode de production adopté par une entreprise pour réaliser un bien ou un service à partir des facteurs de production à sa disposition.
- Les principaux facteurs de production utilisés sont le facteur travail, le facteur capital, le capital immatériel ainsi que les matières premières.

# Les gains de productivité et les coûts de production

Fiche 106

CEJM

Notes

Pour rester compétitive, une entreprise s'engage dans un processus constant d'amélioration de son processus productif afin de réaliser des **gains de productivité** qui lui permettront de réduire ses **coûts de production**. Pour cela, elle adapte sa **combinaison productive** en fonction du coût relatif des différents facteurs de production.

## 1 Productivité et progrès technique

- Les gains de productivité correspondent à un accroissement de la productivité.
- L'entreprise peut soit produire autant avec moins de facteurs, soit produire plus en volume ou créer plus de valeur avec une même quantité de facteurs.
- Les gains de productivité sont le fruit du progrès technique qui peut provenir :
  - d'une élévation des qualifications des travailleurs ;
  - d'un investissement dans des équipements plus performants ;
  - d'une meilleure organisation de la production.

**Productivités**

- **Productivité :** rapport entre une production et l'ensemble des moyens humains, financiers et techniques mis en œuvre pour assurer cette production. La productivité peut aussi être déterminée pour un facteur spécifique (productivité du travail, du capital).
- **Productivité horaire :** valeur d'une production/nombre d'heures nécessaires à sa production.

## 2 Les coûts de production

- Les coûts de production sont déterminés à partir des facteurs de production utilisés.

| Facteurs de production | Éléments de coût |
|---|---|
| **Capital (financier)** | • Le coût du capital est surtout reflété par le taux d'intérêt.<br>• Le taux d'intérêt représente le coût d'un financement lorsqu'il s'agit d'emprunt. |
| **Travail** | • Tensions sur le marché du travail (faible/forte demande pour un métier, pénurie de main-d'œuvre, etc.).<br>• Aspects fiscaux et sociaux (cotisations).<br>• Formations à mettre en place pour les nouveaux embauchés.<br>• Etc. |
| **Connaissances** | • Coûts des activités de R&D, coût de formation des salariés.<br>• Achats ou licences d'exploitation de brevets.<br>• Etc. |
| **Matières premières** | • Cours des matières premières.<br>• Éventuels coûts induits (externalités négatives → paiement d'écotaxes). |

Notes

## 3 Le choix d'une combinaison productive

■ La combinaison productive (part des différents facteurs utilisés dans le processus de production) résulte d'un arbitrage entre le coût des facteurs et leur productivité.

■ Ainsi, une entreprise peut choisir d'automatiser plus fortement sa production (renforcer la part du capital au détriment du facteur travail) lorsque plusieurs phénomènes le favorisent, par exemple :

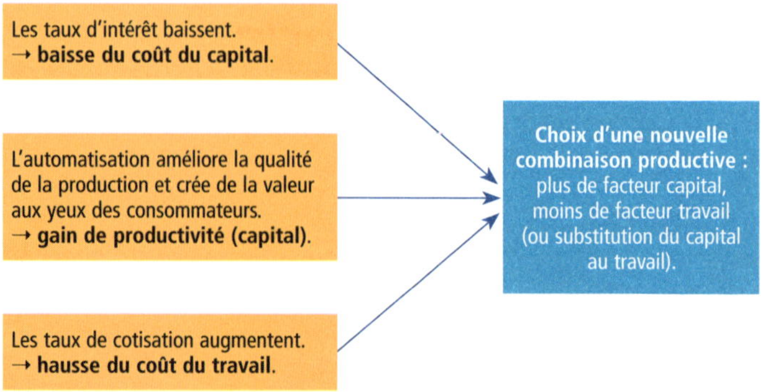


■ La productivité globale résulte de la combinaison des facteurs de production qui sera mise en œuvre et du volume de production réalisé.

■ Ainsi, la productivité d'une machine dépendra de son taux d'utilisation qui varie selon la demande adressée à l'entreprise, selon les temps de maintenance indispensables à sa bonne utilisation, etc. Une réduction du facteur travail peut alors entraîner une réduction parallèle de la productivité du capital.

■ Au-delà des seules considérations économiques, la combinaison productive choisie par l'entreprise peut tenir compte d'objectifs de développement durable.

*Ex.* : Privilégier des produits ou procédés plus économes en matières premières, envisager un possible recyclage en fin de vie du produit, etc.

*À retenir !*

- L'adaptation de la combinaison productive est le résultat d'une recherche permanente de gains de productivité de la part de l'entreprise.
- Le progrès technologique permet la diminution régulière des coûts de production.

# La chaîne de valeur

Fiche 107

CEJM

Notes

L'analyse de l'origine de la productivité implique pour l'entreprise d'étudier de manière globale sa **chaîne de valeur** afin d'identifier les activités qui sont essentielles afin de maintenir son avantage compétitif.

## 1 Présentation de la chaîne de valeur

■ La chaîne de valeur de Michael Porter a pour objectifs de recenser les activités de l'entreprise et de mesurer en quoi elles sont créatrices de valeur pour les clients (et donc de marge pour l'entreprise).

**La chaîne de valeur de Porter**

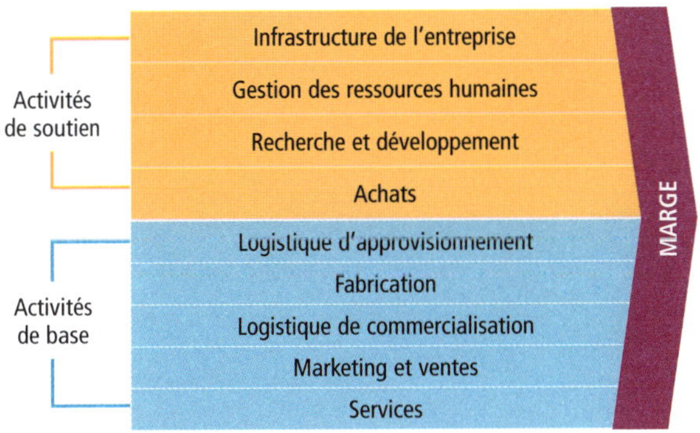


■ Michael Porter distingue :

– les activités de base (fabrication, vente, etc.) qui participent directement à la création et à la vente du produit de l'entreprise ;

– et les activités de soutien ou de support (gestion de l'infrastructure de l'entreprise, R&D, GRH, etc.) qui rendent possibles les activités de base et en assurent la coordination, le bon fonctionnement.

■ La valeur que l'entreprise parvient à générer provient des activités elles-mêmes, mais elle peut être le fruit de complémentarité entre activités.

*Ex.* : L'un des atouts d'Amazon est d'avoir su mettre à profit son activité de R&D (activité de soutien) pour robotiser et améliorer son activité de logistique en matière de gestion des stocks (activité de base).

Notes

## 2 Les enseignements à tirer de la chaîne de valeur

■ L'analyse de la chaîne de valeur permet au manager d'optimiser son organisation afin de concentrer les ressources de l'entreprise sur les activités qui contribuent le plus à la création de valeur.

■ Face à des ressources par principe limitées, une entreprise peut confier à une entreprise extérieure une partie de la production d'un bien ou la prestation d'un service pour pouvoir se concentrer sur les activités fortement créatrices de valeur.

■ Cela entraîne une perte de compétences en interne dont il ne faut pas négliger les conséquences potentielles.

| Type d'activité | Actions envisagées |
|---|---|
| **Activités fortement créatrices de valeur** | • Les **développer pour construire un avantage concurrentiel**.<br>• Les conserver et en faire le **cœur de métier de l'entreprise**.<br>• Logique d'optimisation pour l'entreprise : **maximiser la création de valeur/coût** (ne pas chercher à faire des économies qui feraient diminuer plus fortement encore la valeur créée). |
| **Activités faiblement créatrices de valeur** | • Activités avant tout génératrices de coûts.<br>• Logique d'optimisation : **minimiser les coûts**.<br>• **Peuvent faire l'objet d'une externalisation**. |

*Ex.* : La société Nike a su bâtir son expansion en s'appuyant sur son image de marque :
– les dépenses marketing et publicitaires (en faisant appel à des sportifs reconnus) et la conception des nouveaux modèles valorisent cette image de marque et sont ainsi fortement créatrices de valeur. Elles constituent le cœur de métier de la société ;
– en réalité, la fabrication des produits crée peu de valeur. Nike fait appel à des sous-traitants.

À retenir !

■ Michael Porter propose un schéma global de la chaîne de valeur distinguant les activités de base des activités de soutien.

■ L'analyse de la chaîne de valeur permet à l'entreprise d'identifier les activités dans lesquelles investir pour renforcer son avantage concurrentiel.

# Les principes et finalités de l'impartition

Fiche 108

CEJM

Les ressources d'une entreprise étant limitées, celle-ci doit s'interroger sur les activités dans lesquelles elle doit investir. Cela peut l'amener à transférer à des partenaires externes la réalisation de certaines activités **(stratégie d'impartition)**.

## 1 Les techniques d'impartition

■ L'impartition va de pair avec la domination ou le contrôle d'une entreprise sur une autre. Les principales techniques d'impartition sont :

**Stratégie d'impartition**
Stratégie consistant à faire réaliser ou produire des biens et services par d'autres entreprises.

| | |
|---|---|
| **La concession** | • Modalité très présente dans la distribution automobile.<br>• Une entreprise (le concédant) s'engage à approvisionner en produits de sa marque une autre entreprise (le concessionnaire).<br>• Le concessionnaire doit respecter des contraintes (éventuels quotas, politique commerciale de vente du concédant, etc.). |
| **La franchise** | • Modalité présente dans divers secteurs, notamment la restauration rapide (Subway, McDonald's), l'entretien automobile (Feu vert, Point S), etc.<br>• Une entreprise (le franchiseur) met à la disposition d'une autre entreprise (le franchisé) sa gamme de produits ou de services et une assistance commerciale ou technique. Le franchisé s'acquitte du paiement d'une redevance.<br>• Permet une croissance rapide, sans moyens importants pour le franchiseur (il achète lui-même son point de vente). |
| **La sous-traitance** | • Une entreprise (donneuse d'ordre) confie à une autre entreprise (le sous-traitant) des travaux à exécuter.<br>• Les grandes entreprises distinguent souvent différentes catégories de sous-traitants selon l'importance stratégique des activités confiées et peuvent, dans certains cas, intégrer les ateliers de certains sous-traitants au sein même de leurs unités de production. |

■ Dans des organisations productives fonctionnant de plus en plus selon le principe du « juste-à-temps », la sous-traitance implique le développement de relations contractuelles stables afin de ne pas perturber la chaîne de production. La défaillance d'un sous-traitant aura, en effet, un impact immédiat sur l'entreprise. Le rapport de domination ou de contrôle peut être contrebalancé par un rapport de dépendance du donneur d'ordre envers son fournisseur.

Notes

Notes

## 2 Les finalités de l'impartition

- Le recours à l'impartition est envisageable :

– lorsqu'il y a un gain à recourir à une autre entreprise car elle propose des prestations moins coûteuses et/ou de meilleure qualité qu'une prestation réalisée soi-même ;

– lorsque les coûts de transaction (liés à la coopération à mettre en place avec l'entreprise partenaire) ne l'emportent pas sur les gains attendus. L'entreprise peut ainsi se concentrer sur les activités créatrices de valeur.

> **Remarque**
> La question du recours à l'impartition est une réponse à la question : faire ou faire faire ?

- Mais l'impartition ne doit pas concerner les activités fortement créatrices de valeur, source d'avantage concurrentiel.

- L'impartition concerne donc plutôt les activités de soutien de l'entreprise (gestion des ressources humaines, gestion) et les activités de base non stratégiques pour l'entreprise (logistique par exemple).

- L'impartition entraîne un risque de perte de savoir-faire et de compétences qui peut causer une dépendance du donneur d'ordre envers le sous-traitant ; l'activité sous-traitée devient alors essentielle en terme de création de valeur pour le produit ou service d'ensemble.

- L'impartition est souvent envisagée dans une relation contractuelle de long terme avec les sous-traitants (qui peut même se traduire par une prise de participation minoritaire au capital du sous-traitant), une défaillance de celui-ci faisant courir un risque trop important pour l'activité de l'entreprise.

**Processus de choix du mode d'impartition**

| Étape ❶ → | Étape ❷ → | Étape ❸ |
|---|---|---|
| **Analyse des activités** réalisées par l'entreprise | **Identification** des activités qui peuvent être sous-traitées | **Choix du mode d'impartition** (concession, franchise, sous-traitance) |

*À retenir !*

- Dans une logique de concentration des ressources sur les activités stratégiques, une entreprise peut mettre en œuvre une stratégie d'impartition pour ses activités non essentielles. Une telle démarche entraîne un risque de perte de savoir-faire et de compétences qu'il convient d'analyser avec attention.

# Le choix de la structure juridique pour l'entreprise

Fiche 109

CEJM

Notes

L'entreprise rassemble des moyens humains, matériels et financiers afin de fonctionner. Le choix de la **structure juridique** de l'entreprise dépend logiquement des moyens dont elle veut se doter. Plusieurs formes juridiques existent.

## 1 Les facteurs de choix d'une structure juridique

### A. Entreprendre seul ou à plusieurs

- Le choix s'effectue selon quelques critères décisifs :

| Critère clé | Entrepreneur individuel | Société commerciale |
|---|---|---|
| **Nombre d'entrepreneurs** | Une personne physique. | Plusieurs personnes physiques ou morales appelées « associés ». |
| **Autonomie** | Le chef d'entreprise décide seul. Il a tous les pouvoirs. | Les décisions sont prises au moins à la majorité des associés. |
| **Formalisme** | Une personne physique peut créer sa microentreprise en quelques minutes. | L'existence de la personne morale suppose la signature des statuts et l'immatriculation de la société au RCS. |
| **Le régime fiscal applicable aux bénéfices de l'activité** | Impôt sur le revenu dans la rubrique « bénéfices industriels et commerciaux » (BIC). | Impôt sur les sociétés des bénéfices réalisés. |
| **La transmission de l'entreprise** | Le chef d'entreprise doit transmettre l'ensemble des biens constituant son activité. | Les associés doivent simplement transmettre leurs parts sociales. Le transfert est facilité. |

### B. Protéger son patrimoine

| Critère clé | Entrepreneur individuel | Société commerciale |
|---|---|---|
| **Capacité financière de développement** | Selon le patrimoine de l'entrepreneur. | Possibilité de faire appel à des capitaux extérieurs et de créer des alliances avec d'autres structures. |
| **Étendue de la responsabilité** | En principe, à l'ensemble du patrimoine de l'entrepreneur. | Au montant des apports des associés dans les sociétés où la responsabilité est limitée (SARL, SA, SAS). |

Notes

■ En matière d'entreprise individuelle, le législateur a instauré plusieurs dispositifs afin de protéger le patrimoine de l'entrepreneur contre les risques de saisie par les créanciers :
– depuis le 1er janvier 2011, une personne physique peut opter pour le régime de l'EIRL ; il permet de compartimenter son patrimoine et d'affecter une partie seulement de ses biens à une activité professionnelle ; alors, les biens en dehors de cette affectation ne sont pas saisissables ;
– depuis la loi du 6 août 2015, la résidence principale de l'entrepreneur est insaisissable de plein droit (auparavant il devait effectuer une déclaration d'insaisissabilité).

### C. Choisir son régime matrimonial

■ Le régime matrimonial de l'entrepreneur marié ou pacsé peut avoir un impact sur les biens saisissables en cas de déconfiture de l'activité. Trois régimes coexistent :
– la communauté légale : les biens acquis à titre onéreux pendant le mariage sont communs aux deux époux. C'est le régime par défaut du Code civil ;
– la communauté universelle : l'ensemble des biens, même ceux acquis avant le mariage, appartient à l'un et à l'autre des époux ;
– la séparation des biens : ce qui est acquis par un conjoint, avant ou après le mariage, lui appartient exclusivement.

■ Lorsqu'un conjoint se lance dans une entreprise individuelle, le régime matrimonial recommandé est la séparation des biens. Le choix est plus libre si l'entreprise créée est une société.

## 2 L'entreprise individuelle et les structures sociétaires

■ Le choix d'une forme juridique implique des régimes fiscaux et sociaux différents que le créateur d'entreprise doit prendre en compte.

| Critère clé | Entrepreneur individuel | Société commerciale |
|---|---|---|
| Le régime fiscal applicable aux bénéfices de l'activité | Impôt sur le revenu dans la rubrique « bénéfices industriels et commerciaux » (BIC). | • EURL : impôt sur le revenu ou impôt sur les sociétés sur option.<br>• SA, SAS, SARL : impôt sur les sociétés mais possibilité d'impôt sur les revenus sous conditions. |
| Le statut social de l'entrepreneur | Travailleur non salarié ou assimilé salarié. | • Associés d'EURL : travailleurs non salariés.<br>• Associés de SA, SAS, SARL : régime des salariés. |

À retenir !

■ Le choix de la forme juridique a des incidences sur la protection du patrimoine de l'entrepreneur et sur le statut fiscal et social de l'entreprise.

# Les formes juridiques de l'économie sociale et solidaire (ESS)

Fiche 110

CEJM

**L'économie sociale et solidaire** (ESS) est une **déclinaison du concept de développement durable.** Elle cherche à concilier trois piliers : la performance économique, le respect des humains en appliquant des valeurs d'équité et d'utilité sociale, et le respect de l'environnement.
Le législateur a instauré des formes juridiques adaptées à ce modèle économique.

## 1 Les principes communs aux formes juridiques de l'ESS

■ L'ESS représentait plus de 10,5 % du PIB en France et environ 14 % des emplois privés en 2020. Les domaines d'activité sont multiples : santé, éducation, logement, insertion sociale, environnement, banque, etc.

■ Les entreprises de l'ESS se définissent par des modes de gestion et de décision démocratiques et participatifs. L'utilisation des résultats financiers est strictement encadrée : leur finalité est de réinvestir des bénéfices dans l'activité, pas de distribuer des profits.

■ Les formes juridiques de l'ESS bénéficient d'un cadre renforcé par la loi du 31 juillet 2014 relative à l'économie sociale et solidaire : des sociétés commerciales peuvent être labellisées ESS, ce qui leur permet de bénéficier d'une fiscalité avantageuse et de dispositifs de financement spécifiques.

## 2 Les règles spécifiques aux formes juridiques de l'ESS

■ La loi distingue trois grandes familles de structures juridiques relevant de l'ESS : les associations, les mutuelles et les coopératives.

### A. Les associations

■ Depuis la loi de 1901, les associations sont des personnes morales à but non lucratif. Elles sont représentées par un président et leurs statuts sont déposés au greffe des associations du département ou directement en ligne.

■ Elles peuvent être déclarées d'utilité publique lorsqu'elles poursuivent un but caritatif, humanitaire ou culturel.

■ Elles peuvent engager des salariés mais aussi recourir à l'aide de bénévoles.

***Ex.*** : Les Restaurants (Restos) du Cœur, la Croix-Rouge française, etc.

Notes

Notes

### B. Les mutuelles

■ Comme leur nom l'indique, les mutuelles ont vocation à mettre des moyens en commun. Elles sont nombreuses dans le domaine de l'assurance.

*Ex.* : Mutuelles du Mans, MGEN, MAIF, etc.

■ Les mutuelles sont des sociétés de personnes (par opposition aux sociétés de capitaux). Ce sont des groupements ayant la capacité civile où le pouvoir de décision est attaché à la personne (un adhérent = une voix) et non pas fonction du capital qu'elle détient. Leur création est soumise à déclaration.

■ Les mutuelles s'autogèrent et n'ont pas de but lucratif. Elles doivent observer une obligation stricte de prudence financière pour garantir l'intérêt des adhérents. Elles peuvent être dirigées par des bénévoles élus au sein de leur rang.

### C. Les coopératives

■ Les formes de coopératives sont nombreuses et dépendent de la qualité de leurs membres :
– les coopératives agricoles ont pour membres des agriculteurs ;
– les coopératives de consommateurs ont pour membres des consommateurs ;
– les sociétés coopératives (SCOP) de forme SA, SARL ou SAS sont composées majoritairement de salariés. Dans ce dernier cas, les salariés détiennent au moins 51 % du capital et 65 % des droits de vote.

**À noter**

Les sociétés coopératives d'intérêt collectif (SCIC) sont des SCOP dans les domaines de l'énergie, l'environnement, la culture, la santé. Toutefois, les membres associés au capital peuvent avoir des qualités très variées : salariés mais aussi clients, bénévoles, collectivités territoriales, partenaires privés… L'essentiel est de s'impliquer dans le projet.

■ La SCOP présente plusieurs caractéristiques :

| | |
|---|---|
| **Nomination du dirigeant** | Élu par les salariés associés. |
| **Partage du profit : respect du principe d'équité** | • Une part pour tous les salariés, sous la forme de participation et d'intéressement ;<br>• une part pour les salariés associés sous la forme de dividendes ;<br>• une part pour les réserves de l'entreprise. |
| **Réserves** | Non partageables et définitives, elles contribuent à la pérennité de l'entreprise. |

*À retenir !*

■ Afin de faciliter le développement d'une économie plus sociale et plus solidaire, les associations, mutuelles et coopératives sont des alternatives juridiques aux structures traditionnelles tournées vers des objectifs purement financiers.

# La responsabilité de l'entreprise face aux risques juridiques

Fiche 111

CEJM

Notes

Dans un environnement concurrentiel et incertain, l'entreprise peut être amenée à affronter divers risques susceptibles d'engager sa responsabilité juridique civile ou pénale lorsque plusieurs conditions sont remplies.

## 1 Les risques

- En termes de droit, le risque est un événement dommageable dont la survenance est incertaine.
- L'entreprise est confrontée à de nombreux risques.

| Type de risque | Illustration |
|---|---|
| **Environnemental** | Lorsqu'une entreprise porte atteinte à l'environnement, elle peut être amenée à réparer le préjudice écologique qu'elle a commis (*article 1246 du Code civil*). |
| **Technologique** | Lorsqu'une machine tombe en panne ou qu'un brevet a été copié, l'entreprise peut réduire sa production et voir son chiffre d'affaires diminuer rapidement. |
| **Numérique** | L'entreprise peut faire l'objet d'une attaque par un virus informatique. |
| **Politique** | Le programme d'un homme politique peut avoir un impact sur l'activité de l'entreprise.<br>***Ex.*** **:** Les mesures de relance de Joe Biden aux États-Unis peuvent avoir un impact sur les activités des entreprises européennes. |
| **Économique** | Un client en difficulté ne paie pas ses factures dans les délais. |

- Lorsque le risque est subi, l'entreprise peut (mais pas toujours) agir en justice pour demander réparation au partenaire fautif.
- Lorsque l'entreprise est elle-même à l'origine du risque, consciemment ou non, elle engage sa responsabilité juridique.
- En 1999, le navire Erika fait naufrage et génère une marée noire sur la côte ouest française. Cette affaire a entraîné une évolution de la législation et a donné naissance à la notion de « préjudice écologique ». Une entreprise doit donc désormais réparer ses atteintes à l'environnement.
- Selon l'*article 1249 du Code civil*, l'atteinte à l'environnement doit être réparée en priorité en nature. Si c'est impossible, un dédommagement est versé à l'État.

Notes

## 2 La responsabilité civile et la responsabilité pénale

■ Le droit distingue deux formes de responsabilité. Leurs caractéristiques diffèrent :

| Type de responsabilité | Civile | Pénale |
|---|---|---|
| **Manifestation** | Atteinte à un intérêt privé | Atteinte à l'intérêt général |
| **Fondement** | Faute volontaire ou non<br>Risque encouru | Réalisation intentionnelle d'une infraction (contravention, délit ou crime) |
| **Type de sanction** | Dommages et intérêts | Amende et/ou peine d'emprisonnement |
| **Objectif de la sanction** | Réparer le dommage causé à la victime | Réparer le dommage causé à la société |

### A. La responsabilité civile

■ En matière civile, trois conditions sont nécessaires pour que la responsabilité soit engagée :

– un fait générateur : il peut s'agit d'une faute intentionnelle ou non issue d'une situation contractuelle ou extracontractuelle ;

– un dommage : une personne subit un préjudice ;

– un lien de causalité entre le fait générateur et le dommage. Le dommage découle directement du fait générateur.

### B. La responsabilité pénale

■ Pour qu'une infraction pénale soit constituée, trois composantes doivent être réunies :

– un élément légal : un texte prévoit de sanctionner l'infraction. Il n'y a pas d'infraction sans texte ;

– un élément matériel : l'infraction est exécutée et consommée par des actions précises ou parfois par une omission ;

– un élément intentionnel : le délinquant doit avoir agi en connaissance de cause. La mauvaise foi doit être prouvée.

**Remarque**

En matière pénale, ce qui n'est pas interdit n'est pas une infraction.

***Ex.* :** Selon l'*article L. 823-12 du Code de commerce* (élément légal), le commissaire aux comptes commet un délit s'il ne dénonce pas une faute constatée (élément matériel comprenant une omission) dans la tenue des comptes de l'entreprise qu'il certifie et dont il avait connaissance (élément intentionnel).

*À retenir !*

■ Les entreprises font face à des risques variés qui peuvent engager leur responsabilité civile ou pénale. Chaque type de responsabilité a son régime juridique propre et donne donc lieu à des sanctions spécifiques.

# L'inexécution du contrat et la responsabilité civile contractuelle



Le contrat génère une stabilité dans le temps dont l'entreprise peut jouir. Mais si les contrats sécurisent effectivement les relations, ils peuvent également être source d'inexécution et donc de risque. Or, l'*article 1103 du Code civil* rappelle bien que tous « les contrats légalement formés tiennent lieu de loi à ceux qui les ont faits. » **L'inexécution du contrat entraîne donc la responsabilité contractuelle du débiteur défaillant.**

## 1 Les trois conditions de la responsabilité civile contractuelle

### A. La faute

■ Elle consiste en l'inexécution de ses obligations par l'une des parties et peut prendre trois formes : l'inexécution totale, l'inexécution partielle ou le retard dans l'exécution.

### B. Le dommage

■ Le créancier victime de la faute du débiteur peut exiger réparation dès lors qu'une des obligations au contrat n'a pas été remplie. Le dommage peut être patrimonial ou extrapatrimonial.

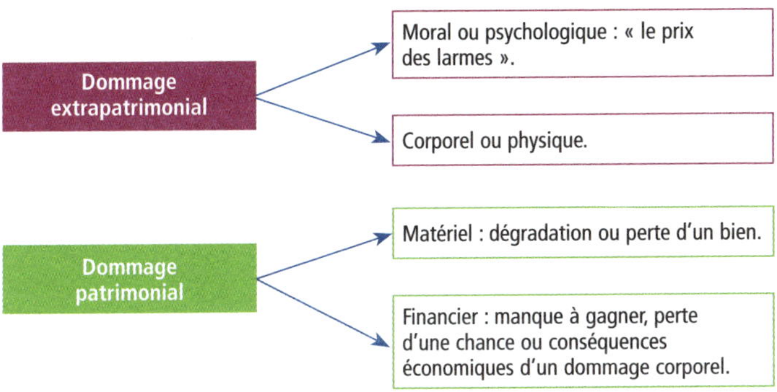


### C. Le lien de causalité

■ Ce lien entre la faute et le dommage doit être direct et certain. Seul le dommage prévisible donne lieu à réparation car chacun doit pouvoir calculer les risques qu'il prend en contractant.

Notes

## 2 Les cinq sanctions de l'inexécution contractuelle

■ Selon l'*article 1217 du Code civil*, des sanctions sont envisageables.

| Sanction | Explication |
|---|---|
| **L'exception d'inexécution** | Dans un contrat synallagmatique (bilatéral), une partie peut refuser d'exécuter son obligation si l'autre n'exécute pas la sienne. |
| **L'exécution forcée en nature** | Lorsque l'obligation inexécutée est une obligation de payer une somme d'argent, l'exécution forcée s'effectue en nature : les biens du débiteur sont saisis et vendus. Le créancier est payé sur le prix de la vente. Cette sanction n'est pas envisageable pour l'exécution d'une prestation de service. |
| **La réduction du prix** | Le créancier peut accepter une exécution imparfaite du contrat et solliciter une réduction proportionnelle du prix. Si l'obligation n'est que partiellement remplie, il est logique que le prix soit moindre. |
| **La résolution du contrat** | Le créancier dénonce la faute du débiteur et les parties reviennent dans la situation dans laquelle elles étaient avant la conclusion du contrat. |
| **La réparation du préjudice** | Le débiteur fautif verse des dommages et intérêts au créancier victime.<br>Les intérêts versés peuvent être compensatoires et/ou moratoires. |

## 3 Les formalités à accomplir

■ Par une mise en demeure, le créancier envoie un dernier avertissement solennel au débiteur pour qu'il se conforme à ses obligations.

■ Si cet ultimatum n'est pas suivi d'effet, le créancier peut saisir la justice et obtenir réparation de son préjudice ou l'exécution forcée du contrat.

**Remarque**

Comme dans le régime de droit commun, il appartient au créancier victime d'apporter la preuve de la défaillance de son cocontractant.

## 4 Les causes d'exonération

■ Une « cause étrangère » entraîne l'exonération de la responsabilité du débiteur. Elle peut correspondre à deux situations :
– un cas de force majeure : il découle des forces de la nature ;
– un cas fortuit : il découle de l'intervention fortuite d'une tierce personne.

■ Dans tous les cas, la cause étrangère est un événement extérieur, imprévisible et surtout irrésistible : le débiteur ne peut pas le surmonter.

*À retenir !*

■ L'engagement de la responsabilité contractuelle suppose de réunir la preuve de ses éléments constitutifs. Mais, dans des cas spécifiques, la responsabilité peut faire l'objet d'une exonération.

# Les principes de la responsabilité civile extracontractuelle

Fiche 113

CEJM

Notes

Lorsqu'une personne subit un dommage dans le cadre non d'un contrat mais d'une situation relevant d'un **fait juridique**, la victime peut invoquer le régime de la **responsabilité civile extracontractuelle** pour obtenir une **indemnisation**.

## 1 La responsabilité civile extracontractuelle : de la faute au risque

### A. Le principe : la faute

■ Historiquement, la responsabilité d'une personne est engagée dès lors que l'on peut prouver qu'elle a commis une faute intentionnelle.

■ La responsabilité est qualifiée de subjective car elle n'est retenue que si la faute est établie. Cette responsabilité a toutefois été étendue aux cas où l'auteur du fait juridique a agi avec imprudence et négligence (faute non intentionnelle).

*Ex.* : Un entrepreneur ne prend pas soin de bien fixer des tuiles et du matériel de chantier sur un toit. Un fort vent fait s'envoler quelques tuiles qui créent des dégâts sur l'immeuble voisin. L'entrepreneur a commis une imprudence qui constitue une faute non intentionnelle.

■ Mais l'ère de la révolution industrielle et de la production en masse de produits complexes a rendu plus difficile l'identification des auteurs d'une faute. Pour éviter ces incertitudes, le droit s'est progressivement tourné vers une systématisation de l'indemnisation.

### B. Priorité à l'indemnisation de la victime : la théorie du risque

■ La théorie du risque s'est bâtie pour permettre d'engager la responsabilité d'une personne physique ou morale sans avoir à prouver une faute de sa part. Le risque, c'est d'abord celui qu'il faut assumer parce qu'il accompagne le profit tiré d'une activité.

■ Dans ce cas, l'existence seule du dommage permet à la victime de devenir créancière. La responsabilité est dite objective ou de plein droit.

### C. Jusqu'au bout de la logique : la théorie de la garantie

■ Dans cette théorie, la réparation du préjudice subi par la victime est considérée comme une priorité sociale et son indemnisation est fortement facilitée.

■ On ne cherche plus à identifier l'auteur et sa faute (qui le sont d'ailleurs difficilement). Ce mécanisme s'appuie sur un principe d'assurance.

Notes

## 2 Les conditions de mise en œuvre

■ Aujourd'hui, pour être engagée, la responsabilité civile extracontractuelle suppose de réunir trois conditions :
– un fait générateur : le Code civil prévoit le fait personnel, le fait d'autrui et le fait des choses ;
– un dommage : son appréciation est la même qu'en matière contractuelle. Il est patrimonial ou extrapatrimonial ;
– un lien de causalité direct et certain entre le fait générateur et le dommage.

## 3 Les régimes spéciaux de la responsabilité civile extracontractuelle

### A. La responsabilité du fait des produits défectueux *(articles 1245 et suivants du Code civil)*

■ Elle définit les conditions de la responsabilité de plein droit du producteur lorsqu'un produit défectueux a porté atteinte à une personne physique ou à un bien (pour un dégât supérieur à 500 €).

■ Un produit est considéré comme défectueux dès lors qu'il n'offre pas à son utilisateur la sécurité à laquelle il peut légitimement s'attendre. Toute personne ayant participé à la chaîne de production est responsable solidairement du dommage causé.

■ Le régime prévoit quelques cas d'exonération du producteur *(article 1245-10 du Code civil)*.

### B. La responsabilité de l'employeur vis-à-vis de ses salariés

■ L'employeur a une obligation de sécurité de résultat vis-à-vis de ses salariés. Il est responsable des dommages qu'ils peuvent subir dès lors qu'il « avait ou aurait dû avoir conscience des risques » qu'il leur faisait encourir.

**À noter**
L'employeur peut voir engager sa responsabilité civile mais aussi sa responsabilité pénale.

### C. La responsabilité du fait de l'atteinte à l'environnement

■ La responsabilité de l'entreprise peut être engagée à l'occasion de la survenance d'un préjudice écologique. *L'article 1246 du Code civil* énonce : « Toute personne responsable d'un préjudice écologique est tenu de le réparer. »

### D. L'obligation précontractuelle d'information

■ Lors de la négociation du contrat, une sanction est envisageable sur le fondement de la responsabilité extracontractuelle lorsque l'une des parties ne respecte pas l'obligation de bonne foi et l'obligation précontractuelle d'information qui en découle.

**À retenir !**

■ Le droit prévoit les conditions d'engagement de la responsabilité civile extracontractuelle lorsqu'une personne est victime d'un fait juridique préjudiciable. Pour envisager tous les cas de figure, certains régimes spéciaux de responsabilité ont été créés.

# Les ressources tangibles et intangibles





Une entreprise se constitue autour d'un **ensemble de ressources** qui vont être utilisées pour financer l'activité, réaliser les fonctions de production ou de commercialisation. La quantité et la qualité des ressources disponibles conditionnent le niveau d'activité de l'entreprise.

Notes

## 1 Les ressources tangibles

■ Les ressources tangibles constituent les ressources matérielles propres à l'entreprise.

■ Les ressources humaines sont évaluées à la fois d'un point de vue qualitatif, mais aussi quantitatif (nombre de salariés en équivalent temps plein × temps de travail annuel en heures).

■ Les ressources physiques peuvent être détenues directement en propriété par l'entreprise mais, pour gagner en souplesse, elle peut aussi faire appel à des mécanismes de prêt à plus ou moins long terme de matériels ou d'équipements (*ex.* : crédit-bail).

■ Les ressources financières doivent permettre de faire face aux besoins financiers de l'entreprise à court et long termes.

■ Si l'on se base sur la théorie des ressources d'Edith Penrose, une économiste anglaise (1914-1996), l'entreprise est un ensemble de ressources tangibles (matérielles) et intangibles (immatérielles).

**Remarque**

Les ressources sont appelées ressources stratégiques lorsqu'elles permettent d'obtenir un avantage concurrentiel.

## 2 Les ressources intangibles

■ Dans une économie toujours plus fondée sur les technologies de l'information et de la communication (TIC), l'avantage compétitif d'une entreprise dépend de ses ressources intangibles (immatérielles ou compétences).

Notes

**RESSOURCES INTANGIBLES**

- Organisation de l'entreprise (structure, SI)
- Ressources technologiques (brevets, savoir-faire)
- Ressources commerciales (image de marque, notoriété)

## 3 Les savoirs et compétences

■ La compétence d'une entreprise repose sur trois éléments complémentaires détenus par ses salariés :

– les connaissances ou le savoir : connaissance acquise par l'étude, par l'apprentissage, par l'expérience ;

– les pratiques ou le savoir-faire : ensemble des expériences acquises par un individu dans son domaine d'activité ;

– les attitudes ou le savoir-être : capacité de produire des actions et des réactions adaptées à l'environnement humain et écologique. On parle aussi de « savoir-être relationnel ».

■ La compétence est donc la capacité d'une entreprise ou d'un individu à mettre en œuvre (mobiliser) ses ressources afin d'atteindre ses objectifs.

■ Les compétences constituent un élément de plus en plus important de l'avantage compétitif d'une entreprise.

***Ex.*** : Le groupe LVMH, leader mondial du luxe, a créé en 2014 un Institut des métiers d'excellence afin de proposer des formations en alternance et d'assurer la transmission de ses savoir-faire dans l'artisanat, la création et la vente.

■ Les compétences sont dites stratégiques si elles permettent à l'entreprise de saisir les opportunités sur un marché ou de réduire ses coûts de production.

■ Par ailleurs, elles doivent alors être difficilement imitables par les concurrents (elles ne sont donc pas facilement accessibles aux autres entreprises).

*À retenir !*

- Une entreprise, pour fonctionner, doit disposer d'un ensemble de ressources tangibles ou intangibles.
- La compétitivité repose de plus en plus sur les ressources intangibles du fait de la révolution numérique et de la tertiarisation de l'économie.

# Les mécanismes de coordination et de contrôle

Fiche 115

CEJM

Notes

Une entreprise se caractérise par une organisation **(structure)** particulière qui suppose des **mécanismes de coordination et de contrôle** adaptés.

## 1 Les composants d'une structure selon Henry Mintzberg

■ La pertinence d'une structure s'évalue notamment par les mécanismes de coordination et de contrôle qui en assurent le bon fonctionnement.

■ Ces mécanismes permettent de donner une cohérence aux différentes composantes de l'organisation mise en place, notamment :
– la technostructure contribue à concevoir, organiser les procédés de travail au sein de l'entreprise ;
– le centre opérationnel regroupe l'ensemble des salariés qui effectuent le travail de production ;
– le support logistique assure l'ensemble des activités non directement liées à la production.

**Henry Mintzberg**

Henry Mintzberg, né en 1939, est un universitaire canadien en sciences de gestion, ayant principalement travaillé dans le domaine du management, de l'efficacité managériale, de la structure des organisations ou de la planification stratégique.

**Les composantes de l'organisation selon Mintzberg**

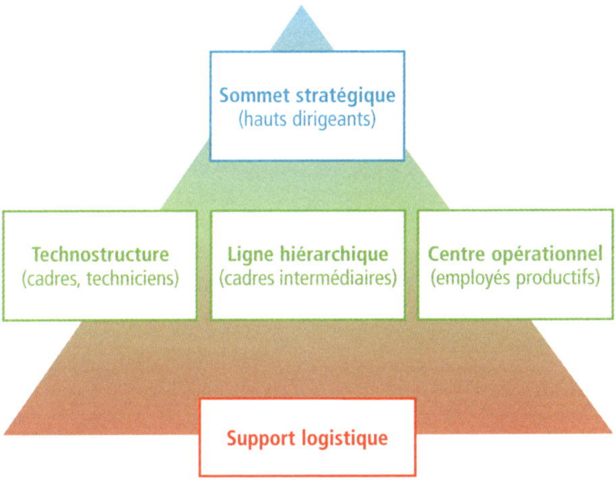

Notes

## 2 Les mécanismes de coordination d'une structure

■ Henry Mintzberg distingue six mécanismes de coordination possibles selon le type d'organisation d'une entreprise.

| | |
|---|---|
| ❶ Supervision directe | Une seule personne donne les ordres et s'assure de la coordination du travail. |
| ❷ Ajustement mutuel | La coordination des tâches se fait par la négociation et le compromis entre individus d'un même niveau hiérarchique. |
| ❸ Standardisation des procédés | Processus d'uniformisation des règles de fonctionnement et des méthodes de travail. La technostructure assure l'essentiel de ce travail pour le compte des personnels du centre opérationnel. |
| ❹ Standardisation des qualifications | Processus d'uniformisation du savoir et des compétences des salariés grâce à l'utilisation de références communes (langage, procédures, etc.). Cela permet de coordonner le travail des salariés de l'entreprise. |
| ❺ Standardisation des résultats | Processus d'uniformisation des objectifs (et donc des résultats) définis pour chaque département d'une organisation. |
| ❻ Standardisation des normes | Processus d'uniformisation des croyances des membres de l'entreprise autour d'une culture commune. |

## 3 Les mécanismes de contrôle

■ Il existe divers types de contrôles de la performance :

– par la règle (bureaucratique) : respect des normes et des procédures ;

– par le marché : contrôle des résultats obtenus par rapport aux objectifs initiaux ;

– par la standardisation : respect des consignes et standardisation des opérations et des compétences ;

– par l'idéologie, les valeurs et la culture d'entreprise : l'action des individus doit être conforme aux valeurs communes développées dans l'entreprise.

■ Ces types de contrôle ne sont pas exclusifs. L'objectif n'est pas simplement d'analyser l'atteinte ou non des objectifs fixés, mais plutôt d'évaluer les écarts éventuels, d'en identifier les causes et de prendre les mesures correctives pour les réduire. La pertinence des indicateurs utilisés par l'entreprise doit permettre une bonne évaluation de l'efficacité (ou de l'efficience) de celle-ci.

À retenir !

■ Une entreprise est une organisation qui peut se caractériser par sa structure et les mécanismes de coordination et de contrôle qui en assurent le bon fonctionnement. On doit à Henry Mintzberg la description et la classification de ces mécanismes.

# Les styles de management

Fiche 116

CEJM

Notes

Le type de structure de l'entreprise influe sur le style de management et les prises de décision, facteurs importants de productivité.

## 1 Les différents styles de management selon Rensis Likert

■ **Rensis Likert** identifie quatre styles de management caractérisés selon le mode de prise de décision mis en œuvre par le manager.

**Rensis Likert**

**Rensis Likert** (1903-1981) est un psychologue américain qui a travaillé dans le domaine du management des entreprises, en particulier sur les styles de direction.

| Style de management | Caractéristiques |
|---|---|
| **Style autoritaire ou autocratique** | Décisions imposées par le dirigeant aux salariés sans concertation : ce système repose sur la sanction et le respect des instructions données par une **communication descendante**. |
| **Style consultatif ou démocratique** | La direction consulte les salariés avant de prendre ses décisions grâce à un système de communication aussi bien **ascendant** que **descendant**. Cette implication des salariés est un facteur de motivation. |
| **Style paternaliste ou bienveillant** | Système proche du style autoritaire : le dirigeant cherche à mettre en avant un rôle protecteur, bienveillant envers les salariés qui restent soumis aux décisions **descendantes**. |
| **Style participatif** | Décisions prises dans une démarche consensuelle avec l'ensemble des membres de l'entreprise impliqués. Selon Likert, cette démarche rend l'entreprise plus efficace. |

■ L'exercice du pouvoir de décision dépend en grande partie du style de management mais s'analyse aussi selon une vision classique (descendante, hiérarchique) telle que décrite par **Henri Fayol**.

**Henri Fayol**

**Henri Fayol** (1841-1925) définit l'activité administrative dans une entreprise selon cinq composantes : prévoir, organiser, commander, coordonner, contrôler.

## 2 Les facteurs qui influent sur la prise de décision

■ Selon Herbert Simon, la prise de décision ne peut être dissociée de celui qui la prend et du contexte de l'entreprise dans laquelle elle est prise. Parmi les principaux facteurs qui l'influencent, on peut noter :

– le style de direction (concerté ou non) ;

– le style du manager (personnalité, histoire, attitude défensive ou offensive, expérience, etc.) ;

Notes

– la structure de l'entreprise (entreprise décentralisée ou non) ;
– le degré de risque (niveau d'incertitude dans lequel est prise la décision) ;
– la répétitivité de la décision ;
– etc.

*Ex.* : Dans les TPE-PME, le dirigeant est généralement le propriétaire de l'entreprise et son mode de management dépendra en grande partie de sa personnalité (d'autoritaire à paternaliste). Dans de plus grandes sociétés, le manager ne possède pas l'entreprise. Son mode de management est plus orienté vers la recherche d'efficacité en lien avec les résultats attendus par les actionnaires.

## 3 Les trois types de décisions selon Igor Ansoff

■ **Igor Ansoff** propose d'identifier différents types de décisions selon le critère principal de la réversibilité.

**Igor Ansoff**

**Igor Ansoff** (1918-2002), professeur américain d'origine russe, a proposé un classement des décisions en trois catégories : stratégique, tactique et opérationnelle.

| Types de décisions | Caractéristiques |
|---|---|
| **Décisions stratégiques** | • Elles concernent les objectifs globaux de l'entreprise.<br>• Elles sont prises par la direction et sont irréversibles.<br>• Elles peuvent remettre en cause la pérennité de l'entreprise. |
| **Décisions tactiques** | • Elles concernent le choix d'affectation des ressources au sein de l'entreprise.<br>• Elles sont prises par la direction opérationnelle et fonctionnelle de l'entreprise.<br>• Elles sont réversibles, mais à un coût très important pour l'entreprise. |
| **Décisions opérationnelles** | • Elles concernent la vie quotidienne de l'entreprise.<br>• Elles sont prises par les différents niveaux de responsabilité de l'entreprise.<br>• Elles sont donc facilement réversibles. |

À retenir !

■ La prise de décision dans une entreprise est un élément important de sa compétitivité.
■ Elle dépend, selon les auteurs, du style de management du dirigeant (Rensis Likert), des facteurs qui l'influencent (Herbert Simon) ainsi que du type de décision (Igor Ansoff).

# Les processus de l'entreprise

Fiche 117

CEJM

Notes

Pour produire, une entreprise réalise un **ensemble d'opérations** qui se structurent selon un **processus productif organisé**. Ces différentes activités indispensables au bon fonctionnement de l'entreprise se décomposent entre des activités principales et des **activités de soutien**.

## 1 Le modèle de Michael Porter de la chaîne de valeur

■ Le modèle de Michael Porter repose sur une représentation générale de l'entreprise s'appuyant sur un processus composé d'un enchaînement d'activités transformant les *inputs* (matières premières) en *outputs* (produits finis) vendus aux consommateurs.

■ L'entreprise est définie selon son processus de transformation à partir duquel elle génère de la valeur. Ces activités créatrices de valeur sont de deux sortes : activités principales et activités de soutien.

## 2 Les activités principales

■ Les activités principales recouvrent l'ensemble des étapes nécessaires à la création et à la distribution au client du produit ou service réalisé par l'entreprise. Au-delà de la production elle-même, les services ou la logistique constituent des activités essentielles pour assurer la compétitivité de l'entreprise.

| Activités principales | Caractéristiques |
|---|---|
| **Logistique interne** | Activités logistiques (en amont) de réception, de stockage et de manutention interne pour affecter les moyens indispensables à la production. |
| **Production** | Transformation des moyens de production en produits finis (y compris emballage et contrôle qualité). |
| **Logistique externe** | Ensemble des activités de livraison des biens et services aux clients (collecte, stockage, distribution). |
| **Commercialisation (marketing) et vente** | Ensemble des moyens et méthodes utilisés pour promouvoir l'offre de l'entreprise (publicité, force de vente, choix des circuits de distribution). |
| **Services** | Ensemble des activités associées à la fourniture de services complémentaires dans le but d'accroître la valeur du produit ou service fourni (maintenance, assistance, etc.). |

Notes

## 3 Les activités de soutien

■ Les activités de soutien constituent les fonctions support de l'entreprise. Elles ne sont donc pas directement liées aux activités de production mais sont indispensables au bon fonctionnement de l'entreprise.

**Remarque**

Ces activités ne doivent pas être négligées car elles contribuent largement à la compétitivité globale de l'entreprise.

| Activités de soutien | Caractéristiques |
|---|---|
| **Approvisionnements** | Activités liées aux achats de matières premières, de marchandises, de fournitures diverses, mais aussi des moyens de productions de l'entreprise. |
| **Développement technologique** | Activités qui permettent à l'entreprise de disposer des technologies indispensables à la production et aux activités de soutien (recherche et développement, systèmes d'information de l'entreprise, développement des connaissances, etc.). |
| **Gestion des ressources humaines** | Activités de type RH de l'entreprise (recrutement, rémunération, motivation, formation, gestion de carrière, etc.). |
| **Infrastructure de l'entreprise** | Activités administratives liées au fonctionnement de l'entreprise (direction générale, planification, finance, comptabilité, communication, service juridique). |

## 4 Le processus de management

■ Le processus de pilotage contribue, d'une part, à la définition d'une stratégie et d'une politique pour l'entreprise et, d'autre part, à la détermination du mode de pilotage des actions à mettre en œuvre pour atteindre les objectifs fixés. Ces processus sont sous la responsabilité de l'équipe de direction.

■ Ils se matérialisent par les processus de décision et de contrôle qui vont s'appliquer des points de vue hiérarchique et fonctionnel afin d'assurer la cohérence de l'organisation, notamment entre les activités principales et celles de soutien.

*À retenir !*

- Une entreprise peut être caractérisée à partir de l'ensemble des processus de transformation qui contribuent à son activité.
- Ces processus varient selon les types d'activités (principales et de soutien) présentes dans l'entreprise.

# La responsabilité éthique, sociale, sociétale et environnementale



Les entreprises, au-delà de leur fonction principale qui est de produire un bien ou un service, ont un impact important sur les questions sociales et environnementales qui concernent l'ensemble des citoyens. La prise en compte de la **responsabilité sociétale des entreprises** devient un enjeu stratégique dans la prise de décision des managers.

## 1 La responsabilité sociétale des entreprises (RSE)

### A. La notion d'entreprise socialement responsable

■ Les entreprises sont dites « socialement responsables » quand elles prennent en compte la responsabilité de leur impact sur la société en dehors de la simple obligation légale. Cet impact peut être de différents types :

Notes

■ Cette notion d'entreprise socialement responsable peut sembler aller à l'encontre du but premier d'une entreprise qui est de réaliser un profit. À long terme néanmoins, face à des consommateurs de plus en plus sensibles aux impacts sociaux et sociétaux des entreprises, cette dimension peut devenir un élément de différenciation positif (réputation) pour l'entreprise et son activité.

### B. Éthique et responsabilité sociale de l'entreprise

■ Les sociétés expriment généralement leur approche **éthique** par un ensemble de valeurs ou de principes fondamentaux qui sont clairement formulés et communiqués en interne et en externe.

**Éthique des affaires**
Ensemble des règles, codes ou principes qui vont orienter les décisions des organisations vers plus de morale et de transparence.

Notes

■ On identifie généralement cinq dimensions à la RSE :

❶ la gestion de l'entreprise : prendre en compte le développement durable, l'intérêt des parties prenantes ;

❷ la qualité de vie au travail : privilégier la qualité de l'emploi, le dialogue social, l'équité des relations et la non-discrimination, assurer des conditions de travail saines et sûres ;

❸ la protection de la planète : réduire l'impact environnemental des activités et des produits ;

❹ l'acteur responsable sur le marché : dans le respect des droits de l'homme et de l'environnement, agir avec responsabilité envers les partenaires économiques (fournisseurs et clients) ;

❺ l'implication locale : en fonction de la localisation des activités, agir en respectant le développement des territoires.

## 2 Une démarche globale

■ Au-delà de simples opérations de communication, les grandes entreprises sont plus sensibles à une démarche RSE du fait de l'évolution des modes de consommation, de la montée des enjeux sociétaux et environnementaux et des risques liés à leur réputation (image de marque).

■ Une démarche RSE se traduit par un engagement continu d'amélioration en différentes étapes :

*Ex.* : Le groupe Lego a présenté en 2018 ses premières briques *eco-friendly* obtenues à partir de canne à sucre. Le développement de pièces végétales vise à lutter contre l'utilisation du plastique.
Orange a présenté fin 2017 une application mobile nommée Ellomi qui présente les différents types de handicaps et précise l'engagement et les aménagements prévus par l'entreprise pour accompagner et maintenir ses salariés en situation de handicap dans l'emploi.

À retenir !

■ Une entreprise n'est pas uniquement un agent économique chargé de produire des biens et des services. Elle a des responsabilités sociales et sociétales importantes et son impact sur l'environnement est de plus en plus pris en compte dans l'acte d'achat des consommateurs. La démarche RSE devient donc un facteur important de compétitivité pour l'entreprise.

# Les effets d'expérience

Fiche 119

CEJM

Notes

La maxime « C'est en forgeant qu'on devient forgeron » signifie qu'en exécutant de façon répétée une ou plusieurs tâches, on gagne en **expérience** et en **savoir-faire**. À l'échelle d'une entreprise, cela revient à faire valoir les **effets d'expérience** acquis par une organisation au fil du temps.

## 1 L'effet d'expérience pour l'entreprise

■ L'effet d'expérience permet à l'entreprise de produire plus rapidement, plus efficacement, d'améliorer la qualité de ses produits et de ses processus de production.

■ Ces éléments permettent à l'entreprise de se doter de manière durable d'un avantage de coût qui lui assurera un avantage comparatif à long terme. Cet avantage comparatif ne sera recherché que si le prix est un élément essentiel de compétitivité.

■ Dans certains secteurs économiques, moins sensibles au prix de vente (***ex.*** **:** le secteur du luxe), l'effet d'expérience n'est pas un facteur clé de succès.

**La courbe d'apprentissage**

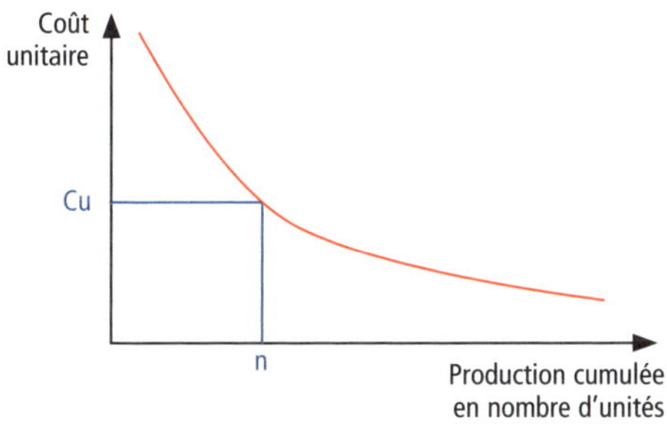


■ L'effet d'expérience est généralement matérialisé par la courbe d'apprentissage qui illustre la diminution du coût unitaire de production au fur et à mesure que la production cumulée augmente.

■ La courbe d'apprentissage revient à mettre en avant la notion de compétitivité prix comme facteur principal de compétitivité d'une entreprise (notamment dans le secteur industriel).

Notes

## 2 Les principales causes de l'effet d'expérience

■ Les principales raisons qui expliquent cette diminution du coût unitaire de production sont :

– l'effet d'apprentissage : l'expérience acquise par les salariés d'une entreprise qui se traduit par des gains de productivité. Beaucoup d'entreprises sont sensibilisées à ces pertes d'apprentissage lors du remplacement de salariés (nécessité d'assurer une transmission des savoir-faire en interne) ;

– la spécialisation des personnels (approche tayloriste) qui consiste à spécialiser les salariés en divisant les tâches pour accroître la compétitivité globale de la chaîne de production au fur et à mesure que les volumes produits augmentent ;

– l'investissement continu qui entraîne des modifications dans le processus de production (nouvelles machines plus performantes, nouvelle organisation du travail, évolutions technologiques, etc.). Cette amélioration continue se traduit par des gains de productivité et une diminution du coût unitaire de production ;

– l'effet d'échelle qui permet de répartir les frais fixes sur un volume plus important de biens produits (une hausse des volumes permet ainsi de faire diminuer le coût d'achat auprès des fournisseurs en jouant sur les quantités commandées, etc.).

*Ex.* : Les principaux constructeurs automobiles mondiaux sont engagés dans une course au volume pour produire à moindre coût (rachat d'Opel par PSA en 2017, projet de fusion Renault-Fiat Chrysler en 2019, etc.).

■ Lorsqu'une entreprise n'est pas en mesure d'investir suffisamment dans son outil de production ou d'augmenter les volumes produits pour bénéficier de cet effet d'expérience, il peut être judicieux de confier à un sous-traitant une partie de la production afin de concentrer les ressources sur d'autres éléments de la chaîne de valeur. L'externalisation de la production, notamment dans des pays où les coûts de production sont plus faibles, est une des conséquences de cette recherche continue de diminution des coûts de production. Il conviendra néanmoins de conserver la même exigence de qualité pour les productions réalisées par le sous-traitant.

À retenir !

■ Plus une entreprise produit et plus elle réduit ses coûts unitaires de production et accroît sa productivité. À l'origine de ce constat réside la notion d'effet d'expérience qui repose sur un effet d'apprentissage lié à la spécialisation des personnels, un investissement constant dans l'outil de production et des économies d'échelle.

# La distinction cycle d'exploitation-cycle d'investissement

Fiche 120

CEJM

Notes

Il existe un lien direct entre la définition de la stratégie et la réflexion à mener par l'entrepreneur sur le volume des ressources financières dont doit disposer l'entreprise pour faire face à ses besoins de financement.

## 1 Les besoins liés au cycle d'exploitation

- Par principe, une entreprise doit produire avant de vendre sa production, ce qui se traduit par un décalage entre ses recettes futures et ses dépenses immédiates.

- Ces dépenses immédiates (cycle d'exploitation) sont liées à l'ensemble des opérations nécessaires à une entreprise pour produire et vendre un bien ou un service :

– acquisition des matières premières et biens intermédiaires auprès de ses fournisseurs ;

– fabrication du produit ou du service (salaires, frais engendrés par la chaîne de production, etc.) ;

– stockage et approvisionnement des points de vente (logistique, etc.) ;

– financement éventuel de la fonction commerciale (vendeurs, commerciaux, crédits accordés aux clients).

- Le besoin en fonds de roulement (BFR) détermine le montant que doit financer l'entreprise afin de couvrir le besoin résultant de ces décalages entre les décaissements (financement des matières premières et des biens intermédiaires, des salaires, des charges logistiques, des frais de stockage, etc.) et les encaissements (encaissement des ventes) liés à son activité.

> **Calcul du BFR**
> BFR = actif circulant – passif circulant

- Certaines entreprises en forte croissance peuvent se retrouver en difficulté si elles ne disposent pas des ressources financières adéquates.

- Les délais de paiement des créances clients et fournisseurs constituent un levier important d'évolution du BFR en permettant à l'entreprise d'obtenir des encaissements plus rapides ou en retardant, pour les fournisseurs, la date du décaissement.

## 2 Les besoins liés au cycle d'investissement

■ Outre le financement de son cycle d'exploitation, l'entreprise doit engager un ensemble de dépenses d'investissements (cycle d'investissement) pour financer l'acquisition d'immobilisations.

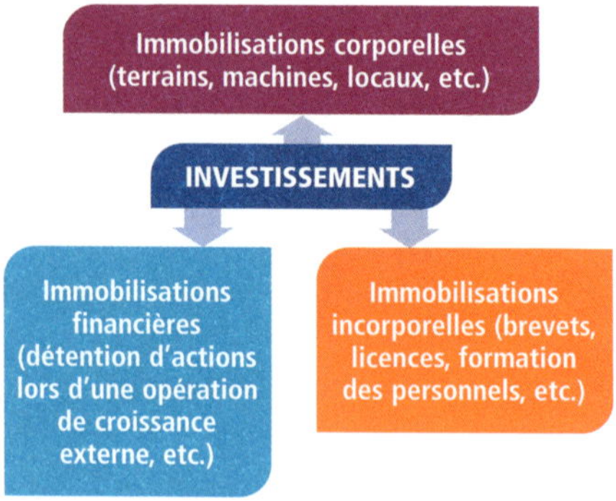


■ Ces immobilisations seront utilisées sur plusieurs cycles de production et permettent à l'entreprise soit d'accroître, soit d'améliorer ses capacités de production.

■ Le financement du cycle d'investissement repose sur des financements à long terme (ressources durables).

■ Le fonds de roulement net global (FRNG) correspond à la différence entre les ressources durables d'une entreprise et les dépenses d'investissement engagées pour financer les immobilisations. S'il est positif, le fonds de roulement net global permet à l'entreprise de financer tout ou partie de son besoin en fonds de roulement.

**Calcul du FRNG**

FRNG = ressources stables – emplois stables

■ Dans l'idéal, le FRNG doit être supérieur au BFR pour que l'entreprise dispose d'une marge de manœuvre financière pour assurer son développement.

**À retenir !**

- Une entreprise doit disposer de ressources financières suffisantes pour faire face à son besoin en fonds de roulement.
- Elle s'assurera pour cela de disposer de ressources durables en capacité de financer ses investissements et tout ou partie de son besoin en fonds de roulement.

# Le bilan fonctionnel de l'entreprise

Fiche 121

CEJM

Notes

Le bilan fonctionnel se différencie du bilan comptable en distinguant l'impact des principaux cycles de l'entreprise (cycle d'investissement, cycle d'exploitation et hors exploitation).
Il donne une indication sur la situation financière de l'entreprise et sa capacité à mettre en œuvre sa stratégie.

## 1 L'analyse du bilan fonctionnel

■ L'analyse du bilan permet de s'assurer de l'équilibre financier d'une entreprise en distinguant les différents cycles qui impactent sa structure financière :

– le cycle de financement et d'investissement permet de vérifier l'adéquation entre les ressources financières d'une entreprise et leur emploi (un emploi stable doit être financé par une ressource stable) ;

– le cycle d'exploitation et hors exploitation permet d'analyser les besoins de financement générés par le cycle d'exploitation de l'entreprise et les modalités de son financement ;

– le cycle de trésorerie mesure l'impact des cycles précédents sur la trésorerie de l'entreprise.

## 2 La présentation simplifiée du bilan fonctionnel

■ Le bilan fonctionnel présente les emplois et les ressources classés par fonctions.

■ On ne parle pas ici d'actif et de passif mais d'emplois et de ressources.

| Emplois (actif) | Ressources (passif) |
|---|---|
| **Emplois stables (principaux postes)**<br>– immobilisations corporelles<br>– immobilisations incorporelles<br>– immobilisations financières | **Ressources stables**<br>– capitaux propres<br>– provisions pour risques et charges<br>– amortissements<br>– dettes financières |
| **Actif circulant**<br>– d'exploitation (stocks, créances clients)<br>– hors exploitation (autres créances) | **Passif circulant**<br>– d'exploitation (dettes fournisseurs)<br>– hors exploitation (autres dettes) |
| **Trésorerie active**<br>– liquidités disponibles | **Trésorerie passive**<br>– concours bancaires à court terme |

Notes

## 3 Les principaux ratios financiers d'analyse du bilan

■ L'analyse du bilan fonctionnel d'une entreprise permet d'obtenir des informations utiles sur sa situation financière et sur sa capacité à assurer son développement et sa pérennité.

■ **Délais de paiement accordés à la clientèle** : mesure la durée moyenne du crédit client.

$$\frac{\text{(Créances clients et Comptes rattachés)} \times 360}{\text{CA TTC}}$$

■ **Taux d'endettement** : mesure le poids du financement externe dans les ressources stables d'une entreprise.

$$\frac{\text{Dettes financières}}{\text{Capitaux propres}}$$

■ **Ratio d'indépendance financière** : permet de déterminer l'indépendance financière d'une entreprise vis-à-vis des établissements bancaires.

$$\frac{\text{Capitaux propres}}{\text{Dettes financières}}$$

■ **Capacité de remboursement** : mesure le nombre d'années que l'entreprise mettra à rembourser ses dettes en utilisant sa capacité d'autofinancement.

$$\frac{\text{Dettes financières}}{\text{CAF}}$$

■ Le choix d'un ou plusieurs ratios dépendra avant tout de l'information que souhaite obtenir l'entreprise et doit permettre d'aider le manager dans la définition de la future stratégie ou d'évaluer la stratégie actuelle.

**Remarque**

La loi réglemente les délais de paiement entre professionnels (30 jours avec un possible allongement à 60 jours) afin de protéger les PME qui ne disposent pas d'un pouvoir de négociation suffisant auprès des grandes entreprises.

*À retenir !*

■ Le bilan fonctionnel permet d'analyser la situation financière d'une entreprise en comparant ses emplois (actif) à ses ressources (passif). L'analyse de ce bilan grâce à des ratios financiers permet d'aider le manager dans ses prises de décisions.

# Le compte de résultat de l'entreprise

Fiche 122

CEJM

En fin d'exercice, une entreprise établit son compte de résultat à partir de l'ensemble des opérations qui se sont traduites par des encaissements et des décaissements. Elle peut ainsi déterminer sa capacité à réaliser un bénéfice.

## 1 La présentation simplifiée du compte de résultat

■ Le compte de résultat (CR) est un document comptable qui présente l'ensemble des produits (encaissements) et des charges (décaissements) de l'entreprise pendant un an (exercice comptable).

■ Il fournit des informations sur les performances réalisées par une entreprise et constitue un outil indispensable à l'entrepreneur pour évaluer l'impact de sa stratégie sur la santé financière de son entreprise (performance économique et rentabilité).

| Charges | Produits |
|---|---|
| **Charges d'exploitation (principaux postes)**<br>– coût d'achat des marchandises vendues<br>– charges externes (fournitures, loyers, frais postaux, etc.)<br>– salaires et charges sociales<br>– impôts et taxes sur la production<br>– dotations aux amortissements, dépréciations et provisions | **Produits d'exploitation**<br>– vente de marchandises<br>– production vendue, stockée et immobilisée<br>– reprises sur amortissements, dépréciations et provisions<br>– autres produits |
| **Charges financières**<br>– dotations aux amortissements et provisions<br>– intérêts d'emprunts et charges assimilées | **Produits financiers**<br>– intérêts sur placements<br>– reprises sur provisions |
| **Charges exceptionnelles**<br>– sur opérations de gestion ou en capital | **Produits exceptionnels**<br>– sur opérations de gestion ou en capital |
| **Bénéfice** si produits – charges > 0 | **Perte** si produits – charges < 0 |

■ Le résultat net (bénéfice ou perte) résulte de la différence entre les produits (encaissements) et les charges (décaissements).

■ Il ne dépend donc pas uniquement de l'activité d'exploitation.

■ Il doit, de ce fait, être étudié en détail et sur plusieurs exercices (notamment en isolant les éléments exceptionnels non récurrents) pour éviter les erreurs d'interprétation.

Notes

Notes

## 2 Les principaux soldes intermédiaires de gestion (SIG)

■ Une analyse plus détaillée du compte de résultat permet d'établir les soldes intermédiaires de gestion.

■ Valeur ajoutée (VA) : mesure la richesse brute créée par l'entreprise dans le cadre de son activité.

**VA** = Marge commerciale + Production de l'exercice
– Consommations de l'exercice en provenance de tiers

■ Excédent brut d'exploitation (EBE) : mesure la performance commerciale et industrielle indépendamment de la politique de financement et d'investissement de l'entreprise et des événements exceptionnels.

**EBE** = VA de l'entreprise + Subventions d'exploitation
– Impôts, taxes et versements assimilés – Charges de personnel

■ Résultat d'exploitation : mesure la capacité de l'entreprise à générer des ressources avec son activité principale, sans prendre en compte les éléments financiers et exceptionnels. Il met en avant la performance économique de l'entreprise.

**Résultat d'exploitation** = Produits d'exploitation – Charges d'exploitation

■ Capacité d'autofinancement (CAF) : mesure l'ensemble des ressources internes générées par l'entreprise dans le cadre de son activité qui permettent d'assurer son financement.

**CAF** = Produits encaissables – Charges décaissables

■ Cette approche plus détaillée permettra au manager de mesurer sur une année d'exercice la réelle efficacité de son organisation productive ainsi que l'impact de la politique de financement.

**Remarque**

Les SIG fournissent des informations plus utiles parfois que le simple résultat net sur la situation financière d'une entreprise (CAF, EBE, etc.).

*À retenir !*

■ Le compte de résultat permet à une entreprise de mesurer ses principaux soldes intermédiaires de gestion (Valeur Ajoutée, Excédent Brut d'Exploitation, Résultat d'Exploitation et Capacité d'autofinancement). L'analyse de ces soldes constitue une source précieuse d'information pour évaluer l'efficacité du processus de production mis en œuvre par l'entreprise.

# Les différents modes de financement

Fiche 123

CEJM

Notes

Pour faire face à ses besoins de financement, l'entreprise peut s'appuyer sur différents modes de financement, qu'ils soient internes ou externes.

## 1 Les principaux modes de financement

| Financement interne (utilisation des ressources financières dégagées par l'entreprise elle-même) | Financement externe (obtention de ressources financières par des financeurs externes) |
|---|---|
| **Utilisation de la CAF (capacité d'autofinancement) :** ensemble des ressources financières internes dégagées par l'entreprise et utilisables pour satisfaire ses besoins de financement à long terme. | **Apports financiers des associés** qui constituent le capital social d'une entreprise mais qui peuvent l'abonder par la suite en cas de besoin. |
| | **Augmentation de capital :** opération qui consiste pour l'entreprise à accroître son capital par émission de nouvelles actions. |
| **Cession d'actifs (désinvestissement) :** opération qui consiste pour une entreprise à céder à une autre entreprise une partie de ses actifs en échange d'une contrepartie monétaire. | **Crédit-bail :** opération permettant à une entreprise de disposer d'un bien d'équipement de son choix, sans en être propriétaire, en le louant à une société spécialisée qui l'achète au fabricant. |
| | **Emprunts bancaires :** opérations par lesquelles un établissement financier met à la disposition d'une entreprise une somme d'argent contre la promesse de son remboursement et moyennant le paiement d'un intérêt. |

- Les grandes entreprises peuvent mobiliser conjointement les différents modes de financement.
- Les PME, par nature plus fragiles, sont susceptibles de rencontrer des difficultés pour obtenir des financements (accès au crédit réduit, CAF limitée voire négative en phase de croissance, etc.).

**Remarque**

Le **crédit-bail** est un contrat de location conclu entre un établissement bancaire (qui est le bailleur) et une entreprise qui est l'occupant. Ce contrat de location est assorti d'une promesse de vente à l'issue du contrat de location. Le crédit-bail concerne surtout du matériel (voiture, outillage, équipements, etc.) mais peut aussi concerner des biens immobiliers.

Notes

## 2 Leurs caractéristiques

■ Le choix du mode de financement dépendra des avantages et inconvénients propres à chacun :

– l'utilisation de la CAF présente un risque de mauvaise utilisation des fonds disponibles qui sont immobilisés dans l'entreprise alors qu'ils auraient pu être investis autrement et offrir une meilleure rentabilité (*ex.* : placements financiers). La CAF constitue aussi une réserve financière que pourra utiliser l'entreprise en cas de difficultés ;

– les cessions d'actifs engendrent un risque de perte de compétences et de sortie définitive d'un marché par l'entreprise. Elles peuvent, par ailleurs, entraîner un coût (moins-value) par rapport à la valeur comptable des actifs cédés ;

– l'augmentation de capital engendre un risque de perte de pouvoir de l'entrepreneur du fait de l'arrivée de nouveaux actionnaires et un coût financier futur lié à la nécessité de verser des dividendes plus importants ;

– l'emprunt bancaire engendre un coût financier lié à la nécessité de payer des charges d'intérêts sur les sommes contractées et un risque d'endettement trop important de l'entreprise ;

– le coût de la location du crédit-bail accroît les charges de l'entreprise. Le risque est plus limité puisque l'entreprise ne devient pas propriétaire des biens acquis par ce procédé.

■ Une fois les contraintes financières identifiées, l'entrepreneur doit choisir le mode de financement adéquat pour adapter les ressources de l'entreprise à la stratégie mise en œuvre.

■ La détermination du mode de financement dépendra de la comparaison entre les coûts et les bénéfices des différentes solutions mesurée sur la durée totale du besoin à satisfaire. Plus l'échéance sera longue et plus l'entreprise cherchera à privilégier les options qui ne remettront pas en cause sa stabilité financière globale.

**Remarque**

L'encours des dettes contractées par les sociétés non financières installées en France s'est élevé à 1 609 milliards d'euros à la fin du mois de décembre 2018. Cela représente 74 % du PIB, soit une augmentation de 10 points en 4 ans. Cette hausse est en partie due à des taux d'intérêts faibles qui limitent les charges d'intérêts et favorisent ainsi le recours à l'emprunt.

*À retenir !*

■ Pour faire face à ses besoins de financement, l'entreprise peut faire appel à différents modes de financement qui présentent chacun des avantages et inconvénients spécifiques qu'il convient de comparer avant de les choisir.

# L'équilibre financier de l'entreprise

Fiche 124

CEJM

Notes

**Dans le cadre de la gestion financière, l'entrepreneur s'intéresse à l'équilibre entre les ressources financières dont dispose l'entreprise et ses besoins de financement. Une attention particulière est apportée à la gestion du fonds de roulement qui résulte du cycle d'exploitation de l'entreprise.**

## 1 Les principales contraintes financières d'une entreprise

> **Gestion financière**
> Ensemble des décisions et actions destinées à équilibrer les besoins et les ressources de financement de l'entreprise à court terme comme à long terme.

■ L'entrepreneur ou le manager doit faire face à deux types de besoins qui supposent des réponses spécifiques (mais non nécessairement dissociées) :
– des besoins de financement à court terme, pour assurer le financement du cycle d'exploitation ;
– des besoins de financement à long terme, pour assurer le financement des investissements de l'entreprise à moyen et long termes en fonction de la stratégie de développement adoptée.

■ L'entrepreneur doit assurer une gestion financière qui intègre différentes contraintes :
– la contrainte de solvabilité : capacité de l'entreprise à honorer ses dettes exigibles à tout moment (contrainte de liquidité des fonds disponibles) ;
– la contrainte de pérennité : assurer la cohérence entre le besoin de financement (à court ou long terme) et le mode de financement retenu pour le financer. Par principe, le financement d'un besoin doit être assuré par une ressource ayant la même échéance ;
– la contrainte de disponibilité des ressources à court terme : assurer le bon usage des ressources disponibles à court terme. Une entreprise doit, par ailleurs, disposer de réserves pour faire face à des besoins temporaires ou exceptionnels ;
– la contrainte du coût du mode de financement retenu : le coût du financement doit notamment être mis en parallèle avec la rentabilité attendue des dépenses envisagées.

■ La contrainte de solvabilité demeure une contrainte prédominante pour le manager pour lequel un incident de paiement (même en phase de développement) peut entraîner la disparition de l'entreprise.

Notes

## 2 La gestion du fonds de roulement

■ La gestion du fonds de roulement est un enjeu essentiel pour l'entrepreneur qui doit s'assurer en priorité de la solvabilité de son entreprise.

■ Pour diminuer son besoin de financement à court terme (la différence entre le FRNG et le BFR), l'entrepreneur cherche au maximum à diminuer le besoin en fonds de roulement, notamment les besoins de financement à court terme de son cycle d'exploitation. Pour cela, il cherche à réduire les postes qui mobilisent le plus de ressources financières ou à accroître ses ressources financières disponibles à court terme.

■ Cela suppose :
– de réduire les délais de paiement accordés à ses clients ;
– d'accroître les délais de paiement consentis par ses fournisseurs ;
– de réduire les stocks intermédiaires des productions réalisées ;
– d'accroître ses **concours bancaires** auprès des établissements de crédit.

■ Ces différents éléments montrent l'importance de la relation qu'entretient l'entrepreneur avec les partenaires extérieurs de l'entreprise (clients, fournisseurs, banques, etc.). Le pouvoir de négociation d'une entreprise vis-à-vis de ses fournisseurs et de ses clients aura une importance toute particulière dans la gestion du fonds de roulement (les grandes entreprises imposent souvent des délais de paiement plus longs à leurs fournisseurs afin de réduire leur BFR).

**Concours bancaires courants**

Ensemble des dettes contractées par une entreprise auprès de sa (ses) banque(s) en raison des besoins de trésorerie qui proviennent de l'exploitation courante ou des autres opérations d'exploitation de l'entreprise.

■ En développant les ventes directes, les entreprises peuvent aussi réduire les délais de paiement des clients.

■ Le choix du mode de production qui sera retenu par un manager doit prendre en compte les incidences financières qui vont en découler en termes de besoin en fonds de roulement (financement de stocks de produits, etc.).

*À retenir !*

■ Au même titre qu'un particulier doit équilibrer son budget (dépenses-recettes), une entreprise doit constamment s'assurer de son équilibre financier afin de garantir sa solvabilité et donc sa pérennité. La gestion du fonds de roulement est au centre des décisions opérationnelles qui permettent soit de réduire les décaissements, soit d'augmenter les encaissements.

# Places de marché et relations d'échange

Fiche 125

CEJM

Notes

L'essor des TIC (Technologies de l'information et de la communication) et du numérique a entraîné une **dématérialisation des échanges** qui modifie le fonctionnement des marchés.

## 1 Les différents types de relations d'échange

■ Les relations peuvent être directes entre le producteur-vendeur et l'acheteur (e-commerce). C'est pourquoi l'on parle d'un phénomène de désintermédiation.

■ Cette dématérialisation n'affecte pas uniquement les échanges marchands, elle favorise également les relations non marchandes comme les formalités administratives en ligne.

■ Néanmoins, des plateformes électroniques, appelées places de marché, se développent très rapidement et favorisent des relations indirectes entre vendeurs et acheteurs. On parle alors de phénomène de réintermédiation.

## 2 La notion de place de marché *(market place)*

■ Une place de marché est une application Web qui joue un rôle d'intermédiaire et permet de mettre en relation des vendeurs et des acheteurs potentiels pour effectuer des transactions de biens et/ou de services.

***Ex.*** : Le site Vinted, créé en 2008 et présent dans 12 pays essentiellement européens, propose aux particuliers de vendre, d'acheter et d'échanger directement des articles de seconde main.

■ Les places de marché sont ainsi des plateformes (marchés virtuels) aux mains d'un opérateur qui transmet la commande et les informations relatives à la livraison au vendeur partenaire et qui sécurise les transactions.

■ Les places de marché se sont multipliées pour essayer de donner aux consommateurs un meilleur accès aux différents sites présents sur le Web (plus de 44 millions de noms de domaines sont enregistrés dans le monde chaque année, soit environ 123 000 par jour).

■ Elles font appel à différents prestataires (qui s'apparentent à de nouveaux métiers) pour offrir de multiples services à leurs usagers : prestataires de paiement en ligne, logisticiens, intégrateurs de flux, éditeurs de solutions, etc.

Notes

## A. Les trois intervenants dans une transaction

| | |
|---|---|
| **La plateforme** | L'opérateur de la place de marché est généralement rémunéré par une commission. |
| **Le vendeur** | Le vendeur gagne en visibilité grâce à la place de marché et dispose d'un canal de distribution supplémentaire. Il a l'assurance d'être payé. |
| **L'acheteur** | L'acheteur bénéficie d'un plus large choix de produits et de prix et effectue ses achats dans un cadre sécurisé. |

■ La place de marché ne s'occupe pas des tâches relatives au stockage des articles. Sa performance repose sur sa capacité à générer du trafic et à attirer ainsi des clients potentiels pour les offreurs qui passent par elle.

**Remarque**
La qualité de service et la réputation d'une place de marché sont essentielles à son attractivité.

## B. Des plateformes et des relations d'échange multiples

■ Les places de marché peuvent mettre en relation des particuliers ou des professionnels entre eux, voire y associer des administrations. Il existe ainsi des plateformes *BtoC* telles qu'Amazon ou ebay, *BtoB* telles qu'Amazon Business ou Alibaba ou encore *CtoC* telles qu'Airbnb ou Blablacar.

■ Outre des ventes traditionnelles où le prix de vente s'affiche sur la plateforme, il peut y avoir des transactions qui s'opèrent avec des systèmes d'enchères classiques, d'enchères inversées ou sous la forme de troc.

■ On distingue différents types de plateforme :

– plateforme *BtoB (business to business)* : plateforme dédiée aux activités commerciales inter-entreprises ;

– plateforme *BtoC (business to consumer)* : plateforme dédiée aux activités commerciales entre les entreprises et les consommateurs finaux (le grand public) ;

– plateforme *CtoC (consumer to consumer)* : plateforme dédiée aux échanges entre consommateurs finaux. Les consommateurs y échangent donc des biens ou des services directement, sans intermédiaire, gratuitement ou non.

*À retenir !*

- Le développement d'Internet et l'accès de plus en plus généralisé aux nouvelles technologies modifient profondément les relations entre agents économiques.
- Les places de marché facilitent l'émergence de nouvelles formes d'échanges entre clients finaux et producteurs.

# Le développement du numérique : l'impact sur les marchés

Fiche 126

CEJM

Le développement du numérique induit un certain nombre d'externalités et d'effets sur la structure des marchés et leur régulation. Il impacte, par ailleurs, le marché du travail.

## 1 Les externalités de réseau liées aux plateformes numériques

■ Les plateformes numériques créent souvent des externalités de réseau. Elles correspondent aux gains qu'il y a à utiliser un réseau et apparaissent lorsque suffisamment de personnes utilisent le réseau en question.

■ La grande taille des plateformes en améliore la qualité et l'intérêt pour l'utilisateur :

– plus les places de marché sont grandes, plus les acheteurs bénéficient de produits ou de services, et les vendeurs accèdent à une clientèle potentiellement plus importante ;

– les grands réseaux sociaux sont aussi intéressants pour leurs utilisateurs : davantage de contacts potentiels à nouer, plus de contenu à trouver sur le réseau (vidéos, etc.).

■ Au-delà de l'intérêt pour les utilisateurs, la taille du réseau améliore la qualité de service de la plateforme. Un plus grand nombre d'utilisateurs fournit des données précieuses qui permettent à la plateforme de mieux connaître le client, donc de mieux cibler les contacts, les publicités, etc.

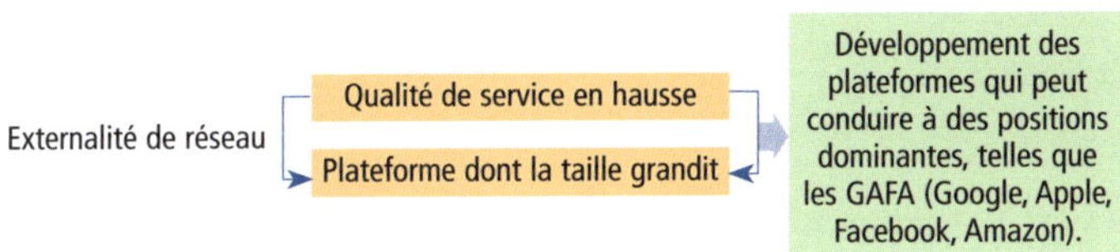


## 2 Les positions dominantes

### A. Les politiques de concurrence

■ L'essor des plateformes numériques entraîne des interrogations quant aux politiques de concurrence. L'émergence de positions dominantes fait craindre des pratiques anti-concurrentielles : abus de cette position dominante pour éliminer la concurrence, pour exercer une pression exagérée sur les fournisseurs ou annonceurs, etc.

Notes

■ Mais les risques restent à nuancer :

– les politiques de régulation de la concurrence visent avant tout à protéger les consommateurs. Or, ceux-ci ne sont généralement pas lésés : la grande taille des réseaux améliore la qualité de service, la clientèle n'est pas captive, etc. ;

– il n'y a généralement pas de barrières à l'entrée sur ces marchés : peu de moyens sont nécessaires pour créer une plateforme, la position d'un leader peut être rapidement remise en question, etc.

### B. La régulation

■ L'essor des plateformes numériques suscite aussi des craintes et problèmes en matière de régulation : difficultés d'imposition, contournement des règles du droit du travail (ubérisation), protection des données personnelles, etc.

**Remarque**

La France a mis en place en 2019 une taxe sur les grandes entreprises du numérique à hauteur de 3 % sur le CA numérique réalisé en France pour toute entreprise dont le CA dépassera 750 millions d'euros dans le monde, dont 25 millions en France.

## 3 Des mutations qui impactent le marché du travail

| | | |
|---|---|---|
| **En volume** | **Destruction d'emplois** due à l'automatisation de tâches routinières. | Les créations d'emplois compensent-elles totalement les destructions ?<br>→ Idées d'un revenu universel, d'une taxation des robots pour y faire face. |
| | **Création d'emplois :** nouveaux métiers au sein des secteurs émergents. | |
| | **Possibles relocalisations** d'activités du fait de l'automatisation de tâches à faible qualification. | |
| **En structure** | L'essor du numérique favoriserait des emplois qualifiés : les moins qualifiés subiraient les destructions. | |
| | • Ubérisation de certains secteurs.<br>• Précarisation du travail. | |

■ Ces mutations affectent l'organisation du marché du travail (remise en cause du salariat) et invitent à accompagner ces bouleversements en accentuant la formation aux nouvelles compétences qui seront demain la clé d'un maintien ou d'une entrée dans l'emploi.

*à retenir !*

■ Les externalités de réseau posent des problèmes de régulation nouveaux afin de maintenir un certain degré de concurrence sur les marchés. Le marché du travail se trouve, par ailleurs, confronté à de nombreux bouleversements dont l'évolution des qualifications et l'accélération des transferts d'emplois entre secteurs.

# L'évolution des modèles économiques

Fiche 127

CEJM

La révolution du numérique ne modifie pas seulement les systèmes productifs des entreprises. Elle contribue à remettre en cause le modèle économique traditionnel en transformant la chaîne de valeur et la création de richesses.

## 1 Les impacts sur la société

- Au-delà du modèle économique des entreprises, ces évolutions ont des impacts plus profonds sur la société ; dans de nombreux domaines, le développement du numérique remet en question la notion d'achat et de droit de propriété.
- Par souci économique ou environnemental, les individus privilégient un simple droit d'usage des biens (**ex. :** les systèmes de location de vélos, de voitures, de trottinettes) qui s'oppose au modèle économique traditionnel fondé sur l'acquisition d'un bien ou d'un service. De plus en plus de besoins sont ainsi satisfaits par des modèles d'abonnement ou de location au détriment de l'acte d'achat.

Notes

## 2 Les différents modèles économiques

| | |
|---|---|
| **Modèle « traditionnel »** | Produire et tirer des revenus de la vente de sa production. |
| **Quelques nouveaux modèles économiques** | **Modèle gratuit financé par la publicité :** maximiser l'audience d'un site pour obtenir une rémunération grâce à des bannières publicitaires payées par des annonceurs. |
| | **Modèle *freemium* :** faire adhérer un maximum de gens à un service gratuit pour les rediriger vers un service payant plus complet. |
| | **Modèle de l'abonnement pour un accès :** vendre un droit d'usage plutôt qu'un droit de propriété. Courant pour les vidéos ou musiques à la demande : le client n'achète plus un film, mais le droit de le visionner pendant un certain temps. |
| | **Économie collaborative :** des plateformes telles qu'ebay mettent différents acteurs en relation et se rémunèrent généralement par des commissions.<br>Toutes ces plateformes ne relèvent pas du domaine marchand : troc, échange de logements pour les vacances, covoiturage, etc. |
| **Relations non marchandes** | De nombreux **logiciels sont gratuits** (gratuiciels ou *freeware*) ; certains sont *open source* (on peut accéder au code source du programme et le modifier).<br>Un grand nombre de **MOOCs** (formations ouvertes à distance) sont gratuits. |

Notes

## 3 Les impacts sur les activités traditionnelles

- Le numérique et les TIC affectent aussi le modèle économique d'activités traditionnelles.
- Les facteurs clés de succès traditionnels d'une industrie peuvent être remis en cause par l'irruption des nouvelles technologies.

| | |
|---|---|
| **Déclin de certaines activités au profit de nouveaux secteurs émergents soumis à de nouveaux modèles économiques** | Des innovations, de nouvelles technologies (effet de création) rendent obsolètes certaines activités (effet de destruction).<br>***Exemple de création*** : l'hébergement de données. |
| **Transformation du périmètre des entreprises ou de leur métier** | Les TIC favorisent le recentrage sur les activités créatrices de valeur et l'externalisation des autres activités (développement des entreprises-réseaux) : une gestion facilitée des relations entre entreprises partenaires permet, par exemple, d'automatiser les commandes entre client et fournisseur avec les systèmes d'échange de données informatisées.<br>Les relations étroites entre entreprises partenaires nécessitent des interconnexions entre les systèmes d'information (SI) qui doivent être compatibles, d'où l'importance croissante des normes et des standardisations. |
| | Les TIC ont profondément modifié les règles du jeu de certains secteurs :<br>– les plateformes type Uber pour le transport des personnes ;<br>– la vente d'un droit d'usage et non plus d'un droit de propriété : musique, vidéo, transport urbain. |

- Une concurrence potentielle de nouveaux acteurs peut émerger :

– du fait du bouleversement des frontières des marchés traditionnels ;

***Ex.*** : L'essor des banques en ligne au côté des banques traditionnelles.

– ou par le transfert d'une part importante de la valeur ajoutée entre une entreprise et ses principaux fournisseurs.

***Ex.*** : L'essor des véhicules connectés fait des entreprises du secteur numérique de nouveaux entrants potentiels sur le marché automobile.

À retenir !

- Le développement du numérique entraîne des changements de modèle économique *(business model)* pour les entreprises, c'est-à-dire la façon dont les entreprises créent de la valeur pour en tirer des revenus.

# La protection des actifs immatériels

Fiche 128

CEJM

Notes

Dans l'économie numérique actuelle, les **actifs immatériels** des entreprises (sites Internet, noms de domaines, logiciels, bases de données, brevets, marques, etc.) prennent une place croissante dans leur stratégie. Ils font partie du **patrimoine de l'entreprise** et sont **source de création de valeur**. Le droit protège ces actifs immatériels.

## 1 Les titulaires des droits d'auteur

- Les droits patrimoniaux appartiennent en principe à l'auteur de la création.

| Type d'auteur | Propriétaire des droits patrimoniaux | *Exemple* |
|---|---|---|
| L'auteur travaille de façon indépendante. | L'auteur | Un auteur crée un roman ou une pièce de théâtre. |
| **Création collective** (plusieurs coauteurs) | Droits partagés entre les divers auteurs. Les auteurs sont qualifiés de coauteurs. | Plusieurs spécialistes ont collaboré à un ouvrage en rédigeant chacun une partie de l'ouvrage. ***Ex.*** **:** scénariste et auteur d'une bande dessinée. |
| **Création composite** (plusieurs auteurs indépendants) | L'œuvre découle d'un processus où, à chaque étape, un auteur apporte son originalité. Chaque auteur est propriétaire de son apport personnel. | Pour une chanson, le parolier, le compositeur et l'interprète apportent chacun leur création originale, l'un par le texte, l'autre par la mélodie et ses arrangements et le dernier par l'interprétation de l'ensemble. |
| Salarié | L'employeur | Le salarié met au point des **inventions** dans le cadre de son travail pour le compte de son employeur avec les moyens de l'entreprise. |

- Les droits moraux sont toujours de la propriété de leur auteur et de ses descendants.

## 2 Le régime juridique des actifs immatériels

| Créations intellectuelles | Régime juridique |
|---|---|
| **Sites Internet** | Les sites Web sont protégés par le droit d'auteur lorsque la condition d'originalité est remplie. |
| **Noms de domaines** | Le déposant du nom de domaine dispose d'un droit exclusif d'usage de ce nom. |

| | |
|---|---|
| **Logiciels** | • Le code source, le code objet et les travaux préparatoires du logiciel **font l'objet d'une protection**.<br>• Les fonctionnalités, algorithmes et interfaces graphiques **sont exclus** de la protection. |
| **Bases de données** | Elles combinent deux régimes indépendants de protection :<br>– une protection conforme aux droits d'auteur pour leur architecture ;<br>– une protection spécifique des intérêts économiques du producteur de ces bases. |

## 3 La protection des actifs immatériels

■ La dématérialisation bouscule la diffusion et l'utilisation des actifs immatériels qui se visionnent, se reproduisent, se transmettent sans entrave. Les atteintes au droit de propriété sont ainsi facilitées. Le droit envisage donc des protections adaptées.

### A. La protection *a priori*

■ Par la protection *a priori*, le titulaire des droits d'auteur dispose de droits moraux et patrimoniaux.

– Les droits patrimoniaux sont cessibles, transmissibles et démembrables. Ils consistent dans l'octroi d'un monopole d'exploitation ; ainsi, un auteur puis ses héritiers demeurent propriétaires de l'œuvre et des droits d'exploitation y afférents jusqu'à 70 ans après la mort de l'auteur. Ces droits rassemblent un droit de reproduction et un droit de représentation.

***Ex.*** **:** En 2012, George Lucas a vendu les droits d'exploitation de la marque Star Wars de son entreprise Lucasfilm pour environ 4 milliards de dollars à la société Walt Disney Company.

– Les droits moraux rassemblent un droit de paternité de l'auteur sur son œuvre, un droit de divulgation de l'œuvre, un droit de repentir de l'auteur et un droit au respect de l'œuvre par les tiers. Ces droits sont perpétuels et imprescriptibles.

### B. La protection *a posteriori*

■ Avec la protection *a posteriori*, deux actions sont envisageables pour protéger les droits de l'auteur : l'action en contrefaçon sanctionne un délit pénal et l'action en concurrence déloyale se fonde sur la responsabilité civile extracontractuelle.

**Remarque**

La durée de la protection varie selon la nature de l'actif immatériel. Un brevet d'invention est protégé pendant 20 ans non renouvelables alors qu'une marque peut être protégée pendant 10 ans renouvelables indéfiniment. Enfin, un dessin est protégé 5 ans renouvelables avec un maximum de 25 ans.

*À retenir !*

■ L'auteur d'une création originale dispose d'un lien fort avec son œuvre et d'une protection privilégiée grâce au droit sur son œuvre. La protection se met en place dès la création de l'œuvre et les actions en contrefaçon et en concurrence déloyale y concourent.

# La protection de la personne dans la société numérique

Fiche 129

CEJM

Notes

Dans une société de l'information où de nombreux procédés existent pour collecter des données en grande quantité (manière de surfer sur Internet, cookies, formulaires remplis en ligne avec des données personnelles, etc.), la **vie privée** et le **droit à l'image** des personnes physiques sont mis à mal.

## 1 Le droit au respect de la vie privée

### A. Un droit mis à mal…

■ Les *articles 9 du Code civil et 8 de la Convention européenne des droits de l'homme* qui consacrent le respect de la vie privée doivent être renforcés pour protéger davantage.

| Recul de la vie privée dans… | *Exemples d'outils numériques* |
|---|---|
| les informations collectées | • Les données à caractère personnel *via* des photos, des films ou des écrits.<br>• Les données de connexion.<br>• Les adresses IP de l'internaute. |
| les procédés utilisés | • Les cookies.<br>• Les spams.<br>• La commercialisation des données. |

### B. … dont la protection doit être renforcée

■ En France, le droit a recherché un équilibre entre la liberté de circulation de l'information et la protection de la personne. Dès 1978, la CNIL (Commission Nationale Informatique et Libertés) a été créée pour assurer cette protection.

■ Ses quatre missions consistent à :

| | |
|---|---|
| **Informer et protéger** | La CNIL informe les particuliers et les professionnels et répond à leurs demandes. Elle met à leur disposition des outils pratiques et pédagogiques et intervient très régulièrement pour animer des actions de formation. |
| **Accompagner et conseiller** | La CNIL dispose d'outils pour encourager les organisations à se conformer à des pratiques respectueuses de la vie privée des personnes et de leurs données personnelles. Par exemple :<br>– elle fournit des avis sur des projets de loi ou de décret ;<br>– elle peut certifier la conformité d'un processus de traitement des données. |
| **Contrôler et sanctionner** | La CNIL peut accéder à des locaux puis saisir des bases de données. Elle peut infliger des amendes et publier ses sanctions. |
| **Anticiper** | La CNIL met en place une veille pour détecter et analyser les technologies ou les nouveaux usages pouvant avoir des impacts importants sur la vie privée. |

Notes

■ Le droit communautaire a complété la législation en la matière à plusieurs reprises et récemment avec le RGPD (Règlement général sur la protection des données) entré en vigueur en mai 2018.

■ Le RGPD a créé un nouveau poste en entreprise : le DPO *(Data Protection Officer)*, délégué à la protection des données, est chargé de faire respecter la vie privée et les droits des salariés.
Les personnes disposent ainsi, sur leurs données personnelles :
– d'un droit au consentement préalable et éclairé sur l'utilisation des données ;
– d'un droit d'opposition au traitement des données ;
– d'un droit d'accès aux données collectées sur leur personne ;
– d'un droit de rectification en cas d'inexactitude ;
– d'un droit à l'oubli par effacement des données ou déréférencement sur les moteurs de recherche.

■ Les entreprises collectrices sont soumises à de nombreuses règles :
– désigner un délégué à la protection des données ;
– cartographier les données personnelles collectées ;
– faire évoluer les processus internes afin que la politique de collecte et de traitement soit pertinente et transparente. Elle doit correspondre à la finalité de l'entreprise ;
– sécuriser les données, qui doivent rester confidentielles ;

■ Le partenaire privilégié des entreprises reste la CNIL.

■ La personne qui utilise à des fins malveillantes des éléments de l'identité numérique d'une personne commet un délit pénal appelé usurpation d'identité.

## 2 La protection du salarié dans le cadre du travail

■ L'employeur peut contrôler davantage le travail de ses salariés en :
– accédant au contenu du disque dur de leur poste de travail ;
– surveillant et chronométrant leur navigation Web ;
– surveillant leurs déplacements ou leur comportement (vidéosurveillance, géolocalisation).

■ Pour encadrer ce pouvoir, l'employeur doit respecter le principe énoncé dans l'*article L. 1121-1 du Code du travail* : « Nul ne peut apporter aux droits des personnes et aux libertés individuelles et collectives de restrictions qui ne seraient pas justifiées par la nature de la tâche à accomplir ni proportionnées au but recherché. »

À retenir !

■ Du fait du développement des *big data*, les droits français et communautaire ont renforcé leurs dispositifs réglementaires afin de mieux protéger la vie privée des particuliers.

# Le contrat de vente électronique

Fiche 130

CEJM

La dématérialisation des échanges a conduit le droit de la preuve à s'adapter **en intégrant la preuve électronique comme mode de preuve**. Elle donne également naissance à un régime juridique spécifique pour le contrat de vente électronique.

## 1 L'existence du contrat : le régime de la preuve électronique

■ Depuis 2000, l'*article 1316-1 du Code civil* énonce que l'écrit sous forme électronique est admis en preuve au même titre que l'écrit sur support papier, à deux conditions cumulatives :

| Conditions cumulatives | Procédé technique : la signature électronique |
|---|---|
| ❶ Pouvoir identifier la personne qui en est l'émetteur. | La signature électronique suppose l'intervention d'un tiers certificateur et le recours à la cryptographie à clés asymétriques (une clé privée et une clé publique). Elle remplit ces deux conditions. |
| ❷ Pouvoir garantir l'intégrité du contenu du message : pas de faux possible et préservation de cette intégrité dans le temps. | |

■ Dès lors, la preuve électronique peut aussi bien servir à constituer un support *ad probationem* (pour se constituer une preuve, mais pas obligatoire) que *ad validitatem* (l'écrit est indispensable à la validité de l'acte sous peine de nullité).

*Ex.* : Lors d'un achat de bien sur Internet, l'internaute acheteur doit recevoir immédiatement après la conclusion du contrat un mail qui récapitule les principales caractéristiques du contrat (prix facturé et remises éventuelles, objet du contrat, date, heure, identité du vendeur, etc.). Ces éléments serviront de preuve en cas de litige.

■ La Cour de cassation précise qu'un e-mail, ou courrier électronique, n'est pas un écrit électronique au sens du Code civil car il ne remplit pas les conditions de fiabilité exigées. Il ne peut que servir d'indice.

## 2 Le contenu du contrat de vente électronique

■ Le développement du numérique entraîne la conclusion de contrats de vente par voie électronique avec les consommateurs. Ce sont des contrats spécifiques car le consentement est donné à distance *via* Internet. Afin que l'acheteur/le consommateur/l'internaute soient protégés, le droit de la consommation prévoit des obligations à la charge du cybervendeur.

Notes

Notes

| Protection accordée | Précisions |
|---|---|
| **Obligation d'information *(article L. 111-1 du Code de la consommation)*** | • Le vendeur informe sur son identité, sur le bien et sur les procédés de paiement avant la vente du bien.<br>• Il précise ses modalités de validation de la commande, ses procédés de traitement des données à caractère personnel, etc. |
| **Droit de rétractation du consommateur *(article L. 121-21 du Code de la consommation)*** | • Une fois les informations fournies, un délai de rétractation de 14 jours court à compter de la conclusion du contrat. Tant que l'obligation d'information n'a pas été remplie, le délai de rétractation peut être reporté.<br>• Il est d'ordre public, le consommateur ne peut pas y renoncer. |
| **Obligation de résultat de l'exécution du contrat *(article L. 121-19-4 du Code de la consommation)*** | • Le professionnel est responsable de plein droit à l'égard du consommateur de la bonne exécution des obligations résultant du contrat conclu à distance.<br>• **Exception :** le professionnel peut s'exonérer de sa responsabilité en apportant la preuve que l'inexécution ou la mauvaise exécution du contrat est imputable soit au consommateur, soit au fait, imprévisible et insurmontable, d'un tiers au contrat, soit à un cas de force majeure. |

■ Ces dispositions découlent de la directive communautaire du 25 octobre 2011 transposée par la loi dite « Hamon » du 17 mars 2014. Les jeux et paris en ligne ainsi que les services financiers à distance font l'objet d'une réglementation spécifique.

**Remarque**

Le professionnel vendeur ne peut pas inclure de clauses abusives dans le contrat. En outre, les clauses limitatives ou exonératoires de responsabilité en faveur du vendeur sont ici prohibées.

## 3 La formation du contrat de vente électronique

■ Le contrat de vente électronique est un contrat de vente à distance où les parties ne sont pas physiquement présentes. L'*article 1369-5 du Code civil* explique que le contrat est conclu lorsque l'internaute confirme son acceptation et l'envoie. C'est la théorie de l'émission de l'acceptation qui est ainsi validée.

À retenir !

■ Avec Internet et le développement des transactions numériques à distance, le droit a évolué tant sur le régime de la preuve que sur l'encadrement des contrats de vente électronique.

# Les contrats de prestation de services numériques

Fiche 131

CEJM

Le développement du numérique rend indispensable le recours par les entreprises à des **services de prestataires informatiques** pour les besoins de leur activité.
Les **contrats de prestation de services numériques** (fourniture d'accès aux réseaux, hébergement de données, maintenance matérielle ou logicielle, développement de logiciels ou de sites Internet, conseils en ingénierie, etc.) se multiplient. Ils présentent des obligations spécifiques.

## 1 Le contrat de fourniture d'accès aux réseaux

### A. Le principe

■ Le fournisseur a pour activité d'offrir un accès au réseau de communication, notamment de permettre une connexion à Internet. Les prestataires fournissent également des services complémentaires de télévision, de téléphonie et des services accessoires (disque de stockage, borne wifi, etc.).

*Ex.* : Les quatre grands fournisseurs d'accès aux réseaux en France sont Orange, SFR, Bouygues et Free.

### B. Le contenu du contrat

| | |
|---|---|
| **Le prix** | • Si le client est un consommateur ou un non professionnel, le droit de la consommation s'applique : droit de rétractation, obligation d'information préalable sur le prix et ses composantes, etc.<br>• Si le client est un professionnel, il peut exiger les conditions générales du prestataire afin de débuter des négociations.<br>• En général, comme ce contrat est échelonné dans le temps, le prix à payer prend la forme d'un forfait ou d'un abonnement. |
| **La prestation technique** | • La connexion au réseau est une obligation de résultat qui pèse sur le fournisseur. Le client doit s'assurer que sa ligne est éligible au service demandé, mais c'est souvent le fournisseur qui le vérifie.<br>• Le fournisseur garantit également un débit à son client. |

## 2 Le contrat d'hébergement de données

### A. Le principe

■ L'hébergeur fournit un service de stockage d'informations et un accès à cette information au bénéfice de son client et/ou du public (cas du site Web).

Notes

Notes

### B. Les obligations des parties

| Obligations de l'hébergeur | Obligations du client |
|---|---|
| • Fournir un espace mémoire pour stocker les informations.<br>• Garantir l'accès 24 h/24 aux données.<br>• Maintenir en état le fonctionnement du matériel. | • Payer le prix (abonnement), sauf si l'hébergeur se rémunère par la publicité.<br>• Respecter le droit de la propriété intellectuelle (interdiction des téléchargements illégaux).<br>• Respecter une charte de bonne conduite sur le Net. |

■ Le statut juridique d'hébergeur se distingue de celui d'éditeur. À la différence du second, le premier n'est pas responsable de la teneur des informations stockées.

**Remarque**

La jurisprudence semble s'accorder pour qualifier d'obligations de résultat les obligations de l'hébergeur.

## 3 Les clauses des contrats de prestation

■ Les contrats de prestation de service numérique conclus entre professionnels sont soumis au droit commun des contrats, mais leur nature impose la rédaction de clauses spécifiques.

| Clause | Définition |
|---|---|
| **de confidentialité** | Le professionnel du numérique ne doit pas divulguer les informations confidentielles dont il pourra prendre connaissance en manipulant les données de son client. |
| **de réversibilité des données** | Elle permet au client de récupérer les données nécessaires pour transférer à un autre prestataire la gestion externalisée de son parc informatique. |
| **de délai d'intervention** | Lorsqu'une panne ou une anomalie technique apparaît, le SI de l'entreprise peut être neutralisé ; les parties peuvent prévoir des délais d'intervention selon le type de panne. |
| **de suppléance ou *back up*** | Les parties prévoient qu'en cas de panne, le prestataire proposera de manière temporaire un matériel de remplacement. |
| **de droits d'auteur** | Elle précise qui conserve les droits d'auteur lors de la livraison du logiciel : son concepteur ou son utilisateur. Elle fait de même lorsque le logiciel fait l'objet d'améliorations dans le cadre de sa maintenance. |

À retenir !

■ Internet a donné naissance à de nouveaux métiers et donc à de nouveaux contrats entre les acteurs du numérique : une entreprise peut ainsi notamment demander à accéder au réseau, à entretenir son parc informatique et à faire héberger ses données.

# Les caractères du SI dans l'entreprise

Fiche 132

CEJM

Dans un contexte où les entreprises se livrent à une vive concurrence, l'information, qu'elle soit d'origine interne ou externe à l'entreprise, est devenue une variable stratégique essentielle. Pour qu'elle soit exploitable par l'organisation, il est nécessaire de la formaliser pour l'intégrer dans le processus de décision ; c'est l'une des fonctions du système d'information (SI).

## 1 Les définitions du système d'information (SI)

| Selon | Définition |
|---|---|
| **Robert Reix** | Le SI est « un ensemble organisé de ressources techniques, organisationnelles et humaines requises par le traitement des informations nécessaires à la stratégie et aux métiers de l'entreprise. » |
| **Jean-Christophe Peaucelle** | Un SI « se définit par l'information qu'il véhicule et par la manière dont il l'exprime sur ses différents supports. C'est un langage de communication d'une organisation, adapté à la nature plus ou moins répétitive de l'information que l'on veut y échanger. » |

- On distingue les fonctions du SI (la finalité recherchée par le SI) des dimensions du SI (la façon dont l'information est construite).
- Le SI représente un enjeu interne essentiel de productivité pour une entreprise.
- La sécurisation du SI constitue aussi un enjeu essentiel, notamment vis-à-vis des informations collectées et stockées auprès des parties prenantes (clients, fournisseurs).

## 2 Les quatre fonctions du système d'information

- Un système d'information complet et efficace regroupe quatre fonctions principales :

– collecter : l'entreprise acquiert des données provenant de son environnement interne ou externe ;

– stocker : le système d'information conserve l'information acquise afin de pouvoir la restituer ;

– traiter : l'information est transformée, analysée, structurée ;

– diffuser : le SI transmet ensuite l'information dans son environnement interne ou externe.

Notes

Notes

## 3 Les trois dimensions du système d'information

■ **Le SI doit se structurer à plusieurs niveaux** pour remplir ses fonctions :

| Dimension technique | Dimension humaine | Dimension organisationnelle |
|---|---|---|
| Système informatique qui regroupe des ressources matérielles (machines, ordinateurs et câbles) et immatérielles (logiciels, progiciels, bases de données). C'est le niveau de l'information brute. | Les hommes et les femmes qui conçoivent, traitent et donnent du sens à l'information. Le jugement humain est toujours présent au départ (conception du SI) et à la fin du processus (prise de décision). | Le SI déploie un ensemble de règles, de procédures et de processus pour que l'information aide à la décision ou à l'action. |

■ La dimension organisationnelle prend une place prépondérante dans une société marquée par une croissance très importante des quantités d'informations disponibles qui ne présentent pas toutes le même degré d'utilité dans l'aide à la prise de décision.

■ **Les progiciels de gestion** sont des ressources immatérielles (logiciels intégrés) qui traitent des informations relatives à plusieurs fonctions de l'entreprise. Ils mettent en relation des données afin de décloisonner les services de l'entreprise et de la rendre plus performante.

**Remarques**

- Le logiciel de SCM *(Supply Chain Management)* intègre l'ensemble de la chaîne logistique d'une entreprise. Cet outil est interne à l'entreprise.
- Le logiciel de CRM *(Customer Relationship Management)* gère de l'information externe (qui provient du client) pour une utilisation interne.

■ **Le règlement général sur la protection des données (RGPD)** constitue le texte de référence en matière de protection des données à caractère personnel en Europe.

■ Le RGPD a pour objectif principal d'accroître la protection des individus concernés par un traitement de leurs données personnelles (droit à l'effacement, protection des données dès la conception, etc.). Il augmente dans le même temps la responsabilisation des acteurs (entreprises et organismes) qui collectent et traitent ces données.

**À retenir !**

■ Avec la révolution numérique, le système d'information devient une fonction essentielle pour assurer la compétitivité d'une entreprise. Pour être efficace, un tel système doit permettre de collecter, stocker, traiter et diffuser les informations en s'appuyant sur une organisation et des outils spécifiques.

# Les apports du SI face aux défis de l'entreprise

Fiche 133



Notes

Le développement du ***Big Data*** constitue un défi pour l'entreprise. Le SI doit être capable de collecter les données utiles, ce qui peut supposer une sélection préalable, et de les agréger afin de constituer des **informations pertinentes** qui aideront à la **prise de décision** au sein de l'entreprise.

## 1 Le SI source d'avantage concurrentiel stratégique

### A. L'information est une ressource à part

- L'information ne s'use pas lors de son utilisation. À la différence d'une matière première traditionnelle, sa consommation n'entraîne pas sa destruction.
- La production de l'information représente un coût, mais son coût de réplication est nul ou quasi-nul.
- Les deux éléments précédents rendent difficile la valorisation de l'information, contrairement à un bien tangible (immobilisation corporelle de l'entreprise telle qu'un immeuble ou une machine).

> ***Big Data***
>
> Technologies et pratiques visant à stocker de très grandes masses de données et à les analyser très rapidement.

### B. L'information est une ressource différenciante

- Un SI flexible est source de création de valeur pour l'entreprise et peut générer un avantage concurrentiel s'il est mis au service du processus stratégique.

**Le SI au service de la création de valeur**

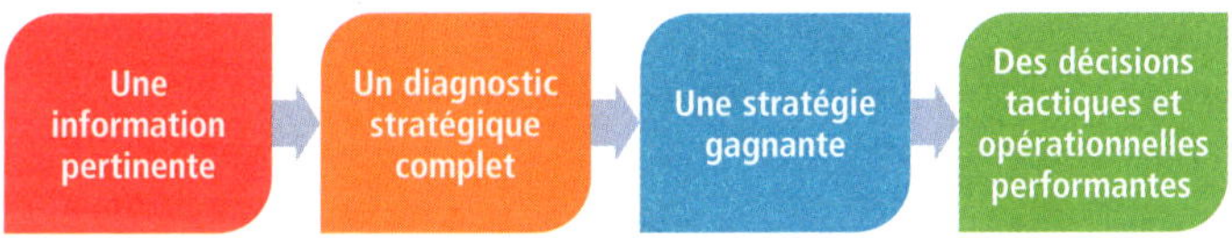


- Le SI doit combiner une fonction d'intégration, afin d'agréger un maximum d'informations et d'assurer une vue d'ensemble de l'entreprise, et une fonction de spécialisation, pour se placer au plus près de là où l'information est nécessaire pour décider et agir vite.

> **Remarque**
>
> Une information est considérée comme pertinente lorsqu'elle possède les caractéristiques suivantes : fiable, exacte, à jour, utile, disponible et exploitable par le système d'information.

Notes

## 2 Le SI, source d'innovation structurelle

■ Face à un environnement ouvert, changeant et incertain, les entreprises ont cherché à gagner en réactivité et peuvent s'appuyer sur le SI pour développer des structures organisationnelles plus souples et adaptables.

**Les principales évolutions des structures**

| | |
|---|---|
| ***Empowerment*** | Démarche qui consiste à réduire le nombre de niveaux hiérarchiques afin d'accélérer la prise de décision. |
| ***Reengineering*** | • C'est une reconfiguration générale de la structure de l'organisation autour non pas des fonctions mais du processus.<br>• Cette méthode a été mise en avant par Michael Hammer et James Champy. |
| **Structure par projet** | • Gestion des activités bâtie autour de la gestion d'un projet. Ce type de structure privilégie une gestion des coûts selon la méthode ABC (analyse des coûts dans le cadre d'une approche fondée sur les processus métiers) et pas seulement selon la méthode des coûts complets (calcul du coût de revient global d'un produit).<br>• En termes de condition de travail, le *coworking* ou travail collaboratif est privilégié.<br>• En termes de mécanisme de coordination, l'ajustement mutuel ou la communication transversale et non pas verticale est mise en avant. |
| **Structure en réseau** | • Les frontières de l'entreprise sont redéfinies. Le SI facilite une structure où les fonctions peuvent être externalisées mais les liens restent forts grâce à des partenariats étroits.<br>• On parle d'« entreprise étendue ». Les fournisseurs, les clients, les sous-traitants peuvent co-concevoir, co-innover, co-construire. |

■ Ces évolutions cherchent à simplifier la chaîne de décision en facilitant les échanges d'information entre les différentes composantes présentes au sein de l'entreprise, mais aussi avec un ensemble d'acteurs externes impliqués dans une démarche collaborative.

*À retenir !*

- Un système d'information ne se limite pas à la collecte et au stockage de l'information.
- En combinant une fonction d'intégration et une fonction de spécialisation, le système d'information constitue un facteur clé de succès pour une entreprise en aidant à la prise de décision et à la mise en place d'une organisation plus flexible et adaptable.

# Les risques et défis humains liés au SI

Fiche 134

CEJM

Notes

Le SI est un facteur de performance pour l'entreprise mais il pose également des difficultés que le directeur du système d'information (DSI) doit prendre en considération.

## 1 La typologie des risques liés aux SI

■ Les risques liés aux SI sont de plusieurs types : sécuritaire, opérationnel, juridique, social et financier.

| Type de risque | Manifestation |
|---|---|
| **Sécuritaire** | **Atteintes au patrimoine informationnel** de l'entreprise :<br>• cyber-attaques ;<br>• diffusion d'un virus informatique ;<br>• vol, piratage, espionnage industriel ;<br>• destruction ou perte des données. |
| **Opérationnel** | **Tout événement qui empêche le fonctionnement normal** de l'organisation :<br>• obsolescence ou panne du matériel ;<br>• défaut de maintenance ;<br>• mauvaise gestion des licences logicielles. |
| **Juridique** | **L'avènement du numérique a fait évoluer les règles du droit** sur de nombreux points :<br>• négociation et gestion des contrats de prestations informatiques ;<br>• respect de la réglementation en matière de protection des données à caractère personnel ;<br>• etc. |
| **Social** | L'outil informatique a envahi les lieux de travail et a entraîné l'**apparition de nouvelles pratiques qui doivent être surveillées** :<br>• intrusion de l'employeur dans la vie privée de ses salariés ;<br>• perméabilité entre les sphères professionnelle et privée (droit à la déconnexion). |
| **Financier** | Le SI génère des coûts importants qu'il faut maîtriser :<br>• coût d'acquisition et de maintenance du matériel, des licences logicielles ;<br>• coût de la formation des utilisateurs ;<br>• etc. |

## 2 Le SI, source de crises et de résistance aux changements

■ Au cours de la vie de l'entreprise, sa taille et sa structure évoluent ; avec elle, le SI s'adapte et évolue à son tour.

■ Dans cette épopée entrepreneuriale, le changement de SI peut contribuer à faciliter le changement mais peut également générer des difficultés humaines et managériales qu'il conviendra d'anticiper.

Notes

### A. Les crises tout au long de la croissance de l'entreprise selon Larry E. Greiner

■ Greiner identifie cinq crises possibles tout au long des six phases de développement des entreprises.

**Le modèle de Greiner**

| Phase | Crise |
| --- | --- |
| ❶ créative | de *leadership* |
| ❷ directive | d'autonomie |
| ❸ de délégation | de contrôle |
| ❹ de coordination | de bureaucratie |
| ❺ de collaboration | de saturation psychologique des salariés |
| ❻ d'externalisation | |

### B. Les facteurs de résistance au changement

■ Le changement peut entraîner une résistance de la part des acteurs en présence. Les types de résistance (selon Michel Crozier notamment mais aussi Kurt Lewin, Paul R. Lawrence, Lester Coch et John R. P. French) peuvent être multiples : résistance psychologique, identitaire, collective, culturelle, politique ou cognitive.

### C. Les recommandations pour gérer le changement selon Kurt Lewin

■ Lewin recommande de respecter trois phases de résistance afin de gérer correctement le changement :

| | |
| --- | --- |
| 1re étape : le dégel | Prise de conscience de la nécessité de changer |
| 2e étape : le changement | Conduite du changement |
| 3e étape : l'enracinement | Adoption et mise en place de la nouvelle organisation |

**À retenir !**

- Le déploiement d'un système d'information performant n'est pas sans risque pour une entreprise. Ces risques sont générateurs de résistance au changement, que cette résistance soit individuelle ou collective.
- Il est nécessaire d'appréhender en amont ces risques pour développer une démarche de gestion du changement qui facilitera la mise en place d'une organisation compatible avec le SI.

# Le marché du travail

Fiche 135

CEJM

Notes

Le marché du travail est un marché spécifique sur lequel se confrontent une offre et une demande de travail non homogènes, ce qui conduit à la segmentation du marché.

## 1 Offre et demande de travail sur le plan théorique

■ L'offre de travail est censée être le fruit d'un arbitrage entre temps de travail (les salaires permettent de consommer en contrepartie des efforts produits) et temps de loisir (qui apporte une satisfaction immédiate mais génère un manque à gagner ou coût d'opportunité).

■ La demande de travail est une demande de facteur permettant aux entreprises de produire. Elle dépend essentiellement de sa productivité et de son coût. En principe, la demande de travail diminue lorsque le niveau de salaire augmente, ce qui peut conduire les entreprises à automatiser davantage la production.

**L'ajustement théorique du marché du travail**

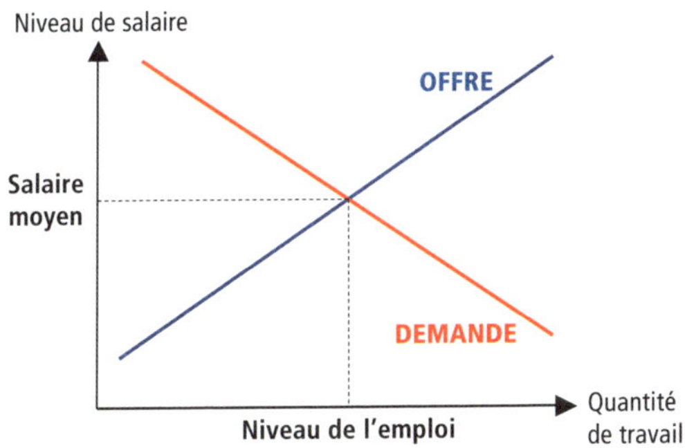


■ Selon la théorie économique, un déséquilibre sur le marché du travail se traduit donc par un ajustement du salaire moyen à la hausse ou à la baisse afin de retrouver une situation de plein emploi.

## 2 Une réalité plus complexe

■ Il n'y a pas un mais une multitude de marchés du travail car ce dernier n'est pas homogène, tant du côté de l'offre que de la demande. Il ne peut donc pas y avoir un seul niveau de salaire permettant l'équilibre du marché.

Notes

| L'hétérogénéité du travail | |
|---|---|
| **Offre de travail** | **Demande de travail** |
| Différents :<br>– niveaux de qualification des individus ;<br>– parcours et expériences professionnels ;<br>– degrés de mobilité fonctionnelle et/ou géographique ;<br>– etc. | Des profils différents demandés selon :<br>– les compétences, qualités, etc. ;<br>– le degré de spécialisation ;<br>– le temps de travail (temps complet, temps partiel, etc.) ;<br>– le type de contrat proposé (CDI, CDD, intérim) ;<br>– etc. |

■ Il peut exister des secteurs où le marché du travail est en tension et où les entreprises peinent à recruter en même temps que perdure un chômage élevé : il y a alors coexistence de personnes au chômage et d'emplois vacants.

■ L'existence d'emplois non pourvus résulte souvent de causes multiples (absence de compétences, conditions de travail, etc.), ce qui limite l'impact des politiques nationales et suppose une réponse adaptée aux spécificités des territoires concernés.

## 3 Un marché du travail segmenté

■ L'hétérogénéité du travail se traduit par une segmentation du marché qui conduit à distinguer plus particulièrement deux segments :

| | |
|---|---|
| **Marché interne (segment des *insiders*)** | Concerne des travailleurs relativement protégés face au chômage :<br>– niveau de qualification élevé ;<br>– contrats de travail relativement stables (CDI) ;<br>– niveaux de rémunération élevés ;<br>– perspectives de promotion. |
| **Marché externe (segment des *outsiders*)** | Concerne des travailleurs relativement défavorisés en termes d'emploi, plus susceptibles de connaître des épisodes de chômage :<br>– statuts plus précaires (CDD, intérim, etc.) ;<br>– emplois soumis aux aléas de la conjoncture économique ;<br>– faibles perspectives d'évolution dans l'entreprise. |

*À retenir !*

■ Dans un marché du travail non homogène où cohabitent à la fois des *insiders* et des *outsiders*, la théorie classique de régulation des marchés ne s'applique que partiellement et des déséquilibres peuvent perdurer (chômage et emplois vacants). L'hétérogénéité du travail explique la persistance de différents niveaux de rémunération du facteur travail.

# La politique de l'emploi

Fiche 136

CEJM

Notes

Face aux déséquilibres du marché du travail en France, l'État mène une politique de l'emploi qui vise tout à la fois à résorber le chômage et à aider les personnes sans emploi.

## 1 Un marché du travail en France en partie dual

■ Le marché du travail français est caractérisé par des tendances lourdes, dont une partie est imputable à une segmentation croissante, et l'autre partie à des facteurs structurels importants.

| Déséquilibres et tendances lourdes du marché du travail français | |
|---|---|
| **Tendances révélatrices d'une forte segmentation du marché du travail** | • Accès à l'emploi difficile pour les personnes ne disposant pas de qualifications professionnelles.<br>• Temps d'accès à un emploi durable de plus en plus long, notamment pour les primo-accédants sur le marché du travail.<br>• Taux d'emploi pour les personnes âgées de plus de 50 ans plus faible que dans les autres pays européens.<br>• Écart persistant de rémunérations entre hommes et femmes.<br>• Temps partiel subi par un nombre croissant d'employés. |
| **Tendances liées à d'autres facteurs** | • Niveau relativement élevé du SMIC (par rapport aux autres pays européens) qui pèse sur l'emploi dans certains secteurs à faible productivité.<br>• Tensions sur le marché du travail liées aux règlementations propres à certains secteurs comme des conditions de diplôme pour pouvoir exercer (médecins, pharmaciens, notaires, avocats, etc.).<br>• Ubérisation croissante de certaines activités qui multiplie les formes atypiques d'emplois (indépendants, autoentrepreneurs). |

■ Les impacts démographiques expliquent aussi une partie du chômage français avec un différentiel positif entre les entrées sur le marché du travail et les sorties (départs à la retraite).

■ La persistance d'un chômage de longue durée important (supérieur à un an) suggère que les facteurs structurels du sous-emploi sont la cause d'une exclusion d'une partie de la population active du marché du travail (principalement la moins qualifiée).

## 2 Les politiques actives de l'emploi

■ Également qualifiées de traitement économique du chômage, ces politiques visent à réduire le chômage, notamment en augmentant le volume d'emplois dans l'économie.

| | | |
|---|---|---|
| **Leviers théoriques visant à réduire le chômage** | Réduire l'offre de travail. | Retarder l'entrée sur le marché du travail (allonger la durée des études), réduire l'âge de départ à la retraite, etc. |
| | Accroître la demande de travail. | Stimuler la croissance et l'activité des entreprises, réduire le coût du travail (SMIC, cotisations sociales), etc. |
| | Favoriser une meilleure adéquation entre l'offre et la demande de travail. | Développer la formation des individus, accroître la flexibilité du travail, etc. |

■ Tous ces leviers ne sont pas nécessairement exploités par les pouvoirs publics ; ainsi, les difficultés de financement des pensions de retraite ont conduit à retarder l'âge de départ à la retraite.

■ Les pouvoirs publics ont cherché à cibler les populations les plus fragiles ces dernières années (jeunes, non qualifiés) et à privilégier les actions suivantes :

– favoriser une meilleure adéquation entre les demandes des entreprises et l'offre de travail, notamment par la politique de formation (élévation du niveau des études, développement de la formation professionnelle, etc.) ou *via* l'action de Pôle Emploi ;

– mettre en place des contrats aidés (ou subventionnés) pour favoriser l'embauche de personnes en situation de précarité par des employeurs publics (ou privés).

## 3 Les politiques passives de l'emploi

■ Les politiques passives de l'emploi visent à faire face aux conséquences négatives du chômage.

■ L'indemnisation des chômeurs repose sur des leviers tels que le niveau ou la durée d'indemnisation du chômage. La générosité de l'indemnisation se heurte aux contraintes de financement qui pèsent sur les organismes sociaux (financement de l'**Unedic**) et à une éventuelle désincitation au retour à l'emploi.

**Unedic**
Régime d'assurance chômage créé par les partenaires sociaux en 1958.

■ Le traitement social du chômage est moins mis en avant que par le passé, mais il reste important au regard des mutations extrêmement rapides du travail et consiste notamment à aider les individus en phase de transition professionnelle.

*À retenir !*

■ Les politiques de l'emploi associent des politiques actives et passives qui cherchent à répondre à la fois aux causes et aux conséquences du chômage. Ce traitement différencié répond à la dualité du marché du travail.

# Les sources du droit du travail imposées et négociées

Fiche 137

CEJM

Notes

Le droit du travail régit les rapports individuels et collectifs créés par la relation de travail entre les employeurs et les salariés. Chaque source du droit du travail se positionne dans la hiérarchie des normes : la norme juridique supérieure s'impose à la norme inférieure. Nous les présentons de la plus élevée à la moins élevée.

## 1 Les sources internationales

### A. Les traités internationaux

- Ce sont des conventions internationales signées entre les États.

### B. Les normes européennes

| Normes | Définition | *Exemple* |
|---|---|---|
| **Règlements communautaires** | Généraux et abstraits, ils s'appliquent immédiatement dans le droit national des États membres. | Les règlements communautaires n° 1408/71 et n° 574/72 régissent la coordination des régimes de sécurité sociale des différents États membres afin de permettre au travailleur d'exercer son droit à la libre circulation dans l'UE. |
| **Directives communautaires** | Elles fixent des objectifs à atteindre dans un délai déterminé ; elles nécessitent une transposition dans le droit national par les États membres. | • La directive européenne sur le temps de travail (2003/88/CE) impose aux pays de l'UE de garantir à tous les travailleurs des droits minimaux sur les congés payés, la durée du repos quotidien, etc.<br>• Les pays ne disposant pas encore de lois sur ce sujet sont donc tenus de transposer la directive en droit national. |

- Conformément au préambule du traité sur le fonctionnement de l'UE, celle-ci cherche à promouvoir le progrès social et à améliorer les conditions de vie et de travail des Européens.

**Remarque**

**La Cour de justice de l'Union européenne (CJUE)**, sur saisine de la Commission européenne, d'une institution communautaire, d'un État membre ou d'un particulier selon les cas, veille au bon respect de ces normes.

Notes

## 2 Les sources nationales

■ Selon le principe de la hiérarchie des normes, la Constitution de 1958 prime sur les autres normes juridiques.

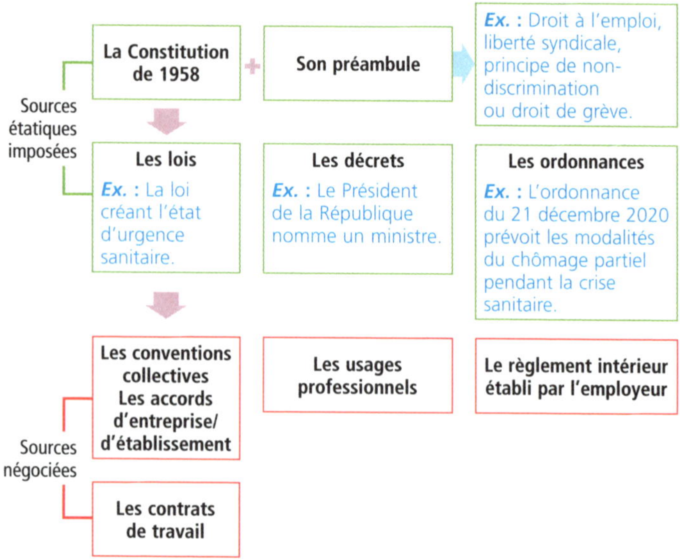


■ Le droit négocié concerne l'ensemble des textes qui résulte de la concertation entre les partenaires sociaux : les organisations syndicales de salariés représentatives (OSR) et une ou plusieurs organisations d'employeurs ou tout autre groupement d'employeurs ou un employeur pris individuellement.

■ La négociation collective vise à trouver un équilibre entre efficacité économique et justice sociale.

■ Le droit négocié, issu de la négociation collective, a pour objectif d'adapter les règles du Code du travail aux spécificités de la branche, de l'entreprise, voire de l'établissement.

■ À titre exceptionnel, un accord d'entreprise peut être moins favorable qu'une loi plus générale si les parties prenantes ont validé l'accord.

À retenir !

■ Le droit du travail est composé de sources internationales et nationales. Certaines sont imposées comme les règlements communautaires ou les lois nationales, d'autres sont négociées comme les conventions collectives pour offrir davantage de flexibilité dans les normes applicables.

# Les régimes juridiques du salarié et du travailleur indépendant

Fiche 138

CEJM

Notes

Une activité professionnelle peut s'exercer selon plusieurs statuts. Principalement, nous retiendrons ceux de travailleur salarié et de travailleur indépendant. Avec le phénomène d'ubérisation de l'économie, cette distinction traditionnelle n'est plus aussi nette.

## 1 Le salariat par un contrat de travail

### A. La présence d'un contrat de travail

■ Le contrat de travail est la convention par laquelle une partie, le salarié, met son travail à la disposition de l'autre partie, l'employeur, moyennant rémunération et dans un lien de **subordination** juridique.

**Subordination**

Exécution d'un travail sous l'autorité de l'employeur qui a le pouvoir de donner des ordres et des directives à son salarié, de contrôler le déroulement de ce travail et d'en sanctionner les manquements.

■ Le lien de subordination est d'ordre public. Cela signifie qu'il ne peut faire l'objet d'une renonciation par les parties. Lorsqu'il existe dans la relation de travail mais que celle-ci n'est pas considérée comme un contrat de travail, le contrat peut être requalifié et l'employeur peut être condamné pour délit de travail dissimulé.

■ La jurisprudence peut s'appuyer sur les indices suivants pour qualifier une relation de subordination :
- le lieu d'exécution du travail ;
- le choix des moyens pour l'exécuter ;
- le propriétaire des outils de production ;
- etc.

### B. Le statut de salarié

| | |
|---|---|
| **Qui est concerné ?** | Les gérants minoritaires ou égalitaires rémunérés des SARL et les dirigeants des sociétés anonymes, mais également tous les ouvriers, employés, agents de maîtrise, techniciens et cadres. |
| **Statut social** | Cotisations obligatoires pour les régimes de protection sociale. |
| **Statut fiscal selon la forme juridique** | En principe, l'imposition se fait sur les revenus. |

Notes

## 2 Le contrat d'entreprise ou de prestation de service

■ Une entreprise qui fournit une prestation de service à son donneur d'ordre respecte un cahier des charges mais conserve sa liberté dans l'exécution de sa prestation. Elle n'est donc pas subordonnée à son client mais indépendante.

| | |
|---|---|
| **Qui est concerné ?** | Entrepreneurs individuels, **micro-entrepreneurs**, gérants majoritaires de SARL, associés de sociétés de personnes. |
| **Statut social** | Possibilité de choisir une fourchette de cotisations. |
| **Statut fiscal selon la forme juridique** | En principe, l'imposition se fait soit sur les bénéfices de la société (IS) pour une personne morale, soit sur les revenus perçus pour une personne physique (IRPP).<br>Pour ces derniers, l'imposition dépend encore de la nature des bénéfices : industriels et commerciaux (BIC), agricoles (BA), non commerciaux (BNC). |

■ Le nombre de micro-entrepreneurs en France s'est établi à 1,5 million en juin 2019. Près de 2 créations sur 3 relèvent de la microentreprise.

**Micro-entrepreneur**

Au départ, le statut d'auto-entrepreneur a été créé par une loi de 2008 pour les activités dont le chiffre d'affaires reste faible. Le système a subi quelques réformes pour être finalement rattaché au régime de la microentreprise. On parle donc aujourd'hui de micro-entrepreneur.

## 3 Des frontières floues

■ Les distinctions entre salariés et travailleurs indépendants s'estompent. Depuis la création du statut d'auto-entrepreneur en 2008 (devenu micro-entrepreneur), les entreprises incitent parfois leurs salariés à devenir leurs fournisseurs ou leurs distributeurs en adoptant ce nouveau statut : le statut change alors que les conditions de travail, donc de subordination, varient peu…

■ Dans le secteur numérique, les plateformes de mise en relation entre prestataires de services et clients (de type Uber) diminuent encore cette frontière : le prestataire de service n'est pas salarié mais est fortement dépendant des conditions de travail imposées par la plateforme.

*Ex.* : Dans un arrêt « Uber » du 4 mars 2020, la Cour de cassation juge que « Lors de la connexion à la plateforme numérique Uber, il existe un lien de subordination entre le chauffeur et la société. » Dès lors, le chauffeur a la qualité de salarié.

*À retenir !*

■ Une personne peut exercer son activité selon plusieurs statuts dont les plus fréquents sont ceux de salarié ou d'entrepreneur indépendant. Le choix de l'un deux confère à la personne un régime juridique, fiscal et social spécifique.

# Les contrats de travail

Fiche 139

CEJM

Notes

Le contrat de travail individualise la relation de travail et crée des obligations entre les parties. Il doit respecter la réglementation du travail ainsi que les conditions de validité du droit commun des contrats. Plusieurs types de contrat de travail existent dont le plus courant reste le contrat à durée indéterminée. Comme tout contrat, le contrat de travail peut contenir des clauses négociées.

## 1 Les cinq éléments fondamentaux du contrat de travail

| | |
|---|---|
| **Les parties** | • Le salarié est forcément une personne physique.<br>• L'employeur peut être une personne morale (**ex. :** une société) ou une personne physique (**ex. :** un entrepreneur individuel). |
| **Le salaire versé** | La rémunération peut se composer d'une part fixe et d'une part variable ainsi que d'avantages en nature. |
| **La fonction occupée** | Elle découle de la qualification du salarié : son expérience, ses diplômes. |
| **Le lieu de travail** | • Fixe ou variable.<br>• Le contrat de travail peut inclure une clause de mobilité. |
| **La durée du contrat** | • Le contrat doit respecter la durée légale du travail.<br>• Il peut être signé à temps partiel.<br>• Le salarié peut effectuer des heures supplémentaires qui sont rémunérées à un taux plus élevé. |

■ Ces éléments font du contrat de travail un contrat bilatéral, à exécution successive, à titre onéreux, commutatif et *intuitu personae*.

## 2 Les types de contrat de travail

| | | |
|---|---|---|
| **CDI** | Contrat de droit commun.<br>Durée indéterminée.<br>75,2 % des contrats de travail en 2020. | |
| **CDD** | Contrat de travail dérogatoire.<br>Durée déterminée. | Conditions de durée, de recours, de renouvellement, spécifiques afin de protéger le salarié. |
| **CTT** | Contrat de travail dérogatoire.<br>Travail temporaire.<br>Recours à une entreprise intérimaire. | |

■ Citons également quelques contrats de travail particuliers :

– le contrat de chantier ou d'opération est un contrat à durée indéterminée (CDI) ;

– le CDD à objet défini est réservé au recrutement d'ingénieurs et de cadres ;

Notes

– **le CDD senior** s'adresse aux personnes de plus de 57 ans en recherche d'emploi depuis plus de trois mois.

## 3 Les clauses du contrat de travail

■ En fonction de la protection des intérêts légitimes de l'entreprise et des souhaits du salarié, les parties peuvent négocier des clauses.

### A. La période d'essai

■ Réglementée par les *articles L. 1221-19* et suivants du Code du travail, la **période d'essai** est fixée pour une période maximale de deux mois pour les employés et les ouvriers, trois mois pour les techniciens et agent de maîtrise et quatre mois pour les cadres.

**Période d'essai**
Période de travail pendant laquelle l'employeur vérifie que le salarié remplit les conditions pour occuper le poste confié mais également pendant laquelle le salarié vérifie si le poste lui convient.

■ Chaque partie peut rompre la période d'essai sans motif et sans indemnité, mais doit respecter un délai de préavis. Le salarié touche ses droits aux allocations chômage même s'il est à l'initiative de la rupture.

### B. Les clauses courantes

| | |
|---|---|
| **Clause de non-concurrence** | • L'employeur interdit à son salarié de pratiquer une concurrence directe ou indirecte contre son entreprise si ce dernier venait à la quitter.<br>• Pour être valable, la clause doit être limitée dans le temps et dans l'espace, ne pas empêcher le salarié de trouver un emploi, comporter une contrepartie financière pour le salarié et protéger les intérêts légitimes de l'entreprise. |
| **Clause de confidentialité** | Les parties s'engagent à ne pas divulguer des informations dites sensibles telles que des secrets de fabrication. |
| **Clause de mobilité** | Le salarié accepte que l'employeur puisse modifier le lieu d'exécution du contrat de travail ; l'étendue géographique envisagée doit être précise. |
| **Clause de dédit formation** | • Clause par laquelle le salarié s'engage à rester une certaine durée au service de l'employeur après que celui-ci lui a financé une formation professionnelle. Si le salarié ne respecte pas ce délai, il devra verser une somme, appelée dédit à l'employeur.<br>• Pour être valable, le montant du dédit prévu doit être proportionné à la durée de la formation proposée. |

*À retenir !*

■ La grande majorité des contrats de travail sont des contrats à durée indéterminée. Ils comportent des clauses permettant de régir les droits des parties dans leur relation de travail. Le CDD et le CTT, contrats précaires, doivent respecter des règles protectrices du salarié.

# Les principes de la protection du salarié

Fiche 140

CEJM

Notes

Face à la supériorité de l'employeur sur son salarié (**lien de subordination**), le droit du travail protège le salarié en **rééquilibrant la relation contractuelle** : il impose des **obligations** à l'employeur et confère des **droits** aux salariés. Enfin, le juge s'assure que les clauses du contrat de travail ne sont pas **abusives** ou **déloyales**.

## 1 Les obligations de l'employeur

- L'*article L. 1121-1 du Code du travail* fixe quatre limites au pouvoir de direction de l'employeur.

| Obligation | Explication |
|---|---|
| **Absence de discrimination** | L'employeur ne peut exercer des **discriminations** d'ordre religieux, politique, sexuel ou syndical. |
| **Respect d'une obligation de sécurité de résultat** | L'employeur engage une **responsabilité sans faute** vis-à-vis de la santé de ses salariés. Il doit tout mettre en œuvre pour éviter tout accident du travail ou maladie professionnelle. La protection du salarié contre le **harcèlement** rentre dans cette obligation. |
| **Respect des libertés fondamentales et de la vie privée** | Le salarié dispose de sa **liberté d'expression** ou encore du secret de ses correspondances sur son lieu de travail. |
| **Respect de la bonne foi** | L'employeur doit agir dans l'intérêt de l'entreprise. |

## 2 Les droits et libertés du salarié

### A. Pour évoluer pendant sa vie professionnelle : la formation

- La formation est le moyen pour un salarié d'acquérir ou d'actualiser ses connaissances, de développer ses compétences et son employabilité. C'est aussi une nécessité pour l'entreprise qui contribue à son financement.

> **Remarque**
> Selon l'*article L. 6111-1 du Code du travail*, « la formation professionnelle tout au long de la vie constitue une obligation nationale ».

- La formation du salarié peut passer par des dispositifs tels que le plan de formation de l'entreprise mais aussi le compte personnel de formation du salarié ou encore la validation des acquis de l'expérience (VAE).

Notes

**Les dispositifs de formation accessibles aux salariés**

| Nom du dispositif | Fonctionnement |
| --- | --- |
| **Compte personnel de formation (CPF)** | Le salarié cumule 500 € par an dans la limite d'un plafond de 5 000 €. L'argent accumulé permet de financer une formation pour le salarié. La somme d'argent n'est pas attachée à l'entreprise mais au salarié. |
| **Validation des acquis de l'expérience (VAE)** | Toute personne engagée dans la vie active peut obtenir une certification professionnelle par la validation des acquis de son expérience, notamment professionnelle. La certification, qui peut être un diplôme ou un titre à finalité professionnelle ou un certificat de qualification professionnelle, doit être inscrite au Répertoire national des certifications professionnelles (RNCP). |
| **Conseil en évolution professionnelle (CEP)** | Le CEP est une offre de services en information, en conseil et en accompagnement personnalisés de projets d'évolution professionnelle. Elle est gratuite, confidentielle et accessible à chaque actif. |
| **Projet de transition professionnelle (PTP)** | Mis en place le 1er janvier 2019, ce dispositif permet aux salariés souhaitant changer de métier ou de profession de financer des formations certifiantes en lien avec leur projet. |

### B. Pour défendre ses conditions de travail

■ Le salarié bénéficie également des libertés consacrées par le préambule de la Constitution de 1958 :
– le droit de grève : cessation totale et collective du travail en vue d'appuyer des revendications professionnelles préalablement présentées à l'employeur ;
– la liberté syndicale : tout salarié est libre d'adhérer à une section syndicale au sein de son entreprise.

■ Le salarié peut également participer aux différentes instances représentatives du personnel : comité social et économique (CSE), délégué syndical.

## 3 La protection judiciaire du salarié

■ Le Conseil de prud'hommes tranche les contentieux liés au contrat de travail. Il reste impartial mais protège souvent les salariés face aux abus des employeurs dans la rédaction de certaines clauses. Lorsqu'une clause est identifiée comme abusive, elle est réputée non écrite.

**Remarque**

Le salarié peut également faire appel à l'inspection du travail lorsqu'il estime que ses droits ne sont pas respectés.

*À retenir !*

■ Le lien de subordination place le salarié en position de faiblesse par rapport à l'employeur. C'est pourquoi le droit prévoit plusieurs dispositifs et obligations qui s'imposent à l'employeur afin de rétablir un équilibre contractuel entre les parties.

# Les modifications du rapport d'emploi

Fiche 141

CEJM

Notes

Le contrat de travail est un **contrat à exécution successive** : la relation de travail peut évoluer dans le temps. Le droit tente de protéger le salarié face à ces évolutions.

## 1 La modification à l'initiative de l'employeur

■ En raison de la force obligatoire du contrat, l'employeur ne peut modifier unilatéralement le contrat de travail, mais la jurisprudence distingue deux cas :

| La modification du contrat de travail | La modification des conditions de travail |
|---|---|
| L'employeur souhaite modifier le lieu, la rémunération ou la qualification du contrat. | L'employeur modifie un élément accessoire au contrat comme les horaires de travail. |
| ↓ | ↓ |
| Le salarié doit donner son accord. Un refus ne constitue pas une faute. | Le refus du salarié constitue une faute. |
| ↓ | ↓ |
| Si le salarié refuse la modification, l'employeur peut le licencier pour motif économique ou renoncer à la modification. | Si le salarié refuse la modification, l'employeur peut le licencier pour motif personnel (faute). |

■ En cas de modification du contrat de travail, l'employeur doit notifier par écrit le salarié de sa décision. Celui-ci dispose alors d'un mois pour accepter ou refuser. Le silence vaut acceptation de la modification. Si le salarié accepte, la modification est validée ; s'il refuse, l'employeur peut lancer une procédure de licenciement pour motif économique.

■ Les parties peuvent convenir qu'un élément fondamental devienne une simple condition de travail.

*Ex.* : Le lieu d'exécution du contrat de travail est normalement un élément fondamental du contrat. L'employeur ne peut le modifier sans l'accord du salarié. Mais en présence d'une clause de mobilité acceptée préalablement par le salarié, l'employeur peut modifier ultérieurement le lieu d'exécution du contrat.

## 2 Le changement d'employeur

■ Selon l'*article L. 1224-1 du Code du travail*, lorsque l'employeur du salarié change du fait d'une fusion ou d'un rachat d'entreprise, tous les contrats de travail en cours au jour de la

Notes

modification subsistent entre le nouvel employeur et le personnel de l'entreprise.

*Ex.* : Un entrepreneur individuel transforme son entreprise et devient une SARL, puis une SAS. L'entreprise/employeur passe par trois statuts différents. Mais à chaque fois, les contrats de travail en cours sont maintenus.

## 3 La rupture du contrat de travail

| Initiative de la rupture | Dispositif | Régime juridique applicable |
|---|---|---|
| Salarié | Démission | Elle doit être écrite et non équivoque. |
| | Départ à la retraite | Possible dès 62 ans. À 67 ans, le salarié a droit à une retraite complète même s'il n'a pas cotisé tous les trimestres exigés. |
| Employeur | Licenciement pour motif personnel | Il repose sur une cause réelle et sérieuse inhérente à la personne du salarié. Il peut s'agir d'un motif disciplinaire. L'employeur convoque le salarié à un entretien puis lui notifie son licenciement par une lettre écrite. |
| | Licenciement pour motif économique | Il résulte d'une suppression ou d'une transformation d'emploi ou d'une modification refusée par le salarié d'un élément essentiel du contrat de travail, consécutive notamment à des difficultés économiques, des mutations technologiques, à une réorganisation de l'entreprise nécessaire à la sauvegarde de la compétitivité, à la cessation d'activité de l'entreprise. |
| Les deux parties | Rupture conventionnelle | Elle peut être individuelle ou collective. Elle suppose un ou plusieurs entretiens, une signature, quinze jours calendaires pour éventuellement se rétracter et, pour être pleinement valable, la nécessité d'une homologation par l'inspection du travail. |

- Le droit cherche à prévenir les licenciements économiques en proposant des négociations autour des emplois menacés : gestion des compétences et des emplois, signature de conventions de reclassement, propositions de restructuration, départs volontaires, passage au temps partiel, etc. Ces mesures peuvent être regroupées dans un plan de sauvegarde de l'emploi (PSE).
- Le PSE est obligatoire dans les entreprises de cinquante salariés minimum lorsque le projet de licenciement concerne dix salariés minimum sur une période de trente jours consécutifs.

*à retenir !*

- Le rapport d'emploi évolue avec le temps. Il peut être modifié par le salarié ou l'employeur ; il peut y être mis un terme. Dans ce dernier cas, le régime juridique de la rupture dépend de la personne qui en est à l'origine et de ses conditions de réalisation.

# De la GRH à la GPEC

Fiche 142

CEJM

Notes

La politique de gestion des ressources humaines (GRH) évolue d'une approche purement quantitative (répondre aux besoins en facteur travail) vers une logique d'anticipation des besoins en compétences pour procurer à l'entreprise un avantage concurrentiel sur son marché (gestion prévisionnelle de l'emploi et des compétences ou GPEC).

## 1 La gestion des ressources humaines (GRH)

### A. Les enjeux de la GRH

■ La gestion des ressources humaines regroupe l'ensemble des politiques et des actions qui permettent à une entreprise de disposer en permanence d'un effectif à la fois suffisant et compétent pour réaliser le travail demandé de manière performante.

■ La gestion prévisionnelle de l'emploi et des compétences (GPEC) est donc un enjeu essentiel pour le maintien de la compétitivité de l'entreprise en anticipant ses besoins futurs.

### B. La mise en œuvre de la GRH

■ Souvent identifiée par sa dimension quantitative (recrutements, licenciements, etc.), la gestion des ressources humaines intègre de plus en plus d'éléments en lien avec la gestion qualitative des ressources humaines (cartographie des compétences, besoins en formation des salariés, etc.).

■ L'entreprise doit mener un audit de ses ressources existantes avant de définir sa politique en matière de ressources humaines. Il est (relativement) facile de réaliser un audit quantitatif des ressources disponibles (nombre de salariés, nombre d'heures travaillées, etc.), mais il est plus difficile d'établir le bilan des compétences détenues et exercées par l'ensemble des salariés.

## 2 La GPEC

### A. Les enjeux de la GPEC

■ La gestion prévisionnelle des emplois et des compétences (GPEC) constitue un enjeu important dont l'objectif est de permettre à une entreprise de trouver un juste milieu entre le coût de sa masse salariale et la richesse créée par les salariés.

**GPEC**

Démarche d'optimisation de l'allocation des ressources humaines. Elle vise à identifier les besoins à venir d'une organisation et à les mettre en relation avec les ressources actuelles. L'écart entre l'existant et les besoins entraîne la mise en œuvre d'actions d'ajustement (formation, recrutement, etc.).

■ Les ressources humaines étant une source d'avantage concurrentiel durable, l'entreprise doit favoriser l'émergence d'une main-d'œuvre polyvalente (pour répondre à un environnement de plus en plus complexe), spécialisée (sur les domaines de compétences recherchés), réactive (adaptable), créative (source de création de valeur ajoutée) et disponible (motivée et impliquée).

### B. Les outils de la GPEC

■ Dans le cadre de son plan de formation, l'entreprise peut tout d'abord concevoir et mettre en œuvre ses propres actions de formation afin de former elle-même ses salariés en favorisant la montée en compétence et les évolutions possibles de carrière en interne. Ces actions pourront avoir différentes visées :

**ACTIONS DE FORMATION À DESTINATION DES PERSONNELS**

- Actions permettant une adaptation du salarié au poste de travail
- Actions liées à l'évolution des emplois ou participant au maintien dans l'emploi
- Actions permettant le développement personnel des salariés

■ Par ailleurs, l'entreprise peut faire appel à différents dispositifs :
– la réalisation de bilans de compétences afin que les salariés puissent analyser leurs aptitudes et compétences, définir leurs priorités professionnelles et solliciter les formations en lien avec leurs objectifs de carrière ;
– la validation des acquis de l'expérience (VAE) pour permettre à chaque salarié de faire reconnaître par un diplôme, titre ou qualification, l'expérience professionnelle (et les compétences associées) acquise sur le lieu de travail ;
– le projet de transition professionnelle (PTF) pour permettre aux salariés souhaitant changer de métier ou de profession de financer des formations certifiantes en lien avec leur projet ;
– le compte personnel de formation ou CPF (500 ou 800 euros par an cumulables sur 10 ans) utilisable par le salarié après accord de son employeur pour suivre une action de formation.

**À noter**

La pénurie de compétences s'amplifie dans les PME. Au premier semestre 2018, plus de 50 % des petites entreprises estimaient que leurs difficultés à recruter constituaient le principal frein à leur développement. Pour y remédier, les entreprises tentent d'augmenter les heures supplémentaires et la polyvalence des salariés en poste.

**À retenir !**

■ Les différents outils à disposition de l'entreprise pour favoriser un développement constant des compétences de ses salariés (bilan de compétences, VAE, etc.) favorisent la mise en place d'une gestion prévisionnelle des emplois et des compétences, enjeu stratégique du maintien d'un avantage concurrentiel durable.

# Les facteurs de la motivation et de la satisfaction au travail

Fiche 143

CEJM

Notes

La motivation des salariés, qu'elle soit individuelle ou collective, est recherchée par l'entreprise pour assurer une meilleure productivité du facteur travail. Différents outils pourront être mobilisés en fonction des facteurs de motivation sur lesquels l'entreprise voudra s'appuyer pour accroître la satisfaction au travail de ses salariés.

## 1 Les facteurs de motivation selon Maslow, Herzberg et Vroom

■ Dans sa théorie des besoins, Abraham Maslow détermine cinq catégories de besoins, hiérarchiquement structurés, que tout individu cherche à satisfaire successivement et qui sont à la source de sa motivation : les besoins physiologiques, de sécurité, sociaux, d'estime, d'accomplissement de soi.

**Abraham Maslow (1908-1970)**

Psychologue américain, Abraham Maslow a théorisé une approche de la motivation par la hiérarchie des besoins, souvent représentée sous la forme d'une pyramide (pyramide de Maslow).

**La pyramide de Maslow**

■ Frederick Herzberg distingue les facteurs « de motivation » afférents au contenu du travail (réussite, considération, responsabilité) et des facteurs d'« ambiance » liés au contexte du travail (politique salariale, sécurité de l'emploi, conditions de travail, etc.).

**Frederick Herzberg (1923-2000)**

Psychologue américain et professeur d'université en management, Frederick Herzberg a contribué par ses travaux à promouvoir le principe d'enrichissement des tâches afin d'améliorer la créativité et la satisfaction du travailleur sur son lieu de travail.

Notes

■ Victor Vroom, dans sa théorie des attentes, explique la motivation des individus selon la récompense qu'ils peuvent attendre des efforts déployés. Elle ne saurait se limiter à un aspect purement financier et doit correspondre aux aspirations du salarié (comme le besoin de reconnaissance).

**Victor Vroom (1932)**

Psychologue canadien et professeur à l'université de Yale, Victor Vroom développe une approche différente de celle de Maslow ou Herzberg en associant la motivation d'un individu à ses attentes et aux chances qu'il possède de les atteindre.

## 2 Les outils au service de la motivation des salariés

### A. Les facteurs liés à la rémunération

| | |
|---|---|
| **Le système de primes** | Des primes, variables en fonction du critère retenu, permettent de mener une politique de rémunération flexible qui lie une partie du salaire aux résultats obtenus de manière individuelle ou collective. |
| **La participation aux résultats** | Système (obligatoire dans les entreprises de 50 salariés et plus) permettant aux salariés de percevoir une part des résultats de l'entreprise. |
| **L'intéressement** | Avantage financier fondé sur les résultats de l'entreprise distribué à tout ou à une partie du personnel de l'entreprise dans le but d'accroître l'implication. |
| **Le plan épargne entreprise (PEE)** | Système d'épargne collectif et facultatif mis en place pour permettre aux salariés de se constituer un capital sous la forme de valeurs mobilières. |
| **Les *stock-options*** | Droit accordé à certains salariés d'acquérir dans le futur des actions de leur entreprise à un prix fixé lors de l'attribution du droit et pendant un nombre d'années donné. |

### B. Les facteurs qualitatifs

■ La motivation n'est pas uniquement liée à des facteurs purement matériels et financiers. Elle intègre aussi des paramètres qualitatifs :
- le contenu et l'environnement du travail : élargissement des tâches, augmentation du degré d'autonomie, ergonomie du poste de travail, etc. ;
- les perspectives d'évolution professionnelle : promotions, montée en compétence, formation tout au long de la vie professionnelle, etc. ;
- l'adhésion à la culture de l'entreprise : motivation collective par le biais du sens donné aux buts poursuivis par l'entreprise (éthique, valeurs, etc.).

À retenir !

■ Pour favoriser la motivation des salariés, les managers peuvent utiliser aussi bien des outils quantitatifs (qui jouent sur la rémunération) que qualitatifs (qui influent sur l'environnement et les conditions de travail). Le choix des outils qui seront utilisés repose sur l'identification des facteurs de motivation sur lesquels l'entreprise voudra agir pour accroître la satisfaction de ses salariés.

# Les conditions de travail et leurs évolutions

Fiche 144

CEJM

L'organisation productiviste du travail, qui a prévalu dans le cadre de **l'organisation scientifique du travail** au cours des Trente Glorieuses, a progressivement laissé la place à une nouvelle organisation des conditions de travail prenant mieux en compte les aspirations des salariés.

## 1 Les composantes des conditions de travail

■ Les conditions de travail sont constituées de l'ensemble des éléments permettant l'exercice d'une activité professionnelle. Elles reposent sur quatre grandes catégories de facteurs :

**Conditions de travail**

**Facteurs physiques et environnementaux**
Bureau individuel/*open space*
Travail debout ou assis, sédentaire/itinérant, etc.

**Facteurs sociaux**
Relations de travail
Style de management
Travail précaire/CDI, etc.

**Facteurs organisationnels**
Consignes, règlements
Organisation du travail
Procédures et contrôle, etc.

**Facteurs psychologiques**
Situations qui impactent la santé du salarié (stress, souffrance).

Notes

## 2 Les évolutions des conditions de travail

### A. L'organisation scientifique du travail

■ Les Trente Glorieuses ont marqué la prédominance d'une organisation scientifique du travail reposant sur une division verticale et horizontale des tâches dans une optique centrée sur une amélioration continue de la productivité des salariés (ordonnancement des tâches, contrôle du temps et des mouvements, organisation des méthodes et techniques de production).

**Organisation scientifique du travail**
(ou taylorisme en référence à son principal concepteur, Frederick Winslow Taylor)

Approche visant à améliorer la productivité du travail en analysant le travail de manière scientifique, pour identifier la « meilleure manière » d'accomplir une tâche. Ce travail aboutit à une segmentation et une spécialisation des tâches.

Notes

■ Ce mode de production, adapté à une production de masse standardisée, a été progressivement remis en cause :
– par le développement de la production de services ;
– par le développement d'une demande de plus en plus individualisée ;
– par les inconvénients de ces conditions de travail : démotivation, absentéisme, accidents du travail, *turnover* des salariés (pénibilité, ennui).

### B. Les nouvelles formes d'organisation du travail

■ Elles privilégient des conditions de travail différentes axées sur :

– une nouvelle organisation du travail : rotation des salariés sur les postes de travail, élargissement et enrichissement des tâches, travail en équipe, management plus participatif pour impliquer les salariés dans la prise de décision ;

– la mise en place de systèmes de gratification plus incitatifs et plus individualisés : hausse de la part variable de la rémunération, intéressement collectif et/ou individuel ;

– l'amélioration des conditions de vie au travail : sur le lieu de travail (approche ergonomique du poste) ou pour les services proposés aux salariés (crèche, restaurant d'entreprise, etc.) ;

– l'accompagnement des salariés dans une évolution des compétences et donc des carrières (promotion, formation continue) ;

– le développement de l'adhésion à la culture d'entreprise : favoriser la notion d'identité et d'objectif commun, développement des actions en lien avec la politique de responsabilité sociale de l'entreprise, etc.

■ À côté de ce mouvement, des évolutions remettent en cause l'organisation actuelle du travail et agissent positivement ou négativement sur les conditions de travail :

– une remise en cause du salariat comme mode d'organisation de l'entreprise : recours à des auto-entrepreneurs (exemple d'Uber) selon les besoins de l'entreprise ;

– la précarisation du marché du travail : recours aux contrats courts, CDI de mission, etc. ;

– une plus forte mobilité des travailleurs en recherche d'un meilleur équilibre entre vie professionnelle et personnelle.

À retenir !

■ Fondée initialement sur une démarche scientifique de recherche de productivité (taylorisme), l'organisation du travail évolue afin d'intégrer une approche plus qualitative des conditions de travail permettant une meilleure implication et motivation des salariés dans leurs tâches quotidiennes.

# Le diagnostic externe et interne

Fiche 145

CEJM

Notes

L'environnement d'une entreprise offre des **opportunités** et présente des **menaces** qu'un manager doit savoir identifier afin d'élaborer la stratégie la plus adaptée. Pour ce faire, il peut s'appuyer sur un **diagnostic interne** (analyse des ressources dont dispose l'entreprise) et **externe** (analyse de l'environnement).

## 1 L'établissement d'un diagnostic externe et interne

### A. Le diagnostic externe et l'analyse de l'environnement

■ L'entreprise doit s'interroger sur sa capacité à pouvoir agir sur les différents facteurs de son environnement. Le modèle PESTEL constitue une synthèse de diagnostic externe.

■ On distingue :

– les facteurs macro-environnementaux (non directement liés à l'entreprise) : croissance économique, environnement sociétal, facteurs juridiques et culturels, etc. ;

– les facteurs micro-environnementaux : spécifiques à une entreprise, en lien avec son environnement direct (marché, concurrents, fournisseurs, etc.).

■ L'environnement est perçu comme une contrainte ou une opportunité selon différents critères parmi lesquels :

– son degré de stabilité : évolutions réglementaires, rythme des innovations technologiques, etc.

– son degré de complexité : multiplicité des concurrents, substituabilité des produits, etc.

### B. Le diagnostic interne et les ressources stratégiques de l'entreprise

■ À travers l'analyse des ressources internes tangibles et intangibles, l'entreprise identifie ses compétences distinctives ; ce sont ses **facteurs clés de succès** (FCS) : ils permettent à l'entreprise d'apprécier sa compétitivité et constituent ses principales forces face à ses concurrents.

**Facteur clé de succès (FCS)**

Élément essentiel (à caractère commercial, technologique, etc.) qu'une entreprise doit maîtriser pour être compétitive dans une activité donnée.

Notes

■ Le concept de chaîne de valeur de Michael Porter permet d'identifier les sources de différenciation que l'entreprise pourra exploiter en fonction des facteurs clés de succès révélés par le diagnostic interne :
– elle pourra y allouer ses ressources internes pour accroître son avantage compétitif ;
– ou envisager une externalisation de certaines activités ;
– ou envisager des stratégies de diversification en développant certains facteurs clés de succès.

## 2 La synthèse des diagnostics interne et externe

■ Plusieurs outils aident à faire cette synthèse.

### A. La matrice SWOT (FFOM)

■ La matrice SWOT (FFOM en français pour Forces, Faiblesses, Opportunités, Menaces) fait la synthèse du diagnostic interne et externe.

**La matrice SWOT**

| Type de diagnostic | Aspects positifs | Aspects négatifs |
|---|---|---|
| Diagnostic interne | Forces *(Strengths)* | Faiblesses *(Weaknesses)* |
| Diagnostic externe | Opportunités *(Opportunities)* | Menaces *(Threats)* |

### B. La matrice d'Igor Ansoff

■ La matrice d'Igor Ansoff présente les choix stratégiques possibles pour une entreprise en fonction de deux facteurs : la gamme de produits existants ou en développement et la position de l'entreprise sur le marché visé. Cette matrice est donc plus opérationnelle pour un manager qui souhaite développer une stratégie de croissance.

**Igor Ansoff (1918-2002)**
Économiste et professeur américain d'origine russe, surtout connu pour avoir travaillé sur la stratégie des entreprises.

**La matrice d'Igor Ansoff**

| Marché \ Produit | Existant | Nouveau |
|---|---|---|
| **Existant** | Pénétration de marché | Développement de produit |
| **Nouveau** | Développement de marché | Diversification |

*À retenir !*

■ Le diagnostic interne et externe permet au manager de prendre les décisions stratégiques qui vont orienter l'activité de l'entreprise et permettre une allocation interne des ressources disponibles.

# La démarche stratégique





La stratégie conduit à la détermination par l'entreprise de choix globaux déclinés en objectifs à atteindre ainsi que des ressources nécessaires pour y parvenir. L'entreprise s'interroge alors sur les domaines d'activités stratégiques qui constituent son cœur de métier.

## 1 Les définitions de la stratégie

**Alfred Chandler (1918-2007)**
Historien des affaires américain qui a travaillé dans le domaine de la science du management et de la gestion des grandes entreprises américaines.

■ La notion de stratégie diffère selon les auteurs et les courants de pensée. On peut notamment faire référence aux définitions suivantes :
– la définition d'Alfred Chandler : déterminer les buts et objectifs à long terme d'une entreprise, adapter les moyens d'action et allouer les ressources nécessaires pour atteindre ces objectifs ;
– la définition d'Igor Ansoff : piloter les modifications des relations du système-entreprise avec son environnement et de la frontière de ce système avec ce qui n'est pas lui.

Notes

## 2 Les étapes de la démarche stratégique

■ La démarche stratégique est souvent représentée par le modèle de Harvard (modèle LCAG).

■ La définition de la stratégie est le résultat d'un double diagnostic interne et externe avec les valeurs et aspirations du manager, d'une part, et les valeurs de l'entreprise, d'autre part (responsabilité sociale de l'entreprise).

■ Cette phase achevée, le manager précise les modalités de mise en œuvre de la stratégie choisie, que ce soit en termes d'objectifs, de moyens à mobiliser ou d'actions à réaliser.

**Les étapes de la démarche stratégique**

- étape 1 — **Évaluation externe :** analyser l'environnement de l'entreprise (menaces et opportunités).
- étape 2 — **Évaluation interne :** identifier les avantages compétitifs potentiels de l'entreprise par rapport à ses concurrents (forces et faiblesses).
- étape 3 — **Identifier les stratégies possibles** à partir de la synthèse des diagnostics interne et externe.
- étape 4 — **Choisir la stratégie à mettre en œuvre**, ce qui implique de définir les actions à réaliser pour accomplir les objectifs fixés.

Notes

## 3 Stratégie délibérée et stratégie émergente

■ Henry Mintzberg distingue deux approches de la stratégie :

– la stratégie délibérée est issue d'une démarche active de l'entreprise qui effectue un choix délibéré en fonction de ses capacités et de l'analyse de son environnement. Cette stratégie met en œuvre une planification stratégique pour atteindre les objectifs visés ;

– la stratégie émergente est non planifiée. Les entreprises sont souvent obligées de faire preuve d'adaptation pour pouvoir réagir aux évolutions subites de l'environnement.

■ De plus en plus d'entreprises évoluent vers des stratégies émergentes pour s'adapter et réagir à un environnement rendu incertain et complexe par la révolution numérique et la mondialisation.

## 4 La notion de domaine d'activité stratégique (DAS)

■ Lorsqu'une entreprise intervient sur différents marchés, la segmentation de ses activités en domaines d'activités stratégiques (DAS) lui permet d'obtenir une vision synthétique de ses activités. Elle pourra donc mettre en place des stratégies spécifiques pour chaque DAS identifié.

■ Les DAS sont généralement définis selon des couples produits/marchés caractérisés par un certain nombre de facteurs communs (fournisseurs, concurrents, consommateurs, technologies, etc.) pour lesquels il est possible de définir une stratégie particulière.

■ Il convient de différencier :

– les critères de segmentation marketing utilisés pour définir le *marketing mix* (composition de sous-groupes de consommateurs ayant des besoins différents à assouvir) ;

– les critères de segmentation stratégique qui permettent de diviser les activités de l'entreprise en segments homogènes régis par des facteurs clés de succès identiques.

■ Parmi les critères d'homogénéité les plus fréquemment proposés pour circonscrire les DAS figurent le métier, la mission, le type de clientèle, l'espace géographique et le circuit de distribution.

À retenir !

■ La démarche stratégique est un processus qui permet à l'entreprise de définir sa stratégie ainsi que les modalités de sa mise en œuvre. Cette stratégie doit pouvoir s'adapter aux évolutions de l'environnement. Il est dans ce cadre important d'identifier les domaines d'activités stratégiques qui seront au cœur de la stratégie future de l'entreprise.

# Les options stratégiques globales et par domaine d'activité

Fiche 147

CEJM

Notes

À la suite du diagnostic stratégique, l'entreprise peut définir sa **stratégie globale** ainsi que sa **stratégie par domaine d'activité stratégique (DAS)**, ce qui la conduit souvent à choisir de se concentrer sur son cœur d'activité.

## 1 Les stratégies globales selon Igor Ansoff

■ Igor Ansoff définit deux grands types de stratégies globales :
– la stratégie de spécialisation : l'entreprise limite son activité à un métier sur lequel elle détient un avantage concurrentiel certain ;
– la stratégie de diversification : l'entreprise se développe sur un marché correspondant à un nouveau métier.

### A. Les diverses stratégies de spécialisation

| Stratégie | Objectif |
|---|---|
| **Pénétration du marché** | L'entreprise vise à accroître sa part de marché dans un domaine particulier. |
| **Élargissement de la gamme** | Stratégie qui consiste à couvrir l'ensemble des segments d'un marché donné. |
| **Expansion géographique** | Stratégie consistant à couvrir un espace géographique avec un produit identique (ou adapté à la demande locale) pour accroître sa part de marché globale. |

### B. Les stratégies de diversification

■ Les stratégies de diversification répondent à des logiques qui diffèrent selon la situation de l'entreprise sur son marché initial :
– la diversification de placement : l'entreprise utilise ses ressources disponibles pour investir de nouveaux marchés ;
– la diversification de survie : l'entreprise qui ne dispose pas d'un avantage concurrentiel initial satisfaisant se tourne vers un nouveau marché ;
– la diversification de redéploiement : l'entreprise qui dispose d'un avantage concurrentiel initial se repositionne sur des marchés offrant de meilleurs potentiels de croissance ;
– la diversification de confortement : l'entreprise ne disposant pas d'un avantage concurrentiel initial décisif conforte sa position en se développant sur une activité complémentaire.

## 2 Les stratégies spécifiques par DAS (Michael Porter)

■ Les principales stratégies associées à une approche par domaine d'activité stratégique, ou « stratégies génériques » selon la classification de Michael Porter, sont les stratégies de domination par les coûts, de différenciation et de concentration/focalisation.

Notes

| Stratégie | Objectif |
|---|---|
| **Domination par les coûts** | • Développer un avantage compétitif prix par rapport aux concurrents.<br>• Permettre à l'entreprise d'accroître ses parts de marché.<br>Elle peut contribuer à lui assurer un avantage durable du fait des économies d'échelle procurées par l'effet volume. |
| **Différenciation** | Quand le prix ne constitue pas le facteur déterminant du choix des consommateurs (**ex. :** l'iPhone), cette politique conduit à une stratégie de segmentation du marché de la part de l'entreprise. |
| **Concentration/ focalisation** | Focalisation de l'entreprise sur un segment de son marché afin d'y concentrer ses ressources pour obtenir un avantage compétitif suffisant. |

***Ex.*** **:** Sur le marché automobile, certains constructeurs se sont lancés dans une stratégie de domination par les coûts (développement de la marque *low cost* Dacia par le groupe Renault), tandis que d'autres constructeurs optent pour une stratégie de différenciation (Ferrari ou Rolls Royce).

## 3 Intégration ou externalisation

■ Dans une démarche globale, une entreprise s'interroge sur ce qui constitue son cœur d'activité. Les choix qui s'offrent à elle relèvent de la stratégie d'intégration ou au contraire d'externalisation.

| Stratégie | Objectif |
|---|---|
| **Intégration** | • L'entreprise cherche à se positionner sur un maximum d'éléments de la chaîne de valeur du produit qu'elle réalise (des matières premières jusqu'à la distribution).<br>• Cette intégration peut être verticale (vers l'amont et/ou vers l'aval) ou horizontale (création de co-entreprises avec un concurrent). |
| **Externalisation** | L'entreprise concède à une autre entreprise la réalisation d'une partie de sa production ou d'une fonction particulière (informatique, RH, comptabilité, etc.) pour concentrer ses propres ressources sur son cœur de métier. |

## 4 Synthèse des choix stratégiques

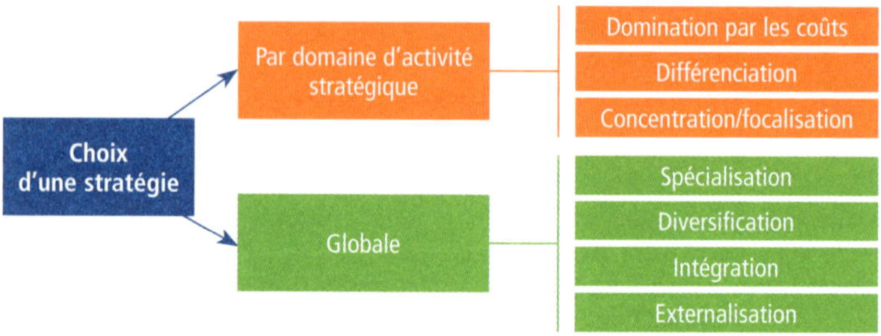


*à retenir !*

■ Le choix d'une stratégie, qu'elle soit globale ou par domaine d'activité stratégique, peut se faire selon des modalités différentes. L'entreprise décidera notamment de se positionner sur tout ou partie de la chaîne de valeur de son activité (stratégie d'intégration ou d'externalisation).

# Les modalités de croissance des entreprises

Fiche 148

CEJM

Pour se développer, une entreprise peut décider de mener des opérations de croissance externe si elle ne dispose pas en interne des ressources suffisantes pour assurer sa croissance organique. Cela est particulièrement le cas lorsque l'entreprise envisage une stratégie d'internationalisation.

## 1 Les différentes modalités de croissance des entreprises

■ Pour croître, une entreprise peut s'appuyer sur ses propres ressources, aller rechercher en externe des ressources complémentaires ou combiner les deux modalités de croissance selon la stratégie poursuivie.

| | |
|---|---|
| **Croissance organique ou interne** | Développement des ressources et des compétences en interne. |
| **Croissance externe** | Acquisition de ressources et de compétences en externe. |
| **Croissance conjointe** | Association pour développer des ressources et des compétences en externe. |

Notes

## 2 Avantages et limites

■ Chaque modalité de croissance présente des avantages et des inconvénients qu'il importe de bien identifier afin d'effectuer le choix le plus adapté à l'entreprise, à sa culture ainsi qu'à la personnalité de son manager.

### A. La croissance externe

| Avantages | Limites |
|---|---|
| • Disparition d'un concurrent, donc moins de pression concurrentielle.<br>• Acquisition de savoir-faire non détenus initialement par l'entreprise.<br>• Croissance rapide de l'entreprise.<br>• Économies d'échelle. | • Capacités financières de l'entreprise limitées pour pouvoir mettre en œuvre ce type de stratégie.<br>• Difficulté à intégrer de nouvelles ressources rapidement et risque de conflit lié à des opérations de rationalisation entre les différentes unités de l'entreprise.<br>• Perte potentielle de pouvoir du manager dans la nouvelle organisation de l'entreprise. |

Notes

### B. La croissance interne

| Avantages | Limites |
|---|---|
| • Processus progressif adapté aux capacités de l'entreprise.<br>• Croissance qui repose sur de l'autofinancement.<br>• Facteur de motivation des personnels. | • Stratégie longue à produire ses effets.<br>• Problème potentiel de taille critique et de compétitivité face à des concurrents qui développeraient des stratégies de croissance externe.<br>• Développement limité par les compétences existantes au sein de l'entreprise. |

## 3 La stratégie d'internationalisation

■ Dans une logique de production, une stratégie d'internationalisation peut permettre à une entreprise de maîtriser ses coûts de production ou de maîtriser ses approvisionnements.

■ La stratégie d'internationalisation permet aussi d'élargir le marché de l'entreprise, soit en accédant à de nouveaux consommateurs, soit en se positionnant sur des marchés étrangers en croissance. L'entreprise devient alors un producteur « national » dans le pays étranger concerné et évite ainsi les restrictions liées aux importations dans le pays visé.

■ L'internationalisation peut passer soit par l'exportation à partir du pays d'origine de l'entreprise, soit par une implantation directe sur les marchés étrangers, directement (filiale, ***joint-venture*** avec un producteur local) ou indirectement (franchise, licence, accord de distribution avec un partenaire).

> ***Joint-venture***
> Anglicisme désignant la création d'une société commune à plusieurs entreprises qui s'associent afin de réaliser un projet en commun. Ces entreprises cherchent avant tout à créer entre elles des synergies en mettant en commun leurs compétences et leurs savoirs technologiques.

*Ex.* : • **Croissance externe :** l'entreprise Blablacar a annoncé en août 2018 le rachat de son concurrent russe Beepcar dans le cadre de sa stratégie de croissance internationale.

• **Croissance interne :** en août 2018, le constructeur automobile Tesla a annoncé la construction d'un site de production en Chine pour répondre à l'importante demande locale de véhicules électriques. Actuellement, les véhicules vendus en Chine sont produits aux États-Unis.

*À retenir !*

■ Les entreprises se développent par croissance interne et/ou par croissance externe en fonction notamment des ressources dont elles disposent. La stratégie d'internationalisation constitue une modalité particulière de croissance (qu'elle soit interne ou externe).

# Une brève histoire de la pensée économique

Fiche 149

CEJM

Notes

Privilégier les mécanismes de marché ou l'intervention publique ? Cette question fut l'une des préoccupations majeures des économistes au fil du temps.

## 1 Les économistes classiques : les vertus du marché

- D'inspiration libérale, les auteurs classiques des XVIIIe et XIXe siècles ont cherché à mettre en évidence le bien-fondé d'une régulation économique par le marché et les vertus de la concurrence.
- Ainsi, Adam Smith est l'auteur de la métaphore de la « main invisible du marché », illustrant la capacité de ce dernier à équilibrer offre et demande. Avec David Ricardo, ils ont démontré l'intérêt du libre-échange qui permet une spécialisation des économies nationales profitable à tous les pays.
- Jean-Baptiste Say est associé à la loi des débouchés, selon laquelle « l'offre crée sa propre demande ». Sa pensée est tout à la fois favorable au marché et critique à l'égard de l'intervention publique.
- Les économistes néoclassiques de la fin du XIXe siècle (*ex.* : Leon Walras) confortent l'idée du caractère bénéfique du marché concurrentiel. Ils permettent l'émergence de la **micro-économie** et développent le concept de « concurrence pure et parfaite ».

**Micro-économie**
Branche de l'économie qui étudie le comportement individuel des agents (*ex.* : la logique de maximisation de la satisfaction pour le consommateur).

## 2 La révolution keynésienne du XXe siècle

- Sans nécessairement dénoncer l'économie de marché (comme Karl Marx), des économistes remettent en question le marché concurrentiel et mettent en évidence l'intérêt d'une intervention publique.
- Pour John Maynard Keynes, l'économie de marché est vouée à connaître des périodes de crises en raison d'une insuffisance des débouchés pour les entreprises. Lors de ces périodes de ralentissement économique, Keynes préconise des politiques (conjoncturelles) de relance : il s'agit de stimuler la demande (consommation, investissement) pour offrir des débouchés aux entreprises et ainsi favoriser la croissance.
- Richard Musgrave met en évidence la légitimité de l'intervention publique et identifie trois fonctions que l'État doit assumer.

Notes

Il doit assurer le bon fonctionnement du marché et éventuellement corriger ses défaillances (fonction d'allocation), réduire les inégalités les plus criantes (fonction de redistribution) et réguler l'activité par sa politique économique (fonction de stabilisation).

## 3 Le courant monétariste et le renouveau libéral des années 1970-1990

■ Milton Friedman, figure de proue du courant monétariste, remet en question l'analyse keynésienne.

■ Il critique les politiques de relance, tant pour leur inefficacité que pour leurs effets pervers (comme l'inflation notamment).

■ Friedman préconise ainsi une politique monétaire dédiée à la stabilité des prix. Les politiques économiques ne peuvent être que structurelles et doivent viser à renforcer les mécanismes du marché concurrentiel (***ex.*** **:** libéralisation des secteurs insuffisamment concurrentiels).

## 4 Vers une vision plus pragmatique des rôles respectifs du marché et de l'État

■ L'opposition « caricaturale » entre libéraux et keynésiens (ou marché et État) est remise en question. Les économistes tendent à démontrer qu'il faut veiller à associer mécanismes de marché et intervention publique. Ainsi :

– la mondialisation économique, qui s'est construite selon une logique avant tout libérale de promotion du libre-échange, a favorisé la croissance économique mondiale et l'émergence de certains pays (***ex.*** **:** la Chine). Mais des économistes tels que Joseph Stiglitz ou Paul Krugman ont montré que cette mondialisation ne fait pas que des gagnants et qu'il peut être légitime de vouloir recourir à des politiques protectionnistes.

– Certains problèmes aujourd'hui doivent être appréhendés à l'échelle internationale et ne peuvent être régulés seulement par le marché ou traités sur le plan national (réchauffement climatique, instabilité financière, etc.). Charles Kindleberger a développé la notion de « biens publics mondiaux » qui permet de réfléchir aux traitements à envisager pour ces problèmes, notamment *via* des mécanismes de coopération entre les États.

– Les théories dites de la « croissance endogène » (Paul Romer, Robert Lucas, Robert Barro, etc.) mettent en évidence le rôle essentiel que jouent la R&D, la formation et l'enseignement, les infrastructures publiques, etc. Or, ces activités se rapportent aux externalités positives et nécessitent d'être favorisées par une intervention publique.

# Les principaux auteurs de management

Fiche 150

CEJM

Notes

Les premiers auteurs de management **(l'école classique)** se sont intéressés à l'émergence du manager dans les entreprises modernes. La révolution industrielle voit, en effet, se développer les grandes entreprises gérées par des salariés-managers qui ont pour principal rôle de maximiser le profit au bénéfice des actionnaires.

## 1 Le manager, un acteur stratégique en charge de la prise de décision

- Max Weber, économiste et sociologue allemand (1864-1920), s'intéresse à la notion d'ordre, de hiérarchie d'un individu envers un autre. Il propose une approche théorique de la fonction de commandement reposant sur trois sources potentielles de légitimité : la tradition, le charisme et l'autorité rationnelle-légale (analyse rationnelle d'une situation dans le contexte des règles de fonctionnement d'une organisation). Max Weber théorise alors les principes de fonctionnement bureaucratique des organisations.

- Henri Fayol (1841-1925) revient sur ce rôle spécifique confié au manager dans ces nouvelles entreprises capitalistes en identifiant les cinq dimensions dans lesquelles s'exerce l'action du manager : prévoir, organiser, commander, coordonner et contrôler (POCCC). Il complète ainsi l'approche initiée par Max Weber. Dans cette approche, un manager doit alors disposer d'outils scientifiques et rationnels d'aide à la prise de décision.

## 2 L'émergence du management scientifique

- À la suite des travaux de Max Weber et Henri Fayol, de nouveaux auteurs vont essayer, à partir d'un management « scientifique » de professionnaliser la fonction de manager en proposant des cadres d'analyse rationnels issus en grande partie d'une étude scientifique des pratiques constatées en entreprise.

- Frederick Taylor (1856-1915) illustre parfaitement cette approche du management dont l'enjeu essentiel est de proposer une démarche scientifique permettant, après une analyse des pratiques, d'identifier, de formaliser et de mettre en œuvre la meilleure organisation du travail au sein d'une entreprise. La recherche de productivité est ainsi située au centre de l'action managériale.

Notes

■ Henry Ford (1863-1947) mettra en application les travaux de Frederick Taylor en développant le travail à la chaîne.

**À noter**

Le fordisme, issu du modèle d'organisation que l'on doit à Henry Ford, est basé sur une production standardisée de masse mais aussi sur une rémunération plus importante des salariés qui pourront par là-même devenir des clients de l'entreprise.

## 3 L'école des relations humaines

■ L'approche productiviste développée par Frederick Taylor est peu à peu remise en cause. En effet, la productivité des entreprises décline progressivement et les impacts du taylorisme se font sentir sur la motivation et l'implication des salariés dans l'entreprise. Face à ces limites se développent de nouvelles approches qui s'intéressent à l'influence des dimensions psychologiques de la motivation des salariés.

■ Elton Mayo (1880-1949) mène des travaux prouvant l'influence des conditions de travail sur la productivité des salariés. Il s'intéresse, par ailleurs, à l'importance des groupes sociaux, à leurs motivations, et aux relations entre ces groupes au sein de l'entreprise, sans pour autant remettre en cause la vision verticale de l'autorité.

■ Abraham Maslow (1908-1970) développe la théorie des besoins et des motivations en proposant une classification pyramidale des besoins : besoins physiologiques, de sécurité et de protection, besoins sociaux, d'estime et d'accomplissement. Tout individu cherche à satisfaire progressivement ces différents besoins.

■ Dans le prolongement de cette approche, un auteur comme Douglas McGregor (1906-1964) propose une théorie du management visant à limiter les sanctions et promouvoir les récompenses et à donner du sens au travail des individus. McGregor oppose la théorie X, dans laquelle le manager a une vision négative de ses subalternes qui le pousse à agir d'une manière directive (limitation des initiatives, contrôle, menaces de sanction pour forcer les individus à atteindre les objectifs, etc.) à la théorie Y dans laquelle le manager gère ses équipes de manière positive (motivation au travail par la récompense, valorisation de l'initiative et de la responsabilité des salariés, enrichissement du travail, etc.).

■ Frederick Herzberg (1923-2000) poursuit l'analyse des facteurs de motivation et de démotivation des individus au travail, ce qui le conduit à recommander un enrichissement des tâches des salariés.

# L'école néoclassique et le développement de la pensée stratégique

Fiche 151

CEJM

Notes

L'**école néoclassique** élargit le rôle du manager et amène celui-ci à ne pas se focaliser sur l'entreprise, mais à tenir compte aussi des facteurs environnementaux qui affectent sa profitabilité (notamment les concurrents et les clients de l'entreprise).

## 1 Les outils d'aide à la décision

- Pour décider, le manager peut faire appel à des cabinets en stratégie qui proposent des matrices d'aide à la décision.
- Le Boston Consulting Group (BCG), notamment, développe des matrices du type FFOM (Forces, Faiblesses, Opportunités, Menaces), des grilles d'analyse du portefeuille produits de l'entreprise, etc.
- Philip Kotler (né en 1931) propose une réflexion structurée permettant à l'entreprise de définir une stratégie marketing globale (le *marketing mix*) reposant sur le principe des 4P : la politique de prix (*pricing*), de produit (*product*), de distribution (*place*) et de communication (*promotion*).
- Michael Porter (né en 1947) synthétise cette approche en analysant la structure concurrentielle d'une entreprise à partir de cinq forces : le pouvoir de négociation des clients, le pouvoir de négociation des fournisseurs, la menace de produits de substitution, la menace d'entrants potentiels et l'intensité concurrentielle sur le marché.
- Edith Penrose (1914-1996) étudie les différentes ressources dont dispose une entreprise pour assurer son développement et qui permettent au manager d'opter pour une stratégie susceptible d'assurer la performance de l'entreprise. Les ressources identifiées sont de trois types : les ressources tangibles (équipements, ressources financières et humaines), intangibles (technologiques, organisationnelles, mercatiques, etc.) et stratégiques (facteurs clés de succès).

## 2 Une approche plus pragmatique du management

- L'école classique cherche, par une approche souvent scientifique, à déterminer les décisions et systèmes les plus efficaces en matière de productivité. L'école néoclassique développe une approche plus pragmatique de la prise de décision.

Notes

- Alfred P. Sloan (1875-1966), dirigeant de General Motors pendant 33 ans, met en évidence l'importance de la décentralisation fondée sur quatre principes : l'autonomie des divisions du groupe, la centralisation de certaines fonctions supports (finance, juridique, publicité, etc.), la concentration de l'action de la direction sur la politique générale de l'entreprise, un organigramme favorable aux échanges entre les différentes divisions de l'entreprise.

- Peter Drucker (1909-2005) recentre les missions de l'équipe de direction autour de deux activités stratégiques (l'innovation et le marketing) qui doivent permettre à l'entreprise de se concentrer sur le développement et le maintien d'une clientèle. Cela amène l'auteur à identifier quatre stratégies possibles pour une entreprise : l'innovation, la diversification, la spécialisation et la différenciation.

## 3 Sociologie des organisations et prises de décision

- Le manager voit son rôle essentiellement centré sur cette notion de prise de décision, effectuée dans un environnement incertain et de plus en plus complexe.

- Henry Mintzberg (né en 1939) est à l'origine d'une typologie des organisations qui permet, en particulier, de bien appréhender les phénomènes de pouvoir ainsi que la conduite du changement. Il distingue notamment les stratégies délibérées (qui précèdent l'action) des stratégies émergentes (qui émergent des actions engagées).

> **Remarque**
> La prise de décision est rendue de plus en plus complexe du fait, notamment, de l'instabilité croissante du monde auquel doit faire face le manager, en particulier de la multiplication du nombre de parties prenantes qu'il entend servir : clients, fournisseurs, collaborateurs, etc.

- Herbert Simon (1916-2001) met en évidence, par ses travaux, la rationalité limitée des acteurs. Le décideur prend rarement des décisions optimales car il ne dispose que d'une information imparfaite. Le processus de décision aboutit ainsi souvent à des solutions insatisfaisantes et non optimales.

- Richard Cyert (1921-1998) et James March (1928-2018) considèrent l'entreprise comme une coalition de groupes d'individus aux intérêts divergents, voire conflictuels. La prise de décision est le résultat de négociations ente ces groupes d'individus aux intérêts particuliers.

- La recherche du profit n'est plus l'unique but de l'entreprise. Elle doit intégrer dans sa réflexion son impact sur son environnement (RSE). La poursuite d'objectifs parfois contradictoires rend plus complexe et incertaine la prise de décision.

Notes